源氏物語のことばと人物

中川正美

青簡舎

はじめに

文学がことばの芸術であることはいまさらいうまでもないだろう。では、わたしたちは文学研究において、作品のことばを十分に把握して考究しているのだろうか。現代語の感覚で読んでしまっていないだろうか。

文学作品では、ことばは作品の意図に従って使用されており、事物や概念に添った体系ではなく、作品の趣旨に添ってきわめて自律的に規制され、作品独自の新たな意味に組み替えられて配列され、閉じた系をなしている。

たとえば、源氏物語の「やはらかなり」は先行作とはちがって特定の場で用いられているし、ゆかりに関わる藤壺と紫上、光源氏と冷泉帝、柏木と薫などの容貌の相似に「似る」「通ふ」「おぼゆ」の三様の語が用いられている。

(1)さるは、限りなう心を尽くしきこゆる人にいとよう似たてまつれるがまもらるるなりけり、と思ふにぞ涙ぞ落つる。（若紫二〇七）

(2)さらば、その子なりけり、と思しあはせつ。親王の御筋にて、かの人にも通ひきこえたるにやと、いとどあはれに見まほし。（若紫二一三）

(3)外を見出して、すこしかたぶきたまへるほど、似るものなくうつくしげなり。髪ざし、面様の、恋ひきこゆる人の面影にふとおぼえてめでたければ、いささか分くる御心もとりかさねつべし。（朝顔四九四）

(1)(2)は光源氏が北山で若紫を垣間見した時、(3)は紫上を見て朝顔前斎院にかまけていた心を取り戻す時だが、源氏物語では「似る」一九五例の八二％が(3)の「似るものなく」のように打ち消しの形で用いられる。残りの一八％は(1)のように二者の具体的な要素要素を比較対照した結果一致する意、「通ふ」は二者の間に相通するものが認められる意、「おぼゆ」は眼前の事物を記憶のなかにある特徴に照らして全体的な雰囲気などが重なると思う意で用いられている。したがって、(1)では源氏が少女の容貌の具体的な部分部分を藤壺宮と比較して、一致するところがあると気づいたにすぎない。(2)は僧都の話で少女が藤壺の姪と知って、容貌が藤壺と同じ系統に属するのは血縁であったからかと納得し、紫のゆかりとして手に入れたいと思うようになっている。(3)は「面影にふとおぼえ」といって、紫上の髪ざしや表情が心の中に住む藤壺のそれと重なるようにぴたっと合致し、藤壺かと思わせたので改めて愛情がわき起こってきている。(1)(2)の「似る」「通ふ」はゆかりの発見を段階的に語るために用いられており、(3)の「おぼゆ」は単にゆかりと再認識するのではなく、特定の人間、この場合は紫上という個人に焦点を当て、源氏の想いの表現、それも、藤壺と紫上のあいだで揺れる源氏の心を表している。眼前の話題の人物をA、比較する人物をBとした場合、「似る」「通ふ」はBが大切で、「おぼゆ」はAが大切なのである。源氏物語で人と人との相似を語る場合はこの三語を使い分けていて、ゆかりを描く際にはAが大切な人の面影と重なるかどうか判断する「おぼゆ」を多用している。これら三語は現象としては現代語の「似る」に当たろうが、文学表現としては役割が異なっているといえよう。

また同じことばであっても「何心なし」や「おいらかなり」が紫上に用いられている場合と女三宮とでは明らかにニュアンスが異なる。ことばの表す意味は場面や誰が誰をそう思うのかによって変わってくるのである。

作品のことばを考えるには作品に深く沈潜しなければならない。と同時に、作品に使用されていることばはその時代の用法や環境にも規定されているから、先行や後追の作品に目配りして、その作品独自の用法が認められるかどうかを見極めるという、はなはだ複雑で厄介な手順を要する。本書ではこうしたことに留意して源氏物語のことばと人物について考究していく。

源氏物語のことばと人物　目次

II　源氏物語の女君創造

本書中の引用は特に記さない限り、和歌は『新編国家大観』、散文は『新編日本古典文学全集』に拠り、巻名・巻数・頁数を示した。猶、万葉集の歌番号は『国家大観』を示した。ただし、表記や句読点をわたくしに改めたところがある。

I　梅の文学史

1　言語文化としての梅 ―万葉集から古今集へ―

一　言語文化からの考察

万葉集や古今集にどのような植物が用いられ、どのように表現されているかについてはこれまでも数多く考察されてきた。しかし、ことばに即しての考察は、まだあまり進められていないのではないか。ことばに即するとは、歌に用いられたことばから植物がどのように認識され生活の中に根づいているかを探り、その表現のありようから詠み手の心性や美意識を読み解いて文化を考察することである。

万葉集には一五〇種に余る植物が詠み込まれているが[1]、その詠まれようは一様ではない。植物には「幹・茎・葉・花・根・実」などの部位があり、それぞれに色や形、味や香りの特徴があり、芽吹き、つぼみを付け、開花し、黄葉し、散りゆき、結実するというサイクルがある。けれども、万葉集では、松は枝、馬酔木は花、菅は根、といったふうに詠まれる部位が植物によって固定化しており、橘のような「橘は実さへ花さへその葉さへ」（一〇〇九）と葉が茂る春、花が咲く夏、実が熟する秋と三つの季節、三つの部位が詠まれるものはまれである。これを、万葉集に詠まれた植物は万葉人にとって有用な植物なので[2]、人々の意識が有用な部分に向けられたのだといってすますこともできよう。しかし、そうした表現の偏りこそが、万葉人が植物のどこに注目し、どこを排除したのかを物語っており、植物に向ける意識を表している。言語に現れた文化であろう。

詠まれたことばからは詠み手の植物に対する意識や態度が浮かび上がってくる。どの部位に着目し、どのようなことばを用い、どのように再構成しているか、といった表現のありよう、つまり、どのように言語化しているかにこそ、詠み手の植物に対する意識がもっとも端的に顕れてくる。(3) それが集全体であれば、その時代の好尚、美意識が集成され顕わになっているだろう。

夏の景物のあやめと藤で、万葉集と古今集をみてみよう。

(1)ほととぎす待てど来鳴かずあやめ草玉に貫く日をいまだ遠みか　（万葉・八・一四九〇・家持）
(2)ほととぎす厭ふ時なしあやめ草かづらにせむ日こゆ鳴き渡れ　（万葉・一八・四〇三五・田辺福麻呂）
(3)昨日までよそに思ひしあやめ草今日我が宿のつまと見るかな　（拾遺・夏・一〇九・大中臣能宣）
(4)ほととぎす鳴くや五月のあやめ草あやめも知らぬ恋もするかな　（古今・恋一・四六九）
(5)あしひきの山ほととぎす今日とてやあやめの草のねに立てて鳴く　（拾遺・夏・一一一・醍醐御製）
(6)恋しけば形見にせむと我が宿に植ゑし藤波今咲きにけり　（万葉・一四七一・赤人）
(7)我が宿に咲ける藤波立ち返りすぎがてにのみ人の見るらむ　（古今・春下・一二〇・躬恒）

あやめは、万葉集では花が取り上げられ、(1)(2)のように、花を「玉に貫き」「かづらに」すると詠まれるのだが、平安和歌では、(3)のように「軒端（つま）」と「妻」を掛けて、五月五日の節句に軒先に葺くと詠んでいる。(1)(2)と(3)の相違は長寿や健康を予祝するのに、菖蒲を身に飾るか、軒先に葺くかの、習俗の変化を表しているにすぎない。けれども古今集では、万葉歌、(1)(2)と同じくほととぎすと組み合わせても、(4)のように花の模様の「文目」と掛けて恋ゆえの惑乱を詠んだり、(5)のように花ではなく根を取り上げ、「根」と「音」を掛けて季節の到来を詠んだりしている。以後、平安和歌では「下より根ざすあやめ草あやなき身にも」(拾遺五七二・能宣)と根に着目し、根合で長さを競うようになっていく。万葉集と平安和歌ではあやめに対する心性、興味が違っているのである。

一方、藤は万葉集に二六首認められるが、その三分の二に当たる一九例が(6)のように「藤波」と詠まれている。花房が重く垂れ、重なって層となり、連なって揺れるさまを波と見たのだろうが、花の姿を波に見立てるのは一個の感性であり、美意識の発露である。藤を「藤波」と表現することは植物に対する心性を超えた美意識、文芸上の問題といってよいだろう。しかもこの表現はあやめとはちがって(7)のように平安和歌にも踏襲されている。万葉集と古今集の連続非連続は常に問われるところだが、その事情は植物個々で異なっており、あやめのように習俗をそのまま言語化したものもあるし、習俗や文化を髣髴とさせるものもあるし、好尚、美意識を表すものもある。

では、ある対象を和歌に詠む場合の、表現の獲得という点でみればどうであろうか。ここではそれを渡来植物の梅を取り上げて考えてみたい。

というのは、梅は渡来植物で、古事記には認められない。万葉集でも詠者や題詞などで年代がわかるものでも第三期以降にしか認められない。にもかかわらず、萩に次いで多く詠まれ[4]、愛好されている。つまり、梅は平安和歌に近い時点から詠まれ始め、かつ、その期間が比較的短く限定されるので、古今集との相違を考えやすいのである。

新奇な植物である梅が万葉集でどのように表現されたのか、そしてその表現は平安の王朝人の好尚を表す古今集になるとどうなったのか、藤のように発想はそのままに王朝和歌に継承されさらに展開していったのだろうか、それともあやめのように別の方向に転じ、新たな発想や表現が創出されたのだろうか。

本稿では梅に使用された語彙を、同じく春の花である原生種の桜と比較し、つぎに古今集の梅と比較して、万葉人が梅に抱いた心性や美意識を探り、さらに表現の獲得、定着、変容という点から、万葉集から古今集への継承と展開を探っていきたい。

二　語彙からみた万葉集の梅と桜

まず、万葉集における梅について、その表現に用いられた語彙を、桜と比較しながらみていこう。
植物が詠まれる場合は、つぎのa～fの六つの要素のうち、いずれかが取り上げられている。

a　植物の所在
b　植物の部位
c　植物の状態
d　植物に対する人の行為
e　植物に対する心情
f　共に詠み込まれた他の景物

aの「植物の所在」は「野辺の秋萩」（一五四六）「君が家なる尾花」（一五三三）の「野辺」や「君が家」といった植物が生育している場所、bの「植物の部位」は葉や花や根などの部位、cの「植物の状態」は、芽吹き、花が咲き、散って実が成るという一連のサイクルのなかでの状態、dの「植物に対する人の行為」は手に取ったり、かざしたり、人に見せたりする直接的な行為、eの「心情」は植物に対する評価や感情、fの「共に詠み込まれた他の景物」は取り合わせられた景物である。

ここで取り上げる梅や桜が詠まれた歌とは、歌中に「梅」「桜」の語が認められるものと、題詞に「梅」「桜」と明記されているものとの二種とする。万葉集には具体的な植物名を明記せずに「花」「春花」とだけ詠む歌が散見され、そのなかには平安和歌としてみれば梅や桜に擬したくなる例もある。けれども、万葉歌では長歌で「春花」と詠んだ花が反歌で「山吹」と具体化されていたり、鶯が梅にも山吹にも卯の花にも取り合わせられていたりして、景物の組合せはまだ確定していないと考えられるので数には含めない。

さて、万葉集の梅を詠んだ歌一二〇首でa～fの要素に当たる語彙を調査するとつぎのようになった。一首の中に複数の語が詠み込まれる場合もすべて挙げ、二例以上認められる語には数値を付した。

a所在　屋戸一二　園一一　園生　家五　庭　垣内　岡辺二　岡　多賀の山辺　春日の里三　春日野

b部位　花二　梅の花八〇　梅が花二　梅の初花二　梅二五　梅の木　梅が枝二　梅が下枝　梅の下枝　ほつ枝　実二　香

c状態　ふふむ五　咲く三五　咲き出づ　咲き散る四　咲きわたる　咲きがたし　開く（掛詞）　盛りなり六　しみにあり　栄ゆ　にほふ　にほはす　散る二〇　散り来二　散り過ぐ四　散りまがふ　散らす七　うつろふ三　過ぐ二　落つ　降る　まがふ　成る三

d人の行為　相見る　巡（あ）ふ　遊び・遊ぶ三　い掘（こ）ず　植う三　折る八　手折る三　折りかざす四　手折りかざす　折り交じふ　かざす三　かざしにす　かづらにす二　かづらく　浮かぶ（下二段）三　招く三　汲き入る　標結ふ　守る　見る一四　見ゆ二　見す四　逢ふ　遣る　しのふ

e心情　いやめづらし　いやなつかし　かぐはし　惜し　飽かず　恋ふ

f景物　雪・沫雪二六　春雨三　風二　嵐二　露二　春霞　月夜五　青柳三　春柳　柳七　桜二　鶯一一　百鳥　酒杯二　袖

一方、万葉集の桜を詠んだ歌四二首にはつぎのような語彙が認められる。

a所在　屋戸三　垣内　山二　青山二　阿呆山　糸鹿の山　香具山二　春日山　佐紀山　高円山二　竜田山二　向かつ峰を　峰の上二　滝の上　山峡　山辺　岡辺　野辺　坂の麓

b部位　花五　桜三　桜の花一三　桜花一九　山桜花二　山の桜

c状態　ふふむ三　咲く一〇　咲き初む　咲き継ぐ　咲きにほふ　咲きををる二　盛りなり　栄ゆ二　木のくれ隠る　木のくれ茂二　散る七　散り過ぐ二　散りまがふ　散り行く　散らす　流る二

d人の行為　かざし二　かづら　折る　標す　見る五　見す二　見ゆ

e心情　惜し二　恋ふ二

f景物　春雨四　松風　風　霞　月　梅二　かほ鳥二

これらa〜fの要素に該当する語彙をさらに分類すると、aの「所在」は、「屋戸・園・家・垣内」といった邸内を表す語彙と、「山・峰の上・岡辺・野辺」といった郊外を表す語彙に分かれ、さらに郊外の語彙には「春日里・高円山・立田山」などの固有名詞が認められる。bの「部位」は、「花・枝・実」そして、「香」と多岐に渡っている。cの「状態」は、蕾をいう「ふふむ」、開花をいう「咲き出づ・咲き初む・咲きわたる・咲きにほふ」などの「咲く」系、満開をいう「盛りなり」系、凋落をいう「散る」系、結実をいう「成る」が認められる。「しみにあり・栄ゆ・木のくれしげ・木のくれ隠る・咲きををる」は満開を表すから「盛りなり」系に、水面の花びらをいう「流る」は「散る」系に含まれよう。つまり、梅では蕾から咲き始め、満開となり、やがて散っていく花のサイクルのそれぞれの過程が取り上げられているのである。dの「人の行為」には「い掘ず・植う」の移植、折り取ったり、杯に浮かべたりして直接触れて愛好する「折る」「かざす・かづらにす」「浮かぶ」「汲き入る」、所有し守る「標結ふ」「守る」、対象を擬人化する「逢ふ・招く」、鑑賞する「見る・見す・見ゆ」、宴などを開いて楽しむ「遊ぶ」がある。eの「心情」には、賛嘆する「いやめづらし」「いやなつかし」、散るのを惜しむ「惜し」などと、擬人化して思慕する「恋ふ」が、fの「景物」には「雪・雨・風・露・霞・月」の天象、「柳」の植物、「鶯・かほ鳥・白鳥」の鳥、そして衣装の「袖」、「酒杯」が認められる。

こうしてみると、万葉人の梅と桜に対する想いの相違が浮かび上がってくる。

まず、使用非使用という点からは、万葉集の梅には、b「部位」に「実」「香」、c「状態」に「成る」、d「人の行為」に「い掘ず」「植う」「守る」「浮かぶ」「汲き入る」「遊ぶ」「招く」、e「心情」に「かぐはし」「なつかし」、「景物」に「雪」「露」「柳」「鶯」「袖」「酒杯」が用いられている。これは、梅が「花」だけではなく「実」も「香」も取り上げているから「成る」「かぐはし」が認められるのだし、「酒杯」「袖」が詠み込まれるから「浮かぶ」「汲き入る」がみられ、花の咲く季節がら「雪」が取り合わせられるのだろう。一方、桜には同じ鳥でも鶯や百鳥ではなく「かほ鳥」と種類が異なる他は、桜だけに認められる語はない。梅だけに用いられている語彙はあっても、桜だけに認められる語彙はないといってよいのである。

つぎに、使用度数はどうかというと、顕著な相違が認められるのがaの「所在」であり、dの「人の行為」である。

(1)こぞの春い掘じて植ゑし我が屋戸の若木の梅は花咲きにけり　（八・一四二三・阿倍広庭）

(2)我妹子が植ゑし梅の木見るごとに心むせつつ涙し流る　（三・四五三・旅人）

(3)阿呆山の桜の花は今日もかも散り紛ふらむ見る人なしに　（一〇・一八六七）

これらはaの「所在」を示す歌で、(1)(2)は梅、(3)は桜である。梅を詠んだ歌では、(1)は春の雑歌、(2)は妻を哀悼する挽歌という違いはあっても、阿倍広庭は「我が屋戸」に梅を「い掘じて植ゑ」たといい、旅人もこの前の四五二番では「妹として二人作りし我が山斎は木高くしげくなりにけるかも」といっているから、いずれも梅を敷地内に造った庭園に植えたのである。梅の歌で、所在を詠み込んだ四〇例のうち、「屋戸」一二例・「園」一二例・「家」五例・「垣内」「庭」各一例といったふうに、三二例もが邸内の梅を詠んでいる。しかも、その半数を超える一八例は「我が屋戸」九「我が園」四「我が家」二「我が家の園」三例と、自宅に梅があることを強調している。「い掘ず」「植う」と詠んでいるのも同じで、万葉貴族は大陸から招来された梅を邸に移植して栽培し実を収穫したのだろう。しかし、そうした実利だけにとどまらず、万葉人は花の美を鑑賞しておおいに楽しんだとおぼしい。(1)の広庭の歌には若木の梅がみごとに根付いた喜びが感じられるし、(2)の旅人の歌からは妻の形見となってしまった若木が、丈高く花も多く付けるほどに育ったがゆえに、より深まる喪失感が痛々しく迫ってくる。「我が―」「植う・い掘ず」は舶来の梅を庭先に植えて我が物とした人々の想いをおのずと訴えてくるのである。

逆に、桜の所在は郊外の山や野である。(3)では、「阿呆山」の桜のことを、今頃は散り紛っているだろうなと思いやっているが、このように所在を詠み込んだ桜の歌では、二七例のうち二三例が三笠山・龍田山・左紀山といった、邸宅を離れた郊外の山であり、峰や丘や坂であって、庭前の桜を詠むのは四例でしかない。万葉人にとって桜は「国のはたてに咲きにける」(一四二九)花で、古来人々は郊外に赴き、そこここに自生する桜を観賞してきたらしい。そんな桜も、しだいに生活の場に移植されていったのであろうが、万葉集で詠まれるのは相変わらず竜田山や高円山の名所であって、庭前の桜を詠む場合は、「やどにある桜の花は今もかも松風速み地に散るらむ」(一四五八)のように心変わりを示す譬喩的な用法や「我が背子が古き垣内の桜花いまだふふめり一目見に来ね」(四〇七七家持)のように旧知の邸を懐旧する場合であった。

dの「人の行為」を表す語では、梅には「折る」系が一七例、「かざす・かづらにす」系が八例と、桜の四例に比して多い。

梅の花咲きたる園の青柳をかづらにしつつ遊び暮らさな（五・八二五・少監土氏百村）

遊ぶ内の楽しき庭に梅柳折りかざしてば思ひなみかも（一七・三九〇五・書持）

君が行きもし久にあらば梅柳誰と共にか我かづらかむ（一九・四二三八・家持）

人々が梅を「折りかざし」「かづら」にして、共に楽しく心を遣っていたさまが「遊び暮らさな」「思ひなみかも」からもよくわかる。その髪に挿し、纓に付けるのは梅とともに柳であった。「梅の花しだり柳に折り交じへ」（一九〇四）というように、柳を曲げて輪にし、そこに梅を折って挿していったらしい。この柳がどのような種類なのかは断定できないが、しだれ柳は梅と同じく中国からの渡来植物で、平城京の街路樹として植えられたものならば、梅と柳はまさしく時代の先端を行く美意識、ハイカラな景物であったろう。

では、桜はどうかと言うと、

娘子らが　かざしのために　みやびをの　かづらのためと　敷きませる　国のはたてに　咲きにける　桜の花の　にほひもあなに（八・一四二九・若宮年魚麻呂）

と、桜の場合も乙女がかざしにし、風流士がかづらにしたという。咲き誇る花をかざしにし、みずみずしい新芽をかづらに巻く行為は、植物の生命力を身に受けて長寿を願う、呪術的な行為であった(5)。四季折々に人々は郊外に出かけ、花や葉を挿して自然の精気を取り込もうとした。橘やあやめ草を「玉に貫く」のも同じ目的からである。渡来した梅の場合も、こうした古来の風習を応用して、自宅で舶来の花を楽しむ手段としたのであろう。梅に「かざす・かづらにす」が多用されるのは宴の歌が多いせいだが、それは梅が栽培樹だからわざわざ郊外に出向くこともなく、自らが造成した庭園で歓を尽くしたからであろう。万葉貴族は渡来植物を賞翫するに、古来の習俗に則って行ったといえよう。

ところが、興味深いことに、cの「状態」を表す語では、梅と桜にさしたる差異が認められない。梅では「ふふむ」が五例、「咲く」系が三五例、「盛り」系が一一例、「散る」系が三二例となっていて、咲く梅と散る梅が拮抗しており、桜では「ふふむ」が三例、「咲く」系が一五例、「盛り」系が六例、「散る」系が一二例とほぼ同数である。花がびっしりと咲いていることを表す、「しみにあり」と「咲きのををり・木のくれしげ・木のくれ隠れ」、そして水に花が散ることを表す語「浮かぶ」と「流る」は類義としてよいだろう。

dの取り合わせられた景物の役割も梅と桜で差異はない。風が花を散らすのは当然として、春雨は梅や桜の開花を促進すると同時に、花を散らすものとして、月光は梅や桜を照らして際だたせるものとして詠まれている。

このように、六つの要素に用いられた語彙をみる限り、桜に用いられている語彙は梅にも用いられており、「所在」を表す語が自生種・栽培種の特徴を表していること、梅の方に実が取り上げられていること以外は、さしたる偏差はないといっていいだろう。自生種・栽培種といっても、所在を示す語彙からは、桜が庭に植えられるようになっていること、梅が春日里と結びついてイメージを醸成しつつあることが知られ、差異がなくなっていると知られる。

それは梅と桜を共に詠んだ歌をみてもよくわかる。

梅の花咲きて散りなば桜花継ぎて咲くべくなりにてあらずや　（五・八二九・薬師張氏福子）

鶯の木伝ふ梅のうつろへば桜の花の時かたまけぬ　（一〇・一八五四）

この二首では梅と桜、それぞれの優劣や特徴には言及していない。ただ、梅に継いで桜が咲くと開花時期の違いを述べているだけで、梅の花が終われば、つぎは桜の花が楽しめるという喜びを詠っているのである。

従来、万葉集と古今集の用例の多少から、梅は万葉集の時代には、桜よりも愛好され、桜が第一の花になったのは平安朝に入ってからだと説かれてきた。しかしながら、使用語彙からみれば、万葉人は梅も桜も共に楽しむべき春の花として同種のものと捉えている。桜は万葉人の心を惹きつけなかったのではない。ただ、それぞれを表現する語彙の有無からみれば、梅だけに用いられている語彙はあるが、桜に用いられて梅に用いられない語彙は認められない。桜に用いられた語彙は梅に用いられた語彙の範疇を出ていず、万葉集では梅に用いられた語彙が桜に用いられた語彙を包含しているのである。

三　万葉集における梅の表現

ではなぜ、梅を詠む語彙が桜の語彙を包含しているのであろうか。

梅は渡来種だから、万葉集の梅表現には漢詩文の起源が指摘されており、漢文学の影響を説く論考は多い[6]。

(1)我が園に梅の花散るひさかたの天より雪の流れ来るかも　（五・八二二・旅人）

(2)梅の花枝にか散ると見るまでに風に乱れて雪そ降りける　（八・一六四七・忌部首黒麻呂）

(3)梅枝に鳴きて移ろふ鶯の羽白妙に沫雪そ降る　（一〇・一八四〇）

(1)は梅の花を雪と見立てたもの、(2)は雪を梅と見立てたもの、(3)は梅と鶯と雪を組み合わせたもので、いずれも六朝初唐詩の影響が説かれている。見立ての技法のうち、梅の花を雪に見立てるのは春の歌で、(2)のように雪を梅に見立てるのは冬の歌である。渡来の梅を詠むのに渡来の文学の手法を借りる、というのはいわば起こるべくして起こったことであろう。しかし、梅の歌のすべてが漢詩文の影響を受けているわけではない。

(4)妹が家に咲きたる梅のいつもいつも成りなむ時に事は定めむ　（三・三九八・藤原八束）

(5)妹が家に咲きたる花の梅の花実にし成りなばかもかくもせむ
（三・三九九・藤原八束）

(6)風交じり雪は降るとも実に成らぬ我家の梅を花に散らすな
（八・一四四五・坂上郎女）

この三首は梅の「実」が「成る」ことを取り上げている。(4)(5)の二首は房前の第三子八束の譬喩歌、(6)は大伴坂上郎女の歌である。(4)(5)はまず美しく咲いている梅の花を提示し、その花が熟して実が成ったら「事は定めむ」「かもかくにせむ」と将来への希望と意志を表明している。その対象となる梅は「妹が家」にあるというのだから、これは求婚の歌で、「咲きたる花」は今咲き初めたばかりの、それゆえに初々しい少女を、「実に成る」とは相手が成熟することを意味する。八束は少女の母親に将来の約束を求めたのである。この二首からは、思春期となった少女の美しさに心を掻きたてられた男の情熱と身を噛む焦燥が伝わってくる。(6)はまるで(4)(5)への回答のようで、花を散らす「風・雪」に対して、「実に成らぬ」「花に散らすな」と、結実するのを待たず、花のままで散らしてくれるなと警告している。「花」は少女、「風・雪」はあだ心でいい寄る男の譬喩で、母親が男に、まだ成熟していない娘を、分別も恋の手管も知らないうちに口説き落とさないでくれと牽制したのだろう。

こうした梅の実が熟することを、少女が成熟して大人となる喩として用いることも漢詩の影響と説かれてきた。目加田誠氏は『詩経』召南の「摽有梅」の、

摽有梅　其実七兮　求我庶士　迨其吉兮

を、適齢期の女性が男性に果物を投げて誘う風習をうたったと紹介しておられる。(7) しかし、詩経では女が主体で、熟した梅が墜ちていくことに眼目があるのだが、万葉集では、花が咲き熟して実となるという結実のサイクル、成熟の過程に眼目があって、男が少女の成熟を期待し、恋の成就を重ねているのだから、詩経とは趣を異にしていよう。漢文学に影響を受けたとはいい切れないのである。

実は、万葉集には花が咲き、実が成ることを、恋の成就の喩として詠んだ歌が意外に多い。

(7)玉葛花のみ咲きて成らざるは誰が恋ならめ我は恋ひ思ふを　（二・一〇二・巨勢郎女）

(8)はしきやし我家の毛桃本繁み花のみ咲きて成らざらめやも　（七・一三五八）

(9)大和の室生の毛桃本繁く言ひてしものを成らずは止まじ　（一一・二八三四・譬喩歌）

(10)見まく欲り恋ひつつ待ちし秋萩は花のみ咲きて成らずかもあらむ　（七・一三六四）

(11)我妹子が形見の合歓木は花のみに咲きてけだしく実に成らじかも　（八・一四六三・家持）

(7)は第二期の歌人の巨勢郎女の報贈歌で、自分を「玉葛実成らぬ木」（一〇二）でつれないと責めた大伴安麻呂に、私を実の成るはずのない玉葛に喩えるなんて、「花のみ咲きて成らざる」のはあなたの方じゃないの、恋が成就しないのは不誠実なあなたのせいよと切り返している。(8)(9)は毛桃で、「成らざらめやも」「成らずは止まじ」と恋の成就を強く信じたり、決意を表明したりしている。毛桃であれば、花が咲けば必ず実が成るからである。逆に(10)(11)で「花のみ咲きて成らずかもあらむ」「花のみ咲きて」「実に成らじかも」と結実するのを危ぶんでいるのは、萩や合歓には実が成らないからで、(10)では我が恋の行方を不安に思い、(11)では家持が紀女郎にあなたの想いに応えるつもりはないと穏やかに断っている。第二期以降に玉葛や毛桃、秋萩、合歓、山吹などで「花のみ咲きて実に成らず」が恋の不成立をいう表現として一般化していることを思えば、梅を詠んだ三首も、こうした花と実を詠み込んだ歌の系列に連なると考えることができよう。(4)〜(6)は恋の成就を、梅の実の結実、少女の成熟の喩と、多層的にイメージを重ねていったとおぼしい。渡来の梅は古来の和歌の類句を用いて表現されているといえよう。

花への思いを表すのは開花を喜び、花を愛でるだけではない。散るのを惜しむのも花への愛着だが、万葉集には「散らまく惜しみ」と歌う類句が二一例認められる。これは梅にも桜にも認められる。

春雨はいたくな降りそ桜花いまだ見なくに散らまく惜しも　（一〇・一八七〇）

梅の花散らまく惜しみ我が園の竹の林に鶯鳴くも　（五・八二四・将監阿氏奥島）

桜にはこの一例だけで、梅には四例認められるのだが、桜は花を散らす雨という自然現象を素直に詠んでいるだけだが、梅を詠んだ梅花宴の八二四番では梅に竹というやや奇矯な詠みようだが、これは竹の林に鶯という、漢詩の組合せを用いたためである。ここでも中国文芸の素材を組合せながら、古来の類句で心情を表出している。

一方、梅だけに用いられた類句としては「散りぬともよし」が挙げられる。

青柳梅との花を折りかざし飲みての後は散りぬともよし　（五・八二一・笠沙弥）

酒杯に梅の花浮かべ思ふどち飲みての後は散りぬともよし　（八・一六五六・坂上郎女）

我が屋戸の梅咲きたりと告げ遣らば来と言ふに似たり散りぬともよし　（六・一〇一一）

来て見べき人もあらなくに我家なる梅の初花散りぬともよし　（一〇・二三二八）

前の二首は酒宴の席で梅の花をあるいは「折りかざし」、あるいは「酒杯に浮かべ」て歓を尽くした。その後はもう散ってもよいといい、後の二首は自宅の美しく咲いた梅の花を恋する人に見せたいのに来てくれない。それぐらいなら散ってしまってもよいと梅に当たっている。咲きにおう花を謳歌した後の慢心であり、梅を愛するが故の八つ当たりである。そんな梅花への想いを逆説的に表したのが「散りぬともよし」の類句なのである。ところが、この類句は万葉集にしか認められず、万葉集でも梅にしか用いられない。この類句が再び認められるのは江戸時代になって、万葉歌を擬した歌が盛んに詠まれるようになってからなのである。

また景物では、桜には見られず、梅の方に認められるものに「露」がある。

妹がためほつ枝の梅を手折るとは下枝の露に濡れにけるかも　（一〇・二三三〇）

咲き出照る梅の下枝に置く露の消ぬべく妹に恋ふるこのころ（一〇・二三三五）

二三三〇番は冬の雑歌、二三三五番は冬の相聞だが、「妹がため」「手折る」という二三三〇番は相聞としてもよいところである。木の露に濡れる・露が消えるように恋死にそうだという表現は、梅の他にも用いられている。

我が屋戸の夕影草の白露の消ぬがにもとな思ほゆるかも（四・五九四）

我が背子を大和へ遣るとさ夜更けて暁露に我立ち濡れし（二・一〇五・大伯皇女）

「露の消ぬべく」恋い慕うと詠むのは一一例見られ、「露に濡れる」と詠むのは相手を慕う想いを表すのに通じる。そうした古来の表現を梅にも用いたということであろう。「露」も先述した「かざし・かづら」「成らずは止まじ」と同じで、渡来植物にも古来の表現が試されたとおぼしい。

うつたへに鳥ははまねど縄延へて守らまくほしき梅の花かも（一〇・一八五八）

これは梅が散るのを惜しむあまりに縄を巻いて守ろうというのであるが、桜を「大空に覆ふばかりの袖もがな春咲く花を風にまかせじ」（後撰六四）と詠う、先蹤である。

このように万葉集の梅の表現を語彙から検討していくと、浮かび上がってくるのは、漢詩文の修辞とともに、古来の和歌表現も意外に多く見出されることである。万葉人は渡来の梅を詠むにあたって、漢文学の修辞をそのまま取り入れたのではない。漢文学の比喩や表現を一ひねりしたり、古来の表現に充当させたりしているのである。考えてみれば当たり前のことなのだが、さまざまな表現が試されたということであろう。

四　万葉集における桜の表現

桜を詠む語彙が梅を詠む語彙の範疇にあると述べたが、万葉の桜が梅と同じように詠まれているわけではない。梅とは異なる花としての個性が認められる。

万葉集の桜四二首のうち一一首は長歌で、「松風に　池波立ちて　桜花　木のくれしげに」（二五七）「丹つつじのにほはむ時の　桜花　咲きなむ時に」（九七一）「山辺には　桜花散り　かほ鳥の　間なくしば鳴く」（三九七三）などと、対句を構成して、雄大な景観を展開していく。

白雲の　竜田の山の　滝の上の　小桜の嶺に　咲きををる　桜の花は　山高み　風し止まねば　春雨の　継ぎて
し降れば　ほつ枝は　散り過ぎにけり　下枝に　残れる花は　しましくは　散りなまがひそ　草枕　旅行く君が
帰り来るまで　（九・一七四七・虫麻呂）

これは、春三月、諸卿大夫等が、竜田山を越えて難波に下った時の長歌である。白雲のかかる竜田山、その滝の上の小桜の嶺、そこに「咲きををる」満開の桜と、景を絞っていって、つぎに桜を散らす元凶の風と春雨を呼び出し、その桜も上の枝は風と春雨のせいで「散り過ぎ」てしまい、下枝にだけ咲き残っていると、花の諸相を提示して、残った下枝の桜に諸卿たちが「帰り来るまで」「散りなまがひそ」と命じている。反歌も「我が行きは七日は過ぎじ竜田彦ゆめこの花を風にな散らし」（一七四八）と、竜田の神に七日間は散らしてくれるなと祈っている。

このように「散る」桜の歌は羈旅と関わる歌が多い。それも時の経過と深く関わって詠まれている。一二一二番では「足代過ぎて糸鹿の山の桜花散らずもあらなむ帰り来るまで」といい、四三九五番では、往きでは「見つつ越え来」たのに、帰途には「桜花散りか過ぎなむ」と危ぶんで、盛りを過ぎて散ってしまうことを残念に思っている。桜の開花を起点とし、再び桜を見る時を到達点として、その時まで「散らずあらなむ帰り来るまで」「な散らし」と命じ「散らずあらなむ」と願うのだから、梅のように散る姿を楽しむのではない。桜がすぐに散り行くことを知った上で、惜しむ想いがここにはある。

それはまた、「花を見る・見せる」という行為に繋がる。花を惜しむゆえに「君が見むその日まで」（一七五二）「見せむ児もがも」（一七五二）「ただ一目君に見せてば何をか思はむ」（三九六七）といって、共に見て賛嘆することを望むのである。これは梅花を手折って歓を尽くす宴と同じである。

こうした桜の時間性空間性は郊外に自生する桜を詠むためでもあろう。しかし、梅はそうした悠然たるランドスケープを感じさせない[8]。梅は、花から実となる時間をもって成就を表し、桜は花が散ることからはかなさを表す。同じく時の経過を捉えているようで、桜は開花し散り行くという滅びのサイクルを包含し、梅は結実をもって成就に繋がるという、めでたさ明るさを内包している。梅の花が散るのを美と捉えるのは雪との見立ての視覚もあろうが、花が散ればやがて実が成る、という栽培樹で食用をまかなったという面が顕れているのだろう。

あしひきの山桜花日並べてかく咲きたらばはだ恋ひめやも　（八・一四二五・赤人）

我が背子に見せむと思ひし梅の花それとも見えず雪の降れれば　（八・一四二六・赤人）

いずれも山部赤人の歌だが、連続して桜の歌と梅の歌が並べられていて、桜には「日並べてかく咲きたらば」と桜の開花時期の短さを惜しみ、梅には「それとも見えず」と雪に覆い隠されて鑑賞できないのを嘆いている。桜のはかなさ、雪と見まがう白梅の高雅な美しさを逆説的にいって愛顧の想いを詠う、和と漢それぞれの特質をみごと捉えて形象化しているが、表現こそちがえ、その底には愛する対象を我が物としきれない、かすかな哀しみが籠められている。

ここからは、梅は視覚を楽しむもの、桜は散るを惜しむものという、表現が確立していったと知られよう。

万葉集の桜の歌では、龍田山や高円山などの郊外の地が名所として挙げられ、梅とは異なり、長歌で、開花から満開へ、そして散りゆくまでを象っていき、旅立つ者が無事帰って花を見ることを願っている。花吹雪を賞でるのではなく、散るを惜しむところに、桜を我が地のランドマークとして愛し、大切に思う人々の心が語られていよう。

五　古今集における梅の語彙と表現

古今集で梅を詠んだ歌は、春上に二三首、春下に一首、冬に四首、賀に一首、物名に一首、恋に二首、哀傷に一首、雑に三首の計三六首認められる。このうち八首は「花」と詠むだけで、詞書にも「梅」とは明示されていないが、鶯などの景物との組合せから梅の謂いと判断した。これは万葉集が必ず「梅」を詠み込んでいるのとは対照的である。古今集の梅はどのように表現されているのだろうか。

古今集の梅にはつぎのような語彙が用いられている。

a所在　宿三　園　くらぶ山
b部位　花一〇　梅三　梅の花一六　梅の花笠　梅が枝　梅の末枝　色五　実　梅の香　梅が香　花の香　香一二　匂ひ
c状態　咲く三　にほふ二　散る三　散りかかる　うつろふ　匂ふ四
d人の行為　植う二　折る八　かざす　かざし　見る六　見ゆ六　見す
e心情　恋ふ　飽かず　あはれ　しるし

f景物　雪七　風　月　闇二　水二　鶯一二　青柳　袖五

これらを万葉集の梅と比べると、aの「所在」を示す語の種類は少なくなり、用いられた「宿」も少なくなっている。bの「部位」では一例しか見られなかった「香」が「梅の香」「梅が香」「花の香」「香」と一五例も用いられており、新たに「匂ひ」「色」が認められる。「香」の多用に伴って、「部位」に「匂ひ」「色」、「状態」に「匂ふ」、「景物」に「闇」が新たに見られる。「色」は「香」が詠まれたので対比的に取り上げられたようだ。cの「状態」では「咲く」系と「散る」系は五例ずつで万葉集と同じく拮抗しているが、用例数自体は減少している。「ふふむ」「盛りなり」は姿を消している。dの「人の行為」では「かざす」は用いられるが「かづらにす」は認められない。eの「心情」では梅を讃える「いやめづらし」「いやなつかし」が認められない。fの「景物」では万葉で一例だった「袖」が五例となり、「闇」「水」が新たに用いられているのに対して、「柳」は一例だけと減少している。

つまり、古今集では、万葉集で多用されていた語が減少し、少なかった語が多用されるようになって逆転しており、同時に新たな語が用いられるようになっているのである。

この変化は、古今集になって梅の香りが取り上げられるようになったことが大きい。では、それは古今集の梅の表現にどのような影響を与えているのだろうか。

(1)月夜にはそれとも見えず梅の花香をたづねてぞ知るべかりける　（春上・四〇・躬恒）
(2)春の夜の闇はあやなし梅の花色こそ見えね香やは隠るる　（春上・四一・躬恒）
(3)梅の花それとも見えず久方の天霧る雪のなべて降れれば　（冬・三三四・伝人麻呂）
(4)花の色は雪にまじりて見えずとも香をだに匂へ人の知るべく　（冬・三三五・小野篁）
(5)梅の香の降りおける雪にまがひせば誰かことごと分きて折らまし　（冬・三三六・貫之）

(6)雪降れば木ごとに花ぞ咲きにけるいづれを梅と分きて折らまし
（冬・三三七・友則）

これらは「それとも見えず」「見えずとも」「分きて折らまし」といって、梅の花が視認できないと詠む歌である。春歌の(1)(2)では明るすぎる月光に目をくらまされたり、真っ暗闇に塗り込められたりして、どこに梅の花があるのか、その所在を確認できないといい、(3)～(6)の冬歌では、雪が「天霧る」空いっぱいに覆ってしまったり、ちらちら降る雪と梅の花が一体化してしまったり、雪が枝のそこここに積もって花のように見えたりして、梅の花をはっきりと見ることができないという。この六首のうち四首までが「香」を詠み込んでいて、花は見えないが、香によって所在がわかり、折り取ることができるというのである。これは漢文の「聞香」の影響なのだが、人麻呂作と伝承されている(3)の歌に「香」が見えないことが、「香」を取り上げた古今集との相違をよく表している。(5)の、梅の香は紛れもないものだが、それが仮に花と同じように雪に見紛うならば、もう、この雪の中で、どれが雪、どれが梅の花と見分けて花を折ることができようか、けれども実際は香は紛れもないのだから「分きて折」ることができると詠む歌は、(6)の離合詩の技法を用いた、見分けられないととまどう友則の歌に解決法を与えたかのようである。

こうした雪と梅の取り合わせは万葉集にも認められた。それは、

A　「しかすがに」を用いて雪が降ったのに花が咲かないと季節の到来をいう技法
B　雪を梅に、梅を雪に見立てる技法
C　雪に遮られて梅が見えないとする技法

の三種なのだが、古今集では春歌はBの見立て、冬歌はCの梅を隠す雪と、棲み分けている。
また、梅と「月」の組み合わせは万葉集にも認められる。万葉集では、

闇ならばうべも来まさじ梅の花咲ける月夜に出でまさじとや
（一四五二・紀小鹿）

ひさかたの月夜を清み梅の花心開けて我が思へる君　（一六六一・紀女郎）

春日なる三笠の山に月も出でぬかも左紀山に咲ける桜の花の見ゆべく　（一〇・一八八七）

と、月は梅や桜の花を美しく見せるものであった。それを躬恒は(1)のように、月光に目が眩んで梅の花がそれと認められないと、白梅と映発する月光という新たな修辞、美の世界を拓き、そこに万葉の類句「それとも見えず」を用いたのである。

(1)のような、香によって、つまりは嗅覚によって見えない花を折り取ることができるとか、(2)(4)のように薫りで所在が知られると詠む歌は、漢文の「聞香」を和歌に移したものと考えられている。とすれば物名で梅を詠み込んだ「あなう目に常なるべくも見えぬかな恋しかるべき香は匂ひつつ」（四二六）も視覚にまさる嗅覚という点で同じ発想に立つといえよう。

古今集の「香」は、天象のほかに人事と組み合わせて詠まれている。それは万葉集の一例から古今集で五例と増大している「袖」である。

(7)折りつれば袖こそ匂へ梅の花ありとやここに鶯の鳴く　（春上・三二）
(8)色よりも香こそあはれと思ほゆれ誰が袖触れし宿の梅ぞも　（春上・三三）
(9)宿近く梅の花植ゑじあぢきなくまつ人の香にあやまたれけり　（春上・三四）
(10)梅の花立ち寄るばかりありしより人の咎むる香にぞしみぬる　（春上・三五）
(11)梅が香を袖に移して留めてば春は過ぐとも形見ならまし　（春上・四六）
(12)散ると見てあるべきものを梅の花うたてにほひの袖に留まれる　（春上・四七・素性）

これらは移り香をテーマとしており、古今集での新たなテーマである。(7)は折り取って賞美しようとすると袖に梅の香が染みこんでしまったので、鶯がここに梅の花があると間違えるといい、逆に、(8)は梅の香がすばらしいのは人の袖が振れたために、焚きしめた薫りが移ったからだという。(9)(10)も「袖」の語こそないが、袖への移り香が眼目で、(9)は梅の香を来訪を待つ恋しい人の薫りにまちがえてしまうといい、(10)は梅の近くに立ち寄ったばかりに香りが移って、それを恋人に誰の袖の移り香かとなじられてしまったという。これらは単に梅の香が袖に移ったといっているのではなく、梅の香と袖に焚きしめた薫りが交錯し混融するといっているのである。そして、(11)では自然に香が移るのではなく、わざと香りを袖に移して、梅の形見としたいといい、(12)では梅への哀惜を「うたて匂ひの袖にとどまる」と逆説的に告白している。これは三で述べた万葉集の「散りぬともよし」に通じる想いであろう。それを平安和歌の特徴である袖の香で表したのである。これらは「色よりは香」と古今時代に見出した感覚を顕わにし、自然の梅の香と人工の薫き物の薫りが混融し重層化する効果をねらった、自然と人事を重ね合わせた表現なのである。

(13)春ごとにながるる川を花と見て折られぬ水に袖や濡れけむ　（春上・四三・伊勢）

(14)年を経て花の鏡となる水は散りかかるをや曇るといふらむ　（春上・四四・伊勢）

この二首の詞書は「水のほとりに梅の花咲けりけるをよめる」で、水面に映る梅を詠んでおり、(13)は盛りの梅、(14)は散り敷く花びらが眼目である。「袖」を用いた(13)は、梅を折れば袖に香が移るはずなのに、水に映った梅だから折ろうとすれば袖が濡れるといい、(14)は鏡に塵が積もると曇って見えなくなることに掛けて、花びらが散り敷いて水面に映る梅がよく見えないという。(13)の袖には梅を手にできない涙が響いており、(14)の「曇る」は梅の姿が紛れて視認できないという発想に繋がる。華麗な景でありながら、実は幻視の景で、「それと見え」るのに「分きて折」れない、とする(1)(5)を応用した発想と考えられよう。

古今集のこうした「袖」は、万葉集とは異なっている。

引き攀ぢて折らば散るべみ梅の花袖に扱き入れつ染まば染むとも　（万葉・一六四四・三野連石守）

これも花を折り取って袖に入れたという行為は同じなのだが、万葉集では花を散らさないように袖にしごき入れたのだ、そのために袖に色が染めついてもかまわない、といっているから、目的は花である。古今集では、花を手折ったために香が袖に移ってしまったが、その移り香をこそ鍾愛するといっている。この万葉歌は匂いが染みこむ意とも解される。しかし、万葉集の「にほひ・にほふ」には香ではなく色、その色も紅ではなく白に染まるという例もみられる。その袖に移る「色」を「香」に変えれば古今集の表現となる。万葉歌から古今集へは、意外に近いということができよう。古今集は万葉歌の発想を負ったと考えてもよいのではないか。古今集の梅の歌では「香」への偏りが顕著であるが、一つ一つの歌を見ていくと、万葉集に認められる古来の発想や手法も用いられているのである。

これまでは古今集で多用された語から、その発想をみてきた。では、古今集で使用が減少した語についてはどうであろうか。

万葉集の表現は減少したといっても、まったくなくなったわけではない。

鶯の笠に縫ふてふ梅の花折りてかざさむ老い隠るやと　（春上・三六・源常）

春来れば宿にまづ咲く梅の花君が千歳のかざしとぞ見る　（賀・三五二・貫之）

この二首は「かざす」を用いているが、三五二番は詞書に「本康親王の七十賀のうしろの屏風によみて書きける」とある賀の歌、三六番も「老い隠るやと」とあるからこれも賀であろう。三六番では梅花をかざしにして老醜を隠そうといい、三五二番では千年の長寿に添えるものといって、老人の行為としている。万葉集では「盛り」「今盛りなり」と生命の輝きを謳歌する歌として用いられていたのだが、古今集では、命の寿ぎというよりは、老人の回生に用いられている点で趣が異なろう。

梅の花咲きての後の身なればやすきものとのみ人の言ふらむ　（雑体誹諧歌・一〇六六）

これは梅の「実」を用いている。「実」と「身」、「酸き物」と「過ぎ者」を掛けて、人生の盛りを過ぎた自身を自嘲した歌である。万葉集と同様熟した実を取り上げているが、この歌はその酸味をもって、苦い想いを表している。万葉集では三で見たように花が咲き実となる経緯を少女の成熟や恋の成就の喩として用いているのだが、古今集では、老いた男性官人の到達した位階の意とし、まったく趣を変えている。これらは万葉歌のことばを用いながら、用法を転換して、異なる感覚を詠出しているといえよう。

一方、古今集でみられなくなったのは蕾をいう「ふふむ」である。

春雨を待つとにしあらし我が宿の若木の梅もいまだふふめり　（四・七九二・久須麻呂）

これは家持が「春の雨はいやしき降るに梅の花いまだ咲かなくいと若みかも」（七八六）と、春雨が梅を開花させることを踏まえて、久須麻呂を春雨にたとえ、梅を娘にたとえて、盛んにいい寄っても娘が幼くて誘いに応じない、もっと妻問いをするようにと勧めたのに答えて、「いまだふふめり」と現状を認め、家持の申し出を了承した歌である。梅の堅いつぼみを表す「ふふむ」はまだ花開かない娘の喩としてまことに適切である。つまり、「ふふむ」と蕾を詠む歌は、いずれ開花することを期待して、その期待の種々相を、時の経過にせよ、恋の譬喩にせよ、詠み込んでいく。特に人事では、無垢で恋を知らない少女の硬さ、それを見つめる男の我が手で開花させようとする想い、まだことばに出さず、堅く胸底に秘す想いの形を象っていく。「ふふむ」は蕾と花開くというイメージの連続性を基底とした、硬さと柔らかさの予感を併せ持った表現なのである。

ところが、「ふふむ」は平安和歌には認められない。平安和歌に開花をいう表現が無いわけではない。しかしそれらは、「ほころぶ」「ひもとく」「開く」「咲かず」であり、散文での「気色ばむ」であって、蕾の硬さをいうものは認められないのである。花開く一連の動きと蕾のままの状態の提示とでは大きな相違があろう。平安和歌では蕾を形象化し、開花を期待する歌は詠まれなかったのである。

しかも、「ふふむ」は梅だけに用いられたのではない。桜や萩、山吹、合歓木と花一般に一四例も認められる。古今集では梅の香への偏りがめだったが、それは梅に限定されない、古今時代全般の傾向であったらしい。[9]「ふふむ」を使用しなくなるのもまた、古今集のみならず、平安和歌での選択であったのだろう。そこにどのような作為が働き、美意識が変容したのかはよくわからない。「ふふむ」が再び見られるのは、先述した「散りぬともよし」同様、江戸時代になって、万葉歌を擬すようになってからなのである。[10]

六　万葉集から古今集へ

万葉集の梅に用いられた語彙からは、万葉貴族が渡来した梅を邸宅に植えて食用に供しただけではなく、その花を観賞し友と共に楽しんだと知られる。しかも、梅に用いられた語彙が、自生種の桜に用いられた語彙を包含している―それは実が詠まれるからだが―ことを思えば、新奇な梅が知識人に歓迎され、その魅力を謳うにあたって、習得し始めた漢文学に依るだけではなく、古来の類句や発想をも用いて、新たな表現を模索していったと知られる。天平期は舶来の梅をどう表現するかを和漢それぞれに試そうとした模索期だったのだろう。

ところが、古今集になると、万葉集で多用された「かざす」「ふふむ」「散りぬともよし」などの語や表現はさして用いられなくなり、用いられても対象を変えたり用法を変えたりしている。逆に、万葉集であまり用いられなかった「香」「それとも見えず」などの語や表現は、古今集では新たな発想や意味を与えられて多用されている。それに伴って「袖」「匂ふ」「色」「留む」などの新しい語も用いられている。これは形容詞で万葉集と古今集を調査した時と同じ結果である。[11]梅に関しては万葉集で、漢詩文からの発想や表現を取り入れ、さらに古来の発想や表現をも試して取り入れたとおぼしいが、それが古今集で整理されていったのであろう。こうした平安仮名文の梅表現の様相については次章以降で述べていく。

注

（1）松田修氏『万葉の植物』（保育社、一九六六年四月）『花の文化史』（東京書籍、一九七七年八月）
（2）小清水卓二氏『万葉植物と古代人の科学性』（大阪時事新報社、一九四八年七月）
（3）前田富祺氏「万葉の花―花の言語文化史序説として―」（『万葉集の世界とその展開』白帝社、一九九九年四月）
（4）萩一四一首、梅一一八首、橘六八首
（5）和歌森太郎氏『花と日本人』（角川文庫一九七五年二月）
（6）小島憲之氏「古今的表現の成立」（「解釈と鑑賞」一九六〇年二月）、『上代日本文学と中国文学上』（塙書房、一九六四年三月）
（7）『新釈詩経』（岩波新書、一九五四年七月）
（8）梅には珍しいランドスケープを感じさせるのは「馬並めて高の山辺を白妙ににほはしたるは梅の花かも」（一〇・一八五九）一首のみ。
（9）三木雅博氏「和歌と漢文学のかかわりをいかにとらえていくか」（「国文学」二〇〇〇年一二月号）
（10）「散りぬともよし」「ふふむ」ともに『新編国歌大観』による。
（11）拙論「散文表現と歌ことば」（『国語語彙史の研究一二』二〇〇〇年一〇月）

2　八代集における梅花の表現

一　八代集の「梅」――語彙からの概観

渡来植物の梅は万葉集から認められるが、平安和歌ではどのように詠まれているのだろうか。前章では万葉集と古今集の表現の位相を歌に用いられた語彙から分析し、万葉集では渡来種の梅に用いられた語彙が自生種の桜に用いられた語彙を包含しており、新奇な素材に接して驚喜した万葉人がさまざまな表現の可能性を探っていったと推測されること、古今集になると、万葉集で多用された語彙はあまり用いられず、用いても意味を変えており、その一方で「香」に代表されるような、一例しか用いられなかった語を多用して新たな美意識を呈示しようとしていると述べた。

古今集になって梅花の表現は変容したわけだが、では、そうした古今集の試みはどうなったのであろうか。以後そのまま受け継がれたのであろうか、変容していったのであろうか。六歌仙には梅を直接に詠んだ歌は認められない。平安貴族は梅にどのような思いを抱いていたのであろうか。ここでは勅撰集の八代集を取り上げて、前章から析出された事項、特に景物に関連した表現から、平安和歌の特質や美意識について考えていきたい。

表現について考える前に、八代集で梅がどのように認められるかを概観しておこう。

表1は各集で梅が詠まれた歌の部立別の数である。(1) 部立の名称は集によって異なるが、ここでは古今集のものを用

表１　梅を詠んだ歌の部立

	春	夏	秋	冬	賀	離別	羈旅	物名	哀傷	恋	雑	計（紅梅）	%
古今集	24			4	1			1	1	2	3	36	3.3
後撰集	21			5								26（3）	1.8
拾遺集	14	1		1				2			17	35（3）	2.6
後拾遺集	18			2						1	2	23（2）	1.9
金葉集	6										3	9	1.4
詞花集	2									1		3	0.7
千載集	16			1	1							18（1）	1.4
新古今集	20			1						1	7	29（3）	1.5

い、他の集は古今集に準じた。古今集の雑体・俳諧歌一首・神遊び歌一首、拾遺集の雑春一二首・雑秋三首・雑賀一首、新古今集の神祇歌一首はすべて雑部に含めている。各集の梅が詠まれた数を総計し、和歌数との比率をパーセントで示した。総計の（　）内は紅梅を詠んだ歌の数で、後撰集では梅の歌二六例の内三例が紅梅を詠んだ歌ということである。

梅を詠んだ歌の比率は、古今集が三・三%で最も多い。後撰集は一・八%とほぼ半減し、拾遺集になって二・六%と再び上昇し、後拾遺集では一・九%と下降して後撰集と同じほどとなり、金葉集以降は詞花集を除いて、少し下がった一・四%ほどで落ち着いている。梅花は古今集では群を抜いて多く認められるのだが、三代集以降はあまり認められず、詠まれなくなったようである。紅梅は後撰集から認められるが、多くはない。

部立別では、春部に集中しているのは当然として、冬部にも春を待つ詠として認められ、四季部に多い。その一方で恋部や雑部には意外に少なく、離別や羈旅には認められない。拾遺集だけは雑部にも多いようにみえるが、雑春・雑秋・雑賀を除けばわずか一首にすぎない。古今集の哀傷一例は梅を植えた人の死を悲しむ歌で、万葉集の旅人が妻を悼む歌の流れを汲んだもの、恋部の二例は、梅とは直接関わらない業平の「月やあらぬ」と、恋する人の心が離れてしまったことを鶯が花の散るのを嘆くのに喩えた歌、

表2　梅の部位

	梅	梅の花	梅の花笠	花	梅が枝	梅の立枝	花の枝	梅が香	梅の匂ひ	花の香	香	匂ひ	実	種	詞書のみ
古今集	3	16	1	10	2			2			12	1	1		1
後撰集	1	14	1	8	2						7				
拾遺集	6	20		3	3	1					6	1	1		1
後拾遺集	5	9		4	1			3	1		6	1			
金葉集	1	4	1		2	1					2				
詞花集		2		1							1	1			
千載集	7	3			3	1		3		1	3	1			
新古今集	5	13		3	3	1	1	2	1		5	5		1	

後拾遺集は梅花に恋人の訪れを期待する歌、詞花集は鶯が主体、新古今集は伊勢物語四段の異本歌で、梅である必然性は薄い。平安和歌では、梅花は四季の歌として定着していったようである。後撰集が四季歌だけであるのはそうした事情をよく表していよう。

　表2は、梅のどんな部位の語が詠み込まれているかをみたものである。一首の中に複数の語が認められる場合は別々に計上している。古今集の「梅の香」一例は「梅が香」に、「梅の末枝」一例は「梅が枝」に、後撰集の「梅の初花」二例は「梅の花」に、拾遺集と千載集の「若木の梅」各一例は「梅」に、後拾遺集の「移り香」二例、千載集の一例は「香」に含めている。「にほひ」については香りの意に限定しうる「匂ひ」だけを計上した。「詞書のみ」は、詞書に「紅梅」「梅」と記して、明らかに梅をテーマにしているのに、歌中に梅を示すことばが認められない事例である。

　これら梅の部位ではほとんどの歌が花を詠み込んでおり、次いで香りを詠み込むものが多い。「実」は二例、「種」は一例しか認められない。「実」は前章で述べたように、万葉集では、「妹が家に咲きたる花の梅の花実にしなりなばかもかくもせむ」（三九九・藤原八束）のように、結実を少女の成熟や恋の成就の喩として用いている。八代集でも

だが、「実」や「種」を詠み込んで、種から芽吹き、花が咲き、散って実となる一連のサイクルを前提としているのは同じ

霜枯れに見えこし梅は咲きにけり春には我がみあはむとはすや　（拾遺・雑秋・一一五五・貫之）

梅の花咲きての後のみなればやすきものとのみ人の言ふらむ　（古今・俳諧歌・一〇六六）

遅く疾くつゐに咲きぬる梅の花誰が植ゑ置きし種にかあるらん　（新古今・雑上・一四四三・忠平）

と、「実」を「身」と掛けて逼塞から抜けだし昇進する願望の喩としたり、人生の盛りを過ぎた老残の身の喩としたり、忠平が兄が大臣になったのを、すべて父基平のおかげだと寿いでいるように、平安和歌では男性官人の官途の喩としている。「実」「種」が詠まれるのは詠者からすると古今時代だが、つぼみの状態をいう「ふふむ」ともども、平安和歌ではあまり用いられなくなっている。その一方で、万葉集では一例にすぎなかった「香」が古今集で急に多用されているが、古今集で認められた香の重視は、八代集に敷衍しても変わりがなく、平安和歌の表現として定着しているとみることができよう。

表3は梅と共に詠み込まれた特徴的な歌ことばについてみたものである。景物が中心だが、「春」や「昔」「形見」といった目につく歌ことばも挙げている。

景物の取り合わせなど述べ尽くされたかと思われるが、梅一つをとってもいまだしの感はある。たとえば、梅と取り合わせる景物といえばすぐに鶯が思い浮かぶが、鈴木宏子氏は梅と鶯の取り合わせについて、Ⅰ梅の枝に鶯がとまる、とまって鳴く、Ⅱ梅を見る者の耳にさえずりが聞こえる、Ⅲ梅の花が散るのを惜しんで鶯が鳴く、の三つのタイプに分類された。(2) しかし、これは梅の表現の分類ではない。鶯が中心の分類である。しかも、鶯は八代集全体では必ずしも梅と緊密に結びついているわけではない。表3から知られるように、鶯は古今集でこそ一二例で梅の歌の三分

表 3　梅と共に詠み込まれた歌ことば

	春	雪	雨	霞	風	月	空	闇	水	鶯	衣	袖	宿	垣根	軒端	形見	昔
古今集	9	7			1	1		2	2	12		5	3			1	2
後撰集	3	7	3		2					6	1	1	2				
拾遺集	8	7		2	4				1	6	1		3				
後拾遺集	6	3			3			3	2	1		1	5	3		1	
金葉集	2				2				1	1		1				1	1
詞花集					1					2			1	1			
千載集	8	3			4	2	1	1		3	1		2	1	2		1
新古今集	9	8		1	2	5	2			2		6	2	1	1	1	4

の一を占めているが、後撰集や拾遺集では六例と半減しており、後拾遺集以降はさらに少なく数えるほどでしかない。歌数の多い新古今集でも二例にすぎず、その二例も万葉歌と道真の歌だから、いずれも古今以前の歌である。新古今時代には梅と鶯の取り合わせは詠まれたとしても新鮮味を失って勅撰集に採られなくなっているのである。梅を中心とした表現を分析する必要があろう。

さて、梅を詠んだ四季歌のなかで特に「春」が詠み込まれるのは、

春さらばあはむと思ひし梅の花今日の遊びに相見つるかも
（万葉・八三五・薬師高氏義道）

春や疾き花や遅きと聞き分かむ鶯だにも鳴かずもあるかな
（古今・春上・一〇・言直）

梅の花にほひの深く見えつるは春の隣の近きなりけり
（拾遺・雑秋・一一五六・三統元夏）

のように、梅が春の初めに咲く木の花と認識されていたからだろう。万葉集では春に咲く花として位置づけ、花のもとで春の到来を謳歌しているが、八代集でも、春告げ鳥である鶯と遅速を競わせたり、咲けば春が来るはずと詠まれている。

天象では「雪」「風」が目につく。「風」は、

吹く風に散らずもあらなむ梅の花我が狩衣一夜宿さむ　（後撰・春上・二五）
吹く風を何厭ひけむ梅の花散り来る時ぞ香はまさりける　（拾遺・春・三〇・躬恒）
東風吹かば匂ひおこせよ梅の花主なしとて春を忘るな　（拾遺・雑春・一〇〇六・道真）

と、万葉集同様、花を散らすものであったが、と同時に、平安和歌では香りを運ぶものとして詠まれる。「空」「闇」は万葉集には認められない。

「水」は池や川に映ったり散ったりする梅の花を描出し、「形見」「昔」は懐旧を誘う花として詠んでいる。

春ごとに流るる川を花と見て折られぬ水に袖や濡れけむ　（古今・春上・四三・伊勢）
尋ね来る人にも見せむ梅の花散るとも水に流れざらなむ　（後拾遺・春上・六四・経衡）
梅が香に昔を問へば春の月こたへぬかげぞ袖に映れる　（新古今・春上・四五・家隆）
梅の花飽かぬ色香も昔にて同じ形見の春の夜の月　（新古今・春上・四七・俊成）
梅が香を袖にうつして留めてば春は過ぐとも形見ならまし　（古今・春上・四六・貫之）

「昔」と詠む際の本歌は、家隆の歌のように業平の「月やあらぬ」である。

「宿・垣根・軒端」は梅の木の所在を示す表現である。万葉集で多用された「我が屋戸」は、万葉人が渡来した梅を移植して栽培し、鑑賞していた経緯を知らしめるが、それにならってか、平安和歌でも「宿の梅」「宿」「我が宿」が連綿と用いられている。加えて後拾遺集からは「垣根の梅」「軒端の梅」とも詠まれるようになっている。「垣根・軒端」はより限定した表現といえるが、日記や物語で「御前の梅・橋隠しの梅」と記された影響であろうか。平安和歌でも「宿」「我が宿」と梅の所在を示すのは、万葉集と同じく、共に鑑賞して楽しもうという思いがあるからだろう。平安和歌ではそこに来客を期待する。

来て見べき人もあらじな我が宿の梅の初花折り尽くしてむ　（後撰・春上・二三）

ことならば折り尽くしてむ梅の花我が待つ人の来ても見なくに　（後撰・春上・二四）

いずれも梅の花が咲いた枝を「折り尽くしてむ」と詠んでいるが、二三番では「来て見べき人」、二四番では「待つ人」が「来て見な」い、それならいっそ折り尽くしてしまおうとやけになっている。ここからは恋人なり友人なりの、美意識を共有できる人、愛する人と我が家の美しく咲いた梅を共に観賞したいという思いが伝わってくる。「宿の梅」はそうした梅見における人と人との関わりを表す表現として選び取られていると考えられよう。

つぎに、こうした梅花に顕著な歌ことばのうち、「雪」「袖」の景物、「香・匂ひ」の部位、「かざし・かざす」「待つ人」「訪ふ人」などの梅見から、平安和歌における梅花表現の展開を探っていこう。

二　白梅の美――雪との取り合わせ

梅には白梅と紅梅があるが、まず渡来したのは白梅であった。人々はその白さを愛でたのだが、その表現には二つの型が認められる。

Ⅰ　白い花を雪に、あるいは雪を白梅に見立てる型[3]

Ⅱ　白い物に隠されたり、映発されたりして視認できないとする型

である。

Ⅰの白い花を雪に、あるいは雪を白梅に見立てる型はつぎのような歌である。

(1)春立てば花とや見らむ白雪のかかれる枝に鶯の鳴く　（古今・春・六・素性法師）

(2)梅が枝に降り置ける雪を春近み目のうちつけに花かとぞ見る　（後撰・冬・四九七）
(3)梅が枝に降り積む雪は一年に二度咲ける花かとぞ見る　（拾遺・冬・二五六・公任）
(4)春立ちて降る白雪を鶯の花散りぬとやいそぎ出づらむ　（後拾遺・春上・一八）
(5)梅が枝に降り積む雪は鶯の羽風に散るも花かとぞ見る　（千載・春上・一七・顕輔）
(6)梅の花折りてかざしに挿しつれば衣に落つる雪かとぞ見る　（千載・春上・二一・公能）

八代集に用いられた梅と雪の見立て一三例のうち、一二例までが「花とや見らむ」・「花とこそ見れ」三・「花かとぞ見る」二・「花と見ゆらむ」・「花散りぬとや」と、「花と見る」の類句を用いて、雪を花と見立てている。引用の「と」、疑問の「や・か」、推量の「らむ」は、そんなことはないのだろうが、ついそう見てしまうという感覚を表しているのだが、そうした疑問を抱くのは、「春立てば」「春近み」「春立ちて」「春来ては」「春の心地して」「春にまだ年超えぬまの花」の、立春という条件があるからである。片桐洋一氏は古今集の冬部に花の歌が多いのは春を待つ心を詠むからだと説かれたが、(4)雪を梅の花に見立てるのは、立春になれば梅が開花するという期待があるからだろう。
(3)の公任の「一年に二度咲ける花かとぞ見る」はそうした意識を逆手にとって、梅は新春に咲くものだが、この冬にまた花が咲いたと奇をてらっているが、花が二度咲くとは縁起がよく、ここにも花咲く春への期待が底流していよう。
鶯を取り合わせた三例のうち、(1)の素性の歌は、立春なので鶯が雪を梅花と勘違いして鳴くと鶯を擬人化し、(4)の後拾遺集では立春に降る雪を鶯が梅の花が散っていると誤解して谷の古巣を出てくるといい、(5)の千載集では顕輔がさらにひねって、鶯は無心なのだが、木伝うにつれて起こる羽風で雪が散ってまるで梅の花が散るように見えると詠む。(1)は枝に降りかかる雪、(4)は梅の木のない谷に降る雪、(5)は枝に積もっている雪、というふうに、それぞれ微妙に変化を付けて詠んでいるのもおもしろい。

そんななかで(6)だけが「雪かとぞ見る」といって、かざしに挿した梅が衣に散りかかるのを雪に見立てているのも、万葉以来のかざして楽しむ表現も取り入れられていて、ひねりが効いている。

IIの型は、梅の花は咲いているのだが、それが白いものに紛れて見分けられないと詠んだり、隠されてしまって見えないと詠んだりする、梅が視認できないという表現である。この型には、雪のために梅の花が見えない、梅の花と雪とが入り交じって見分けることができないと詠む雪と組み合わせる歌が多く、八代集に一二首みられる。それらは万葉歌二・小野篁・道真・貫之二・躬恒二・友則・源順・通具・読み人知らずと、通具だけが新古今歌人で、他は古今時代かその前後の歌人である。

(7)梅の花それとも見えず久方の天霧る雪のなべて降れれば　（古今・冬・三三四）
(8)花の色は雪にまじりて見えずとも香をだに匂へ人の知るべく　（古今・冬・三三五・小野篁）
(9)梅の香の降りおける雪にまがひせば誰かことごと分きて折らまし　（古今・冬・三三六・貫之）
(10)我が宿の梅の初花昼は雪夜は月とも見えまがふかな　（後撰・春上・二六）
(11)草も木も降りまがへたる雪もよに春待つ梅の花の香ぞする　（新古今・冬・六八四・通具）

(7)は左注で人麻呂作と伝えられているが、万葉の類句「それとも見えず」を用いて梅の花が咲いているのに、空いっぱいを覆う雪に遮られて見ることができないと嘆くのはいかにも万葉風である。それに対して古今歌人の(8)の篁はたとえ「見えずとも」「香をだに匂へ」と香りによって梅花と見分けられるといって、芳香のすばらしさを詠む。一二首のうちこのように香りを詠み込むのは四首で、(9)の貫之の歌は友則の「雪降れば木ごとに花ぞ咲きにけるいづれを梅と分きて折らまし」（古今・冬・三三七）をひねって、「梅の香」が「雪にまがひせば」と仮定し、香りが紛うはずなどないのだから雪と見分けることはできる、だから折り取ることができるのだという。(11)は(8)や(9)の焦点化した景を

「草も木も」といって大きな空間を提示し、そのどこからともなく梅の香がするといって立春への想いを美しい景として描出している。

この型の歌ことばに、「分きて折らまし」「花とは分かむ」「鶯のみぞ分きてしのばむ」などと、見分けられないと詠む「分く」、「雪にまがひせば」「見えまがふかな」「降りまがへたる」などの、雪と梅花が入り交じっている状態をいう「まがふ」がある。「分く」「まがふ」からは雪と梅花が入り交じる美しさ、透明な雪の白と半透明で少し暖かみを帯びた梅花の白とが微妙に混融する美しさが浮かんでこよう。そこに、馥郁たる香りまでが立ち上る。平安和歌では、万葉歌の視覚だけではなく、嗅覚を加えた感覚的な美の世界が提示されているのである。

さらに、⑽の後撰集では「昼は雪夜は月とも見えまがふかな」と、雪だけではなく月光ともまがうと詠む。梅花の白さが月光を反射して映発しあう、光に満ちた新たな景を呈示している。

⑿月夜にはそれとも見えず梅の花香をたづねてぞ知るべかりける　（古今・春・四〇・躬恒）

⒀匂ひもて分かばぞ分かむ梅の花それとも見えぬ春の夜の月　（千載・春上・二〇・匡房）

⒁白妙の妹が衣に梅の花色をも香をも分きぞかねつる　（拾遺・春・一七・貫之）

⒂卯の花を散りにし梅に紛へてや夏の垣根に鶯の鳴く　（拾遺・夏・八九・平公誠）

⒃かざしては白髪にまがふ梅の花今はいづれを抜かむとすらん　（拾遺・雑春・一〇一一・伊衡）

⑿⒀は月光、⒁は白妙の衣、⒂は卯の花、⒃は白髪で、「それとも見えず」「分く」「まがふ」と、白く光るものと映発する白梅の美しさを詠んでいる。「卯の花」と取り違えるという⒂や、「白髪にまがふ」とユーモラスな表現をする⒃は、雪と梅の花が混融するという、定型表現があってこそ生じる表現であろう。

梅の花が視認できないと詠む表現には、混在混融もあれば、⑺のように「なべて降」る雪で覆われてしまって見えないする表現もあった。その天象を擬人化すると「隠す」ことになる。梅の花をすっぽりと覆って隠すのは霞であり、闇である。これは万葉歌に認められない。

⒄香を尋めて誰折らざらむ梅の花あやなし霞立ちな隠しそ　（拾遺・春・一六・躬恒）
⒅梅が枝をかりに来て折る人やあると野辺の霞は立ち隠すかも　（拾遺・雑春・一〇一四・源順）
⒆春の夜の闇はあやなし梅の花色こそ見えね香やは隠るる　（古今・春上・四一・躬恒）
⒇春の夜の闇にしあればにほひくる梅よりほかの花なかりけり　（後拾遺・春上・五一・公任）

⒄と⒆は躬恒の歌で、梅を隠す景物こそ霞と闇で対照的だが、いずれも擬人化し「あやなし」といって、花の姿を隠したとしても香は隠すことはできないだろうに、と詠んでいる。⒅は⒄を、⒇は⒆を意識した詠みぶりといえよう。

以上のように、平安和歌では白梅の視覚的な美しさを、Ⅰ梅の花と同色の雪との見立てや、Ⅱ梅の花が視認できないと詠む、二つの型で表現している。Ⅰの型はさらに、イ雪を梅の花と見立てる技法と、ロ花を雪と見立てる技法に、Ⅱの型は、ハ花が雪や月や卯の花、衣や白髪と混融映発していると詠む技法と、ニ花が雪や霞や闇に隠されて姿が見えないと詠む技法とに分けることができる。Ⅰは立春に咲く花としての白梅のめでたさを、Ⅱは現実には十分に花と弁別できるにも関わらず、弁別できないと詠むことで、白梅の柔らかな触感や暖かな色合い、映発する月光や白妙の衣の輝きをも想起させる。Ⅰ型もⅡ型も型だけなら万葉集にも認められる。けれども、万葉歌のⅠ型には立春を待つ想いは詠まれないし、Ⅱ型に香りは詠み込まれず、ニの「隠す」と擬人法で詠む型も認められない。ところが、平安和歌のⅠ型Ⅱ型では、花の姿は見分けられないがその馥郁たる香りで見つけることができると、香を組み合わせて白梅のすばらしさを描出する歌が多い。ⅠⅡ型は古今集から拾遺集の三代集時代に、より洗練されていった技法であったと知られよう。

三　紅梅の美――紅白の対比と紅涙の喩

紅梅は白梅に後れて招来された。続日本後紀承和一五年（八四八）に紅梅の記事が見え、経国集などの漢詩に作られており、[5]勅撰集では後撰集の詞書に兼輔が「前栽に紅梅植ゑ」たと記され、古今歌人に三首認められるから、九世紀前半には渡来していたようで、古今集の撰者時代に広まったとおぼしい。ただ「紅梅」は字音語だから和歌には用いられない。八代集では拾遺集の物名に「こうばい」を「子をばいかでか」と掛けた一例が認められるだけで、和歌では白梅・紅梅ともに「むめ」と詠まれる。そのため和歌だけを見ても白梅か紅梅か見分けるのは難しい。ここでは、詞書に「紅梅」と記されている歌、勅撰集の詞書には明記されていなくても私家集の詞書で「紅梅」と記されている歌、そして、和歌から紅梅と推測される歌を紅梅の歌とした。[6]すると紅梅は、表1に記したように、古今集には認められず、後撰集に三首、拾遺集に三首、後拾遺集に二首、千載集に一首、新古今集に三首の、計一二首が認められる。煩を厭わず一二首すべてを挙げてみよう。

(1)宿近く移して植ゑしかひもなく待ち遠にのみにほふ花かな　（後撰・春上・一七・兼輔）
(2)紅に色をば変へて梅の花香ぞことごとに匂はざりける　（後撰・春上・四四・躬恒）
(3)春ごとに咲きまさるべき花なれば今年をもまた飽かずとぞ見る　（後撰・春上・四六・貫之）
(4)鶯の巣作る枝を折りつればこうばいかでか生まむとすらん　（拾遺・物名・三五四）
(5)勅なればいともかしこし鶯の宿はと問はばいかが答へむ　（拾遺・雑下・五三一・道綱母）
(6)花の色は飽かず見るとも鶯のねぐらの枝に手なな触れそ　（拾遺・雑春・一〇〇九・一条摂政）

(7)梅の花香はことごとに匂はねど薄く濃くこそ色は咲きけれ　（後拾遺・春上・五四・元輔）
(8)かばかりのにほひなりとも梅の花賤の垣根を思ひ忘るな　（後拾遺・春上・六一・弁乳母）
(9)昔より散らさぬ宿の梅の花分くる心は色に見ゆらむ　（千載・春上・三〇・匡房）
(10)折られけり紅にほふ梅の花けさ白妙に雪は降れれど　（新古今・春上・四一・頼道）
(11)色香をば思ひも入れず梅の花常ならぬ世によそへてぞ見る　（新古今・雑上・一四四五・花山院御製）
(12)梅の花何にほふらむ見る人の色をも香をも忘れぬる世に　（新古今・雑上・一四四六・大弐三位）

これらのなかで、歌だけで紅梅と推測されるのは「紅に色をばかへて」と詠む(2)の躬恒の歌、(2)を本歌として「薄く濃くこそ色は咲きけれ」と詠む(7)の元輔の歌、「紅にほふ」と詠む(10)の頼道の歌の三首にすぎない。和歌の場合には「色」も「にほふ」も紅だけを示すわけではないから「紅」や「薄く濃く」の色彩を表すことばや詞書がなければ認定できない。(3)の「春ごとに咲きまさる」も(6)の「花の色は飽かず見る」も、(9)の「色に見ゆらむ」も詞書があってはじめて紅の色と知られるのである。

(1)のように「宿近く移して植ゑ」「待ち遠」と詠む歌からは紅梅を入手し、花咲く時を待ちかねる思いが伝わってくるし、(5)の紅梅を召し上げられそうになった折の歌からも、平安初期に紅梅が珍重され、邸に移植されて広まっていった状況が推測される。

紅梅が広まっていったのは香り高い梅が紅の色を持ったことによる。(2)で「紅に色をば変へて」と詠むのは色彩だけではなく、白梅に続いて紅梅が咲くことも含めていて、これまで梅といえば白だと思っていた。その香りと暖かみのある白さを愛してきた。ところが何と、紅梅の梅があるではないか、白梅の散った後で紅色に咲くではないか、でも「香はことごとに匂は」ない、白梅の香りはそのままに、色だけが鮮やかな紅に変わってというのである。この詠みようからは、紅梅に驚喜した王朝貴族の感激と賛嘆が聞こえてこよう。

こうした、紅梅を白梅と対比する表現はつぎのように紅と雪を対比する表現にもなる。

雪とのみあやまたれつつ梅の花紅にさへかよひけるかな　（貫之集三五八）

紅と雪とはとほき色なれど梅の花にはなほ通ひけり　（貫之集四六九）

紅と雪との仲は遠けれど梅のうへには通ふべらなり　（公忠集三）

雪はもちろん、二で述べた白梅の喩で、白梅を雪に喩えて紅と比較する表現は、白梅に馴れたところに紅梅を得た喜びと、紅梅が白梅の香をも併せ持つ喜びとがよく表わされている。といっても、実際は紅梅だけだから、これらはことばの上での対比にすぎない。それを⑽は、紅梅に真っ白な雪が降り積もっている実景として提示し、紅と白が交響する美を示している。これは後の四章でも述べる源氏物語に見られる手法である。[7]

不思議なことに、八代集には、紅梅を紅涙に喩える歌が認められない。

嘆きつつ涙にそむる花の色の思ふほどより薄くもあるかな　（能宣集三五六）

春雨の濡れたる花の枝よりも人知れぬ身の袖ぞわりなき　（蜻蛉日記下・通綱）

紅の涙の流れたまりつつ花の袂の深くもあるかな　（うつほ物語・菊の宴・三の親王）

これらは紅梅の枝に付けて贈った恋歌で、報われぬ恋を嘆くあまり、ついに涙が血の色となって袖を染めてしまったと訴える、梅を「紅涙」「血涙」の喩とする表現である。けれども、八代集にはこうした恋歌が認められない。私家集や日記や物語ではこのように散見されるのだから、勅撰集に入集していてもよさそうなのに、認められない。これは紅梅の歌自体が少ないこともあずかっていよう。しかし、散文では紅梅は蜻蛉日記の頃から多用されていく。にもかかわらず、和歌では散文の影響が反映し始める後拾遺集以降になってもさして詠まれていないのである。

紅梅の美しさは中原致時が理想の花を「梅が香を桜の花ににほはせて柳が枝に咲かせてしがな」（後拾遺八二）と詠んだように、紅色の花が白梅の香を持つことであった。しかし、勅撰集では梅の歌は白梅に固定されてしまって、紅梅の歌が証歌となって広まっていくというふうにはならなかった。紅梅の歌が盛んにならなかったのは、白と紅との色彩の対比や紅涙に喩える以外の表現を見出せず、表現の幅が狭かったからではないか。白梅の表現が古今集で確立し、三代集で定着してしまっていることを思えば、和歌の梅は白梅に限定されていって、紅梅の歌が盛んになるには無理があったのだろう。梅花の表現全般がそれ以降発展していかなかったのも白梅の表現が三代集以降に展開していかなかったせいでもあるのだろう。

四　梅の香――移り香の展開

これまでは色こそちがえ、梅花の視覚的な美しさを詠む歌を取り上げてきた。といっても、紅梅はともかく、白梅の色への関心は万葉集の時代から既にあり、八代集はそれを洗練させたにすぎない。前章で述べたように古今集で見出され、さまざまな表現が試みられたのは何よりもそのかぐわしい香りであった。香りへの関心は平安和歌になって拓かれ、彫琢されていったのである。

梅の香りを詠み込んだ歌は、古今集で一八首、梅を詠んだ歌の五〇％だから梅の歌の半数が香を取り上げていることになる。以降、後撰集で八首（三〇・八％）、拾遺集で一〇首（二八・六％）、後拾遺集一五首（六五・二％）、金葉集四首（四四・四％）、詞花集二首（六六・六％）、千載集一一首（六一・一％）、新古今集一四首（四八・三％）となって、比率の低い後撰集や拾遺集でも三割、後拾遺集や千載集など高いものは六割に上っている。

梅の馥郁とした香りがいかに平安貴族の心に訴えたか、その熱狂のさまは、香とともに色を詠み込んだ歌によく現れている。

君ならで誰にか見せむ梅の花色をも香をも知る人ぞ知る　（古今・春上・三八・友則）

降る雪に色はまがひぬ梅の花香にこそ似たるものなかりけれ　（拾遺・春・一四・躬恒）

匂ひをば風に添ふとも梅の花色さへあやなあだに散らすな　（拾遺・春・三一・能宣）

友則の「色をも香をも」と、花の色と香の双方が相まって梅の魅力だと詠む歌や、躬恒のように「香にこそ似たるものなかりけれ」と香を特立させて詠む歌には、香りという新たな要素を発見した詠み手の興奮と意欲が如実に現れている。能宣のはその裏返しで、散った後に残る香への関心の高さをおのずと語っている。

こうした色と香を詠み込む歌は、古今集六首、後撰集二首、拾遺集三首、後拾遺集一首、そして新古今集三首[8]で、一見すると通時的なようだが、詠み手を見ると、小野篁・紀長谷雄・素性法師・貫之二・友則・躬恒三・能宣・花山院・大弐三位・元輔・俊成で、古今歌人が多い。以降の元輔や俊成の歌は、

紅に色をば変へて梅の花香ぞことごとに匂はざりける　（後撰・春上・四四・躬恒）

梅の花香はことごとににほはねど薄く濃くこそ色は咲きけれ　（後拾遺・春上・五四・元輔）

よそにのみあはれとぞ見し梅の花飽かぬ色香は折りてなりけり　（古今・春上・三七・素性）

梅の花飽かぬ色香も昔にて同じ形見の春の夜の月　（新古今・春上・四七・俊成）

色香をば思ひも入れず梅の花常ならぬ世によそへてぞ見る　（新古今・雑上・一四四五・花山院）

のように、元輔の歌は躬恒の、俊成の歌は素性の歌を本歌としたもの、花山院や大弐三位の歌は仏教的無常感を詠むために色と香を否定した歌だから、色と香を共に詠み込む表現は古今時代に集中している。そのため、**二**や**三**で述べ

たように、以降は、花を散らす風や雪との紛れを主とする歌でも香を詠み込んだのだろう。

しかも、梅の香りは移り香として詠まれることが多い。

(1)折りつれば袖こそ匂へ梅の花ありとやここに鶯の鳴く　(古今・春上・三二)
(2)色よりも香こそあはれと思ほゆれ誰が袖触れし宿の梅ぞも　(古今・春上・三三)
(3)梅の花立ち寄るばかりありしより人の咎むる香にぞしみぬる　(古今・春上・三五)
(4)梅が香を袖に移して留めてば春は過ぐとも形見ならまし　(古今・春上・四六)
(5)散ると見てあるべきものを梅の花うたて匂ひの袖に残れる　(古今・春上・四七・素性)
(6)宿近く梅の花植ゑじあぢきなく待つ人の香に過またれけり　(古今・春上・三四)

古今集だけでも移り香を詠んだのは五首認められる。(1)は梅の香が袖に移ったので鶯が梅の花が咲いたと誤解して飛んでくると詠み、(3)は梅の木のもとに偶然立ち寄っただけなのに香りが移ったと詠み、(4)は袖に香を移して過ぎ去る春の形見としたいと詠み、(5)は散ったとばかり思っていたのに、袖に香りが残っているので未練が募ると詠んでいる。

袖に梅の香が移ると詠むのは、古今集以降では、

散りぬれば匂ひばかりを梅の花ありとや袖に春風の吹く　(新古今・春上・五三・有家)
梅の花折ればこぼれぬ我が袖に匂ひ香移せ家づとにせむ　(後撰・春上・二八・素性)
梅が枝に風や吹くらむ春の夜は折らぬ袖さへ匂ひぬるかな　(金葉・春・一八・長房)

で、有家は(1)の鶯を、「ありとや袖に春風の吹く」と春風に変え、素性は(4)の形見を、「家づとにせむ」に変えて春の形見から今日の記念の土産にしたいと詠んでいる。これら本歌を持つ歌とひと味ちがうのは長房の歌で、折らないのに袖が梅の香に匂っている。気づかなかったが、これは風が吹いて梅の香りを運んできて袖に移ったのだな、と香り

を運ぶ風を取り入れ、かすかに香りを飛ばす、春の夜のをおだやかな微風、そのなかで安らぐ気分を醸し出している。

このように移り香を詠む場合は「折りつれば袖こそ匂へ」「梅が香を袖に移して」「匂ひの袖に残れる」というように、花の香が袖に移ると詠むものがほとんどで、八代集では一一例認められる。

それは、水に映る梅でも、

末むすぶ人の手さへやにほふらむ梅の下行く水の流れは　（後拾遺・春上・六五・平経章）

散りかかる影は見ゆれど梅の花水には香こそうつらざりけれ　（金葉・春・二〇・兼房）

と、経章が梅の香が下を流れる水に移って、すくって飲む人の手まで匂うと詠み、兼房が花は水面に映っているが、香りは水に移っていないと詠んでいるように、移り香として詠まれている。これらは梅の香が袖に人の手に移ることを詠む歌である

ところが、(2)は逆に、袖の薫きしめた薫りが梅に移ると詠む歌で、梅の香りがすばらしいのは折り取るときに袖が触れて、薫き物の薫りが梅の木に移ったからだと詠んでいる。これらは薫き物の香を取り上げているのである。そう思えば、(3)は移り香だけを詠んでいるのではない。主点は「人の袷むる香に染みぬる」で、梅の香なのに、薫き物の梅花香と間違えて逢瀬を持ったのではないか疑われるというのである。花の香と薫香との紛れである。(6)は移り香ではないが、庭先から漂ってくる梅の香を、つい、訪れを待っている恋しい人の薫き物の薫りと間違えて、心がときめくというのだから、これもまた香りと薫りの紛れである。こうした袖の香が梅に移ったと詠む発想、梅の香を恋しい待ち人の袖の香と間違えるという、梅の香と薫き物の薫りの混淆は袖に薫りを焚きしめる日常があって始めて出てきたのだろう。以後もこうした梅の香と薫き物の薫香の混淆が連綿と詠まれていく。

(7)梅の花よそながら見む我妹子が袷むばかりの香にもこそ染め　（後撰・春上・二七、拾遺・春・二七）

(8)梅の花匂ふあたりの夕暮れはあやなく人に過またれつつ（後拾遺・春上・五一・能宣）

(9)我が宿の垣根の梅の移り香にひとり寝もせぬ心地こそすれ（後拾遺・春上・五五）

(10)閨近き梅の匂ひに朝な朝なあやしく恋のまさるころかな（後拾遺・恋四・七八八・能因）

(11)梅が香におどろかれつつ春の夜の闇こそ人はあくがらしけれ（千載・春上・二二・和泉式部）

(12)梅の花誰が袖触れし匂ひぞと春や昔の月に問はばや（新古今・春上・四六・道具）

(13)春ごとに心を占むる花の枝に誰がなほざりの袖か触れつる（新古今・春上・四九・大弐三位）

後撰集の(7)は(3)の「人の咎むる香」を踏襲し、(6)の「宿近く植ゑじ」を「よそながら見む」に変え、(8)は(6)の「過つ」を用いて(3)の世界を夕暮れに設定して恋の気分を織り込んでいる。これらは「咎む」「過つ」を用いているが、(9)以降になると、もはや勘違いだと取り立てていわない。(9)は八代集での歌ことば「移り香」の初出だが、梅の移り香が恋しい人の薫香に思われて、慕る想いに眠ることができないといい、(10)は寝もやらぬ夜を過ごした翌朝、閨近くに植えた梅の香が恋しい人の薫き物の薫りに思われて、「あやしく恋のまさる」、いよいよ恋しくてならないといい、(11)は春の夜に薫香がして、恋しい人が訪れたと思って目覚めると、なんと、それは梅の香であった、闇夜に漂う香が人を「あくがらし」てたまらない気分にさせるという。(12)(13)の道具や大弐三位の歌は(2)を本歌とし、(12)は昔、誰の袖が触れて木に薫りを移したのかと問いかけ、(13)は逢えないまま他の方にお志があるのではないですかと切り返している。

このように、(9)〜(13)の、漂ってくる梅の香を恋人の薫りと間違うと詠む型は、人を待つ焦燥と甘やかな恋の情緒で包んでいく。「一人寝もせぬ」「あやしく恋のまさる」「あくがらしけれ」「なほざりの袖」は恋の歌ことばで、香りと薫りの紛れは四季歌でありながら、恋の歌の様相を呈している。それは、自然の香りと人工の薫り、植物の香りと人間の薫りを交錯し混融させるのだから、人間的な恋の想いが詠まれるようになるのは、いわば、当然であったろう。
そして、移り香の表現は三代集の後、後拾遺集でさらに変化していく。三代集の移り香表現は、花の香が袖に移ったといい、袖の薫き物の薫りが花に移ったという、実際的限定的な表現であった。それが後拾遺集以降では、現実には移ることなどありえない物に移ったり、香りが空間全体に充満したりすると詠む。

⒁梅が香を夜半の嵐の吹きためて真木の板戸のあくる間待ちける　（後拾遺・春上・五三・大江嘉言）
⒂小夜更けて風や吹くらむ花の香の匂ふ心地の空にするかな　（千載・春上・二三・道信）
⒃春の夜は軒端の梅を盛る月の光もかをる心地こそすれ　（千載・春上・二四・俊成）
⒄春の夜は吹きまふ風の移り香を木ごとに梅と思ひつるかな　（千載・春上・二五・崇徳院）
⒅梅が香はおのが垣根をあくがれてまやのあまりにひま求むなり　（千載・春上・二六・俊頼）
⒆梅が枝の花に木伝ふ鶯の声さへ匂ふ春の曙　（千載・春上・二八・仁和寺法親王守覚）
⒇おほぞらは梅のにほひに霞みつつ曇りも果てぬ春の夜の月　（新古今・春上・四〇・定家）
(21)梅散らす風も越えてや吹きつらむかをれる雪の袖に乱るる　（新古今・春上・五〇・康資王母）

⒁は昨夜の嵐の後、戸を開けると梅の香がどっと流れ込む、まるで嵐が外で待っていたかのようだといい、⒂は風が吹いて梅の香が空いっぱいに漂っているといい、⒃は軒端の梅を通って射し入る月光が香るのは梅を経由するからだといい、⒄は古今集の物名を本歌として風が香りを運んできたから、どの木もどの木もすべて梅の樹と思われるといい、⒅は梅の香を軒先から忍び込もうとする好色な男に見立てて、垣根に満ちた芳香が屋内まで入ってくるさまをいい、⒆は梅の枝で鳴く鶯の声が匂うといい、⒇は大空が梅の香で霞み、(21)は散った梅花に触れた雪が香るという。こうした梅の香が空間に充ち、景物まで香ると詠む表現は、空二・雪二・鶯の声二・月光・川水・空間全体二と八代集

に一〇例認められるが、⒂⒃で「心地」と詠むように梅の香が実際に移ったのではない。香のすばらしさを感覚的に表す喩であり、空間を充満させる幻の香である。こうした表現はいかにも千載集・新古今集の時代を感じさせる。

このようにみてくると、梅の香りを表現するⅢの型には、ホ花の香が袖に移ったり逆に袖の香が花に移ったりする移り香と、ヘ梅の香を薫き物の薫りとまちがえる型、ト香りの拡充拡散の三つの型が認められる。ヘの香りと薫りが混融する型は、Ⅰハの視覚の色の混融に対して、香の混融である。

ホの型とヘの型は古今集の時点で既に認められ、ヘは、三代集では梅の香が薫き物の薫りに通じるといって梅香のすばらしさを詠んだが、後拾遺集の頃から花の香を恋人の薫香と取り違えるという、恋の情緒を纏綿とさせて詠むようになる。また、ホの移り香は後拾遺集からは、現実の移り香ではなく、トの梅の香を幻視し、拡充して感覚的に捉えていく。平安和歌によって拓かれた梅の香への関心は、実際に触れる移り香から、薫き物と紛れて人を混乱させる香、そしてト型の、幻視の香、空間を充満する香へ展開していっている。

五　鶯との共生――擬人化

これまでは梅の魅力がどう詠まれているかをみてきたが、梅の和歌表現には梅に対する態度や働きかけを詠むものがある。これには鶯を擬人化するものと人間の行為を主とするものがある。

鶯は平安和歌から梅花と組み合わせて詠まれる景物だが擬人化されている。このⅣの型では、

⑴折りつれば袖こそ匂へ梅の花ありとやここに鶯の鳴く　（古今・春上・三二）

⑵春やとき花や遅きと聞き分かむ鶯だにも鳴かずもあるかな　（古今・一〇・言直）

(3)花だにもまだ咲かなくに鶯の鳴く一声を春と思はむ　(後撰・春上・三六)

(4)青柳を片糸に縒りて鶯の縫ふてふ笠は梅の花笠　(古今・雑体・一〇八一)

(5)花の色は飽かず見るとも鶯のねぐらの枝に手なな触れそも　(拾遺・雑春・一〇〇九・伊尹)

(6)我のみや世をうくひずとなきわびむ人の心の花と散りなば　(古今・恋五・七九八)

(7)袖垂れていざ我が園に鶯の木伝ひ散らす梅の花見む　(拾遺・春・二八)

(1)のように花の香に誘われて鶯が梅と間違えて飛んでくるといい、(2)で梅が咲かないから鶯も鳴かない、春が来るのが遅いととまどっているように、鶯は梅に誘われてやってくる春を告げる鳥と考えられている。そのため(3)のように花が咲かないのに鶯が鳴いている、鶯は春を告げるのだから春が来たと思おうという歌が読まれる。これはチ梅の開花が鶯を誘う型で、(4)のように鶯が花の周りを飛ぶのを花笠を縫っているようだと見立てたり、(5)のように梅の木を鶯の巣と設定する歌は、リ鶯が梅の花盛りを喜び共生する光景を詠む型である。(6)は鶯が花の散るのを惜しんで鳴いていると捉え、(7)はその鶯が花を散らしていると詠む、ヌ散る花と鶯を詠む型である。

これら鶯の型は万葉集とは違っている。万葉集で梅花と鶯が詠み込まれているのは八首にすぎず、それらは、

鶯の音聞くなへに梅の花我が家の苑に咲きて散る見ゆ　(万葉・五・八四一・対馬目高氏老)

梅枝に鳴きてうつろふ鶯の羽白妙に沫雪ぞ降る　(万葉・一〇・一八四〇)

鶯の木伝ふ梅のうつろへば桜の花の時かたまけぬ　(万葉・一〇・一八五四)

と、鶯の鳴くにつれて梅の花が散り、白梅と沫雪と鶯を詠み込む、漢詩表現に則った歌、鶯が木を伝って移動すると梅の花が散る、梅が散るとつぎは桜が咲く時だ、と詠んで、鶯は春に鳴く、季節の景を構成する鳥にすぎず、擬人化はされていず、季節の景を構成し、人間の感慨を誘う鳥として詠まれている。それを平安和歌では梅花に誘われやっ

てくるから春の到来を告げる鳥とし、梅花が咲かないととまどい、嘆き、雪を白梅と取り違え、梅花が咲けばねぐらにし花の周りを飛び交って花笠を作り、人が来ると「ひとくひとくと厭ひしもをる」（古今一〇一一）と花を折るかと警戒し、散るのを惜しんで鳴く鳥とされている。花を散らすのなら風や雨もそうだが、梅花に人間のように接し思い入れがある鳥として詠まれるようになったのである。万葉から継承されたのは「木伝ひ散らす」という類句だけである。平安和歌は鶯を擬人化して梅花との共生を詠んでいるのである。

六　梅見——関係の喩

そして、Vは人間が梅に働きかける行為を主題とする型である。

(1)色も香も昔の濃さににほへども植ゑけむ人の影ぞ恋しき　（古今・哀傷・八五一・貫之）
(2)形見ぞと思はで花を見しにだに風を厭はぬ春はなかりき　（後拾遺・雑一・八九九・弁乳母）
(3)散るをこそあはれと見しか梅の花花や今年は人をしのばむ　（後拾遺・雑三・一〇〇五・小大君）
(4)月やあらぬ春や昔の春ならぬわが身ひとつはもとの身にして　（古今・恋五・七四七・業平）
(5)梅が香に昔を問へば春の月こたへぬかげぞ袖に映れる　（新古今・春上・四五・家隆）

これらは咲き誇る梅花を見て非在の人を思っている。(1)(2)はみごとに咲いた梅花に接して花の今は亡きあるじを偲び、(3)は人が花をではなく花が人を偲んでいるだろうと詠んで疫病の死者を悼んでいる。(4)は梅の咲きにおう、巡り来る自然は変わらないのに大切な人はいなくなったと昔と今を対比して嘆くもので、(5)はその世界の引用である。つまり、これらはV盛りの梅と非在の人を対比する型で、(1)～(3)はル故人を哀悼する型、(4)(5)はヲ現在の情況を悲しみ、昔を懐かしむ型である。

Ⅴは梅を見ることによって触発される情を詠むのだが、Ⅵは梅花を鑑賞するという行為自体に伴う人事を詠む。まず、春の初花である梅花を挿しにして鑑賞するワ型がある。

梅の花今盛りなり思ふどちかざしにしてな今盛りなり　（万葉・五・八二〇・筑後守葛井大夫）

鶯の笠に縫ふてふ梅の花折りてかざさむ老い隠るやと　（古今・春上・三六・源常）

春来れば宿にまづ咲く梅の花君が千歳のかざしとぞ見る　（古今・賀・三五二・貫之）

ももしきに変はらぬものは梅の花折りて挿せるにほひなりけり　（新古今・雑上・一四四四・源公忠）

万葉集では梅花を挿して心を開き花の生命力をわが身に取り込んで自然を楽しんでいるが、平安和歌では賀の祝や戻り殿上などの慶事、老醜を隠すなど人事における慶事を形象化する行為として用いている。同じく春の到来を喜ぶ「かざし・かざす」行為であっても、万葉歌では季節を祝し花を楽しむこと、歓楽に主点があるが、平安和歌では社会へのアピールに主点を置いた、形式的な行為となっている。

ワ型は挿して楽しむ古来の鑑賞法だが、「梅見」という行為を詠む歌には、カ梅見客と共に観賞する型と、ヨ梅に誘われる遊客の型が認められる。

(6)待つ人も来ぬものゆゑに鶯の鳴きつる花を折りてけるかな　（古今・春下・一〇〇）

(7)心もて居るかはあやな梅の花香を尋めてだに訪ふ人のなき　（後撰・春上・二九）

(8)梅の花今は盛りになりぬらむ頼めし人の訪れもせぬ　（後撰・春上・三八・兵部宮）

(9)我が宿の梅の立ち枝や見えつらむ思ひのほかに君が来ませる　（拾遺・春・一五・平兼盛）

(10)梅が香をたよりの風や吹きつらん春めづらしく君が来ませる　（後拾遺・春上・五〇・平兼盛）

⑪春はただ我が宿にのみ梅咲かばかれにし人も見にと来なまし　（後拾遺・春上・五七・和泉式部）
⑫今よりは梅咲く宿は心せよ待たぬに来ます人もありけり　（千載・春上・一九・師頼）
⑬尋め来かし梅盛りなる我が宿をうときも人は折りにこそ寄れ　（新古今・春上・五一・西行）

カの梅見客の型は梅花を共に楽しみたいとの願いを基底とし、⑹〜⑻で「待つ人も来ぬ」「訪ふ人のなき」「訪れもせぬ」というように、「待つ」「訪ふ」を用いて、梅が咲いているのに訪れる人がないと嘆くのが基本である。そのうえで⑪の和泉式部は、私の家にだけ梅が咲くのなら、「離れにし人」、訪れの絶えた人も見に来るであろうにと嘆じ、⑬の西行は「尋ね来かし」と訪れを強く念じている。これらは待つ歌である。

一方、平兼盛は⑼⑽のように「思ひのほかに君が来ませる」「めづらしく君が来ませる」と、梅ゆえに意外な人が訪れてくれたと喜んでいる。こちらは逢い得た喜びを詠む逆の発想で、⑫はそんな兼盛歌を本歌としている。⑼の「立ち枝」はすっと延びている枝だから築地や垣根の外からでもよく見えるし、何より香りが人を誘う。そうした梅の特性を利用した表現の、迎える歌である。梅の観賞という行為を恋人や親しい友人との愛情や交遊に絡め、人と人との関係を詠む歌なのである。

⑭梅の花見にこそ来つれ鶯のひとくひとくと厭ひしもをる　（古今・雑体・一〇一一）
⑮鶯の鳴きつる声に誘はれて花のもとにぞ我は来にける　（後撰・春上・三五）
⑯梅の花匂ひを道のしるべにて主も知らぬ宿に来にけり　（詞花・春・一〇・公行）
⑰主をば誰とも分かず春はただ垣根の梅をたづねてぞ見る　（新古今・春上・四二・敦家）

そして、⑭⑮は梅花のもとに人が訪れる歌で、古今集や後撰集ではまだまだ鶯との関連で詠まれているが、⑯⑰では、自ら梅を求めて尋ね歩いている、遊客の歌である。鑑賞をすることで人間を詠むⅥの型には、ワの花の挿す型、カの共に鑑賞しようと待つ側の歌、梅に誘われて思いがけない人が訪れると詠む、迎える側の歌、そして、ヨ自ら梅を求めて歩く遊客の歌とがある。梅の花や香が人を誘うわけだが、梅見のカの型は、基本的には梅を共に楽しもうとした人が訪れないと嘆く型で、ワの梅をかざして楽しむ宴は、万葉集では鑑賞に主点があったが、平安時代にはもっぱら行事の席での社会的な行為の面が強くなり、個人では梅を静かに観賞するようになって、カの梅見客が来る・来ない、待つという表現を生み、それがやがてヨのような、梅を尋ねる遊客の歌が生じていったのだろう。

七　八代集における梅花の表現——平安貴族の美意識

以上、梅花の表現を、白梅・紅梅の色彩美、梅の香、梅見という点から考察して梅花の魅力についてみてきた。それを整理するとつぎのようになる。

Ⅰ　白梅と雪の見立ての型
　イ　雪を花に見立てる型　　ロ　花を雪に見立てる型
Ⅱ　白梅が視認できないと詠む型
　ハ　白梅が雪や月光や衣と混融映発する型　　ニ　雪や霞や闇に白梅が隠される型
Ⅲ　馥郁とした香りの魅力を移り香で表現する型
　ホ　移り香の型　　ヘ　梅の香と薫香が混融する型　　ト　香りが拡散充満する型
Ⅳ　擬人化した鶯と組み合わせる型
　チ　梅の開花が鶯を誘う型　　リ　鶯が花笠を作り巣とする型　　ヌ　鶯が花を散らす型

Ⅴ　花盛りの梅と非在の人を対比する型

ル　故人を哀悼する型　ヲ　現在の状況を悲しみ、昔を懐かしむ懐旧の型

Ⅵ　梅花の鑑賞をする人間を詠む型

ワ　挿して楽しむ型　カ　梅見客と共に観賞する型　ヨ　梅に誘われる遊客の型

ⅠⅡは白梅の色彩美を同色の雪などと取り合わせて讃える表現、Ⅲは馥郁とした香りの魅力の表現、Ⅳは鴬を擬人化して梅と組み合わせ、春の到来を願い、楽しみ、散るを嘆く、つまり鴬との共生を詠む表現、Ⅴは梅花を見て想起するものごとの表現、Ⅵは梅花を鑑賞しようとする行為に伴う表現である。

これらが八代集でどのように認められるかを示したのが表4である。知られるように、これらのほとんどは古今集に既に存在している。古今集に認められないのは、Ⅰロの花を雪に見立てる型とⅢトの香りの拡散充満にすぎない。このうち、ロは万葉集には認められる型だから、八代集での新たな展開といえるのはトだけなのである。八代集各集は当代歌人の作だけを集めたものではないから、これを歌人の時代別にすると、もっと三代集に偏っていく。後拾遺集や千載集、新古今集の歌は、本歌や参考歌として三代集の歌が指摘されており、後拾遺集などはそのほとんどが、発想を三代集に負っているといってもいいぐらいなのである。

古今集では万葉集に引き続いて、新規な素材であった梅に興味が持たれ、万葉集とは異なる視点から新たな表現を創造し、さまざまに試そうとしたのであろう。ところが、以後は古今集の技巧を踏襲し、逆手に取ったり、反撥したり、本歌取りする程度で、新たな変化や展開はさして認められない。梅花の表現は古今集の頃、遅くとも三代集の頃までにおおよその表現の型が定着してしまっているのである。

ただ、後拾遺集以降に、梅の香を薫き物の薫りと取り違えるといって、芳醇な香の魅力を語るへの型が、纏綿たる

表 4　梅花の表現の型

	Ⅰ		Ⅱ		Ⅲ			Ⅳ			Ⅴ		Ⅵ		
	イ雪を花に	ロ花を雪に	ハ混融映発	ニ隠される	ホ移り香	ヘ薫物の混融	ト香り拡充	チ鶯を誘う	リ花笠と巣	ヌ散る花と鶯	ル故人を哀悼	ヲ懐旧	ワ挿して鑑賞	カ梅見客	ヨ遊客
古今集	2		5	2	4	2		6	3	2	1	1	2	1	1
後撰集	2		5		2	2		1		1			1	6	1
拾遺集	3	1	7	2		3			2	2			1	2	1
後拾遺集	3			2	3	3	4	1			2	1	3	6	
金葉集					1	1		1			2				2
詞花集									1						1
千載集	2	1	1	1	2	1	6	2	1	1			1	2	
新古今集	3		2	1	3	3	3	1				2	1	6	1

春の恋の情趣を纏いつかせるようになり、トの漂う香が月光や大空や川水に移り、空間を充たすと詠むようになっているのが新しい。

　梅は古今集で香という新たな要素が見出され、盛んに詠まれたのだが、八代集では、恋部にはほとんど配されていない。後撰集から認められる紅梅も散文ほどには取り入れられず、紅涙の喩とする歌も採られていない。梅花はもっぱら白梅として詠まれ、三代集以降は素材としての興味が薄れていき、四季の歌として落ち着いたと考えられる。

　そんな平安和歌における梅花の表現で、レトリックとして特徴的なのはⅠの見立てやⅡの色の混融、Ⅲの香りの混淆である。ⅠⅡは雪と白梅、Ⅲは梅の香りと薫き物の薫りで、半透明の雪が暖かみのある不透明な花に降りかかり、紛れて混融する視覚の美しさ、植物の香りに人工の薫りが入り交じり混淆する嗅覚の快さ、いずれも相似たものが互いに主張し合い、紛れ、混融する現象を取り上げている。これはわずかな相違を見分け、微妙な差異を味わうことをよしとする、繊細細緻な美意識をもって始めて盛んになる表現であろう。そう思えば、白に紅を対比させるあざあざとした表現の紅梅が詠まれないのもよくわかる。梅花の表現からうかがわれる平安貴族の美意識は、高雅にして細緻典麗なものを愛することだということができよう。

注

（1）「花」と詠まれている場合は新日本古典文学大系などを参考に梅の花か否かを考えた。拾遺集には古今集との重出歌、後撰集との重出歌があるが、それらも拾遺集のなかに計上している。

（2）「〈梅と鶯の取り合わせ〉について―古今集四季歌の表現―」（『中古文学』一九九〇年六月）

（3）見立ての定義については諸説があり、論者も疑義を述べたこともあるが、本稿では鈴木宏子氏が「〈雪と花の見立て〉考」の補説（『古今和歌集表現論』笠間書院、二〇〇〇年一二月）で説かれた実在の景物を非在の景物と見立てることに従った。

（4）「古今和歌集のこころ」（神戸松蔭女子大学「文林」一九八六年三月）

（5）松田豊子氏「清少納言の紅梅映像―枕草子の紅梅考―」（『清少納言の獨創表現』風間書房、一九八三年三月）

（6）沼田万里子氏は「和歌によまれた『紅梅』について」（「東京成徳国文」一九九五年三月）で紅梅は古今集から千載集まで八首、平安和歌では三〇首としておられる。また、和漢朗詠集では古今集三八番の紀友則詠を「紅梅」の項に取り上げているが、確たる証が認められない。

（7）拙論「平安朝の美意識―紅梅か白梅か―」（『梅の文化誌』和泉書院、二〇〇一年二月）

（8）色と香の二つが相まって梅の魅力とするのは六首、「香」と共に「色」を詠み込んで対比するのは七首で、対比する歌で、香を特立するのが五首、色を特立するのは二首。二首は紅梅だから、これは当然だろう。

3　物語の梅、源氏物語以前

一　平安和歌における梅表現の型

万葉集や平安和歌の梅については前の二章で考察したが、では、平安の仮名散文では梅をどのように取り入れているのであろうか。和歌との係わりはどうなのであろうか。

まず、源氏物語に先行する物語や日記について、和歌表現の取り入れ方に留意しながらみていきたい。古今集以後、後撰集までの竹取物語・伊勢物語・土佐日記・大和物語・平中物語を、日記などもあるため仮に「初期物語」、後撰集以降拾遺集までの蜻蛉日記・落窪物語・うつほ物語を「中期物語」、そして、拾遺集以降、後拾遺集までの和泉式部日記・枕草子を源氏物語と「同時期作品」として取り上げる。

仮名散文の梅を検討する前に、平安和歌の梅について簡単に述べておこう。梅には花・実・種・枝の部位があるが、平安和歌では実や種が詠まれることは少なく、もっぱら、花について詠まれる。平安貴族が梅をどのように考えていたかは、つぎの歌に明らかである。

春や疾き花や遅きと聞き分かむ鶯だにも鳴かずもあるかな　（古今・春上・一〇・言直）

紅に色をば変へて梅の花香ぞことごとに匂はざりける　（後撰・春上・四四・躬恒）

吹く風を何厭ひけむ梅の花散り来る時ぞ香はまさりける　（拾遺・春・三〇・躬恒）

君ならで誰にか見せむ梅の花色をも香をも知る人ぞ知る　（古今・春上・三八・友則）

万葉集の梅は春の初めに咲く花というだけであったが、古今集では「春や疾き花や遅き」と春の到来と遅速を競う花として詠まれており、単なる春の花という以上に、春を告げる花と考えられている。冬部に雪のなかで咲く梅を詠むのも、春を告げる鶯と組み合わされるのも、春を待ち望む心のためであろう。

さらに、万葉歌との大きな違いは、一つは紅梅の招来で、「紅に色をば変へて」と、白梅に次いで紅梅が咲くことを白梅が紅の色に変わったといい、その新種の梅が白梅と同じく香りをもっていると驚嘆して、紅と白を対比させたり、「嘆きつつ涙にそむる花の色の」（能宣集）のような漢語の「紅涙」の喩とする表現が生じている。

今一つは、新たな要素として香りを見出していることで、八代集の梅の歌の四六％が何らかの形で香りに言及している。そのため、花を散らすと厭われた雨風でさえも、花が散るときにこそ香りがいっそう匂い立つのだな、「何厭ひけむ」と見直され、歓迎される。梅の花は、春になると最初に咲いて春を告げる花、馥郁とした香りを漂わせる花と考えられ、人々はその「色と香」、色彩と香りを、美意識を同じくする人と共に鑑賞しようとした。これが歌ことば「梅」の中核を構成しているイメージである。

歌ことば「梅」の基本的なイメージは春を告げる花、かぐわしく香る花で、八代集では、それを鑑賞して楽しみたいという思いを核とし、そのうえにさまざまなレトリックを施して詠まれている。それらを表現の型として分類すると、つぎのようになる。

Ⅰ　白梅と雪の見立ての型

イ　雪を花に見立てる型　　ロ　花を雪に見立てる型

Ⅱ　白梅が視認できないと詠む型
　ハ　白梅が雪や月光や衣と混融映発する型　　ニ　雪や霞や闇に白梅が隠される型
Ⅲ　馥郁とした香りの魅力を移り香で表現する型
　ホ　移り香の型　　ヘ　梅の香と薫香が混融する型　　ト　香りが拡散充満する型
Ⅳ　擬人化した鶯と組み合わせる型
　チ　梅の開花が鶯を誘う型　　リ　鶯が花笠を作り巣とする型　　ヌ　鶯が花を散らす型
Ⅴ　花盛りの梅と非在の人を対比する型
　ル　故人を哀悼する型　　ヲ　現在の状況を悲しみ、昔を懐かしむ懐旧の型
Ⅵ　梅花の鑑賞をする人間を詠む型
　ワ　挿して楽しむ型　　カ　梅見客と共に観賞する型　　ヨ　梅に誘われる遊客の型

これらの表現型は実際にはいくつかの型を複合して用いられる場合もある。それぞれに該当する例を挙げた。

イ春立てば花とや見らむ白雪のかかれる枝に鶯の鳴く　（古今・春・六・素性法師）
ロ梅の花折りてかざしに挿しつれば衣に落つる雪かとぞ見る　（千載・春上・二一・公能）
ハ花の色は雪にまじりて見えずとも香をだに匂へ人の知るべく　（古今・冬・三三五・小野篁）
ニ春の夜の闇はあやなし梅の花色こそ見えね香やは隠るる　（古今・春上・四一・躬恒）
ホ折りつれば袖こそ匂へ梅の花ありとやここに鶯の鳴く　（古今・春上・三二）
ホ色よりも香こそあはれと思ほゆれ誰が袖触れし宿の梅ぞも　（古今・春上・三三）
ヘ梅の花立ち寄るばかりありしより人の咎むる香にぞしみぬる　（古今・春上・三五）

ト春の夜は軒端の梅を漏る月の光もかをる心地こそすれ　（千載・春上・二四・俊成）

チ花の香を風の便りにたぐへてぞ鶯誘ふしるべにぞする　（古今・春上・一三）

リ青柳を片糸に縒りて鶯の縫ふてふ笠は梅の花笠　（古今・雑体・一〇八一）

リ花の色は飽かず見るとも鶯のねぐらの枝に手なな触れそも　（拾遺・雑春・一〇〇九・伊尹）

ヌ我のみや世をうくひずとなきわびむ人の心の花と散りなば　（古今・恋五・七九八）

ヌ袖垂れていざ我が園に鶯の木伝ひ散らす梅の花見む　（拾遺・春・二八）

ル色も香も昔の濃さににほへども植ゑけむ人の影ぞ恋しき　（古今・哀傷・八五一・貫之）

ヲ月やあらぬ春や昔の春ならぬ我が身ひとつはもとの身にして　（古今・恋五・七四七・業平）

ワ鶯の笠に縫ふてふ梅の花折りてかざさむ老い隠るやと　（古今・春上・三六・源常）

カ待つ人も来ぬものゆゑに鶯の鳴きつる花を折りてけるかな　（古今・春下・一〇〇）

ヨ梅の花匂ひを道のしるべにて主も知らぬ宿に来にけり　（詞花・春・一〇・公行）

Iの雪と花の見立ては、イのように雪を花に見立てる型がほとんどで、ロのような花を雪に見立てるのは一例だけである。IIの梅を視認できないと詠む型はハやニのように、「まじりて見えず」「色こそ見えぬ」「それとも見えず」「まがふ」「分きぞかねつる」「隠す」などの語を用いて「昼は雪夜は月とも見えまがふかな」（後撰二六）「月夜にはそれとも見えず」（古今四〇・躬恒）と、ハのように梅の花が雪と混じってしまったり、月光や白い衣などと映発して区別がつかないとか、ニのように闇や霞に隠されてしまって花がそれと認められないと詠む。I IIは白梅に白い事物を取り合わせた、白に白で、梅の美しさを歌うのだが、IIには香りのおかげで梅の所在がわかると香のすばらしさを合わせ詠む歌も多い。I IIは白梅に関してだが、紅梅には、八代集に認められない「紅涙」に喩える型もある。

Ⅲはその香りの魅力を移り香として詠む型で、ホのように「袖こそ匂へ」と梅の香が袖に移ったと詠む歌が多いが、逆に「誰が袖触れし」と薫き物の薫りが梅に移ったのだと詠む歌もある。そこから、へのように、梅の香りが袖に移って「人の袷める香」となったとか、「待つ人の香に過たれ」（古今三四）「あやしく恋のまさる」（後拾遺七八八・能因）と、梅の香りを恋人の薫き物の薫りと勘違いするといって、梅の香と薫き物の薫りの混融を詠む歌となり、さらにトの「光もかをる」のように、香るはずのない月光や鶯の声や流水にまで梅の香が移り、閨の内や大空までもかぐわしい香に充ちるという、香りの拡散充満が詠まれるようになる。

Ⅳは鶯を擬人化して梅と組み合わせる型で、チのように鶯は梅に誘われる鳥として詠まれ、そのため「春やとき花や遅きと聞き分かむ鶯だにも鳴かずもあるかな」（古今一〇・言直）と春の到来をはかる鳥として詠まれたり、リのように花の周りを飛び交う姿を花笠を縫っているようだと見立てたり、梅の木に巣を作るとする、梅に鶯がいる景を詠む歌、ヌのように花が散るのを嘆いて鳴くと詠む歌や鶯が自身で「木伝ひ散らす」と万葉の類句で詠んだりする歌がある。

Ⅴは花盛りの梅を見て共に鑑賞した人の非在を思う、変わらぬ自然と人のはかなさを対比する型で、ルのように亡き人を恋う、万葉の亡妻挽歌の流れを汲む歌、ヲのように自身の状態に収斂していく懐旧の歌がある。(1)

Ⅵは梅花の鑑賞で、ワは万葉以来の梅花を挿して自然の精気を取り入れて祝うのを人事に取り入れた歌、カは一緒に愛でたいのに「待つ人も来ぬ」嘆きや、逆に、梅に誘われて「思ひの外に君が来ませる」（拾遺一五・平兼盛）喜びをいう梅見客に関する歌であったが、やがてヨのように「主も知らぬ宿に来にけり」と、梅に誘われる遊客の心情をも詠むようになる。

こうした表現型から浮かび上がってくるのは平安貴族の美意識である。平安貴族は梅を、春を告げ、馥郁とした香を放つ花と認識し、梅の白い花が雪の白さや、月光などの白さと混じったり映発したりする色彩の混淆、紅梅と白梅や雪との対比、八代集には認められないが紅梅と紅涙の喩、梅の香りと薫き物の薫りが入り混じる匂いの混融、そして空間への拡充といった、種類の異なるものが視覚的嗅覚的に混淆混融するところに美を感じていたということができよう。(2)

二　初期物語における梅

初期物語では、梅はさして用いられていない。「物語の出で来初め」（源氏物語）といわれた竹取物語には認められず、歌物語でも平中物語には認められない。伊勢物語に三段、大和物語に三段、土佐日記に三例、梅に関わる記述が散見される程度である。

さて、伊勢物語では梅は四段・九八段・一二一段に認められる。

またの年の正月に、梅の花ざかりに、去年を恋ひていきて、立ちて見、ゐて見、見れど、去年に似るべくもあらず。うち泣きて、あばらなる板敷に、月のかたぶくまでふせりて、去年を思ひ出でてよめる。

月やあらぬ春やむかしの春ならぬわが身ひとつはもとの身にして

とよみて、夜のほのぼのと明くるに、泣く泣くかへりにけり。（伊勢物語四段一一六）

この二条の后章段では、地の文に「正月」「梅の花盛り」と語られているのに、和歌のことばは「春」で、「梅」どころか「花」さえも認められない。それは梅が一で述べたように、春を告げる花だからである。この段の時を「正月」とし、女が「ほかに隠れ」たのを「正月の十日余り」に設定したのもそのためである。花盛りの梅は男の恋の象徴である。惜春の景物である散る桜よりも、花盛りの梅がこの場にはふさわしい。男の胸には今も女への想いが静かに燃えている。歳時を春から数える習俗からすれば、正月は新たに歳が加わる時だから、この歌は、これまで女を想って悲しみの年月を過ごしてきたところに、年が改まって、これからさらに新たな苦悩の時が始まるのだ、と終わりのない嘆きを詠み上げているのである。その意味で、

我妹子が植ゑし梅の木見るごとに心むせつつ涙し流る　（万葉・四五三・旅人）

のような、巡り来る春に過去が蘇って悲しみが増すという歌とは一線を画している。こうした体験の核となった事態が正月十日頃にあったのかどうかはわからない。しかし、梅の花盛りにこの絶唱を持ってきたのは、梅が春を告げる花、新たな年の始まりを告げる花だからであろう。

むかし、おほきおほいまうち君と聞こゆる、おはしけり。仕うまつる男、長月ばかりに、梅の造り枝に雉をつけて奉るとて、

わが頼む君がためにと折る花はときしもわかぬものにぞありける

とよみて奉りたりければ、いとかしこくをかしがりたまひて、使ひに禄たまへりけり。（伊勢物語九八段一九九）

この段の梅は「造り枝」、つまり造花である。時は陰暦九月、男は本来なら荻などの秋草に付ける雉を梅の造花に付けて献上した。にもかかわらず太政大臣が「をかしがりたまひ」、男の機知を愛でたのは、「時しも分かぬ」と詠んで、徳高い方のためには、春の花の梅でさえも花を咲かせますとご機嫌を取ったからである。

この歌は古今集八六六番に、初句「限りなき」で、長寿を言祝ぐ歌として認められる。「題知らず」だから、梅と結びついているわけではない。めでたい花なら何でもいいのである。それを伊勢物語はわざわざ季節はずれの梅を造花にして機知を働かせ、心底には所詮作り物という含みも込めて、大臣の徳を顕彰し、変わらぬ恩顧を願う話として

演出したのである。梅を用いたのはⅥワの型のように挿して祝う花だからである。

一二一段は、催馬楽や古今集歌の「梅の花笠」を引いた贈答である。

むかし、男、梅壺より雨に濡れて、人のまかり出づるを見て、

うぐひすの花を縫ふてふ笠もがなぬるめる人に着せてかへさむ

返し、

うぐひすの花を縫ふてふ笠はいなおもひをつけよほしてかへさむ

（伊勢物語一二一段二一三）

男が、梅壺から雨に濡れて退出した人、それは返歌から女性と思われるが、その人に「笠もがな」と詠みかけ、女は男の上の句をそのまま使って、「笠は否」と断っている。梅壺から鶯、雨から笠を連想し、催馬楽「青柳」の「青柳を　片糸に撚りて　や　おけや　鶯の　おけや　鶯の　縫ふといふ笠は　おけや　梅の花笠や」や、古今集の神遊び歌「青柳を片糸に縒りて鶯の縫ふてふ笠は梅の花笠」（一〇八一）を引いた、宮仕え人らしい、気の利いたいいかけである。

このように、伊勢物語の梅は、古今集の歌かその範疇の謡を用いたもので、必ずしも梅である必然性はないように思われる。けれども、よく検討すれば、梅は、春を告げるめでたい花、祝福の花として用いられており、それが悲哀やお世辞、その底の悪意を表すよう語られているのである。

大和物語では、一二〇段・一四二段・一七三段に梅が認められる。

一二〇段の梅は一門繁栄の象徴である。

おほきおとどは、大臣になりたまひて年ごろおはするに、枇杷の大臣はえなりたまはでありわたりけるを、つひに大臣になりたまひにける御よろこびに、おほきおとど梅を折りてかざしたまひて、

おそくとくつひに咲きける梅の花たが植ゑおきし種にかあるらむ

とありけり。

（大和物語一二〇段三四一）

基経の三男、後の貞信公忠平は延喜一四年（九一四）八月に右大臣、十年後には左大臣と順調に昇進していくが、兄の仲平は出世が後れ、一九年も後れた承平三年（九三三）二月にやっと右大臣になった。そこで、当時左大臣の忠平が梅をかざして「遅く疾くつひに咲きける梅の花」と大臣任官を開花に喩えて祝い、今は左右大臣ともに基経の息だ、「誰が植ゑ置きし種にかあるらむ」、すべては父の威光だと基経を讃えたというのである。

この忠平の歌はさらに波紋が拡がっていく。定方の娘の能子がその日のことを斎宮の柔子内親王に歌も含めてお知らせした文の端に、「いかでかく年きりもせぬ種もがな」と書き付け、年によって実を結ばないことがないという種、つまり、必ず子孫が繁栄するという種が欲しい、私もそうした恩恵に与りたいと記したところ、やがて忠平の息の実頼が住むようになり、基経の血を引く子がたくさん生まれ、「種みな広ごりたまひて、かげおほくな」り、実頼も左大臣になって栄えた。そこで、斎宮が「年きりもせずといふ種は生ひぬか」、念願が叶ったようですねと祝ったと語って結んでいる。この忠平の歌には万葉以来の発想が息づいている。一つは八代集のⅤヌの表現型に当たる、花をかざして祝うという鑑賞方法、今一つは、「種」が蕾となり、花開き、結実するという植物の生命サイクルを人生に重ねて詠む方法である。ただ、万葉歌の場合は「妹が家に咲きたる花の梅の花実にしなりなばかもかくもせむ」（三九九・藤原八束）のように、花の結実を娘の成熟や恋の成就に喩えているが、忠平は逆に、花から種に遡及し、家門の繁栄の土台として確認している。あとの二首も「種」を取り上げた家門意識の強い歌で、前章で述べたように勅撰集ではあまりみられない、万葉歌を受け継いだ表現といえよう。

一四二段は継子物語風の段で、入内して時めく妹よりも、腹違いの姉の方が人柄も技芸にも優れていたのだが、早

くに母を亡くして継母の許で育ったので思い任せぬこともままあり、その嘆きを梅の花を折って、

かかる香の秋もかはらずにほひせば春恋してふながめせましや　（大和物語一四二段三六一）

と詠んでいる。伊勢物語に認められなかった梅の「香」がここで詠まれている。「春」は実母、「秋」は継母のことで、梅の花は春にしか咲かないから、すばらしい香も秋までは匂わない。造花で「時しも分かぬ」と詠んだ伊勢物語九八段と表裏になるような発想の歌である。

一七三段は、良岑宗貞、後の遍昭が女と邂逅する話で、「正月十日ばかり」に五条あたりで雨に降られた宗貞が荒れた邸に迷い込むところから始まる(3)。

荒れたる門に立ちかくれて見入るれば、五間ばかりなる檜皮屋のしもに、土屋倉などあれど、ことに人など見えず。歩み入りて見れば、階の間に梅いとをかしう咲きたり。鶯も鳴く。人ありとも見えぬ御簾の内より、薄色の衣、濃き衣、うへに着て、たけだちいとよきほどなる人の、髪、丈ばかりならむと見ゆるが、

蓬生ひて荒れたる宿をうぐひすの人来と鳴くやたれとか待たむ

とひとりごつ。少将、

来たれどもいひしなれねばうぐひすの君に告げよと教へてぞ鳴く　（大和物語一七三段四一八）

雨宿りをしようと門から覗くと、もとは立派な邸だったらしく、「五間ばかりなる檜皮屋」や「土屋倉」などが見える。歩み入ると階隠しには梅が咲き、鶯まで鳴いている。いかにもうららかな春の景が広がっているなかで、人気のない御簾の内にいた女を見つけ、「梅の花見にこそ来つれ鶯のひとくひとくと厭ひしもをる」（古今一〇一一）を引いた贈答をして契りを交わした。梅と鶯の景が描出されたのはこの贈答のためであった。

翌朝、女の親は、客人に饗応する資力もないので、庭の若菜を蒸して「長碗」に盛りつけ、梅の咲いた枝を削って

箸にして男に勧める。見ると、その花びらには「君がため衣の裾を濡らしつつ春の野に出でて摘める若菜ぞ」と「いとをかしげなる女の手」で書き付けてあった。男は「あはれ」に思って以後、細やかに面倒を見ながら通ったという。それは女の親がみやびを演出したからである。「女の手」からは父親が亡くなり、母親ひとりが心を尽くしてもてなしたと知られる。母は、「君がため春の野に出でて若菜摘む我が衣手に雪は降りつつ」（古今二一）の雪を折にふさわしく雨に替えたのだが、梅の歌を知悉していれば雪間の若菜は雪間の梅に繋がる。「長碗」も昔の暮らしぶりを偲ばせる品である。梅に鶯、若菜の緑に梅花の白、その白い花びらに記されたみやびな筆の跡、母娘ともに古歌を引用する教養、この段の梅は、古き良き時代を語るもの、名門の落ちぶれたさまを表すみやびとして用いられているのである。

大和物語の梅は、一門繁栄のめでたい春や落魄した名家のみやびを語っているのだが、何より、現存する物語のなかで、初めて梅の香りを取り上げていることを確認しておきたい。

土佐日記になると、Ⅰイの型、見立てのレトリックが認められる。

　風による波の磯には鶯も春もえ知らぬ花のみぞ咲く

この歌どもをすこしよろしと聞きて、船の長しける翁、月日ごろの苦しき心やりによめる、

　立つ波を雪か花かと吹く風ぞ寄せつつ人をはかるべらなる　（土佐日記二一）

これは、一月一八日、強風を避けて室津の港で停泊している時の歌で、強風で立つ波を「花」に見立てているのだが、「鶯も春もえ知らぬ」「雪か花か」というのだから白梅である。

そして、舟を引いて淀川を遡っていく途次、二月九日の渚の院では、

その院、昔を思ひやりて見れば、おもしろかりけるところなり。しりへなる岡には、松の木どもあり。中の庭に

は、梅の花咲けり。（土佐日記五〇）

と、梅が花開き、背後の岡には松の木などがみえる。一行はここそが惟喬親王のお供で業平が訪れた歌枕だといって、「世の中に絶えて桜の」の歌を引いて感慨を新たにし、往時の桜ではなく現在の景の、松と梅を題材とした歌を詠んでいる。

今、今日ある人、ところに似たる歌よめり。

千代経たる松にはあれどいにしへの声の寒さは変はらざりけり

また、ある人のよめる、

君恋ひて世を経る宿の梅の花むかしの香にぞなほにほひける（土佐日記五一）

一人は松、いま一人は梅を取り上げて、親王を慕って幾代も経てきたこの邸の梅は、昔のままの香りを放って今もまだ美しく咲いているよと、芳香を保っているのは親王への忠誠心ゆえだと詠む。この歌もまた業平の「月やあらぬ」を引いているが、ここに貫之は平安和歌の梅の特徴である香りを導入して「昔の香」として詠んでいる。しかも下の句は古今集の貫之の「人はいさ心は知らずふるさとは花ぞ昔の香ににほひける」（古今四二）であるから、「昔の香」は貫之の創造で、以後、懐旧の梅の歌は「昔」と「香」が詠み込まれるようになる。

このように、初期の物語や日記の梅はほとんどが和歌や和歌的記述である。詠まれているのは白梅で、Ⅰの見立てやⅤヲの懐旧、Ⅵワのかざして祝う型の表現が散見される程度で、平安和歌の特徴である香を用いたのは和歌二例でしかない。初期仮名散文の梅は春を告げる花としての和歌的表現の範疇にあるといえよう。

三　中期物語における紅梅の登場

蜻蛉日記になって、現存する仮名文で初めて紅梅が現れる。これは後撰集の詞書に紅梅が認められることと軌を一にしている。しかも、「紅梅」は地の文に三例、和歌に「花」二例の計五例で、白梅は地の文に「梅」「梅の枝」、和歌に「垣根の梅」「花」各一例の四例だから、数量としても拮抗している。

八日の日、未の時ばかりに、「おはします、おはします」とののしる。中門押し開けて、車ごめ引き入るるを見れば、御前のをのこども、あまた、轅につきて、簾巻きあげ、下簾左右おし挟みたり。榻持て寄りたれば、下り走りて、紅梅のただいま盛りなる下よりさし歩みたるに、似げなうもあるまじう、うちあげつつ、「あな、おもしろ」と言ひつつ歩み上りぬ。またの日を思ひたれば、また南塞がりにけり。（蜻蛉日記下二八七）

天禄三年二月二八日、久しぶりに尋ねてきた兼家が、満開の紅梅の下を歩みながら室内に入ってくる姿が印象的である。紅梅の鮮やかな色と照り映えて、悠揚として迫らざる男の風姿、威あって猛からぬ男ぶりの兼家の姿が映し出されている。これは、万葉集の、

春の苑紅にほふ桃の花下照る道に出で立つ娘子（万葉・四一三九・家持）

を想起させる。桃の花を紅梅に、乙女を権勢を持つ壮年に変えた表現である。兼家は紅梅に負けぬ、むしろ紅梅と映発し合う、今を盛りの華やかな男ぶりにねびまさり、筆者は感嘆しつつ圧倒されている。この後、筆者が自らの老いを嘆く記述が綴られるようになる。

この兼家の姿がよほど、印象深かったのか、翌天延元年二月、巡り来る紅梅の季節にも、

紅梅の、常の年よりも色濃く、めでたうにほひたる、わがここちのみあはれと見たれど、何と見たる人なし。
（蜻蛉日記下三〇九）

と紅梅を愛でるのも自分だけだと嘆息している。昨年の、紅梅に照り映えた兼家を、その訪れを思い起こし、今年の不在を嘆かずにはいられないからであろう。天禄三年の「紅梅の下に」の表現とその回想は源氏物語幻巻で蛍宮を見る源氏の先蹤であろう。

こうした母とは別に、道綱は紅梅に文を付けて贈っている。

かひなくて年経にけりとながむれば袂も花の色にこそしめ
（蜻蛉日記下三〇九）

甲斐のない涙で袂が濡れることを「花の色にこそ染め」というから紅の涙である。涙が流れに流れて最後には枯れ果てて血涙となったといって、相手の心を動かそうとしたのである。女の返歌は「年を経てなどかあやなく空にしも花のあたりにたちはそめけむ」だから、いい加減な気持で紅梅のもとに立ち寄ったから、色が沁みついたのでしょうと切り返している。

同様に、天延二年二月、雨の日に遠度が贈ってきたのは、

文取りて帰りたるを見れば、紅の薄様一襲にて、紅梅に付けたり。ことばは「『石上』といふことは知ろしめしたらむかし。

春雨にぬれたる花の枝よりも人知れぬ身の袖ぞわりなき

あが君、あが君。なほおはしませ」と書きて、
（蜻蛉日記下三三六）

と、「紅の薄様一襲」で「紅梅に付けた」文だから、これも紅涙である。けれども、前章で述べたように八代集には紅梅を紅涙に見立てる歌は認められない。能宣集には見られるのだが、私家集には技法として用いられていても、勅

撰集には採られていないのである。

一方、白梅は地の文の引歌と五十日の祝いの贈答部分に認められる。父倫寧のところで天延元年の霜月に産屋があったというのだから、五十日は二年の一月だろう。

白う調じたる籠、梅の枝に付けたるに、

冬ごもり雪にまどひしをり過ぎて今日ぞ垣根の梅をたづぬる　（蜻蛉日記下三一九）

産屋にふさわしく白い色に塗った髭籠に祝の品を、文を梅の枝に結びつけて贈ったのだが、歌は「垣根の梅」で大切にされている赤子を表して、さぞかわいらしいでしょうねと祝辞を述べている。そのため返歌も、

枝若み雪間に咲ける初花はいかにととふににほひますかな　（蜻蛉日記下三二〇）

と、赤子を「雪間に咲ける初花」と白梅に喩えているのだが、「枝若み」「初花」というから母親も若く初めてのお産なのであろう。祝いの品に合わせて、雪の白に白梅の白を重ねて、心づくしのお品と祝詞でいよいよかわいらしうございますとお礼を述べている。この「にほひます」は雪に交じった白梅が香でそれと知られるという詠みようではないから、香りではなく、色つやであろう。白に白の祝いに対して、白に白で返したとおぼしい。

また、穏やかな新春の景として、

このごろ、空の気色なほりたちて、うらうらとのどかなり。暖かにもあらず、寒くもあらぬ風、梅にたぐひて鶯をさそふ。　（蜻蛉日記下二八九）

天禄三年の二月に、千載佳句に採られた白居易の「暖かにもあらず、寒くもあらぬ風、梅にたぐひて鶯をさそふ」を引用して、うららかな春の景を描出している。

このように、蜻蛉日記では紅梅が登場し、紅梅と兼家の風姿が映発する、まことに見事な活写がなされ、和歌では

紅の涙として詠まれている。白梅は色つやで、ここでも香には言及していない。紅白いずれにしても、この日記では梅の記述は上巻にも中巻にも認められず、下巻になってやっと認められる。自然描写を始めるようになったことと関わっているのかも知れない。

落窪物語では、白梅が一カ所、男君に右大臣の娘との縁談が持ち上がったところにみられる。男君は断ったのに、乳母が諾と伝えたので、右大臣家の婿取りが女君の耳に入ってしまったのである。

中将、殿に参り、いとおもしろき梅のありけるを折りて、「これ見たまへ。世の常になむ似ぬ。御けしきもこれになぐさみたまへ」と言ふ。女君、ただかく聞こえたまふ。

うきふしにあひ見ることはなけれども人の心の花はなほうし

とてなむ、花につけて返したまへれば、中将いとあはれにをかしとおぼす。なほ異心ありと聞きたるにやと、苦しうて、立ち返り、「さればよ。思し疑ふことこそありけれ。さらに罪なしとなむ、ただいまは思ひたまふるを、まろが心のほどはなほ見たまへ」とて、

「うきことに色は変はらず梅の花散るばかりなるあらしなりけり

と推しはかりたまへ」とのたまへれば、女、

「誘ふなる風に散りなば梅の花我やうき身になりはてぬべき

とのみぞあはれに」とあるを、いかなることを聞きたるにかあらむと思ひたまへるほどに、　（巻二・一八九）

そんなこととは知るよしもない男君だが、女君の心痛を見て取って「おもしろき」梅を贈って反応を見ようとする。「御けしきもこれになぐさみたまへ」のことばに男君の気遣いがよく出ている。この梅花は男君の女君への愛である。それを女君はこの花はみごとですが、「人の心の花」は「色見えでうつろふものは世の中の人の心の花にぞありける」

（古今七九七・小町）と詠まれたように「うつろふ」ものでした。わたしはあなたの心変わりがつらいのですと返歌する。男君はその詠みぶりを「あはれにをかし」と評価しながら、「異心あり」と聞きでもしたかと、折り返し「色は変はらず」「散るばかり」を用いて、この「梅の花」の色が変わっていないように、私のあなたへの愛は変わっていない。むしろ私の方こそ、嵐で梅の花が散るように、あなたが信じてくれないから心が壊れそうなのですと、我が愛の不変と女君の不信による危機を訴える。ところが、女君は安心するのではなく、「誘ふなる風に散」る、あなたを誘う方がいらっしゃるからじゃありませんか、もしそうなってしまったらわたしは「うき身」となってしまうでしょうと答える。男君は花盛りの白梅を贈って愛を訴えたのだが、女君は色変りした梅や散る梅でもって、男君の愛が薄くなり、わが身が捨てられる不安を訴えたのである。

では、なぜ、梅の花なのか。それはわからない。この場を春に設定する必要はないし、散る花であれば桜の方がふさわしいかもしれない。ただ、この物語では、現実の花はこの梅以外には認められない。他の花は造花や屏風歌で、桜は巻三で女君が主催する父中納言の七十賀の二月の屏風絵に散る桜が描かれ歌も桜が散るのを詠んでいる。この物語の場面が四〜六月と一一〜正月、つまり、夏と冬と正月に集中していることもあろう。白梅にちなんだ贈答で愛の行き違いを語るこの場面は、男君の報復が散文的に語られていくなかで、歌物語のようなみやびな趣を湛えていてめずらしいところである。

うつほ物語には梅が喩になっている事例は認められない。白梅は一〇例、紅梅は六例認められるが、そのほとんどが和歌の景物としての梅か、「白き色紙に書きて、咲きたる梅の花に付けて」（蔵開中四五五）と白梅に白い色紙を付ける、文の付け枝としてで、和歌と関わらないのは乾菓子と吹上邸の庭、絵解きの「雪の梅の木に降りかかりたる」（嵯峨院三五三）景の三例だけである。

梅を詠むのは四カ所で、そのうち三カ所はいずれもあて宮を恋う男たちの歌である。

(1)かかるほどに、兵部卿の親王、おもしろき梅の花を折らせたまひて、沈のをのこ作らせたまひて、花の滴に濡れたるに、かく書きつけて、あて宮の御許に奉れたまふ。

「立ち寄れば梅の花笠にほふ野もなほわび人はここら濡れけり

さるは双葉にもと思ひたまへつるものを」とて奉れたまふ。（春日詣二六〇）

(2)三の親王、雨の降りたる頃、御前の紅梅のにほふさかりに、

「紅の涙の流れたまりつつ花の袂の深くもあるかな

おほぞらさへこそ」など聞こえたまふ。（菊の宴六二一）

(3)侍従の君、師走のついたちに、梅の花ひらけはてぬを折りて、

年の内に下紐解くる花見れば思ほゆるかなわが恋ふる人（菊の宴四二一）

(1)は正頼の春日大社参詣に加わった兵部卿親王が、「おもしろき梅の花」の枝に付けてあて宮に、春日大社の背後に見える三笠山を響かせて「梅の花笠」が美しく咲くにもかかわらず、そんなものに目移りもせず、つれないあなたを思う涙で、袖が濡れますと訴え、(2)はあて宮入内が確定したとの噂に、三の親王が雨で紅梅が濡れるように、血の涙が流れ溜まって、袖が紅梅の色に染まってしまいましたと嘆いている。(3)は実の兄の仲純がほころびかけた白梅に付けて、まだ春が来ないうちに開き始めたこの花を見ますと、いよいよ恋するあなたのことが思われることですと贈っているが、「下紐解くる花」、私を思ってあなたの下紐が自然に解けてほしい、とはかなり露骨な表現である。同腹の遠慮なさというか、他の求婚者とは違った、きわどい甘えが覗いている。(1)に対してあて宮は「隠れたる御笠の山の蓑虫は花の降るをや濡るといふらむ」と、涙で濡れたのではなく、花が散ったのを惜しんだのでしょうと切り返して

いるが、(3)に対しては返歌もしていない。

(4)花だにも昔の色は変はらぬを待つ時過ぎし人ぞ散りぬる

年を経て待つをも散らす宿なれば春なる梅の嘆かるるかな

（蔵開下六〇〇）

これは兼雅と仲忠が、女たちが立ち去った後の一条の邸を訪れた時の歌である。兼雅は妻妾たちが「けうらを尽くして住」んでいた邸も、今は「かき払ひて人もなく」花だけが「いろいろに咲き乱れ」ているのを見て、花は咲いているのに、人は散ってしまったと、Ⅴチの型で詠み、それを聞いた息子の仲忠は、「待つ」と「松」を掛けて、「松」と「梅」を対比し、一年中緑で変わらない「松」を兼雅の訪れを待ち続けた女たちに、今の季節である「春なる梅」を兼雅の愛を一身に集める母のこととし、心変わりせず長の年月待ち続けた女たちをあきらめて去らせた父上だから、今を盛りと咲き誇る母もいずれは梅が散るように、あなたに忘れられて嘆くのでしょうか、と兼雅の色好みに釘を刺している。

こうしてみてくると、これらの和歌が梅でなければならない、ということはない。たまたま季節が春で、白梅や紅梅を詠む定型がそこにあるという印象、白梅や紅梅をランダムに用いて、風雅な、歌物語的な歌を作り、適宜、連ねていったという体のものである。しかも、この物語でも平安和歌の特徴ともいえる、香を詠んではいない。

つまり、中期の仮名文では蜻蛉日記で紅梅が散文に用いられ、和歌では紅涙の喩として用いられているが、印象的なのは、紅梅に照り映える兼家の姿である。うつほ物語でも、白梅にしろ紅梅にしろ、梅は季節の景物の域を出ず、点景として用いられているにすぎない。落窪物語の違和感も、花による男と女の贈答の型がここに嵌め込まれたためとおぼしい。男君の報復が語られるところでは散文的であった女君が、男君の母と対面し、嫁として認められていく伏線として、女君のみやびを示す話型がここにはめ込まれたのであろう。

四　同時期作品における梅

初期物語でも中期物語でも梅は、主に和歌に用いられ、季節の景物の域を出ていないと述べたが、源氏物語と同時期の仮名作品ではどうであろうか。

和泉式部日記もそれは同じで、

雪降れば木々の木の葉も春ならでおしなべ梅の花ぞ咲きける
梅ははや咲きにけりとて折れば散る花とぞ雪の降れば見えける
（和泉式部日記八〇）

と、式部が宮邸に召人として入る前の贈答に、雪を花に見立てたⅠイの型が認められるだけである。

では、源氏物語と対比されることが多い枕草子はどうであろうか。

木の花は　濃きも薄きも紅梅。桜は花びら大きに、葉の色濃きが、枝細くて咲きたる。藤の花は、しなひ長く、色濃く咲きたる、いとめでたし。
（木の花は八六）

と、春の花の最初に、白梅ではなく紅梅を挙げている。この段は花の咲く時期にしたがって列挙しているのだが、こうした時の経過に伴って展開させる手法は勅撰集の配列に倣っており、「濃きも薄きも」という表現も平安和歌になって見出された色の濃淡を味わう美意識[4]からきている。

では、白梅はどうかといえば、

梅の花に雪の降りかかりたる
（あてなるもの九八）

雪のいみじう降りたりけるを、容器に漏らせたまひて、梅の花を挿して、月のいと赤きに、（中略）「雪、月、花

の時」と奏したりけるをこそ、いみじうめでさせたまひけれ。（村上の先代の御時に三〇四）

と、うつほ物語の絵解きの景と同じく、白梅に雪を組み合わせた、和歌のIIハ型の美意識に依っているのだから、散文でも枕草子の基底には古今集的な美意識が息づいているのである。

そのうえで清少納言は、「木の花」について、梅は色を、桜は花弁と葉と枝の全体のバランスと色彩の対比を、藤はしなう花房の長さと色を取り上げていて、歌ことばとしての梅や桜から外れた魅力を呈示している。「木の花は」で白梅を挙げていないのは、この段の前半で、紅梅・桜・藤の魅力を、知悉された歌ことばのイメージから外れた、色と形で取り上げているからかもしれない。

それにしても、「濃きも薄きも」といういいようは、紅梅ならどんな花でもよい、あざやかな濃い紅でも、やさしい淡い紅でも、紅梅でありさえすれば、と力説していて、別の何かを意識したいいようである。その何かとは白梅である。ここで清少納言は白梅と対置して紅梅の方がすばらしいと主張し、肩入れしているとおぼしい。

では、枕草子に紅梅に対する特別な思い入れや記述があるかといえば、意外なことに取り立てては認められない。植物の「紅梅」はわずか四例で、「めでたき紅梅に付けて」（頭の弁の御もとより一三八）と文の付け枝や、鶯が「竹近き紅梅」（鳥は九六）に鳴き、「御前の梅は西は白く、東は紅梅にて」（返る年の二月二四日一四三）と、清涼殿や梅壺の紅梅の位置を記す点景として扱っているにすぎない。

むしろ、「紅梅」は、襲ねの色彩として多用されている。

(1)小舎人童ども、紅梅、萌黄の狩衣、色々の衣、押し摺りもどろかしたる袴など着せたり。（正月に寺に籠もりたるは一一六）

(2)薄色、白き、紅梅など、七つ八つばかり着たる上に、濃き衣の、いとあざやかなるつやなど、

(3)御前よりはじめて、紅梅の濃き薄き織物、固紋、無紋などを、ある限り着たれば、
（一二月二四日、宮の御仏名の四三七）

(4)御返し、紅梅の薄様に書かせたまふが、御衣の同じ色ににほひ通ひたる、
（関白殿、二月二十一日に、三九五）
（関白殿、二月二十一日に、三九七）

(1)は童の狩衣、(2)は女房、(3)は定子と女房たちの装束で、「紅梅」は表白裏紅の襲の色目や縦糸白横糸紫の織物の色目に一五例、薄様色紙の重ね一例と、装束や色紙に用いられている。襲の色目の「紅梅」が仮名文に認められるのは枕草子からだから、ここに、「濃きも薄きも紅梅」との表明を支える、紅梅への関心の高さの淵源を見て取れよう。清少納言の、いや、平安貴族の紅梅への熱狂は装束となって受け入れられたということであろうか。

注目したいのは(4)の帝へのお返事が「紅梅の薄様」に記され、それが「御衣の同じ色」つまり紅梅の織物に「にほひ通」っていると記す、色彩の映発への関心である。この文を何に付けたかは記されていないが、おそらくは紅梅の枝であろう。和歌の内容と料紙と付け枝を関連させるのは嗜みで、白い料紙を白梅の枝に、紅の料紙を紅梅の枝に付けるのは蜻蛉日記にもうつほ物語にも認められるごく一般的なセンス[5]で、蜻蛉日記では述べたように白に白の贈歌に白に白で返歌している。ところが、枕草子では、頭の弁からの文が「白き紙に包みて、梅の花のいみじう咲きたるに付けて」届けられ、それに「いみじう赤き薄様に」「めでたき紅梅に付けて」（頭の弁の御もとより一三八）返したとあって、白に白の体裁に対して、赤に紅の体裁で返すという、ちょっとしたセンスの応酬が語られている。清少納言が仕えた定子後宮の雰囲気なのか、時代の好尚がうかがわれて興味深い。

そんな枕草子で卑近な日常性が現れているのは、

歯もなき女の梅食ひて酸がりたる
（似げなきもの一〇一）

と、食物としての梅が記されていることである。

枕草子の基底には古今集的な美意識がしっかりと存しており、和歌的な発想を基底にしての新たな感覚や感性を描いていくことに特徴があるといえよう。

最後に、先行作ではないが、源氏物語と同じ作者の紫式部日記と後追の更級日記をみておこう。

紫式部日記の「紅梅」六例はすべて衣の色目で、五節の舞姫の飾りの造花の「梅の枝」一例ともども服飾に用いられていて、一例だけ梅の実が見える。

源氏の物語、御前にあるを、殿の御覧じて、例のすずろごとども出できたるついでに、梅の下に敷かれたる紙に書かせたまへる。

すきものと名にし立てれば見る人の折らで過ぐるはあらじとぞ思ふ

賜はせたれば、

「人にまだ折られぬものをたれかこのすきものぞとは口馴らしけむ

めざましう」と聞こゆ。

（紫式部日記二一四）

道長が彰子の御前に源氏物語があるのを見て機嫌良く冗談をいっているときに、梅の実を見つけて式部にいいかけた贈答である。梅の実が置かれていたのは彰子が懐妊中だったからで、それを道長が「酸き」と「好き」を掛けて、式部をからかい、式部が切り返した、なごやかな一日を描いている。八代集には認められない、枕と同様に食用としての梅が姿を覗かせる、日常的な一コマである。

そして、後追の更級日記では、梅は和歌的な発想で記述されている。

初瀬に代参させた僧は「御簾ども青やかに、几帳押し出でたる下より、いろいろの衣こぼれ出で、梅桜咲きたるに、鶯木伝ひ鳴きたる」(三二一)と梅や桜が咲き、鶯が鳴く、いかにも和歌の取り合わせめいた夢をめでたい光景として報告し、治安三年四月に転居したときには向かいに咲き乱れる「梅、紅梅」を借景にして、

にほひくる隣の風を身にしめてありし軒端の梅ぞ恋しき　(更級日記三〇五)

と、旧宅と、それにともなう事柄を恋しく思い出している。Ⅴヲの懐旧の型である。

また、少女の頃の継母との別れと思慕を綴ったところでは、継母が軒端近くの梅の大木を「これが花の咲かむ折は来むよ」といい置いたのを信じて「いつしか、梅咲かなむ」と心待ちにし祈っていたのに、花盛りになっても来なかったので、花を折って贈ったところ、

頼めしをなほや待つべき霜枯れし梅をも春は忘れざりけり

と言ひやりたれば、あはれなることども書きて、

なほ頼め梅の立ち枝は契り置かぬ思ひのほかの人も訪ふなり　(更級日記二九六)

と返してよこしたという。これはⅥヨの梅を共に観賞する梅見客の型である。

源氏物語と同時期の作品では食用の梅が姿を見せ、日常を覗かせているほかは、梅は景として描かれ、まだまだ和歌的な表現の範疇から出てはいず、紅梅の色に着目した枕草子であっても、その魅力を伝えきれてはいない。

このように、源氏物語以前の物語や日記では、梅は和歌や和歌に繋がる春の景として点描されるのがほとんどで、白梅の美を雪と共に愛でたり、紅梅を紅涙の喩として詠むのが常であった。しかも、平安和歌の特徴である香りを取り上げているのは大和物語と土佐日記の和歌二例でしかなく、移り香や香りの混在混淆、拡散拡充などは認められない。蜻蛉日記や枕草子の散文部分に紅梅の魅力が記述され始めたとはいえ点景にすぎず、白梅と紅梅の別が重要な役割を果たしているわけでもない。それは源氏物語を待たなければならないのである。

注

（1）この業平の歌には後述するように、「梅」も「花」も認められない。ただし、詞書からは梅の歌と知られる。ここに型として挙げたのはこの歌が懐旧の歌として「梅の花誰が袖触れし匂ひぞと春や昔の月に問はばや」（新古今・春上・四六・道具）のように引用されていったからである。

（2）表現の型としては挙げなかったが、水に移る梅も視覚の混融である。

（3）この段は勝命本には見られないので物語風の虚構章段と考えられている。古今集の二首を核として構成されているから、正月十日も伊勢物語四段との関連を思わせる。

（4）拙編「和歌の文体」（『源氏物語文体攷』和泉書院、一九九九年十月）

（5）宮中で宿直する仲忠が妻の女一宮に「白き色紙に書きて、咲きたる梅の花に付けて」「唐衣裁ち馴らしてし百敷の袖氷りつる今宵なりけり」（蔵開中四五五）と贈り、懐胎して里下がりした梨壺に東宮が「近くても見ぬ間も多くありしかどなど春の夜を明かしかねつる」と、恋慕の想いを「薄き紫の色紙に書きて、梅の花に付けて」（蔵開下六〇六）贈っている。仲忠は袖も凍ると詠んだ氷の縁で白い薄様に白梅、東宮は逢いたさが募ってたまらないことから、時がたって白い色が黒ずんだ「梅の花」に紫の薄様を結んだのである。

4　源氏物語と和歌　―白梅・紅梅の喩―

一　物語の梅へ

源氏物語が平安文学の一つの達成であることは論を俟たないだろう。では、それはどのようにしてなされたのか。源氏物語の春の花といえば、桜が重視され、栄華や禁忌の恋との結びつきが考察されてきた[1]。しかしながら、梅もまた、物語において桜とは別種の独自な役割を担っているのではないか。使用数でも、梅は、桜の五一例に対して四四例と拮抗しているから、梅が軽視されているというわけではない。梅という素材を源氏物語がどのように用いているか、物語のなかでどんな意味を付しているかを考察することで、源氏物語の独自性、その創造の核について考究していきたい。

といっても、源氏物語の創造は突然に生まれたのではない。梅花の表現を早くに創り上げたのは和歌で、前々章ではそれを六型一五項に分類したが、その中心は色彩と香りで、平安貴族は異種の色彩や香りの混融を詠むことに興趣を感じていたらしい。ところが、先行の仮名散文ではそうした和歌表現を十分に取り入れて作品の構築に資していない。梅花はいまだ点景として描かれるにすぎず、和歌表現の範疇から出ず、和歌が見出した表現型も一部しか取り入れていない。

では、源氏物語はどうなのか、和歌表現を取り入れているのであろうか。

花の香誘ふ夕風、のどかにうち吹きたるに、御前の梅やうやうひもときて、あれは誰時なるに、物の調べどもおもしろく、この殿うち出でたる拍子、いとはなやかなり。大臣も時々声うち添へたまへる「さき草」の末つ方、いとなつかしうめでたく聞こゆ。（初音一五二）

六条院が成って初めての春、二日の臨時客での御遊びの、いかにもうららかな新春の景である。源氏の権勢を寿いで客たちが謡う「この殿」の「さき草」からの繰り返し部分を源氏自ら声を添えて共に謡うという、思う所のない満足が、花の香をいざなうかのような夕風と、前栽の梅が綻んでいくさまを背景に語られていく。穏やかで充足した梅花の景は人事を形象化しており、自然そのままの景ではない。「花の香誘ふ夕風、のどかにうち吹きたる」は、寛平御時后宮歌合の「花の香を風のたよりにたぐへてぞ鶯誘ふしるべにはやる」（古今一三・紀友則）を響かせ、暖かな風が梅を花開かせるという「紐解く」も歌ことばである。この場の梅は六条院の春を寿ぎ謳歌する気分を和歌的発想と表現で醸成して、源氏の栄華を形象化しているのである。

しかし、源氏物語の梅は和歌的表現を用いて情景や雰囲気を醸し出しているだけではない。この「御前の梅」は新春に「やうやうひもとく」から白梅と思われるが、九世紀後半には白梅と紅梅の二種の梅が存していた。光源氏の二条院の西の対にも紅白二種の梅が植えられており、一条朝の大貴族の邸では白梅と紅梅が共に植えられ観賞されていたとおぼしい。にもかかわらず、これまで白梅と紅梅はひとしなみに考えられ、二種の梅の存在については等閑視されてきた。それはこれまでの章で見てきたように、和歌ではもっぱら白梅を詠み、それが梅の表現として定型化してしまっていたことも与っていただろう。

源氏物語でも梅は和歌と和歌に纏わる景として詠まれていることが多い。しかし、その独自性は、白梅と紅梅を意識して使い分けたり、組み合わせたりしていることにある。物語中の梅が白梅か紅梅かに着目すると、和歌の解釈が変わり、場面の意味が新たな姿をみせて立ち現れ、作者の意図が浮き彫りになってくるのである。

二　白梅・紅梅の呼称

源氏物語の梅について考える前に呼称についてみておこう。前々章で述べたように渡来種の梅はまず白梅が奈良時代半ばに招来され万葉集第三期から認められる。紅梅は続日本後紀などから九世紀中ごろに渡来しており、勅撰集には後撰集から、散文には蜻蛉日記から認められる。したがって和歌表現ではそれまでの白梅に加えて、後撰集から紅梅が白梅の白や雪と対比されたり、私家集などで紅涙の喩として詠まれ、散文でも蜻蛉日記から地の文に描かれている。といっても、白梅の歌は八代集で一八七首も認められるのに、紅梅の歌はわずか一二首にすぎないし、和歌では字音語を使わないから、歌だけで紅梅と知られるのは、

紅に色をば変へて梅の花香ぞことごとに匂はざりける　（後撰・春上・四四・躬恒）

のように、「紅の梅」「濃く薄く」と色彩に言及する三首でしかない。紅梅は白梅のかぐわしさはそのままに紅の鮮やかな色まで持っていると歓迎されたのだが、字音語を用いない和歌では白梅も紅梅も「梅」「花」としか詠まれない。紅梅と判じるには詞書などの併用が必要なのである。

では、散文ではどうなのだろうか。白梅と紅梅はどのように区別されているのだろうか。

(1)乾果物の花いとことなり。梅・紅梅・柳・桜一折敷、藤・躑躅・山吹一折敷、　（うつほ物語、吹上上三九一）

(2)向かひなる所に、梅、紅梅など咲き乱れて、風につけて、かかえ来るにつけても

⑶春の雨色に出で、春の風遅く、垣根の梅衰へたり。（中略）木の葉のみどりほのかに、紅の梅すすめり。

（更級日記、治安三年四月三〇五）

⑷御前の梅は西は白く、東は紅梅にて

（うつほ物語、春日詣二六二）

⑸「園に匂へる紅の、色にとられて香なむ白き梅に劣れると言ふめるを、いとかしこく取り並べても咲きけるかな」

（枕草子、返る年の二月二四日一四三）

（源氏物語、紅梅五〇）

白梅と紅梅が列挙される場合は、⑴⑵のように「梅・紅梅」で、⑶は併記されていないが、この春日社頭の歌会の題が「衰ふ梅」「紅の梅」だから、対応して「垣根の梅衰へたり」といい「紅の梅すすめり」と記して、やはり「梅・紅の梅」で、列挙する際には紅梅だけに色が示される。一方、対比する場合は、⑷の「西の梅は白く・東は紅梅にて」、⑸の「紅・白き梅」のようにそれぞれに色が記される。⑶の点線部は異本では「春の雨にくれなゐのむめ色いで、、花風をそく、しろきむめおとろへたり」と対比しているから「紅の梅・白き梅」で、⑷⑸と同じく双方に色名が記されている。ただ⑷の枕草子は「白く・紅梅」と整った対比ではない。これは「梅」が花の種を表す上位概念だからで、上位概念と白梅を示す語がどちらも「梅」なので引きずられてしまったのだろう。

つまり、「梅」が種一般をいう上位概念の場合や、和歌や謡に詠まれる場合の他は、「梅」といえば白梅を指し、紅梅を「梅」と呼ぶことはない。紅梅をいうときには字音語で「紅梅」とか、色を冠して「紅の梅」という。そして、ある場面で紅梅の記述が続く場合は、初めに「紅梅」と記し、以後は「花」「梅」と記していく。その逆はない。これは、平安仮名文全般の傾向である。これまで、こうした呼称に関わる表現法については等閑視されてきた。けれども、この呼称に留意すると、源氏物語の解釈が変わってくるのである。

三　常陸宮姫君——白梅から紅梅への変容

源氏物語では、「梅・紅梅」は末摘花巻・初音巻・梅枝巻・若菜上巻・幻巻・匂宮巻・紅梅巻・竹河巻・早蕨巻に集中し、常夏巻・真木柱巻・宿木巻・手習巻に一例ずつ、「花」「香」を含めると計七七例用いられている。春の出来事を語る巻や四季の巡りを綴る巻に集中しているのは、梅が春の花である以上当然のことなのだが、源氏物語の独自性は、白梅紅梅の二種の梅を、人物の喩として物語の中に巧みに組み込んでいるところにある。

まず、最初に梅が認められ、六例も用いられている末摘花巻から考えよう。

この巻の梅は常陸宮姫君の喩として用いられている。(2) こういうと、いささか首をかしげられるかもしれない。一般に常陸宮姫君の喩は「末摘花」だと考えられている。しかし、「末摘花」は呼称で換喩である。巻名の「末摘花」は紅の染料となる紅花のことで、和歌では、

よそにのみ見つつ恋ひなむ紅の末摘花の色に出でずとも　（万葉・一九九三、古今六帖）

人知れず思へば苦し紅の末摘花の色に出でなむ　（古今・恋一・四九六）

よそにのみ見てやは恋ひむ紅の末摘花は色に出でずは　（拾遺・恋一・六三一）

のように、「紅の末摘花の色に出づ」の形で、秘めた想いを押さえられなくなってついに打ち明ける、という片思いの恋の謂いで詠まれる。読者は巻名からそんな恋物語を期待して物語を辿っていく。と、それが実は片恋のロマンスではなく、赤い花は花でも、先の垂れた赤鼻という、醜貌の姫君を表す巻名であったと知らされる。巻名「末摘花」は肩すかしと笑いを誘う命名なのである。考えてみれば、物語を読み進めても、「末摘花」ということばはなかなか

出てこない。

それより、何より、末摘花巻は梅で始まり、梅で終わっているのである。

まず、源氏が常陸宮姫君に興味を持ち、琴の音を漏れ聞こうとして訪れる邂逅の場、そこには梅の香が漂っている。

寝殿に参りたれば、まだ格子もさながら、梅の香をかしきを見出してものしたまふ。よきをりかなと思ひて、「御琴の音いかにまさりはべらむ、と思ひたまへらるる夜の気色にさそはれはべりてなむ。」（末摘花二六八）

十六夜の月が「をかしき」ほどに訪れた源氏を、手引きする大輔の命婦は我が局に通して、姫君の爪音を聞かせるべく寝殿に参上する。と、姫君はまだ格子も下ろしていない。「梅の香をかしきを見出して」というのだから、御前の庭から漂ってくる馥郁たる梅の香が室内に満ち、それに誘われて姫君は常の御座からすこし廂の間近くに出ておられたのである。命婦は格子が上がっているこの絶好の機会[3]を逃さず、琴の音がまさる夜の気色ですからとことば巧みに演奏を勧める。だが、この夜は、後に、「曇りがち」でございますからと演奏を切り上げさせているように、朧夜なのであった。

春の朧夜、月光に照らされた白梅、漂う梅の香、孤独な姫君と、琴を奏でる道具立ては揃っている。月も「をかし」く、梅の香も「をかしき」と、「をかし」を重ねて春の夜の魅惑が象られていくなかで、「ほのかに掻き鳴らす」爪音は源氏の耳にも「をかしう」聞こえた。

姫君の爪音が源氏の待ち聴く局にまで届いているからには、梅の香も漂ってきたであろう。暦月は記されていないが、単に「梅」というのだからこの場の「梅」は白梅である。朧月に照らされて暖かく輝く白い花と馥郁たる梅の香。源氏の心に姫君の姿は、朧月夜に輝く白梅の香として印象づけられた。この場が「おもしろし」ではなく、「をかし」を連ねて語られているとおり、源氏は姫君に魅了されてしまった。白梅の高雅な香りが、薄幸の気品高い美女のイメージとなって、源氏の心に刻みつけられたのである。ために、源氏は、巻名の歌ことば「末摘花」のように、片恋に苦しむことになる。そして堪えきれずついに「色に出づ」という行為に出る。それは春も終わり、夏も過ぎ、秋も半ばを過ぎた八月二十日余りで、対面した源氏は押し入って契りを結んでしまう。

　ところが、現実の姫君は期待はずれでしかなかった。巻名のままに進行してきた物語がここに至って路線をはずれてしまったのである。途絶えがちに通う源氏の不審が証され、姫君の容姿が明らかになるのは霜月ごろで、なかでも目を引くのは「先の方赤く垂れて色づ」いた鼻、紅の末摘花であった。ただ、この見顕しの時点ではまだ「末摘花」という呼称は記されない。「末摘花」と明示されるのは、暮れも押し迫って、姫君から時代遅れの新春の晴れ着が届けられた時、紙の端に源氏が「なつかしき色ともなしに何にこの末摘花を袖に触れけむ」と戯れ書きするのが最初である。翌日、返歌を命婦に投げ渡しながら謡う源氏の鼻歌に、梅が認められる。

　「ただ、梅の花の、色のごと、三笠の山の、をとめをば、すてて」と、うたひすさびて出でたまひぬるを、命婦はいとをかしと思ふ。　（末摘花三〇二）

この歌詞がそのまま該当する謡は知られていない。花鳥余情は前半の「ただ、梅の花の、色のごと」に衛門府風俗歌の「たたらめの花のごと、掻練好むや、げに紫の色好むや」を挙げており、そこから、諸注は「ただうめ」が鍛冶の炉を司る巫女「たたらめ」の誤写だとか、逆に「たたらめの鼻→たたらめの花→ただうめの花」と変化して意味が忘れられていったとか説いている。[4]

　しかし、誤写や風化して意味がわからなくなったという解釈では作者の意図がわかっていない。源氏はよく知られた風俗歌の歌詞を意図的に改変しているのである。それは命婦が歌詞の間違いを指摘した同僚に「掻練好めるはなの色あひや見えつらん」と後半の歌詞「搔練好むや」を引いてとぼけていることで種明かしされている。

この鼻歌が源氏の諧謔だということを忘れてはならない。源氏は風俗歌の歌詞を知らなかったのではない。わざと「たたらめの鼻のごと」を「ただ梅の花の色のごと」と紅梅の色にいい換えて、姫君の赤鼻を当てこすったのである。続く「三笠の山のをとめ」は三笠山を神域とする春日神社に奉仕する少女で、春日神社と常陸の鹿島神社は鍛冶の槌の神で祭神を同じくするから、鍛冶で面貌が赤らむ「たたらめ」に繋がり、常陸宮姫君の赤い鼻とも繋がる。源氏は元の歌詞を「梅の花の色」に変え、赤鼻を紅梅に変換して、姫君の喩としたのである。

それは同時に源氏の中で姫君が白梅から紅梅に変わったことを表している。源氏は立ち聞きの折の「梅の香」の「香」を鼻歌で「色」に変え、後撰集の「紅に色をば変へて」（四四・躬恒）を示唆して、白梅が紅梅に変わってしまったといったのである。源氏が姫君に魅了され、薄幸の高雅な方と胸を焦がしたのは、姫君を「白梅」と思いこんだからであった。しかし、現実の姫君は紅の末摘花、赤い鼻の「紅梅」でしかなかった。源氏は苦い想いに自らを笑い、赤鼻のおかしさを思って、「たたらめの鼻」を紅梅の「梅の花」に変換したのである。

ここにおいて、常陸宮姫君は白梅から紅梅に変わってしまった。白梅から紅梅への変容は、源氏の心の変化の喩でもある。これ以後、常陸宮姫君は紅梅で表現されていく。

日のいとうららかなるに、いつしかと、霞みわたれる梢どもの、心もとなきなかにも、梅は気色ばみほほ笑みわたれる、とり分きて見ゆ。階隠のもとの紅梅、いととく咲く花にて、色づきにけり。
「紅の花ぞあやなくうとまるる梅の立ち枝はなつかしけれど
いでや」と、あいなくうめかれたまふ。
かかる人々の末々いかなりけむ。（末摘花三〇六）

これは巻末、新春八日に常陸宮姫君のもとから二条院に帰り、若紫の相手をして、鼻を赤く塗ってふざけた源氏の目に映る、うららかな庭の景である。

源氏の独詠歌は上の句と下の句が対比されている。これを従来は同じ紅梅の木の、「花」と『枝」の対比と解されてきた。しかし、それは違う。枝振りはすてきだが、花は気にくわない、ではわけがわからない。「梅の立ち枝」は白梅のことで、この歌は「紅の花」と「梅」、つまり紅梅と白梅を対比して、白梅は慕わしいが紅梅は感心しない、といっているのである。

源氏の前の庭には「気色ばみほほ笑」む「梅」と「色づ」く「紅梅」の二種の梅が示されている。「気色ばみわたる」のはほころびかけ、咲き始めた白梅で、四分咲きぐらいなのであろう。それに対して「色づく」のは紅梅で蕾が膨らみかけて色が判別できる程度なのだろう。橋隠しに植えられている「紅梅」をわざわざ「いととく咲く花」とことわっているのは、白梅の咲くこの時期にもう色づき始めているからである。

その紅梅を「色づく」と語るところに、今朝方の常陸宮姫君との体験が踏まえられている。姫君の許から辞去するとき、源氏の目に映ったのは

口おほひの側目より、なほかの末摘花、いとにほひやかにさし出でたり。見苦しのわざやと思さる。（末摘花三〇四）

と、臥して見送る姫君の顔の紅の鼻で、それを「見苦しのわざや」と見ている。この赤鼻、赤い花が橋隠しのもとの色づく紅梅に重ねられて、「紅の花ぞあやなくうとまるる」の独詠が導き出されたのである。従来の解釈が誤ったのは、紅梅と白梅の呼称に思い至らなかったためであろう。この歌は、白梅と紅梅を対比して、当初、姫君を高雅な白梅と思ったが、「色に出で」て契ってみると、紅の花ならぬ赤い鼻の姫君であった、という事態の推移と源氏の自嘲

をもののみごとに形象化して示しているのである。この場が巻末であることを思えば、こうした作者の仕掛けがよくわかる。初春に人を誘う梅の香で始まった恋は、秋の実り、冬の見顕しを経て、一年後の春には梅に辟易するという結末となった。末摘花巻が梅で始まり、梅で終わるのは、白梅から紅梅への姫君の変容の喩として梅を用いているからなのである。

しかも、常陸宮姫君を紅梅として表すのはこの巻にとどまらない。

荒れたる所もなけれど、住みたまはぬ所のけはひは静かにて、御前の木立ばかりぞいとおもしろく、紅梅の咲き出でたるにほひなど、見はやす人もなきを見わたしたまひて、

ふるさとの春の梢にたづね来て世の常ならぬはなを見るかな

独りごちたまへど、聞き知りたまはざりけむかし。（初音一五五）

新春三日、常陸宮姫君を訪れた源氏が、昔なじみの邸に尋ねてきて、「世の常ならぬ花」を見ることだとつぶやいている。「世の常ならぬ花」はいうまでもなく姫君の世間並みでない「鼻」のことだが、きっかけは庭前の「紅梅の咲き出でたるにほひ」を見たことで、自然の景から独詠歌に繋いでゆく、末摘花巻末と同じ手法である。すばらしい紅梅なのに夫が「住」まないので「見はやす人もな」い、わたしはここに来て昔なじみの紅の花、世間に見られぬ赤鼻を見てしまった、紅梅はやはりもてはやせないな、見棄てるつもりはないけれどもと自嘲しているのである。

このように、常陸宮姫君の物語を通して、梅は姫君の喩として用いられている。源氏は最初は姫君をあこがれの白梅と思いこみ、醜貌を見顕してからは紅の鼻の意の紅梅に改め、以後紅梅の喩として通す。白梅から紅梅への変容は姫君の喩であるだけではなく、源氏の心の動きの喩としても用いられているのである。

巻名の歌ことば「末摘花」が喩ではなく、呼称であるのはこのためである。確かに、前半は歌ことば「末摘花」が

源氏の想いを領導していくかのようにみえる。けれども、見顕した時点で、「末摘花」は歌ことばから姫君の容貌を直接に示す紅花となってしまい、源氏の想いを表す喩ではなくなった。歌ことば「末摘花」から梅への喩の転換、そして白梅の喩から紅梅の喩への変容は、作者の方法であったと考えられるのである。

四　朝顔姫君――白梅と紅梅の交錯

梅を人物の喩として用いているのは常陸宮姫君だけではない。朝顔姫君も紫上も梅で象られている。ただ、常陸宮姫君の場合は、白梅から紅梅への変容、つまり梅の色だけが取り上げられており、平安和歌の特徴である香りの魅力は捨象されている。しかし、平安和歌での梅花の特徴は何よりもそのかぐわしい香にあった。この二人には香が重要な要素となっている。

朝顔姫君が梅の香で象られるのは梅枝巻である。この巻は明石姫君の入内の準備に源氏が心を尽くす巻で、薫き物や手本の蒐集が語られる。

二月の十日、雨すこし降りて、御前近き紅梅盛りに、色も香も似るものなきほどに、兵部卿宮渡りたまへり。御いそぎの今日明日になりにけることととぶらひきこえたまふ。昔より取り分きたる御仲なれば、隔てなく、そのことかのことと聞こえ合はせたまひて、花をめでつつおはするほどに、前斎院よりとて、散りすきたる梅の枝につけたる御文持て参れり。（梅枝四〇五）

そんな折、雨あがりで橋隠しの紅梅が色も香もいよいよ際立つなかに、蛍宮がお見舞いにお越しになる。お二人で紅梅を愛でておられると、そこに朝顔姫君からの薫き物が「散りすきたる梅の枝」に付けた文とともに届けられる。

「散りすきた」には「散り透きた」「散り過ぎた」の二様の解釈があるが、いずれにしても、花がわずかしか残っていない白梅の枝であろう。前斎院は沈の箱に坏を二つ入れ、「紺瑠璃には五葉の枝、白きには梅を彫りて」とあるように、青ガラスの坏には五葉の松を結びつけて黒方を入れ、白ガラスの白梅を彫った坏には梅花香を収めておられる。そこで源氏は使いに「紅梅襲の唐の細長」を添えた女の装束一揃えを被け、お返事を「その色の紙」に「御前の花」に付けて差し上げる。このあたり、色彩が美しい。紅梅を愛でているところに届けられた前斎院からの二品は、薫き物に合わせた、青に緑、白に白のアンサンブルの壺で、互いに対照的だったから、宮が「艶なるもののさまかな」と賞賛している。前斎院の文の色は記されないが、付け枝に合わせた白であったろう。対する源氏の返歌は紅に紅でこれも対照的である。いずれの組合せにも白が入っているので、豪奢に流れず、交響しあって上品な色調となっている。

白梅に白の色紙で贈られた歌に、紅梅に紅の色紙で返すのは枕草子にもみられ、目新しいことではないが、この場の白梅を贈られて紅梅を返す対比は、枕草子とは違って和歌の主意と深く関わっている。

花の香は散りにし枝にとまらねどうつらむ袖にあさくしまめや

花の枝にいとど心をしむるかな人のとがめむ香をばつつめど　（梅枝四〇六）

前斎院はご自身を白梅の「散りにし枝」に喩えて、わたしの色香はこの花のように散ってしまって残ってはおりません。ですからこの薫き物は私には何の意味もないものです。けれども、姫君の袖に焚きしめていただければ、きっと深く染みつくことでしょうと、移り香を用いて姫君の生い先を祝福している。蛍宮は前斎院の歌を「ことごとしう誦じ」て誉めるのだが、源氏は返歌を隠して見せようとはしない。見せては困る返歌だったからである。

この歌で源氏は、前斎院の「散りにし枝」を「花の枝」に変え、わたしはこの紅梅の「花の枝」のような、あなたにいよいよ心惹かれます。あなたは「散りにし枝にとまらねど」と、おっしゃいますが、「春過ぎて散り果てにける梅の花ただ香ばかりぞ枝に残れる」（拾遺一〇六三・如覚法師）というじゃありませんか。あなたのお美しさは枝に残っていますよ、と思慕を訴えている。下の句を諸注は、その香を人が見咎めないように包み隠していらっしゃいますが、と解している。しかしこれだけなら、蛍宮に隠す積極的な理由などないのではないか。私は源氏はここでもう一歩踏み込んでいると思う。

諸注が「人のとがめむ香」に「梅の花立ち寄るばかりありしより人のとがめむ香にぞしみける」（古今三五）を引くのに異論はない。この歌は前章で述べた八代集の梅の表現型のうちⅢホの移り香の型で、「人のとがめむ香」は梅の移り香を恋人の薫香が移ったのではないかと疑われる、梅の香りと薫き物の薫りの混淆をいう。源氏は前斎院に対して、あなたはこの紅梅のようにまだまだ色香を保っておられるのに、わたしが袖を触れたらあなたの薫香が移って、人に知られるのではないかと心を閉ざして、私をお遠ざけになるのですね、あなたは白梅ではありません、まだまだ私の心を惹いてやまない、色をも香をも備えた紅梅でいらっしゃるのにと恨んだのである。そして、この詠みようからは、源氏は前斎院の歌を、私はあなたの愛を受け容れませんでしたが、私の心をこの薫りに託して、姫君にさしあげましょう、と解したことになってしまう。

では、なぜ、わたしは盛りを過ぎた白梅です。いいえ、あなたは私には今を盛りと咲く紅梅です、という贈答が成り立つのか。それは一つは白梅を「散りすきた」といい、紅梅を「とく咲く」（末摘花）といっていたように、白梅が新年に咲き、紅梅は少し後れて二月に咲くからであり、いま一つは、白梅のイメージである。源氏物語で直接に白梅に喩えられているのは頭中将の娘の弘徽殿女御で、

こまかにをかしげさはなくて、いとあてに澄みたるものの、なつかしきさま添ひて、おもしろき梅の花の開けさしたる朝ぼらけおぼえて、　（常夏二四二）

と、高雅なものの、どちらかといえば寂しい美である。前斎院は私はもともとあなたの心を惹くほどの鮮やかな美しさなどありませんでしたし、私の春は過ぎましたといったので、源氏はそれを否定し慰撫し、変わらぬ想いを訴えたのである。

前斎院が自身を白梅に擬し、源氏が、いいえ紅梅でいらっしゃると返す贈答は、ひそやかな男女の想いを秘めており、互いにだけわかる歳月を経た男女の恋歌なのである。白梅と紅梅を一堂に会して対比しつつ、平安和歌のレトリックである移り香の混淆をもって、朝顔姫君を白梅にも紅梅にも象って交錯させているのは、こうした二人の想いの交錯をも描出するためであったろう。

五　女三宮と紫上――白梅と紅梅の交響

朝顔姫君は白梅にも紅梅にも両様に喩えられたが、若菜上巻の女三宮と紫上は異なる。女三宮が降嫁して五日目の朝、源氏は雪のため昨夜に引き続いて伺えない由の歌を、「白き紙」に記して「梅に付け」て贈り、そのまま返歌を待って端近くで庭を見出す。雪の歌を白の料紙に記したのだから、この「梅」は白梅である。

やがて見出して、端近くおはします。白き御衣どもを着たまひて、花をまさぐりたまひつつ、友待つ雪のほのかに残れる上に、うち散り添ふ空を眺めたまへり。鶯の若やかに、近き紅梅の末にうち鳴きたるを、「袖こそにほへ」と花をひき隠して、御簾押し上げてながめたまへるさま、ゆめにもかかる人の親にて重き位と見えたまはず、若うなまめかしき御さまなり。

（若菜上七一）

「白き御衣」の袿を重ね、文に付けた残りの枝の、白「梅をまさぐ」る源氏の目に映る光景は「友待つ雪のほのかに残れる」庭、そのうえに「うち散り添ふ」雪空と、ここまでは白一色の世界である。

庭の消え残っている雪からなお散り添う雪、そして降り来る空へと目を移すと、情景が一変する。「鶯」が初々しく「近き紅梅の末」にとまって鳴く、明るく楽しげな紅梅の景となる。その鶯に手に持つ白梅を見つけられまいと「折りつれば袖こそにほへ梅の花ありとやここに鶯の鳴く」（古今一〇一一）の一句を口ずさんで隠し、「御簾押し上げて」しばし心惹かれて「ながめ」る。とはいえ、女三宮の返歌が手間取っているので、いつまでも端にいられず、白梅に惹かれた体で、母屋に戻って紫上に白梅を見せ、説得にかかる。

「花といはば、かくこそ匂はまほしけれな。桜に移してば、また塵ばかりも心分くる方なくやあらまし」などのたまふ。「これも、あまたうつろはぬほど、目とまるにやあらむ。花の盛りに並べて見ばや」などのたまふに、御返りあり。紅の薄様に、あざやかにおし包まれたるを、胸つぶれて、　（若菜上七一）

花ならばこの白梅のように匂って欲しいものですね。もし、「梅が香を桜の花ににほはせて柳が枝に咲かせてしがな」（後拾遺八二・中原致時）という歌のように、桜にこの香があれば、ほかの花にはまったく見向きもしないでしょうに、と機嫌を取り、私は今白梅を手にしていますが、他の花が咲かない時期に咲くからですよ。この白梅を桜の季節に並べてみたいものですね、と共に愛でたいと語りかける。

源氏は女三宮を白梅に、紫上を桜になぞらえたわけだが、ここを玉上琢弥氏は「桜に匂いが欠けているように、紫上にも何物かが欠けている。それさえあれば、ほかに心は移さないが、と言ったことになる。紫上のうまれがよかったらというのだろうか」と源氏の失言だと説いておられる。[5] たしかに、この発言と、続く「花の盛りに並べて見ばや」はいささか整合しにくい。この紫上へのことばは女三宮との平和的な共存を希望するのが趣旨だろうから、お互いに相手にない長所を持っているのだからと宥め、共存を促したか。これに紫上は一言も答えていない。女の納得を得る慰撫ではないのである。

そこへ女三宮の返歌が「紅の薄様」で届けられる。源氏の「胸がつぶれ」たのは、女三宮に恋歌を贈ったことや宮の未熟な筆蹟が紫上に知られるのを懸念しただけではあるまい。源氏の最前までの慰撫のことばが嘘となってしまうからである。

この場になぜ梅花が語られているのか。紅の薄様なら文はおそらく紅梅に付けられていただろう。女三宮側は日常の習慣に従って白梅に対して紅梅を返したにすぎず、付け枝が和歌の内容にそぐわないことなど意に介さなかったのだろう。しかし、源氏は今の今まで、女三宮は白梅だ、あなたは桜で、宮にない紅の色を持っているのだからと宥めていたのである。ところが紅梅は、

紅に色をば変へて梅の花香ぞことごとに匂はざりける　（後撰・春上・四四・躬恒）

だから、これでは女三宮が色も香も具した紅梅だということになってしまう。説得は水の泡と消えたのである。

しかし、それだけでは鶯が描かれていることを説明できない。実景として鶯が描かれているのは源氏物語ではここと竹河巻と早蕨巻の三箇所、いずれも梅に誘われて纏わりつく和歌の表現型で、宇治十帖の二例は薫の喩で、「鶯だに見過ぐしがたげにうち鳴きて渡る」（早蕨三五六）と、女君の喩である梅に惹き寄せられている。この場の鶯も女君に惹かれる源氏の喩にほかならない。紅梅で鳴いていた鶯を見て白梅を隠したのは、鶯が白梅に移ってくるのを防ぐためで、隠すこと自体が白梅にも心惹かれている源氏の内奥を表わしている。

源氏は内心、紫上を紅梅に擬していたのではないか。口では「桜」と讃えても、源氏の目に映った景は、最初は白梅と雪の白一色、それから紅梅の紅に変わっている。鶯は、女三宮のことを考える時は白梅で、屋内の紫上のことを

考える時は紅梅となるという、源氏の心の揺れを的確に表しているのではないか。「花の盛りに並べて見ばや」とは、白梅と紅梅を並べてみたい、女三宮と紫上をともに愛したいとの源氏の率直な想いであったろう。

三田村雅子氏は紫上が紅梅に関係づけられるのは梅枝巻で梅花香を調製してからで、亡き後は紅梅で回想されると説かれた(6)。しかし、その淵源は玉鬘巻ですでに示されている。衣配りで紫上は「紅梅のいと紋浮きたる葡萄染の御小袿」と紅梅であった。対して明石君は「梅の折枝、蝶鳥、飛びちがひ、唐めいたる白き小袿」と白梅に擬せられている。紫上は人と対比される場合は紅梅に擬せられているのである。つまり、この降嫁五日目の白梅と紅梅は、どちらの女君が色をも香をも備えているのか、どちらがより源氏の愛を承けるにふさわしいのかという問題に加えて、女三宮と紫上の間を行き来する源氏の心の揺れをも表しているといえよう。源氏にとっては女三宮と紫上、現在は別々に関わっている白梅と紅梅が対比されるのではなく、それぞれの特質を保持しながら混淆し交響するのがもっとも望ましいのである。

こうしてみると、白梅と紅梅は女君の喩であるだけでなく、二人の女君の間で揺れる源氏の情動をも象っているということができよう。常陸宮姫君は白梅から紅梅への変容だから色だけの喩であったが、朝顔姫君や紫上の場合は交錯や交響だから、梅の香が大切な要素となっており、平安和歌の梅花の特質を取り入れた方法となっている。物語が進むに連れて、作者の筆も上がってきたか。

六　薫と匂宮1——系譜としての白梅・紅梅

正編では梅に喩えられたのは女君であったが、続編では男君が梅に喩えられている。

匂宮は御法巻で祖母の紫上に「この対の前なる紅梅と桜とは、花の折々に心とどめてもて遊びたまへ」（御法五〇三）と二条院の桜と紅梅を譲られてからは、桜とともに「対の御前の紅梅とり分きて後見ありきたま」（幻五二八）い、二条院を相続して「梅の花めでたまふ君」（紅梅五四）と呼ばれ、紅梅に結んだ文を贈られている。匂宮は紅梅とともに語られ、印象づけられているのである。

では、一方の薫はどうであろうか。薫は生まれつき身に芳香を備えていて、薫き物を焚くと生来の体臭が加わって「いふよしもなき匂ひ」となるのだが、匂宮はそんな薫を『闇はあやなし』とおぼゆる匂ひありさま」（浮舟一四七）と白梅に見立てている。何より、薫は竹河巻で女房から「梅の初花」と呼ばれているのである。

尚侍の君、御念誦堂におはして、「こなたに」とのたまへれば、東の階より上りて、戸口の御簾の前にゐたまへり。御前近き若木の梅心もとなくつぼみて、鶯の初声もいとおほどかなるに、いとすかせたてまつらまほしきさまのしたまへれば、人々はかなきことを言ふに、言少なに心にくきほどなるをねたがりて、宰相の君と聞こゆる上臈の詠みかけたまふ。

折りて見ばいとどにほひもまさるとやすこし色めけ梅の初花

口はやし、と聞きて

よそにてはもぎ木なりとや定むらむ下ににほへる梅の初花

さらば袖触れて見たまへ」など言ひすさぶに、（竹河六八）

元旦の夕方、年賀に玉鬘を訪れた薫は、親しい弟として扱われ、念誦堂に通される。庭にはこの堂を建てた時に植えたのか、まだ「若木の梅」が蕾を付けたばかり、「鶯の初声」もまだぎごちなく聞こえる。「若木」「初声」とうぶさを強調された梅と鶯は薫の喩で、その初々しさがもの馴れた女房たちを刺激する。けれども、薫は相手にしない。憎らしがって宰相の君が「すこし色めけ梅の初花」といいかける。梅を手折ると香が匂い立つように、あなたのすてきな香をわたしに堪能できるように移してくださいよ、ねぇ、もう少し色めいて咲いてよ、とからかったのである。「すこし色めけ」とは、白梅は色がもの足りない、紅梅だったらいいのに、と白梅よりは紅梅を良しとするいいようである。

そこで薫も「梅の初花」を用い、「下ににほへる」といって、ほんとは色も香も備わっているのですよと切り返している。この薫の返歌は、おっしゃるとおりわたしはもの馴れない白梅に見えますが、心の底では紅梅なのですよ、と抗議したと解せないだろうか。

というのは、この時、薫は玉鬘からも「はづかしげなるまめ人」と評され、「まめ人、とこそつけられたりけれ。いと屈じたる名かな」と情けなく思って、梅が花盛りとなる二十余日、「まめ人の名をうれたしと思ひ」「にほひ少なげにとりなされじ、好き者ならはむかし」と、再び、訪れるからである。

西の渡殿の前なる紅梅の木のもとに、梅が枝をうそぶきて立ち寄るけはひの花よりもしるくさとうち匂へれば、妻戸押し開けて、人々あづまをいとよく掻き合はせたり。（竹河七二）

訪れたのは姫君たちが住む寝殿の西面に近い渡殿で、その前の「紅梅の木のもとに」歩み寄る。ここで提示された紅梅は「好き者ならはむかし」とやってきた薫の心理と行為を象徴している。薫は白梅から紅梅に変わったのである。薫は、大君を慕う蔵人少将と連れだって、梅枝を口ずさみながら、立ち寄っていく。薫は色めいて振る舞い、「好き者」を気取ってはいるのだが、白梅が紅梅のまねをしているのだから、玉鬘大君を手に入れることはできない。篠原昭二氏はこの薫を付け焼き刃で、応酬に破れて逃げ帰っていると説いておられる。(7)

それは源氏物語での白梅のイメージに因がある。源氏物語で直接白梅に喩えられているのは**五**で述べたように頭中将の娘の弘徽殿女御だが、高雅なものの、どちらかといえば寂しい美で、絵合で秋好中宮に負け、后にもなれなかった。白梅の喩とされた人物は、紫上に対する明石君、女三宮、といったように、いわば二番手の人物である。薫も高雅ではあるが、色をも香をも具すあざやかな紅梅に擬された匂宮には、負けないまでも勝つことはできない。中君は結局は匂宮の妻として収まっていき、尼となった浮舟は「閨のつま近き紅梅の色も香も変らぬを、春や昔の」と他の花よりも心ひかれて、

袖触れし人こそ見えね花の香のそれかとにほふ春の曙　（手習三五六）

とつぶやく。この「袖触れし人」が薫なのか、匂宮なのかで解釈が分かれているが、それはこの場面周辺からの解釈である。浮舟を触発したのは紅梅の香なのだから、宇治十帖全般を見渡せば、「飽かざりし匂ひ」の人は匂宮である。紅梅の色と香、とりわけ香に触発されて、浮舟の生身に残る無意識の情動が引き出された(8)のである。

薫と匂宮は共に香にかかわる呼称だが、薫は生来の芳香を持ち、匂宮は人工の薫き物で対抗していると紹介されている。「園に匂へる紅の、色にとられて香なむ白き梅に劣れると言ふめる」（紅梅五〇）と、紅梅は白梅に比べて香りが薄いと語られているから、生来の香りと人工の薫りという点で薫と匂宮の造型に結びついている。しかも、この二人は若菜上巻の紫上と女三宮の喩を、孫と息子として受け継いでいるのである。二人は意図的に紅梅、白梅として象られていると考えられよう。

七　薫と匂宮2――「香ぞことごとににほはざりけり」

では、この白梅と紅梅の二人において、香はどのように働いているのだろうか。

薫の場合は大君や中君への移り香である。

(1)ところせき御移り香の紛るべくもあらずくゆりかをる心地すれば、宿直人がもてあつかひけむ思ひ合はせられて、まことなるべしといとほしくて、（総角二四一）

(2)かの人の御移り香のいと深くしみたまへるが、世の常の香の香に入れ焚きしめたるにも似ずしるき匂ひなるを、その道の人にしおはすれば、あやしと咎め出でたまひて、いかなりしことぞと気色とりたまふに、（宿木四三四）

(1)は大君に薫の移り香がするのに気づいた中君が、薫と契ったのかと姉を気の毒に思うところ、(2)は匂宮が中君に染みついた薫の移り香に気づいて、二人の仲をあやしむところである。薫に接近され、添い臥された中君は単衣まで脱ぎ替えていたのだが、「あやしく心よりほかにぞ身にしみける」と身体に染みこんでしまっており、匂宮も「その道の人」だったので薫りには詳しく、まさに「我妹子の咎むばかりの香にもこそ染」（後撰二七）んでいたのである。薫が常ならず「なよよかなる御衣どもを、いとど匂はしそへ」て中君を訪ねたとあらかじめ記しているのは、この移り香による危機を語るためであったのだろう。

浮舟をめぐっても薫りの記述が鏤められている。

(3)さるもののつらに、顔を外ざまにもて隠して、いといたうしのびたまへれば、このただならずほのめかしたまふらん大将にや、かうばしきけはひなども思ひわたさるるに、いと恥づかしくせん方なし。（東屋六一）

(4)雨すこしうちそそくに、風はいと冷ややかに吹き入りて、言ひ知らずかをり来れば、かうなりけりと、誰も誰も心ときめきしぬべき御けはひをかしければ、（東屋九〇）

(3)は匂宮との出会い、(4)は薫との出会いで、いずれの場合も香が語られている。(3)の二条院の中君に預けられた浮舟に匂宮がいい寄った時、浮舟は最初は宮とは思いもせず、その「いとかうばしきけはひ」から、自分に執心している薫大将かと推し量っている。焚きしめた薫りから浮舟は匂宮を薫と思ったのである。一方、(4)で、薫が浮舟の隠れ家である三条の小家を訪れた折には、風とともに「言ひ知らずかをり来」る薫りに、女房たちが薫が来られたのだ、と気づいて心ときめきしている。

匂宮が宇治に浮舟を訪れる時には薫りで正体を偽っている。

(5)いと細やかになよなよと装束きて、香のかうばしきことも劣らず。（浮舟一二四）

(6)道のほどに濡れたまへる香の所狭う匂ふも、もてわづらひぬべけれど、かの人の御けはひに似せてなむ、もて紛らはしける。（浮舟一四九）

(5)は宇治に据えられた浮舟の寝所に薫を装って忍び入る時で、「もとよりほのかに似たる御声」を「いとようまねび似せたまひて忍びたれば」と、声に細心の注意を払って忍び入ったというのだが、招き入れた女房たちは、ほっそりした姿態と柔らかな衣装、加えて「香のかうばしきことも劣ら」なかったので、薫と思い込んだというのである。(6)の対岸の小家に浮舟を伴って惑溺の限りを尽くす時も、道中で濡れて焚きしめた薫香が迷惑なほど匂ってあやしまれそうなのを、右近たちが薫の「御けはひに似せて」宮をお入れしたという。匂宮が薫を装う時には、香が大きな役割を果たしているのである。思えば、浮舟は宮との最初の出会いの(1)で、宮を薫と推測していた。浮舟物語に関しては匂宮の薫りが集中的に用いられ、薫の方は(2)の最初に訪うときだけなのである。

薫が引き起こした大君や中君への移り香事件は契るに至らなかったので「人や咎めむ」で済んだ。ところが、匂宮が薫を装って浮舟と逢う場合は不審がられず、成功している。東屋巻で浮舟は匂宮を薫と思い、浮舟巻で浮舟の女房は匂宮を薫と思う。これは二人の香にさしたる違いがなかったということである。達人である匂宮には、中君の薫りが薫の移り香とわかり、田舎人の浮舟たちにはその判断ができなかったということであろう。「知る人ぞ知る」（古今三八・友則）文化の落差である。

実は、薫の芳香は柏木巻や横笛巻の幼児の頃には述べられていない。続編になってから新たに付された特質なのである。匂宮の薫香は薫に伴って付されたとおぼしく、二人の芳香と薫香は、移り香や取り違えを語るために付されたと考えられよう。いい換えれば、この二人は互いによく似ているのである。(9)

(7)はかなく袖かけたまふ梅の香は、春雨の雫にも濡れ、身にしむる人多く、（匂宮二七）

(8)本つ香のにほへる君が袖触れば花もえならぬ名をや散らさむ（紅梅五三）

(7)は薫が軽く袖を振れただけで白梅の香がいっそう深まると紹介され、(8)は紅梅大納言が匂宮に薫り高いあなたの袖が触れたらこちらの花も匂いを添えますと娘との婚姻を願っている。いずれも袖の薫き物の香が梅の花に移るという和歌の移り香の型で讃えられており、二人の差は白梅と紅梅という色の相違でしかない。薫と匂宮は、

紅に色をば変へて梅の花香ぞことごとに匂はざりける（後撰・春上・四四・躬恒）

を人物として造型されていると考えられよう。取り違えもこの和歌から発想されたのではないか。

こうしてみると、宇治十帖では梅とは直接関わらないように思われるところでも、梅の歌が底流していると知られよう。薫の移り香は人に咎められるし、梅の香と薫き物の薫りは混融し、香によって紅梅の匂宮と白梅の薫はとり違えられる。大君中君物語は「我妹子が咎むばかりの香にもこそ染め」、浮舟物語は「香ぞことごとに匂はざりけり」を核として構想されているのである。

八　和歌からの物語構築

梅という素材を文学が取り入れるにあたって、平安和歌が選択したのは色と香りの魅力であった。開花を願い、散るを惜しんでもてはやし、梅に触発される人や昔を思う人事も詠まれてはいるが、表現の中心は色と香で、前々章で述べたように、色彩では白なり紅なりの同系等の色の組み合わせで見立てや映発混淆、香りでは移り香や薫き物の薫りとの混融、香りの拡充が型となって詠まれている。こうした平安和歌での梅花表現の型は仮名物語が盛んになる後拾遺集の頃にほぼ定型化している。ところが、源氏物語に先行する物語などでは梅花の歌が詠まれていても、和歌表現を散文に組み込んで内容に関わらせることはなかったし、和歌も色彩に関する表現がほとんどで、香を詠むものは少なく、詠んでも移り香や薫き物との混融、拡充は詠まれていない。

源氏物語はそれを大きく変えている。源氏物語では宴で梅花をもてはやす官人たちの歌も、髭黒に阻まれて玉鬘に近づけない冷泉帝が白梅が霞に隠されて視認できないと嘆く歌も、梅を訪ねる遊客の歌も懐旧の歌も認められる。地の文でも蜻蛉日記の紅梅に映発する兼家の麗姿を蛍宮に変えて紫上生前を懐旧し、六条院の春の町のすばらしさを「梅の香も御簾の内のにほひに吹き紛ひて、生ける仏の御国とおぼゆ。」（初音一四三）と、梅の香りが御簾の内まで漂ってきて室内の空薫き物の薫香と「紛ひ」合うので浄土の仏の国が現前したようだと語る香の混融拡充も認められる。[(10)]平安和歌の梅表現で認められないのは白梅と雪の見立てぐらいで、白梅と雪の紛う景はあるから、ほとんどの型が用いられていることになる。

しかしながら、源氏物語の梅花表現の独自性は平安和歌の表現を踏襲していることにあるのではない。白梅と紅梅の二種に着目して梅を人物の喩としたことにある。

常陸宮姫君の場合は梅の色で、最初は源氏が高雅な白梅と思い込んで胸をときめかしたが、実は紅鼻の紅梅であったと辟易する、白梅から紅梅への変容で、源氏の憧憬から自嘲への変容をも象っている。朝顔姫君の場合は、姫君は自身を花の散った白梅に擬し、源氏は姫君の意図に反して紅梅に擬して変わらぬ思慕を訴える。移り香を組み込んだ二人の和歌は主体の立場によって白梅になったり紅梅になったりし、それに伴って移り香の意味が変わり、想いの交錯が語られていく。常陸宮姫君や朝顔姫君は一人の人物が白梅に擬せられたり紅梅に擬せられたりするが、紫上は明石君や女三宮と組み合わせられ、紅梅と白梅に擬せられる。特に女三宮と対比される場合は色と香を具すことが肝要とされ、二人の間を行き来する源氏は紅梅の紫上と白梅の女三宮とが共存すること、二人を共に愛し二人が交響する平和な六条院を望んでおり、そんな源氏の心の揺れが二種の梅で語られている。この対照は紫上の愛する孫の匂宮と女三宮の子息の薫とに継承され、白梅の薫は紅梅に変身しようとして失敗し、紅梅の匂宮は白梅の薫を装って浮舟を手に入れる。それは二人が互いに似ており、容姿や教養に差異がないよう造型されているからで、生来の芳香と人工の薫香の相違を聞き分けられるか否かという人物の嗜みのほども語られている。源氏物語を通して白梅と紅梅に喩えられる人物の系譜が作られており、白梅は紅梅の二番手に設定されている。これらは和歌を白梅と紅梅に留意して読み解いていけば浮き彫りになってくることで、作者は

紅に色をば変へて梅の花香ぞことごとに匂はざりけり　（後撰・春上・四四・躬恒）

を発想の核として、読み手にも解き明かせるように物語を構築しているのではないか。色彩を問題にする場合は上の句を、香気を問題にする場合は下の句を、色と香を問題にする場合には歌全体が関わっている。

源氏物語の梅は単に春の景を表す素材ではない。白梅と紅梅の二種の梅に着目すると、源氏物語では高雅な白梅と

色鮮やかな紅梅を人物の喩として、変容させたり、交錯させたり、交響させたり、交換したりして物語を構築している。正編では女君たちの喩として光源氏の想いを、続編では男君たちの喩として互いに相手を装って生じる事件を語り、男の性格と恋の帰結を語っていく。その発想の基底にあるのは和歌であったとおぼしい。源氏物語の梅表現を見ていくと、和歌は単なる引用ではなく、発想の核となり、物語の大きな枠組みとして用いられているといえよう。

注

（1）原岡文子氏「源氏物語の桜考」（『物語文学第二集』新時代社、一九八八年八月）

（2）これのことは「平安朝の美意識―白梅か紅梅か―」（『梅の文化誌』和泉書院、二〇〇一年二月）で源氏絵からも考察した。

（3）命婦が「物の音すむべき夜のさまにもはべらざめる」と断っているように、春の夜は空気が乾燥して楽の音が響きにくい。格子が上がっているのは有り難いのである。

（4）新日本古典文学大系の脚注には、「『たらめの花』を『ただ梅の花』に転じたか」とあるが、根拠は記されていない。

（5）『源氏物語評釈七』（角川書店、一九六六年一一月）

（6）「梅花の美」（『源氏物語の世界第六集』有斐閣、一九八一年一一月）

（7）「竹河の薫―薫論1」（『講座源氏物語の世界第七集』有斐閣、一九八二年五月）

（8）鈴木日出男氏『源氏物語歳時記』（筑摩書房、一九九〇年九月）

（9）神田龍身氏は「分身、差異への欲望」（『物語文学、その解体『源氏物語』「宇治十帖」』有精堂、一九九二年九月）で、匂宮と薫は本来的に同じだから互いに模倣しあい、あえて差異を求めようとする、と説いておられる。

（10）紅梅の記述が多いなか、和歌や先行物語で盛んな雪と梅の景は二例でしかなく、後景に押しやられている。

II　源氏物語の女君創造

1　葵上物語の構築 ―物語の長編化―

一　夫婦の物語

光源氏と葵上は桐壺帝と左大臣に定められて伴侶となったが、源氏が藤壺を思慕し続けるという物語の構想上、琴瑟相和しないことを運命づけられている。全霊を挙げて慕い続ける藤壺、そのゆかりである若紫、この二人の女君を退けて源氏が葵上を愛することは物語の構造上ありえない。ありうるとすれば、源氏が藤壺への思慕を幻想であったと認め、嫡妻の価値に気づいて愛に目覚めることであるが、物語はそのようには進まない。源氏と葵上が真実向き合う、その時はいずれかが死を迎える時であって、そのとおり葵上は六条御息所と差し違えるような形で物語から退場し、若紫との新枕がせり上がってくる。二人が夫婦として心を通い合わせるのは、死別がすぐそこに迫っている時なのである。(1)

こうした不和が予定される葵上と光源氏の物語については、あるいは葵上に、あるいは光源氏に帰す人物造型から論じられてきたが、夫婦の物語として考察されることはなかったように思う。しかし、光源氏と葵上は夫婦として一一年の長きにわたって連れ添っているのである。親によって娶された後見のある関係、決して融和せず、釦を掛け違えた状態で推移し、死別という結末が予定づけられている物語をどのように紡いでいくのか、そこにこそ源氏作者の物語に対する方途が認められはしないか。

しかも、途絶えがちな夫婦のすれ違いを描くにしては、空蟬をはじめとする他の女君との物語中に、葵上に関わる記述が多すぎる。というよりも、他の女君の物語中に必ずといってよいほど葵上に関わるなにがしかが見出される。これをどう考えればいいのか。夫婦の物語を女君の呼称を付して〈葵上物語〉とすると、〈葵上物語〉の構築は二人の物語のみならず、源氏物語全体の構築にも関わっていると考えた方がいいのではないか。光源氏と葵上、二人の関係を表すのに用いられたことばや表現から、〈葵上物語〉を展開し構築していく作者の手法や意図について考え、夫婦の物語である〈葵上物語〉が源氏物語のなかでどのような位置を占め、どのような役割を負っているかを、物語全体との関わり、その生成と長編化も視野に入れて考究していきたい。

二　光源氏の時を刻む葵上

〈葵上物語〉は葵上が亡くなるまでの一一年に及ぶ物語で、物語で語られない期間を除いても、葵上と光源氏は七年もの歳月を夫婦として共に暮らしている。にもかかわらず、そうした印象はきわめて薄い。葵上という個人がみえてこないのである。六条御息所の生き霊に祟られて亡くなる経緯の印象が強すぎるからかもしれない。しかし、それ以上に物語での語り方、物語の中心となって人と人との情を鮮明に描出する場面、葵上と光源氏が対座してそれぞれの想いが詳述される場面が少ないためではないか。二人が対座する場面は若紫・紅葉賀・葵巻に一場面ずつ、都合三度しか認められないのである。

ところが、桐壺巻から葵巻までを辿っていくと、思いの外に、葵上に関わる記述が多い。空蟬巻を除く全ての巻に、光源氏の途絶え、左大臣家への顧慮、葵上側の恨み、源氏に奉仕する左大臣家の動静など、葵上に関わる記述がそここに都合五〇箇所ほど刻まれている。夫婦として対座する姿はわずかしか語られないのに、夫婦としての動静は多く語られているのである。これをどう考えればいいのだろうか。

一見すれば、これらの記述は、左大臣家の婿たる源氏のありようを語っているようにみえる。だが、それだけであろうか。興味深いことに、葵上に関わる葵上側、源氏側それぞれの動静や想念は、つぎつぎと登場する女君たちに合わせ、関連するように語られているのである。

(1)忍び忍びの御方違へ所はあまたありぬべけれど、久しくほど経て渡りたまへるに、方塞げて、ひき違へ外ざまへと思さむはいとほしきなるべし。（帚木九二）

(2)秋にもなりぬ。人やりならず心づくしに思し乱るることどもありて、大殿には絶え間おきつつ、恨めしくのみ思ひきこえたまへり。六条わたりも、とけがたかりし御気色をおもむけきこえたまひて後、ひき返しなのめならんはいとほしかし。（夕顔一四六）

(3)笛吹き合はせて大殿におはしぬ。（中略）つれなう今来るやうにて、御笛ども吹きすさびておはすれば、大臣、例の聞きすぐしたまはで、高麗笛取り出でたまへり。いと上手におはすれば、いとおもしろう吹きたまふ。御琴召して、内にも、この方に心得たる人々に弾かせたまふ。（末摘花二七三）

(1)は方違え先を紀伊守の家とした時の草子地である。品定めの後、源氏は「かくのみ籠もりさぶらひたまふも大殿の御心いとほしければ」と左大臣邸に退出してきたのだが、眼前の葵上を妻として信頼するに足ると認めながらも、度の過ぎた「うるはし」さ、緊張を強いる「とけがたくはづかしげ」な態度に辟易していたところ、方塞がりと告げられて、進言に従い、紀伊守の家を方違え先とした。草子地はその理由を、左大臣家に配慮して忍び所を避けたのだろうと推測しているが、結果的にそこで空蟬と出会うことになる。再度の逢瀬をもくろんだ時も、「例の、内裏に日数経たまふころ、さるべき方の忌待ち出でたまふ。にはかにまかでたまふまねして、道の程よりおはしましたり」（帚木一〇九）と、葵上の許に退出するふりをして道を変えている。

北山で発見した若紫の場合も同様で、すぐにも対面しない妻に不満を抱く場面に続いて、若紫に想いを馳せたり、盗み出したりしている。盗み出しの折など、葵上に「かしこにいと切に見るべきことのはべるを、思ひたまへ出でてなむ。立ち返り参り来なむ」（若紫二五二）と断って出かけている。源典侍との場合は、桐壺帝が左大臣に愁訴されて源氏を叱責したものの「心ゆかぬなめりといとほしく思しめす」（紅葉賀三三五）と語った後に展開していく。これらは葵上が始点となり、空蟬や若紫、源典侍との交渉が語られるという構造である。

(2)も(1)の変形で、まず、源氏が藤壺への如何ともしがたい想いゆえに葵上に夜離れを重ね、内実を知らぬ葵上側は恨めしく思っていると語り、六条の女君の紹介に移って、契った後、今では一変して途絶えがちになっていると明かし、霧深い後朝の別れが描出され、次いで夕顔への忍びが語られていく。

逆に、(3)は葵上が帰結点となる場合である。ここは末摘花の琴を立ち聞きした後、跡をつけてきた頭中将と同道して左大臣邸に赴き、二人の笛に左大臣も高麗笛を取り出して宴遊となるところだが、「内にも」というのだから葵上の御簾の前での宴遊である。そしてそこに、頭中将を退けて源氏の意を受けたばかりに苦悩する葵上の女房、中務の君を登場させて、源氏たちは先ほどの姫君に心を馳せて意にも介さないと語る。この中務君は葵上の代替でもあろう。同様に、朧月夜尚侍と邂逅した後も、「大殿にも久しうなりにけると思せど、若君も心苦しければ」（花宴三六一）と若紫と葵上を対置し、まず若紫との場面、次いで葵上との場面へと続けていく。

このように葵巻までは、巻ごとに新たな女君が登場し、源氏との恋模様が語られていくのだが、その女君それぞれの物語のなかに、葵上の存在が、あるいは具体的にあるいは掠めるように、あるいは葵上側からあるいは源氏側から語られている。光源氏には生活者としての面と好色人としての面があると説かれているが、[2] これを光源氏の生活者としての相貌を描いたものと見ることもできよう。しかし、それは婿としての日常にすぎない。たしかに、北山まで子息を迎えに遣ったり、夕顔の頓死によって重病を患った源氏の看病を左大臣が陣頭指揮を執って行ったり、快癒して参内するとそのまま自邸に退出させるというように、婿に奉仕する左大臣家の影は色濃い。しかし、それらは源氏の公的な生活のうちの一端、婿としての日常にすぎない。官僚としての生は、花宴巻で左大臣が夈行事として采配をふるった源氏の手腕を讃える言辞に類推される程度で、いささか具体性に欠けよう。何より、葵上との生活は、他の女君との交渉に絡めるようにして刻まれているのだから、社会人としての生というよりは、むしろ源氏の私的な感情生活、恋愛生活に関わって、常に葵上の存在が語られていると考えた方がよい。

ではなぜ、光源氏のさまざまな恋愛に関わって葵上の存在が示されているのであろうか。(2)の例に戻ろう。これを(1)の変形と述べたのは、葵上への不満が直接に六条の女君や夕顔との交渉に向かうのではなく、藤壺への想いが葵上への夜離れを引き起こし、それが六条の女君にも波及していると語って、夕顔との交情に繋いでいるからである。ここでは葵上も六条の女君も、源氏の夜離れに苦しんでいるという点では等しい。六条の女君は夕顔と対照されるのだからともかく、ここで葵上に言及する必要は何もない。藤壺を思慕する源氏が葵上に「心にもつか」ず、途絶えがちなのは婚姻当初からのことである。にもかかわらず、葵上への途絶えとその怨みに言及するのは、葵上が光源氏の恋の時間軸となり、物語を統括しているからにほかならない。

これは物語に新たな女君を登場させる方式だと考えられよう。葵上以外の女君は、空蝉や夕顔、末摘花といったいわゆる隠ろえごとの女君のみならず、若紫も六条御息所も、朧月夜尚侍も源典侍も、葵上と連関するかたちで物語に登場し、物語世界に組み入れられている。これまで、藤裏葉巻までの第一部では光源氏と女君たちはそれぞれ単独で結びつけられ、女君相互の交流はないと考えられていた。しかし、物語の構造に目を向けると、紫上は葵巻の新枕以降、源氏の好逑として他の女君を繋ぐ筋の上でのヒロインとなっていると説かれ、(3)近年では他の女君との連関を物語の展開と併せて位置づけられ始めている。(4)葵上もまた、物語世界を統括する、筋の上での女君ではないか。物語の初期、短編物語が長編化する過程で、葵上の物語が、他の女君の物語を取り込み、統括するよう、各巻各女君の物語に付されていったのではないか。女君たちを統括し、物語を連関させるという点から見れば、葵上は、結果的に光源氏の私的な恋の時を刻んでおり、紫上以前の、物語を統括する女君、桐壺聖朝における筋を繋ぐ女君だといえよう。

三　「うるはしき」女君——先行作の美意識

では、嫡妻としての葵上と源氏の物語はどのように構築されているのだろうか。源氏物語で最初に語られる光源氏と女君の物語は、藤壺へはひたすらな思慕が語られるだけだから、すぐに空蝉との物語が始まるとはいえ、葵上との物語だといっていいだろう。その〈葵上物語〉はもっぱら源氏の視点から語られていくのだが、釦を掛け違えた状態で始まり、最期に融和し、心が寄り添っていく夫婦を描くためにさまざまな工夫が凝らされている。

まず、源氏の目に映る葵上の姿に注目したい。

(1)心の中には、ただ、藤壺の御ありさまをたぐひなしと思ひきこえて、さやうならむ人をこそ見め、似る人なくもおはしけるかな、大殿の君、いとをかしげにかしづかれたる人とは見ゆれど、心にもつかずおぼえたまひて、幼きほどの心ひとつにかかりて、いと苦しきまでぞおはしける。（桐壺四九）

これは婚姻直後の源氏の葵上評である。源氏は葵上を藤壺宮と比較している。初めて妻とした女君は、母は今上と同腹の内親王、父は左大臣という、社会的な地位も育ちも藤壺に並ぶ、最高の貴女であった。元服したばかりの源氏にとって葵上を評価する指標は藤壺の他はいなかったと考えてよいだろう。その源氏のなかで藤壺は「たぐひなし」「似る人なし」と評される、他と比べようもない、唯一絶対の存在であった。その藤壺と比しても葵上は「をかしげにかしづかれた人」と見えたという。「をかしげなり」は人を惹きつける魅力を語るときの一般的な表現であるから、源氏にとって葵上は「かしづかれた人」、大切に育てられた、いかにも深窓の姫君という印象が強かったのである。

一二歳のこの時点では、光源氏の葵上評は可でもなく不可でもない。このことはよく留意しておきたい。通常、源氏と葵上は最初から仲が良くないという印象が持たれがちであるが、文章をよく読むと、婚姻時には源氏のひたすらな藤壺思慕が語られているだけで、葵上との不仲は取り立てて特筆されてはいないのである。

ところが、五年後の帚木巻では、源氏は葵上に不満を持つようになっている。

(2)おほかたの気色、人のけはひも、けざやかに気高く、乱れたるところまじらず、なほこれこそは、かの人々の棄てがたくとり出でしまめ人には頼まれぬべけれと思すものから、あまりうるはしき御ありさまの、とけがたくはづかしげに思ひしづまりたまへるを、さうざうしくて、（帚木九一）

(3)ただ、絵に描きたるものの姫君のやうにしすゑられて、うちみじろきたまふこともかたく、うるはしうてものしたまへば、思ふこともうちかすめ、山路の物語をも聞こえむ、言ふかひありてをかしうち答へたまはばこそあはれならめ、世には心もとけず、（略）（若紫二二六）

(2)は一七歳の時点での葵上評で、源氏は葵上を「気高し」と捉え、何ごともきちんとしているのは妻として頼れる存在だと考えながらも、あまりにも「うるはし」くうち「とけ」にくく、「はづかしげに」思い澄ましているのを「さうざうし」く思っている。(3)の一八歳の時にはその「さうざうし」い想いがより具体的に語られる。源氏は葵上の容姿や容貌に不満を持っているのではない。絵に描いた姫君という譬えに明らかなように、人間らしさを欠いた態度に傷つき、病の自分を気づかい、話しがいのある応対をしてくだされば、こちらも心を開くのに、と夫婦としての語り合いをしたいと望んでいる。つまりは「うるはし」い態度を崩して心を「溶かし」てほしいのである。一九歳になった紅葉賀巻でもそれは変わらない。新年に葵上を訪れた源氏は「例の、うるはしうよそほしき御さまにて、心うつくしき御気色もなく苦し」（紅葉賀三二二）いので、今年からはもうすこし夫婦らしく接してほしいと訴えている。

このように、光源氏の葵上評は一七歳から一九歳まで一貫している。まるで一年ごとに確認するかのように対座の場が設けられているのは、二人の関係がまったく変わっていないことを示唆するためであろう。婚姻直後には語られなかった妻への不満が表出されているのは、その想いが空白の五年の歳月によって育まれたからであろう。源氏は葵上の美しさを「気高し」「うるはし」と認めてはいる。しかし、源氏が不満を持つのはほかでもない、その「うるはし」さ、人形のような拮抗さ、柔らかみのない応対なのである。源氏が求めているのは「うるはし」き葵上がうちとけてくれること、こまやかな情愛を見せてくれることなのである。

葵上に付された「うるはし」は、実は、先行の物語では最上とされる美意識であった。源氏物語の散文部分に三〇例以上認められる形容詞一五四語の使用の多寡を、先行仮名文と、作品の長さを鑑みつつ使用率で比較すると、落窪物語やうつほ物語、枕草子などの先行作品で多用される評価形容詞は「いかめし・うるはし・かしこし・めでたし」であり、源氏物語で多用されるのは「け近し・なつかし・なまめかし・めやすし」であった。先行作品では隅々まで均整の取れた、権力と財力に裏付けられたゴシック的な荘厳壮麗な美を第一とし、源氏物語では親しみやすくみずみずしい優美優艶な美を第一の美意識として掲げているのである。(5)それだけではない。源氏物語は先行文学の「うるはし」の用法を拡げて人物の形容に用いているのである。[6]

そうした源氏物語の美意識は桐壺更衣の魅力を語るところに既に示されている。

(4)絵に描ける楊貴妃のかたちは、いみじき絵師といへども、筆限りありければ、いとにほひ少なし。太液の芙蓉、未央の柳も、げに、通ひたりしかたちを、唐めいたるよそひはうるはしうこそありけめ、なつかしうらうたげなりしを思し出づるに、花鳥の色にも音にも、よそふべき方ぞなき。（桐壺三五）

これは桐壺帝が長恨歌の御絵をながめながら亡き桐壺更衣を偲んでいるところだが、ここでは楊貴妃の唐様の美を「うるはし」といい、桐壺更衣の和様の美を「なつかし」といっている。和様の「なつかしうらうたげな」美質を持つ更衣であったからこそ、帝は哀惜し追慕してやまないのである。そして、源氏がひたすら思慕し続ける藤壺宮も、

(5)なつかしうらうたげに、さりとてうちとけず、心深うはづかしげなる御もてなしなどのなほ人に似させたまはぬを、などかなのめなることだにうちまじりたまはざりけむと、つらうさへぞ思さるる。（若紫二三一）

と、桐壺更衣を継承する「なつかし」さを主体としつつ、同時に「うちとけ」ないという、両義性を有しており、それゆえに源氏の心を掴んで放さない。

つまり、葵上は楊貴妃に通じる先行作品の美意識、すなわち、古いタイプの美女として描かれているのである。いい換えれば、葵上の「うるはしき御ありさま」は、源氏物語では男君の心を動かさない美だったのである。

ところが、源氏二二歳の春、葵上が懐妊し、物の怪などに苦しめられて重体に陥った時、源氏の目に映る葵上は、これまでとはまったく違った姿を見せる。

(6)いとをかしげにて、御腹はいみじう高うて臥したまへるさま、よそ人だに見たてまつらむに心乱れぬべし。まして惜しう悲しう思すことわりなり。白き御衣に、色あひいと華やかにて、御髪のいと長うこちたきを引き結ひて

うち添へたるも、かうてこそらうたげになまめきたる方添ひてをかしかりけれと見ゆ。御手をとらへて、「あないみじ。心うきめを見せたまふかな」とて、ものも聞こえたまはず泣きたまへば、（葵三八）

ここで初めて、源氏は葵上を「らうたげになまめきたる方添ひて」と見ている。「らうたげなり」は自分より弱い者劣った者を守ってやりたい、かばってやりたいと思う保護者的な感情、「なまめきたり」は相手をみずみずしい状態である、しっとりしていると捉えることで、源氏は体調を崩して無防備に横たわる妻の姿をかわいいと感じ、初めて見る血肉の通った女らしい姿に目を見開いている。ここにおいて葵上は桐壺更衣や藤壺と同じく男君に「らうたげ」と思われるようになった。源氏の心を捉え得たのである。葵上の「うるはしさ」がなくなったわけではない。「添ひて」とあるように、「うるはし」さはそのままに、そこに「なまめかしさ」、しなやかな人間性が加わったのである。それは葵上が自らを鎧おう、律そうとせず、無力になっているためでもあったろう。

そして、出産後、二人の心がようやく寄り添っていく場面では、

(7)いとをかしげなる人の、いたう弱りそこなはれて、あるかなきかの気色にて臥したまへるさま、いとらうたげに心苦しげなり。御髪の乱れたる筋もなくはらはらとかかれる枕のほどありがたきまで見ゆれば、年ごろ何ごとを飽かぬことありて思ひつらむと、あやしきまでうちまもられたまふ。（葵四四）

と、「らうたげに心苦しげなり」とかわいく思い、心から気づかっている。源氏の望んでいたうちとけたまじわり、心の交流がなされたために、「らうたげ」と映り、相手を真実いとしく思い「心苦しげ」[7]と思えるようになったのである。文末の「あやしきまでうちまもられ」るのはそうした我が心の変化に気づいた結果にほかならない。それは源氏が心を寛くし、成長した、ということでもあったろう。

こうしてみると、後年の源氏の述懐も含めて、「うるはし」で表現される葵上は先行物語的な美しさの女君として

造型され、それが源氏からは欠点と解されるという構造となっている。作者は源氏の心を捉え得ない、権門の姫君を造型するにあたって、先行仮名文の美意識[8]を付してすれ違いを描き、新たな美意識を添付してその解消を描いたと考えられよう。

四　「はづかし」と「へだて」

源氏の目に映る葵上は「うるはし」、つまり先行作品の美意識で造型されていると述べたが、葵上の目に源氏がどう映っていたかは語られていない。二人の関係を端的に象徴しているのは、他者に対する緊張を表す感情形容詞「はづかし」である[9]。葵上は源氏に対して「はづかし」と思い、源氏は葵上を「はづかしげなり」と見るという、固定した関係表現が繰り返しなされており、その逆は認められない。

(1)女君は、すこし過ぐしたまへるほどに、いと若うおはすれば、似げなくはづかしと思いたり。（桐壺四八）

(2)あまりうるはしき御ありさまの、とけがたくはづかしげに思ひしづまりたまへるを、さうざうしくて、（帚木九一）

(1)は出会いの時の葵上の想いで、葵上は四歳上という年齢差にこだわっていて、源氏は自分に似つかわしくなく「はづかし」と思っている。一方、源氏は(2)で葵上のことを「はづかしげなり」と見ている。

では、(1)の葵上の「はづかし」は、はたして源氏に対してなのであろうか。年上の女君が元服したばかりの一二歳の夫、少年の域を脱していないような源氏に、「はづかし」と緊張したとは思えない。后がねとして育てられたのであればなおさらである。一般に「はづかし」を相手に対する個人的な感情と解しがちだが、それは源氏物語以降の物語に慣れ親しんでいるせいで、実は、竹取物語からうつほ物語までの先行作品ではもっぱら社会的な恥辱に対して使用されている[10]。それに対して、源氏物語の特徴は、「はづかし」を、客観的に見れば恥じる必要などない、主観的個人的な感情に多用していることにある[11]。(1)の葵上の「はづかし」は先行作品の用法、社会を顧慮した「はづかし」で、葵上は后がねであった自身が年下の夫を持ったことを、世間に対して恥ずかしく思ったと考えた方がいい。

一方、青年となった源氏の、葵上への想いが最初に語られるのが(2)だが、この「はづかしげなり」は手放しの賛仰ではない。「はづかし」である。「はづかし」の四分類のうち、自身に負い目や落ち度があるので相手がすばらしいだけに引け目を感じる「はづかし」である。葵上は光源氏の目には、引け目を感じさせるほど立派に映るので、源氏は緊張を強いられて鬱屈しているのである。

(3)世には心もとけず、うとくはづかしきものに思して、年の重なるに添へて、御心の隔てもまさるを、いと苦しく思はずに、(中略)からうじて「問はぬはつらきものにやあらん」と後目に見おこせたまへるまみ、いとはづかしげに、気高ううつくしげなる御容貌なり。（若紫二二六）

(4)わざと人据ゑてかしづきたまふと聞きたまひしよりは、やむごとなく思し定めたることにこそはと心のみおかれて、いとどうとくはづかしく思さるべし、しひて見知らぬやうにもてなして、乱れたる御けはひにはえしも心強からず、御答へなどうち聞こえたまへるは、なほ人よりはことなり。四年ばかりがこのかみにおはすれば、うちすぐしはづかしげに、盛りに整ほりて見えたまふ。(中略)御心の隔てどもなるべし。（紅葉賀三二一）

(5)御手をとらへて、「あないみじ。心憂きめを見せたまふかな」とて、ものも聞こえたまはず泣きたまへば、例はいとわづらはしうはづかしげなる御まみを、いとたゆげに見上げてうちまもり聞こえたまふに、涙のこぼるるさまを見たまふは、いかがあはれの浅からむ。（葵三九）

(3)(4)は源氏と葵上が対座しているところで、葵上は源氏を「はづかし」と思い、源氏は葵上を「はづかしげなり」と見ている。葵上の「はづかし」には(3)(4)ともに「うとくはづかし」と、「うとし」が上接している。「うとし」は対象と疎遠な関係にあることを原義とするから、葵上は光源氏を自分とは関わりのない人、親しめない人として恥ずかしく思っていたと語られており、源氏もまた、葵上没後に、「世を経てうとくはづかしきものに思ひて過ぎはてたまひぬる」（葵四八）と後悔しているから、源氏にも葵上の気持は看取されていたのである。こうして辿っていくと、源氏との結婚を世間に対して「はづかし」と思っていた葵上は、六年を経た若紫巻では源氏に対して「はづかし」と思うようになっている。そして、それは亡くなる直前まで続いていくのである。

一方、源氏も長じては葵上を「はづかしげなり」と見るようになっている。(3)や(5)では特に「まみ」を「はづかしげ」と感じているから、光源氏の苦手意識は葵上のまなざしに集約されている。源氏は葵上の日を見ることができなかったのではないか。この二人は夫婦でありながら互いに見つめ合ったことがないのだろう。互いに正視できない男女、一一年もの間、目と目を見交わし合い、心を交わして語り合っていない、という膠着した関係が「はづかし」によって如実に浮き彫りにされている。葵上の「はづかし」と光源氏の「はづかしげなり」は対座の場で互いへの想いとして語られ、それを語り手は「御心の隔て」と推察している。互いへの「はづかし」「はづかしげなり」は夫婦でありながら緊張が溶けない関係、「心のへだて」を持つ関係、夫婦の齟齬の象徴として用いられているのである。長じた二人は互いに対する緊張が溶けない関係として一貫して語られているのである。

だが、そんな葵上の「はづかしげなり」も「うるはし」と同様に、解消される時が来る。(5)がそれで、重体となった葵上が「常ははづかしげなる御まみ」を「いとたゆげに見上げてうちまも」った時、源氏は自分を見つめる葵上のまなざしを受け止め、葵上も参内する源氏を「常よりも目留めて」見送ったその時、互いを正視し合ったその時に

「はづかし」という緊張関係は解消されたのである。だが、その時は「うるはし」の緩和と同じく、死別の時であった。

〈葵上物語〉では、源氏は葵上を「はづかしげなり」と見、葵上は源氏を「はづかし」と思う、という表現を組み合わせて都合四回ずつ示して、互いに対する緊張が溶けない夫婦の姿を提示し、二人の心の「隔て」を語っているのである。

五　左大臣家と葵上

互いに対する緊張が溶けない二人の想いは、光源氏は途絶えを重ね、葵上は対座の場に出渋るというかたちで語られていく。

(1)御遊びの折々、琴笛の音に聞こえ通ひ、ほのかなる御声を慰めにて、内裏住みのみ好ましうおぼえたまふ。五六日さぶらひたまひて、大殿に二三日など、絶え絶えにまかでたまへど、ただ今は、幼き御ほどに、罪なくおぼして、いとなみかしづききこえたまふ。（桐壺四九）

(2)まだ中将などにものしたまひし時は、内裏にのみさぶらひようしたまひて、大殿には絶え絶えまかでたまふ。忍ぶの乱れや、と疑ひきこゆることもありしかど、（帚木五三）

(1)は婚姻直後で、藤壺を思慕する源氏は宮中に五六日伺候し、葵上の許には二三日通うのが日常となっていて、途絶えがちであったという。それは青年となった(2)でも変わらない。しかも、「絶え絶えまかでたまふ」と語られるように、「通ふ」ではなく宮中から赴くという形で、それも夕顔巻や若紫巻の状況を見れば、左大臣が自ら源氏を伴って帰邸することが多かったとおぼしい。以後も光源氏の途絶えが繰り返し語られていく。源氏が左大臣家に長く逗留するのは「このごろは大殿にのみおはします」（帚木一〇五）と語られる帚木巻ぐらいである。

一方、葵上の方は、光源氏が通ってきてもなかなか対座しないと語られる。

(3)女君、例の、這ひ隠れてとみにも出でたまはぬを、大臣切に聞こえたまひて、からうじて渡りたまへり。
（若紫二二六）

(4)君は大殿におはしけるに、例の、女君、とみにも対面したまはず。ものむつかしくおぼえたまひて、あづまをすが掻きて、「常陸には田をこそつくれ」といふ歌を、声はいとなまめきて、すさびゐたまへり。（若紫二五一）

(5)大殿には、例の、ふとも対面したまはず。つれづれとよろづ思しめぐらされて、箏の御琴まさぐりて、「やはらかに寝る夜はなくて」とうたひたまふ。大殿渡りたまひて、一日の興ありしこと語りたまふ。（花宴三六一）

(3)は北山から帰京した時、(4)は若紫の盗み出しを決心する時、(5)は朧月夜尚侍と再会する時で、これらに共通するのは「例の」「とみにも」で、光源氏が訪れても葵上がすぐに対面しないのが常態化しているという。これは妙ではないか。婿が来て夫婦で過ごす室に出てこないなど家を継ぐ姫らしくない行動なのである。蜻蛉日記では「岩木のように明かした」と述べても、対面はしている。さらに、そんな葵上に(3)では左大臣がしきりに説得して出て来させている。左大臣は葵上を放任し、甘やかしているとも取れよう。

考えてみれば、婚姻当初から左大臣と葵上は必ずしも一枚岩のようには描かれていない。

(6)その夜、大臣の御里に源氏の君まかでさせたまふ。作法世にめづらしきまでもてかしづききこえたまへり。いときびはにておはしたるを、ゆゆしううつくしと思ひきこえたまへり。女君は、すこし過ぐしたまへるほどに、いと若うおはすれば、似げなくはづかしと思いたり。（桐壺四七）

左大臣はまだ少年の光源氏を「ゆゆしううつくし」と思っている。それに対して、葵上の方は「似げなくはづかし」と四歳下という年齢差に拘っている。左大臣は源氏を保護すべき対象と捉え、自分と似合いかどうかを測った葵上は、配偶として捉えているのである。

　左大臣家にとって、光源氏は、左大臣や頭中将が個人的に好意を持っている[12]のはもちろんだが、その第一義は桐壺院との連携の証したる婿にほかならない。事あるごとに左大臣家、特に息子たちは源氏に奉仕し、左大臣も源氏が夕顔の件で重病を患った時には自ら二条院に日参して、陣頭で看病の指揮を執っている。頭中将にしても、源典侍との一件を「中将は妹の君にも聞こえ出でず、ただ さるべき折のおどしぐさにせむと」（紅葉賀三四六）思って黙っているというから、常は源氏の所行を葵上に告げていた、少なくとも話題にしていたと知られる。

　その彼らには我家の姫、葵上に何の不満があろうか、と思う気持が強い。左馬頭の女性談義を聞いた光源氏は「いでや、上の品と思ふにだにかたげなる世を、」（帚木六一）と醒めているが、頭中将は「我が妹の姫君は、この定めにかなひたまへりと思へば、君のうちねぶりて言葉まぜたまはぬをさうざうしく心やまし」（帚木六八）と考えている。それは左大臣を始めとする左大臣家の人々の気持でもあったろう。ひとり桐壺帝だけが、左大臣の愁訴を承けて源氏を叱責した後、「心ゆかぬなめりといとほしく」（紅葉賀三三五）、気に入らぬのだろうと察して同情している。左大臣家では源氏の途絶えの主因が葵上にあるなどとはとうてい考えず、葵上が源氏との対面をしぶるのは、源氏の途絶えに因があると考えていた節がある。左大臣家と光源氏との間にもずれがあるのである。

　こうしてみると、光源氏と左大臣家の間にはずれがあるし、左大臣たちと葵上の間にもずれがある。何より葵上と光源氏との物語は左大臣家の思惑からはずれたところで進んでいる。〈葵上物語〉では家同士の後見のある結婚というだけではなく、夫婦となった二人の、人間としての心のありようが追究されているのである。

六　葵上物語、三つの転換点

葵上と光源氏の内面に留意する源氏物語では、死別の直前に心を通わし合ったと語るだけではすまさない。光源氏は葵上が重体に陥ったから急に「心苦しく」思うようになったわけではない。そこに至るには一一年に及ぶ夫婦の歴史があったからである。二人の関係は固定的と考えられがちだが、けっしてそうではない。二人の親和は唐突に起きているのではない。段階を経ているのである。源氏物語ではそうした二人の歴史、死別に至るまでの二人の心の経緯を細やかに語っていく。

二人の関係には大きくいって、三つの転換点が設定されている。

最初は帚木巻である。葵上と光源氏は婚姻当初からしっくりしていなかったと考えられがちだが、表現に即して検討すると、「うるはし」や「はづかし」で見たように、婚姻当初は光源氏も葵上も相手に対して積極的な不満は抱いていない。といって、相手に向き合ってもいない。光源氏にとって葵上は藤壺に比して可もなく不可もない存在であったし、葵上は四歳下との結婚を世間に対して恥と感じていたにすぎない。

それが五年の歳月を経た帚木巻では、光源氏は葵上を「うるはし」く「はづかしげ」でうちとけにくい妻と思って不満を募らせており、葵上は光源氏個人に対して「はづかし」と思うようになっている。釦を掛け違ったような互いへの不満が積もり積もって肥大してしまった結果がここで示されているとおぼしい。

次の変化を引き起こしたのは若紫の盗み出しである。若紫を西の対に据えたことによって起こった変化は二つ、一つは以後、二条院が物語の舞台として加わってくること[13]、今一つは葵上との夫婦関係が微妙に変わっていくことである。葵上の変化をみてみよう。

(1)宮は、そのころまかでたまひぬれば、例の、暇もやとうかがひ歩きたまふを事にて、大殿には騒がれたまふ。いとど、かの若草尋ねとりたまひてしを、「二条院には人迎へたまふなり」と人の聞こえければ、いと心づきなしと思いたり。うちうちのありさまは知りたまはず、さも思さむはことわりなれど、心うつくしく例の人のやうに恨みのたまはば、我もうらなくうち語りて慰めきこえてんものを、思はずにのみとりないたまふ心づきなさに、さもあるまじきすさびごとも出で来るぞかし、（紅葉賀三一六）

ここでは藤壺ゆえの途絶えが若紫のせいと誤解されている。この「大殿」は左大臣を筆頭とする大臣家の反応であるが、それを承けて「心づきなしと思」っているのは葵上である。葵上の嫉妬の情が直接に語られるのはここが初めてで、二条院に人を迎えたとの情報が不快感を抱かせたのである。その気持が態度に現れたのであろう、葵上のぎごちない態度に妬心を感じ取った源氏は、率直に聞くなり嫉妬なりしてくれれば、腹蔵なく事情を話して慰めるのに、心外なふうにばかりお取りになって、とこれまた「心づきな」く感じている。葵上の変貌である。以後、若紫が葵上と対置して語られるようになっていく。

そして、年が改まった新春の対座の場面では、葵上の隔て心が具体的に語られる。

(2)わざと人据ゑてかしづきたまふと聞きたまひしよりは、やむごとなく思し定めたることにこそはと心のみ置かれて、いとどうとくはづかしく思さるべし、しひて見知らぬやうにもてなして、乱れたる御けはひには、えしも心強からず、御答へなどうち聞こえたまへるは、なほ人よりはいとことなり。（紅葉賀三二一）

葵上が「心置」いたのは源氏の途絶えにではない。源氏が自邸に女性を据えたことに対してであった。葵上は源氏がその女性を「やむごとなく思し定め」たのではないかと危惧したのである。しかしながら、後見もなく素性も明らかにされていない女が、左大臣家の姫君を差しおいて嫡妻に収まるなどということはありえない。ここで語られているのは制度としての婚姻でも葵上の錯誤でもない。葵上の内面、源氏への想いが語られているのである。葵上には光源氏が誰を大切な人と考えているかが問題だったのである。それは葵上が源氏の愛を求めているからに他ならない。葵上は源氏を求めるがゆえに「心を置」き「いとどうとくはづかしく思」ったのである。

ただ、続く「見知らぬやうにもてなして」の主体を葵上とするか、光源氏とするかで解釈が分かれている。『源氏物語講話』（矢島書房。中講館以下、『講話』という）・『日本古典文学全集』（小学館。以下『全集』という）・『新編日本古典文学全集』（小学館。以下、『新全集』という）・『新日本古典文学新大系』（岩波書店）は「いとどうとくはづかしく思さるべし、しひて見知らぬやうにもてなして」と「思さるべし」で読点を打って、葵上の行為とし、『源氏物語評釈』（角川書店）・『朝日古典全書』（朝日新聞社）・『新潮日本古典集成』（新潮社）は「思さるべし」で句点を打って、「いとどうとくはづかしく思さるべし。しひて見知らぬやうにもてなして、」と源氏の行為としている。

葵上と採ると、「いとどうとくはづかしく思さるべし」は挿入句で、「見知らぬ」の内容は、源氏が二条院に人を据えて大切に遇していることになる。一方、源氏と採ると、「しひて」から主語が源氏に変わり、「見知らぬ」のは直前の、葵上の「心のみ置かれて、いとどうとくはづかしく思さる」態度となる。葵上説では、葵上が怨みを胸底に秘めて源氏に対したと解するのだが、源氏に好ましく見えるよう劇的に変わったのではない。源氏に戯れかかられて抗しきれずつい返答してしまうというのだから、その態度は従来と変わらぬ「うるはしき」ものであったと考えねばならない。一方、源氏説では、怨む風情を見せる葵上を源氏が包み込んで夫婦間の拘りを打開しようと努めていることになる。

この二説を、「えしも心強からず」への接続で考えると、葵上説には少々問題がある。「しひて見知らぬやうにもてなして」を「えしも心強からず」に続けるためには「もてなせど」とでもして、逆接にしなければ繋がりにくい。ただそれでは前の挿入句「いとど～思さるべし」との接続がおかしくなってしまう。挿入句が「思さるべけれど」と逆接で終わればいいのだが、そうはなっていないからである。一方、源氏説では「乱れたる」が「乱れたまへる」と敬語になる方がいいのだが、読点の位置を変えて「しひて乱れたる御けはひには、えしも心強からず、」とすれば無理なく繋がっていく。

光源氏に拘りを持っているのが葵上、冗談をいいかけるのが光源氏、それについ返事してしまうのが葵上というこの場の図式からすれば、文脈上からも、この場は源氏の成長を語る場面として、源氏が不和を打開しようと「見知らぬ」ふりをすると解する方がいいのではないか。

実はこれ以前にもう一箇所、光源氏か葵上かで解釈が分かれるところがある。それは若紫巻で北山から帰京した源氏が葵上と対座するところである。

(3)夜の御座に入りたまひぬ。女君、ふとも入りたまはず。聞こえわづらひたまひて、うち嘆きて臥したまへるも、なま心づきなきにやあらむ、ねぶたげにもてなして、とかう世を思し乱るること多かり。（若紫二二七）

ここでも二人はしっくりしていない。葵上は、病状も尋ねては下さらないのかという源氏の怨み言に、からうじて「問はぬはつらきものにやあらん」と応えたのに、源氏に切り返されて、御帳台に入る源氏にすぐに続かない。続く「聞こえわづらふ」の主体を『講話』と『新全集』は葵上の動作と解して傍線部を「、聞こえわづらひたまひて、うち嘆きて臥したまへるも」とし、その他は源氏の動作と解している。

葵上と採ると、傍線部は「ふとも入りたまはず」を詳述したことになる。葵上がすぐに続いて入らなかったのは、源氏にいい返そうとしても、適切なことばが浮かばず、ことばを探しあぐねて、結局は源氏に従って入ったということになる。ただ、その解釈には無理がある。「ふとも入りたまはず、聞こえわづらひ」ふまでは同一人の動作としても問題はないが、つぎが「うち嘆きて臥したまへる」だと、寝室に入りかねていたのに、いつの間にか入って臥しているることになるからである。

『講話』と『新全集』が(2)と(3)を共に葵上と解しているのは、葵上を、いいたいことがあっても口にできない、慎み深く本心を露わに語らない貴女と解したからであろう。註釈を精査して葵上像の変遷を調査された伊井春樹氏は、中世の注釈書類では葵上を理想の家刀自と見ていると指摘され、葵上を気位の高い、女としての魅力に乏しいいぶせき正妻と否定的に捉えるようになったのは近世の真淵からで、その遠因は光源氏の視点から語られた葵上を実態と解したためだろうと説かれた[14]。『講話』と『新全集』は葵上を中世のように解したのであろう。「聞こえわづらふ」主体を葵上と採ると、若紫巻の時点で既に葵上は源氏に対して深い愛情をおぼえていることになる。それに対して、源氏と採ると、この時点の葵上にはまだ自尊心の方が高いということになろう。

文脈の接続からすれば、若紫巻も紅葉賀巻も源氏と解する方がいい。そうすると、二人の関係の変化が浮き彫りになってくる。若紫巻では葵上は対座に渋る姿そのままに、対面しても硬化した態度を崩さず、源氏も「なま心づきなし」と歩み寄らない。しかし、紅葉賀巻になるとちがっている。(1)では、葵上は後の朝顔巻の紫上の先蹤のようで、妬心を隠して隠しきれなくなっている。源氏はそれを知りながら、(1)では率直に怨まない葵上に不満を持って他にはけ口をを求めようとした。ところが、年が改まった(2)では、互いに「心づきなし」と思って決裂する(1)とは違って、源氏は見知らぬふりをして、わざと戯れかかって葵上の心を溶かそうとしている。葵上に関係の打開や対処を求めるのではなく、源氏自らが積極的に対処しようとして包容力を高めているのである。若紫の二条院への盗み出しによる葵上の変化に接して、光源氏もまた、(2)の紅葉賀巻では変化したと解せよう。

というのは、光源氏の葵上を見る想いが、これまでとは違っているからである。

(4)四年ばかりがこのかみにおはすれば、うちすぐしはづかしげに、盛りに整ほりて見えたまふ。何ごとかはこの人の飽かぬところはものしたまふ、わが心のあまりけしからぬすさびにかく恨みられたてまつるぞかし、と思し知らる。同じ大臣と聞こゆる中にも、おぼえやむごとなくおはするが、宮腹にひとりいつきかしづきたまふ御心おごりいとこよなくて、すこしもおろかなるをばめざましと思ひきこえたまへるを、男君は、などかいとさしもと馴らはいたまふ、御心の隔てどもなるべし。（紅葉賀三二一三）

ここでは源氏が自らを反省している。それまでの源氏は葵上の美質を認めながらも、(3)の若紫巻のように素直に随わない葵上を「なま心づきなし」と思ったり、(1)の紅葉賀巻でぎごちなく妬心を隠す葵上を「心づきな」く思ったりして、思うに任せない葵上の態度を責め、不満をいい立てるだけであった。しかし、ここでの源氏は我が身を省みて葵上の立場も思いやるようになっている。若紫を据えたことで葵上が隠しきれない妬心を持ったのが源氏の変化に作用していようし、それに加えて、ここに至る源氏のさまざまな恋が源氏の心の幅を拡げたことも関係していよう。空蟬、夕顔、末摘花などとの、いわば恋の失敗譚が源氏を成長させているのである。

三度目の変化は葵上の懐妊によって生じている。

(5)大殿には、かくのみ定めなき御心を心づきなしと思せど、あまりつつまぬ御気色の言ふかひなければにやあらむ、深うも怨じきこえたまはず。心苦しきさまの御心地になやみたまひてもの心細げに思いたり。めづらしくあはれと思ひきこえたまふ。誰も誰もうれしきものからゆゆしう思して、さまざまの御つつしみせさせたてまつりたまふ。かやうなるほど、いとど御心の暇なくて、思しおこたるとはなけれど、途絶え多かるべし。（葵一九）

葵上が、光源氏の、六条御息所ばかりか朝顔斎院への恋情を、「心づきなく」思うのは変わっていない。けれども、源氏の「あまりつつまぬ」おおっぴらさに呆れて、「深うも怨じ」なくなっている。葵上は源氏の色恋沙汰に馴れ、諦めの境地に達しているというのだが、その底には懐妊したという安堵が横たわっていよう。結婚九年目の懐胎であるからその喜びも大きかったのではないか。源氏も「あはれ」と思っており、これまで巻ごとに点描されてきた「途絶え」が影を潜め、逆に他の通い所への「途絶え」が語られている。二人は懐胎によってようやく夫婦として向き合えるようになってきているのである。

その一端をよく表しているのが、ここで葵上を「大殿」と呼んでいることである。これまで葵上は常に「大殿」と呼ばれていたわけではない。〈葵上物語〉には「大殿」が二三例認められるが、「大殿におはす」「大殿にまかで」のように源氏の行き先としての邸を指すのが九例、「大殿の御心いとほしくて」「大殿参り合ひたまひて」と左大臣を指すのが四例、「大殿には騒がれたまふ」「大殿のはしるければ」と左大臣家を指すのが四例、「大殿には、例の、ふとも対面したまはず」のように葵上を表すのが六例である。「大殿」が左大臣を指すのはいわば当然だが、興味深いことに、桐壺巻の婚姻から花宴巻までは、左大臣邸や左大臣家の意で多く用いられ、葵上を指すのは少納言の乳母が若紫上に位置する妻として考える、紅葉賀巻が最初で、実際に葵上が「大殿」と語られるのは花宴巻の最後の例からで、葵巻では牛車を表す例を除く四例すべてが葵上を指しており、葵上に収斂してきている。葵上の存在が大きくなっているのである。(15)

このように、葵上と光源氏の関係はけっして一本調子でもなく、二人の親和が唐突に起っているのでもない。固定的に捉えられがちな二人の関係であるが、注意して辿っていくと二人の関係は段階を経て語られているのである。〈葵上物語〉は、釦を掛け違えたような間柄として始まり、素直に愛情を流露しあった時には死別するよう運命づけられている、後見のある夫婦の物語であるが、源氏物語ではそれを「うるはし」や「はづかし」「へだて」で大きく枠付けしながら、桐壺巻の婚姻時、五年を経た帚木巻での溝、若紫の物語への参入によって葵上の妬心が引き起こす互いの変化、懐胎による歩み寄り、といったふうに、葵上と光源氏それぞれの内面に従って、さらに細やかにその過程を綴っているということができよう。

七　物語の長編化

親に娶された夫婦が当初からかならずしもうまくいかないのは、当時の社会にあってはけっして珍しいことではなかったろう。では、物語ではどうかといえば、先行物語にはそうした関係はあまり認められない。うつほ物語では、あて宮を垣間見したことで熱愛中の夫婦関係が破綻したり、春宮が誰に定まるかという国譲りの争いで妻たちが夫を遠ざける行為に出て帰趨を決する力となっているように、基本的に夫婦は最初は相愛の関係として語られている。

一方、源氏物語では頭中将も嫡妻とうまくいっていない。その頭中将の目に源氏は、

年ごろはいとしもあらぬ御心ざしを、院などゐたちてのたまはせ、大臣の御もてなしも心苦しう、大宮の御方ざまにもて離るまじきなど、方々にさし合ひたれば、えしもふり棄てたまはで、ものうげなる御気色ながらあり経たまふなめりかしといとほしう見ゆる折々ありつるを、（葵五六）

父桐壺院の憂慮、左大臣の厚遇、叔母との御縁などが複合して気が進まないながら通っていると映り、「いとほし」と同情している。これは右大臣の四君の婿としての自身の想いでもあったろう。しかし、頭中将は四君を気に入らないものの、夕顔の一件以外さしたる波乱も語られず、いつのまにか同居しており、柏木の病と死にあってはともに嘆き悲しんでいる。作者は物語を構築するにあたって、後見のある結婚、家同士の結婚を素材とし、夫婦が互いになじ

んでいく経過を、紫上が女三宮降嫁を体験して憧憬した昔物語のような、最終的に分かり合い愛し合うハッピーエンドとすることも選択肢としてはありえたであろう。しかし、葵上と源氏の場合は源氏の藤壺思慕まで加わって、愛し合うことを妨げられている。そのため女君に先行作品の美意識「うるはし」を付して男君の愛を得にくくし、他に対する緊張感を表す「はづかし」で互いの「心のへだて」を語って容易に心を通い合わせられないように設定し、二人が夫婦として過ごした一一年に及ぶ歳月のなかで、ゆっくりとその解消に至る過程をそれぞれの心の変化として段階的に細やかに、説得力を持って描いていった。

その折々の契機となっているのは新たな女君である。空蟬や夕顔、末摘花といった失敗譚となる女君、源氏の好逑となっていく若紫、須磨流謫の引き金となる朧月夜尚侍、共に対峙して物語から消えていく六条御息所といった女君を組み込んで、二人の成長を必然化していった。それぞれの女君からすれば、自身の物語を生きているのだが、夫婦としての二人の係わりは、その新たな女君たちの物語のなかに差し挟まれ、折に触れて語られ、夫婦の物語として展開している。これは二人の成長の物語なのである。

源氏の恋の種々相、さまざまな女君との物語を連関させ、物語に統一性を与えるには、嫡妻で、源氏と和合しえない葵上がまさに適任であったろう。物語全体からすれば葵上が光源氏の恋の刻を刻んで、女君たちを連関させ、物語を統合していると見える。しかし、葵上は単に筋を統括しているだけではない。巻々に分割され、散りばめられた叙述からは、そんなあれこれが葵上と源氏二人の歴史となり、釦を掛け違ったような二人が和解するまでの曲折が浮かび上がってくる。葵上物語と、新たな女君の物語は補完し合って、短編物語を長編化していっているのである。そして、葵上の役割は、登場すると葵上と対置され、交互に記述されるようになる若紫に没後引き継がれていく。

注

（1）大朝雄二氏「葵上における長篇構造」（『源氏物語正篇の研究』桜楓社一九七五年一〇月）
（2）秋山虔氏「好色人と生活者―光源氏の『癖』」（「国文学」一九七二年一二月）
（3）松尾聡氏「紫上―一つのや、奇矯なる試論―」（「解釈と鑑賞」一九四九年八月）
（4）高田祐彦氏「作中人物連関の方法―紫上と女君たち―」（「解釈と鑑賞別冊人物造型からみた源氏物語」一九九八年五月）
（5）拙論「平安和文における源氏物語の特徴」（『源氏物語文体攷』和泉書院、一九九九年一〇月）
（6）「うるはし」は先行仮名文では「うるはしき絹・畳綿」「うるはしき大殿」（うつほ物語）のように事物に対して用いられ、人間の容姿や雰囲気には用いられていない。枕草子に「髪いと長くうるはしき」と、髪に対して認められる程度である。人一人の雰囲気に用いたのは源氏物語からと考えられる。うつほ物語の女君は「めでたし」「光り輝く」「きよらなり」「天女」「あてなり」「気高し」と表現されている。
（7）拙論「源氏物語における『いとほし』と『心苦し』」（『国語語彙史の研究一』和泉書院、一九八〇年五月、『平安文学の言語表現』和泉書院、二〇一一年三月）
（8）源氏物語では夕霧六君と宇治中君のように、「うるはし」き権門の妻と後見に欠ける「なつかし」き妻の対比が認められ、匂宮が中君の方に愛を深めているように、「うるはし」の方に点が辛い。葵上はその先蹤であろう。
（9）拙論「源氏物語の人間関係―『はづかし』に見る種々相」（『源氏物語の展望第三輯』三弥井書店、二〇〇八年五月、『平安文学の言語表現』和泉書院、二〇一一年三月）
（10）拙論「平安仮名文の『はづかし』付『つつまし』『やさし』」（「梅花女子大学文化表現学部紀要」第四号、二〇〇七年一二月）
（11）注（9）
（12）光源氏に対する時の左大臣は好々爺然としていると解されているが、吉井美弥子氏は「葵の上の『政治性』とその意義」（『源氏物語作中人物論集』勉誠社、一九九三年一二月）で、葵上は左大臣と右大臣の現実的な政治的対立に深く関わっており、光源氏は婿取られても常に左大臣に優位して描かれていることから、葵上物語は現実的な政治的枠組みに組み込まれない超越的主人公としての光源氏像を定位すると説いておられる。

（13）それまで源氏の日常は宮中と左大臣邸とで語られ、二条院での場面は描かれなかったが、若紫を西の対に据えてからは二条院での生活が語られるようになる。

（14）伊井春樹氏「葵上の悲劇性―源氏物語享受の変遷に触れて―」（「愛媛大学教育学部紀要」一九七二年三月、『源氏物語論考』風間書房一九八一年六月所収）

（15）ただ、源氏の捉える葵上像も少し変化している。紅葉賀巻では大切に思う私の気持ちもいずれはわかってくださるだろうと期待する時に「おだしく軽々しからぬ御心のほど」と葵上を「穏し」と捉えているが、車争いの噂を聞いた時には、「なほ、あたら重りかにおはする人の、ものに情おくれ、すくすくしきところつきたまへるあまりに」と、相反する「情おくれ、すくすくしき」方となっている。これは車争いを導入するための物語の要請であろう。

2　藤壺宮　―身体性と理性―

一　朝顔巻の藤壺出現

葵上が物語の当初、外面から光源氏の時を刻む役割を負っていたのであるなら、藤壺宮は源氏の内奥に存在し続ける女君で、源氏との間に秘密の子を成して準太上天皇の栄華へと導き、死後も女三宮降嫁など、源氏の行動を規制して筋を動かしていく。その藤壺が亡くなった後、朝顔巻の源氏の夢に「いみじく怨みたまへる御気色」で出現し、怨みの言辞を述べる。それは没後の誄を思わせる世間の賛頌とは一変した姿であった。なぜ、朝顔巻にいたって亡き藤壺の霊出現が語られるのであろうか。

藤壺のことばを見てみよう。

入りたまひても、宮の御ことを思ひつつ大殿籠れるに、夢ともなくほのかに見たてまつるを、いみじく怨みたまへる御気色にて、「漏らさじとのたまひしかど、うき名の隠れなかりければ、はづかしう。苦しき目を見るにつけても、つらくなむ」とのたまふ。御答へ聞こゆと思すに、おそはるる心地して、女君の「こは。などかくは」とのたまふに、おどろきて、いみじく口惜しく、胸の置きどころなく騒げば、おさへて、涙も流れ出でにけり。

（朝顔四九四）

藤壺の怨み言は、「漏らさじ」と源氏が誓ったのに漏らしたこと、そのために「うき名」が顕れたので世間に対して恥辱を感じていること、そして、現在罪障を祓う「苦しき目」にあっており、それに源氏のことが加わって「つらいこと、の三点である。

物語には源氏が藤壺に「漏らさじ」と誓う記述は認められない。そのため、何を「漏らし」たのか、出現の契機は何かで説が分かれている。直前の紫上への会話で漏らしてしまったとする説が多いが、朝顔巻に直接の因があるのではなく、冷泉帝に源氏が父であると漏れたのが源氏の責任で、怨霊となった藤壺は幽冥界を異にする特殊な存在だから自らが話題となっただけで出現したとする説(1)、源氏の紫上への返歌に藤壺を慕う想いが詠み出されてしまったので出現したする説(2)、雪の呪力や豊明の節会の神事の夜が舞台装置として働き、源氏を饒舌にしたとする説など(3)もある。藤壺のいいようからすれば、直前の紫上との対話に因があると考えた方がいいだろう。対話のなかで藤壺はどのように語られているのだろうか。藤壺の霊が反応するような言辞があるのだろうか。

「ひと年、中宮の御前に雪の山作られたりし、世に古りたることなれど、なほめづらしくもはかなきことをしなしたまへりしかな。何の折々につけても、口惜しう飽かずもあるかな。いとけ遠くもてなしたまひて、くはしき御ありさまを見ならしたてまつりしことはなかりしかど、御交じらひのほどに、うしろやすきものには思したりきかし。うち頼みきこえて、とある事かかる折につけて、何事も聞こえ通ひしに、もて出でてらうらうじきことも見えたまはざりしかど、言ふかひあり、思ふさまに、はかなき事わざをもしなしたまひしはや。世にまたさばかりのたぐひありなむや。やはらかにおびれたるものから、深うよしづきたるところの、並びなくものしたまひしを、君こそは、さいへど紫のゆゑこよなからずものしたまふめれど、すこしわづらはしき気添ひて、かどかどしさのすすみたまへるや苦しからむ。」（朝顔四九一）

月明かりが一面の雪景色を照らすなか、童女たちが雪まろばしに興じるさまをながめながら、源氏は雪まろばしから雪山を連想し、藤壺の作らせた雪山の趣向を回想し、藤壺のすばらしさについて語っていく。ここで留意しておきたいのは雪山作りは回想であっても、藤壺への想いは「何の折々につけても、口惜しう飽かずもあるかな。」と現在形で、今の今、源氏の胸中に巣くっている想いを語っていることである。うっかり内奥の一端を漏らし始めた源氏は「いとけ遠くもてなしたまひて、くはしき御ありさまを見ならしたてまつりしことはなかりしかど」と藤壺の身近に接したことはなかったのだ、けれども私を信頼して下さってはいたので、こちらも「何ごとにつけても」「聞こえ通ひ」、ご相談申しあげていたのだと語る。この「聞こえ通ひ」には桐壺巻の「琴笛の音に聞こえ通ひ」が遠く響いていて、私の具申が藤壺に通じ、受け容れて下さったと自慢し、そして、藤壺の美意識や才芸に触れ、人となりに言を移していく。

源氏は藤壺を「やはらかにおびれたるものから、深うよしづきたるところの、並びなくものしたまひし」と語る。源氏にとっては賞賛しただけのことばであったろう。「よしづく」は才芸や心用いに関わるから藤壺が怨むいわれはない。とすれば前半の「やはらかにおびれたる」であろう。これについてはそば近く侍って、はじめて至り得る評言だと説かれるが[4]、語の面から具体的に検討した論はいまのところないようである。しかし、「やはらかなり」の源氏物語での用法を見ていくと藤壺の怨みも無理からぬとわかってくる。

二　源氏物語以前の「やはらかなり」

「やはは」を核とする「やはらかなり」「やはらぐ」「やはやは」などは上代にも平安仮名文にも数例程度で意外なほ

ど認められない。ところが、源氏物語には二五例も用いられている。同じ作者の紫式部日記には認められないから、源氏物語に特徴的な語と考えられる。まずは源氏物語以前の「やはらかなり」「やはらぐ」などをみてみよう。

上代では仮名書きは万葉集に「やはら」一例「やはす」二例、催馬楽に「やはら」「やはらかなり」各一例が認められる。

(1)かけまくも　ゆゆしきかも　（中略）　ちはやぶる　人を和為（やはせ）と　まつろはぬ　国を治めと　皇子ながら　任けたまへば　（略）　（万葉・一九九・人麻呂）

(2)ひさかたの　天の戸開き　（中略）　ちはやぶる　神を言向け　まつろはぬ　人をも夜波之（やはし）　はききよめ　仕へまつりて　（略）　（万葉・四四六五・家持）

(3)海原の根夜波良（やはら）小菅あまたあれば君は忘らす我忘るれや　（万葉・三四九八）

(4)貫河の瀬々の也浪良（やはら）手枕　也浪良加爾（やはらかに）寝る夜はなくて　親放くる夫　（催馬楽・貫河　一二三）

(5)夫に随ひ柔（ニコヤ）カニ儒（ヤハラ）カニして、練りたる糸綿の如し。（日本霊異記中巻二七）

(1)(2)の「やはす」は、「ちはやぶる…まつろはぬ…」の類句になっていて、臣従しない人々を帰服させる意で用いられている。この類句は敵対する相手が存在し、その相手を帰服させたというのだから、「やはす」は、強く抵抗する者を手だてを講じてその強度や硬度を少なくした、つまり懐柔して取り込んだといっているのである。

(3)は「やはら小菅」で菅の根が柔らかであることと「寝やはら」を掛けてやすらかに安心して共寝する意を含んでいる。これは(4)の催馬楽貫河の「やはら手枕　やはらかに寝る」と同じ表現手法であろう。「やはら小菅」「やはら手枕」は柔らかな意が先立つのではなく、「やはらかに寝る」安堵感がまずあって、そこから派生しているのではないか。菅の根も手枕も「やはらかに寝る」ための道具なのである。

漢字では「柔」「儒」「和」を「ヤハラ」と訓んでいるが、(5)の日本霊異記を中田祝夫氏は「柔」を「ニコヤカ」と訓み、「儒」を「ヤハラカ」と訓んでいる。たしかに古事記や万葉集でも「柔」は「ニキ」と訓まれ、「ヤハラ」と訓まれるのは「和」である。新撰字鏡「儒　柔也」名義抄「和　ヤハシヌ」とある。名義抄には「柔　ヤハラカナリ　ヤスシ　ヨシ」も認められるが、この(5)は聖武天皇の頃の尾張国中嶋郡の大領、尾張宿禰久玖利の妻の話で、愛知郡片蕝の里生まれで大力であったが夫に従順で、振舞は物柔らかでなよやかで練った絹糸や綿のようであったという。柔順なことを絹糸や綿に喩えているのは滑らかで滑りやすい点、膚に添う点で喩えたのであろうか。上代では「やはす」「やはらかなり」は事物ではなく人事に関わって用いられているのである。

平安時代では、古今集の仮名序に「やはらぐ」一例が認められるが、和歌ではあまり認められず、八代集でも千載集になって「やはらぐ」一例、「やはらかなり」一例、新古今集に「やはらぐ」三例が認められる程度である。

(6)力をも入れずして天地を動かし、目に見えぬ鬼神をもあはれと思はせ、男女の仲をもやはらげ、猛きもののふの心をも慰むるは歌なり。（古今集仮名序）

(7)やはらかに寝る夜もなくて別れぬる夜々の手枕いつか忘れむ（千載・恋三・七八三・長能）

(8)道の辺の塵に光をやはらげて神も仏も名告るなりけり（千載・神祇・一二五九・崇徳院）

(6)の古今集仮名序で和歌の効用を説く「男女の仲をもやはらげ」は、上代の「やはす」と同じく、対立する者の間を懐柔する意であろう。八代集では(8)の千載集の初二句が催馬楽をそのまま引用したもの、他の例はすべて神祇歌で、伊勢神宮の月読社や日吉神社に参詣したり頌したりして、(7)のように月光を「やはらぐ」と詠んでいる。詠み手を見ても和歌に「やはらぐ」が認められるのは中世近くになってからで、光、特に月光が薄れる意で用いられており、夫木和歌集に一例風力にも用いられている。

平安の仮名散文でも「やはらかなり」はなかなか認められない。初期物語の竹取物語や伊勢物語などの歌物語、土佐日記や蜻蛉日記、落窪物語の中編物語には認められず、うつほ物語になって「やはらかなり」三例「やはかは」一例が認められる。

(9)いまだ仲忠かやうに弾くときなし。御前にて弾きしよりもいみじう、この声も功づきて習ひ来たれば、なつかしくやはらかなるものの、いとめづらかにおもしろし。よろづの人、興じ愛でたまふ。（俊蔭一一七）

(10)この音を聞くに、愚かなる者は、たちまちに心聡く明らかなり、怒り腹立ちたらむ者は、心やはらかに静まり、荒く激しからむ風も静かになり、病に沈み、いたく苦しからむ者も、たちまちに病忘り、動き難からむ者も、これを聞きて驚かざらむやは、と覚ゆ。いみじき岩木、鬼の心なりとも、聞きては涙落とさざらむや、と聞こゆ。（楼上下六〇三）

(11)四人の童べ、細くやはらかなる声のおもしろきを出だして、秋の野の虫の鳴かむよりもあはれなることをいふを、同じ声に合はせて舞ふに、いよいよあはれがらせたまひて、御扇して拍子打たせたまふ。（楼上下六〇四）

知られるように「やはらかなり」三例すべてが音楽に関わっている。(9)は相撲の節会での仲忠の琴である。あて宮を禄にするといわれて本領を発揮したので、「なつかしくやはらかなるものの、いとめづらかにおもしろ」く響き、仲頼などは感激のあまり走り出て舞うありさまであった。(10)は俊蔭の娘の尚侍の演奏で、秘琴を掻き鳴らすと奇瑞が起こって天変地異が生じ、聴いた者は、愚かな者は聡くなり、怒り腹立つ者は心が「やはらかに」鎮まるという。「いみじき岩木、鬼の心なりとも聞きては涙落とさざらむや」が古今集仮名序の「鬼神の心をもやはらげ」に通じており、「やはらぐ」は到底軟化しそうもない者を取り込み、味方にすることを意味している。(11)も男童が謡いながら舞う声を「細くやはらかなる」といっている。他に「やはかはに書きたる文の御懐より見えしを」（尚侍一八五）の、諸本で異なる「やはかは」があって、「やはかみ」の誤字かとも考えられているが、この時代、紙を「やはらか」とする確例は認められない。

「やはし」はふわふわしているさまとか、物体の硬度が低く弾力に富むさま、また水分を多量に含み凝固しないさまなど、物体としての性質から説かれるが、それでは文学作品の用法は解けない。「固し」「剛し」が形容詞であるのに対して「やはし」から派生したのは「やはらぐ」「やはらかなり」の動詞や形容動詞である。上代や中古の「やはし」には後の剛の対義としての柔の意義はまだ備わっていないようで、事物にではなく楽の音や月光、そして精神状態や対人関係の人事に関して用いられているのである。

三　源氏物語の「やはらぐ」「やはらかなり」

源氏物語には「やはら」一例、「やはらぐ」四段活用二例、下二段活用一例、「やはらかなり」一八例、「ものやはらかなり」一例、そして「やはやは」が二例認められる。

うつほ物語では三例すべてが楽の音に関して用いられていたが、源氏物語は異なる。動詞をみてみよう。

(1)「この琴は、まことに跡のままに尋ね取りたる昔の人は、天地をなびかし、鬼神の心をやはらげ、よろづの物の音のうちに従ひて、悲しび深き者も、よろこびに変はり、賤しく貧しき者も、高き世にあらたまり、宝にあづかり、世に許さるるたぐひ多かりけり。」（若菜下一九八）

(2)世の常の山のたたずまひ、水の流れ、目に近き人の家居ありさま、げにと見え、なつかしくやはらいだる形などを静かに描き混ぜて、すくよかならぬ山のけしき、木深く世離れて畳みなし、（帚木七〇）

(3)すこしなよびやはらぎて、好いたる方にひかれたまへりと世の人は思ひきこえたり。（匂兵部卿一八）

(1)では光源氏が琴の功徳を「鬼神の心をやはらげ」ると語っている。これは古今集仮名序の「鬼神をもあはれと思はせ、男女の仲をやはらげ、」の援用で、楽の音よりも心を穏やかにする作用の方に重点がある。催馬楽貫河の引用は二で述べたように「寝る」を形容しているから、音楽に用いているのは「律の調べは女のものやはらかに掻き鳴らして」（帚木七八）の和琴の演奏一例だけである。(2)は左馬頭の絵画論で、唐絵に対して大和絵が「なつかしくやはらいだる形」、描線や造型が穏やかであると論じている。これらに対して(3)は人間の性情で、匂宮が世間では「なよびやはら」ぎ、柔弱過ぎると評されているという。源氏物語の特徴は、先行作品とはちがってこのように二五例のうち、「やはらかなり」一七例、「やはやは」二例の二一例もが人間に対して用いられていることである。女君には一五例、男君には四例である。

女君からみていこう。「やはらかなり」は男たちが理想の女を語る時に認められる。

(4)「ただひたぶるに児めきてやはらかならむ人をとかくひきつくろひては、などか見ざらむ、心もとなくとも、直しどころある心地すべし。げに、さし向かひて見むほどは、さてもらうたき方に罪ゆるし見るべきを、立ち離れて、さるべきことをも言ひやり、折節にし出でむわざの、あだ事にもまめ事にも、我が心と思ひ得ることなく、深きいたりなからむはいと口惜しく頼もしげなき咎やなほ苦しからむ。」（帚木六四）

(5)「はかなびたるこそはらうたけれ。かしこく人になびかぬ、いと心づきなきわざなり。自らはかばかしくすくよかならぬ心ならひに、女はただやはらかに、とりはづして人に欺かれぬべきが、さすがにものづつみし、見む人の心には従はむなむあはれにて、わが心のままにとり直して見んに、なつかしくおぼゆべき」などのたまへば（夕顔一八八）

(6)「かう心うくなおはせそ。すずろなる人は、かうはありなむや。女は、心やはらかなるなむよき」（若紫二五七）

(7)ほのかになど見たてまつるにも、容貌のまほならずもおはしけるかな、かかる人をも人は思ひ棄てたまはざりけりなど、わがあながちにつらき人の御容貌を心にかけて恋しと思ふもあぢきなしや、心ばへのかやうにやはらかならむ人をこそあひ思はめと思ふ。（少女六七）

(8)「かばかりのことも隔てたまへるこそ心うけれ。このごろ見るわたりは、まだいと心とくべきほどにもならねど、片なりなる初ごとをも隠さずこそあれ。すべて、女は、やはらかに心うつくしきなむよきこととこそ、その中納言も定むめりしか。かの君に、はたかくもつつみたまはじ。こよなき御仲なめれば」などまめやかに恨みられてぞ、うち嘆きてすこし調べたまふ。（宿木四六七）

(4)は雨夜の品定めで、左馬頭が理想の妻は「児めきてやはらかならむ人」だと説き、(5)(6)では光源氏が女性は「やはらか」なのがよいと語っている。(5)は夕顔の女房右近に、「女はただやはらか」で、うっかりすると男にだまされそうで、しかも慎み深く、夫に従順なのがいとしいのだ、私の理想は亡き夕顔のような女だったと語り、(6)では盗み出した若紫が朝になっても疲れて臥しているのを無理に起こして、「女は、心やはらかなるなむよき」と教えている。(7)は夕霧が雲居雁との仲を裂かれた時で、美人とはとてもいえない花散里を父が大切に処遇しているのを見て花散里の美質に気づき、自分が雲居雁を美貌ゆえに慕うのはつまらないことだ、「心ばへのかやうにやはらかならむ人をこそあひ思はめ」、気立てが大切だと反省し、(8)では匂宮が恥じて爪音を聴かせない宇治中君に夕霧六君は未熟な演奏でも隠さないのにと怨み、「女は、やはらかに心うつくしきなむよきこと」と、薫を引き合いにして演奏を要請している。

知られるように、これらは左馬頭と源氏、源氏の息子の夕霧、孫の匂宮と、源氏物語に登場する三世代の男たちがそれぞれに理想の女性は「やはらか」な人だと語っている。してみると、これは源氏物語での、当時のといってもよいようだが、男性の求める理想的な女なのだろう。しかも「心やはらか」でわかるように、感じが柔らかいだけではなく、人当たりが柔らかいこと、男にとっての従順、よく言えば素直がよいということになる。そこには当然「心もとなし」「人に欺かれ」やすいという欠点がある。それもわかっていて「心もとなくとも、直しどころある心地すべし」「わが心のままにとり直して見ん」と教育したいと思っているのだから、「やはらかなり」は男にとって相当な魅力であったのだろう。だから光源氏も匂宮も自分に従わない女君に、手管にしろ、(6)のように「心うし」といいかけて怨むのである。

四　異性を誘う魅力

源氏物語の「やはらかなり」は男にとって理想の女を表すと述べたが、それだけではない。男が眼前の女を「やはらかなり」と考えるのは特定の情況や場面に限定されている。

(1)昔の御事ども、かの野宮に立ちわづらひし曙などを聞こえ出でたまふ、いとものあはれと思したり。宮も、「かくれば」とにや、少し泣きたまふけはひいとらうたげにて、うち身じろきたまふほども、あさましくやはらかになまめきておはすべかめる、見たてまつらぬこそ口惜しけれ、と胸のうちつぶるるぞうたてあるや。（薄雲四五九）

ここは光源氏が物越しに斎宮女御を「やはらかになまめきておはすべかめる」と看取している。この日、里下がりしていた女御に挨拶に赴いた源氏は、養父として御簾の内の廂の間に座を占め、直接に話しかけている。亡き御息所の思い出などを語ると、几帳の向こうで涙ぐむ気配がする。その気配に共感して共に泣くのがこの場の源氏のとるべき行為であろう。しかし、源氏はそうはせず、女御を「らうたげ」と思っている。いささか妙ではないか。続いて「うち身じろぎたまふほど」と女御のかすかな気配が語られる。それを源氏は「あさましくやはらかになまめきておはすべかめる」と拝察して、「見たてまつらぬこそ口惜しけれ」と拝見できず契らなかったのを後悔する。そう思うと同時に「胸つぶれ」ている。このあたりは北山で若紫を藤壺によく似ていると気づくと、とたんに落涙するのと同じ構造である。身じろぎに女御の「やはらかになまめく」肢体を感じ取るや、源氏の裡に恋情が湧き出たのである。「やはらかになまめく」はそんな情動を引き起こす魅力だといえよう。

(2)よその思ひやりはいつくしく、もの馴れて見えたてまつらむもはづかしく推し量られたまふに、ただかばかり思ひつめたる片はし聞こえ知らせて、なかなかかけかけしきことはなくてやみなむと思ひしかど、いとさばかり気高うはづかしげにはあらで、なつかしくらうたげに、やはやはとのみ見えたまふ御けはひの、あてにいみじく思ゆることぞ、人に似させたまはざりける。さかしく思ひしづむる心も失せて、いづちもいづちも率て隠したてまつりて、我が身も世に経るさまならず、跡絶えてやみなばやとまで思ひ乱れぬ。

（若菜下二二五）

ここでは女三宮を見た柏木の惑乱を語っている。侵入する前の柏木は御簾越しででも自分の想いの一端なりと直接訴えたい、そう願っただけであった。ところが、生身の女三宮を眼前にすると、自制心などは失せてしまい、「いづちもいづちも率て」、どこまでもどこまでも地の果てまでもさらっていって隠したいとまで思ってしまう。それは現実の宮が「気高うはづかしげ」ではなくて、「なつかしくらうたげに、やはやは」とばかり見えたからであった。かくて契りを交わしてしまうのである。

(3)宮は奥の方にいと忍びておはしませど、ことごとしからぬ旅の御しつらひ、浅きやうなる御座のほどにて、人の御けはひおのづからしるし。いとやはらかにうち身じろきなどしたまふ御衣のおとなひ、さばかりななりと聞きゐたまへり。心もそらにおぼえて、（夕霧三九九）

落葉宮に恋する夕霧も同様である。小野で療養する一条御息所を見舞った夕霧は落葉宮がどうしておられるか気になってしかたがない。宮は御簾の奥にひっそり隠れていらっしゃるのだが、仮住まいなので簀子の夕霧からはそれほど遠いわけではなく、気配ははっきりと漏れ出ている。耳を立てている夕霧には、その衣ずれの音で「いとやはらか」な肢体の動きまでありありと推察できる。するともう、「心もそらにおぼえて」、他人行儀な扱いを怨んで恋を訴え始める。柏木没後からなにくれとお世話を始めて三年目、ここまで待って打ち明けるのはいかにも夕霧らしいが、夕霧をそうさせたのは、宮の「やはらか」な身じろぎであった。この日、夕霧はこれまでの態度をかなぐり捨て、強引に居座り、泊まって、御簾の中に侵入し、障子の外に逃げようとする宮の御衣の裾をつかんで引き止め、障子を挟んで恋の訴えを始める。「あながちに情深う」ふるまう夕霧は、宮の「なつかしうあてになまめ」く容姿、痩せた肢体、なよやかな衣裳、焚きしめた薫り(5)を目の当たりにして「とり集めてらうたげに、やはらかなる」（四〇七）と思うや、心が恋情で占められてしまう。宮は総体に保護本能をくすぐられる「やはらか」な風情なのであった。

(4)かたはらめなど、あならうたげと見えて、にほひやかにやはらかにおほどきたるけはひ、女一の宮もかうざまにぞおはすべきと、ほの見たてまつりしも思ひくらべられて、うち嘆かる。（椎本二一七）

薫に垣間見された宇治中君も、「やはらかにおほどきたる」と見られている。薫はそのもの柔らかでおっとりした雰囲気を、ほの見た折の女一宮に重ね合わせ、つい「うち嘆か」る。ここでの薫の思慕は女一宮に捧げられていて、中君にではない。しかし、中君の「やはらかにおほどきたるけはひ」は薫の女一の宮への憧憬を呼び起こし、恋の成就の不可能さに思わず知らず嘆息をついている。それは中君の魅力が薫の理想とする宮の魅力に相通じるからであった。匂宮が感じる中君の魅力も薫と同じで、新婚の夕霧六君の「片なりに飽かぬところなく、あざやかに盛りの花と見え」る姿に満足しながら、「やはらかに愛敬づきらうたきことぞ、かの対の御方はまづ思ほし出でられける」（宿木四二〇）と、中君の「やはらか」な雰囲気を価値と認め、「らうたし」と思っている。

(5)人のけはひ、いとあさましくやはらかにおほどきて、もの深く重き方はおくれて、ひたぶるに若びたるものから、世をまだ知らぬにもあらず、いとやむごとなきにはあるまじ、いづこにいとかうしもとまる心ぞとかへすがへす思す。（夕顔一五三）

これも光源氏が夕顔を「やはらかにおほどきて」といい、男女の仲を知らないわけでもなく、さして高い身分でもない、この女の「いづこにいとかうしもとまる心ぞ」と、どこにこれほど自分を惹きつける魅力があるのかと繰り返し疑問に思っている。というのはこれまで色恋で咎められぬよう世間を憚っていた自身が、この女に関しては「あやしきまで、今朝のほど昼間の隔てもおぼつかなく」なり、理性では「さまで心とどむべき事のさまにもあらず」と自制しようとするのだが、「やはらかにおほど」く女に接すると、のめりこんでしまう。「やはらかなり」で男が抵抗できぬ女の魅力とそれゆえの惑溺が語られているのである。

こうしてみてくると、光源氏が女三宮の密通を知って、娘の明石女御のことを危惧するのもよく分かる。

(6)世の中なべてうしろめたく、女御の、あまりやはらかにおびれたまへるこそ、かやうに心かけきこえむ人は、まして心乱れなむかし、女はかう晴けどころなくなよびたるを、人も侮らはしきにや、さるまじきにふと目とまり、心強からぬ過ちはし出づるなりけり、と思す。（若菜下二六〇）

密通を知った後の源氏は人目を意識して体裁はつくろうが、二人になると一変してよそよそしく接する。そんな源氏に女三宮はどう対処していいかわからない。それを源氏は宮の心幼さと見、女への不信感が生じて、娘の女御に思いを致す。娘は「あまりやはらかにおびれ」ているが、恋する男が目にしたら柏木以上に「心乱れ」てしまうのではないか、内気でなよなよしている女などは男に甘く見られ、一目惚れして迫られると、気強く拒めなくて「過ちはし出づるなりけり」と心配している。明石女御が「やはらかなり」と「おびる」で形容されるのは朝顔巻での藤壺と同じで、「おびる」はこの二例しか認められない。「寝おびる」は幼児や若紫がめざめた時の、意志が働かずぼうっとしている状態に見えることをいうから、藤壺や明石女御の「おびる」は、一般的な女性よりはゆったりした動きやさまと考えられる。源氏はそんな「やはらか」で「おびる」女は、男に見られたり、迫られたりしたら過ちを起こしてしまうと考えているのである。

これらの「やはらかなり」は男が女のありさまを看取したものだが、唯一、女から見た「やはらかなり」が浮舟に用いられている。

(7)我にもあらず、人の思ふらむこともはづかしけれど、いとやはらかにおほどき過ぎたまへる君にて、押し出でられてゐたまへり。額髪などのいたう濡れたるをもて隠して、灯の方に背きたまへるさま、上をたぐひなく見たてまつるに、気劣るとも見えずあてにをかし。これに思しつきなば、めざましげなることはありなんかし、いとかからぬをだに、めづらしき人をかしうしたまふ御心を、と二人ばかりぞ、御前にてえ恥ぢあへたまはねば見ゐたりける。（東屋七一）

ここでは宇治中君の女房が浮舟を値踏みしている。匂宮に戯れかかられた浮舟を慰めるために中君が居間に招いたのだが、女房たちは先ほどの事態への興味もあり、主人と寵を争うかもしれない女と考えて、浮舟のどこが宮の心を惹きつけたのかを見極めようとしている。その目に映る浮舟は「やはらかにおほどき過ぎ」て乳母に押し出されるままになっており、中君に劣るとも思われない「あてにをかし」い風情であった。そのため、ここでも、「これに思しつきなば、めざましげなることはありなんかし」と姉妹で宮と関わりそうな事態が危惧されている。

このように女君を「やはらか」と評するのは基本的に男君で、点線部のような情動が発する場に用いられている。「やはらかなり」は男が挙げる理想の女君の条件であったが、それは単にやさしい柔順な魅力をいうのではない。柔順ゆえに男の心をそそり、情動を呼び覚ます、女の魅力なのであった。

男君にも「やはらかなり」と評される場合があるが、それは源氏と匂宮に限定されている。光源氏の二例はいずれも空蟬のもとに忍び入る時に認められる。

(8)「うちつけに、深からぬ心のほどと見たまふらむ、ことわりなれど、年ごろ思ひわたる心のうちも聞こえ知らせむとてなむ。かかる折を待ちいでたるも、さらに浅くはあらじと思ひなしたまへ」と、いとやはらかにのたまひて、鬼神も荒だつまじきけはひなれば、はしたなく、「ここに人」ともえののしらず。（帚木九九）

(8)は初めて空蟬の許に忍び入ったときで、光源氏の口説きようを「やはらかにのたまひて」と形容している。この日、源氏は方違えで偶然空蟬と小君の会話を耳にし、見当を付けて室に分け入り、臥している空蟬の衾を押しやった。怯える空蟬に、けっして出来心で忍んできたのではありません、前々から心をかけて慕っていたのですなどといいくるめ、相手の抵抗を排して自分に靡かせて想いを遂げようとする。そんな「やはらかに」いいかける源氏の姿を「鬼神も荒だつまじきけはひ」と喩えていることに注意したい。これは古今集仮名序の「男女の仲をやはらげ」を想起させ、まさしくこの場にふさわしく、女の心をとろかせうる魅力なのである。そして、小君の手引きで再度忍び入る時にも「導くままに母屋の几帳の帷子（かたびら）ひき上げて、いとやをら入りたまふとすれど、みな静まれる夜の御衣のけはひ、やはらかなるしもいとしるかりけり」（空蟬一二四）と、また「やはらかなり」が認められる。この「やはらかなり」は源氏の衣ずれのけはいだが、上質の絹なので源氏と判ったというのではない。むしろ、そっと注意して忍び寄る肢体の感じ、女を求めて足音を忍ばせるその心用意にこそ源氏らしさがよく現れていて、源氏のことが心を離れない空蟬に気づかれてしまう。空蟬にとっては「やはらかなる」衣ずれがそのまま源氏の忘れがたい魅力であり、あの夜の自分に「やはらかにのたまふ」気配なのであった。続く文章が「女、さこそ忘れたまふをうれしきに思ひなせど、あやしく夢のやうなることを、心に離るる折なきころにて」と「女」と呼ばれる恋の場面となる所以である。

(9)「いかに。こよなく隔たりてはべるめれば、いとわりなうこそ」など、よろづに恨みつつ、ほのぼのと明けゆくほどに、よべの方より出でたまふなり。いとやはらかにふるまひなしたまへる、匂ひなど、艶なる御心げさうには、言ひ知らずしめたまへり。ねび人どもは、いとあやしく心得がたく思ひまどはれけれど、　（総角二六八）

匂宮は三(3)で性格を「すこしなよびやはらぎて」（匂兵部卿二八）と紹介されているが、この(9)では中君との後朝で帰って行く姿を「いとやはらかにふるまひなしたまへる」と語られている。「ふるまひなす」というのだから、特に気を使って「やはらかに」ふるまっているのである。現代からすれば女を前にした懸想人としてのふるまいのように思われるがそうではない。懸想人の訪問には「やはらかなり」は用いられない。薫には「やはらかなり」が用いられないから、薫に似せてでもない。これは女の許から朝帰りする後朝の男のふるまいとして描かれているのである。源氏物語で男に用いられた「やはらかなり」もやはり情交に関わって用いられており、女を虜にしようとする男の魅力的なふるまいを描出する語なのである。

こうしてみると、源氏物語の「やはらかなり」は基本的には男の目に映り、気配に看取される女の魅力で、その特徴は男の情動を誘うところにある。まれに男に用いられる場合も情交の場で、女を籠絡しようとして作為的にふるまう時に認められる。男が挙げる理想の女は「やはらかなり」が条件であったが、それは男に従うということが主ではない。男の関心を惹き、情動を誘発しやすい魅力が男にとって柔順で従順なのである。「やはらかなり」は源氏物語では異性を惑乱させる魅力を表す語として、情動を誘ったり、情交の場に用いられているということができよう。

したがって、朝顔巻で源氏が藤壺を「やはらかにおびれたる」と評したのは、理想の女君といったのではなく、男の心をそそり情交を誘うなまな女の魅力があるといったことになる。源氏は物越しにしろ、藤壺に近やかに接し、その気配を感じ、男として魅了されたと語ったにほかならない。藤壺が「漏らした」と怨んで出現するのも無理からぬことであった。

五　藤壺の身体性

源氏物語の「やはらかなり」は異性を誘う魅力として用いられており、男の情動を誘い惑乱させる女のなまな魅力、男の場合は情交に関わる場で女を取り込もうとする魅力的な行為として象られている。ただ、「やはらかなり」は用いられる女君が限られている。

母君は、ただいと若やかにおほどかにて、やはやはとたをやぎたまへりし、これは気高く、もてなしなどはづかしげに、よしめきたまへり。（玉鬘一一七）

これは右近が邂逅した玉鬘と夕顔を比べるところで、夕顔の特徴は「やはやはとたをや」ぐで、玉鬘は「気高く」「はづかしげでよしめ」くと、母子でも反対の印象である。源氏物語で「やはらかなり」と対義的に用いられるのは気品高い「気高し」「恥づかしげなり」(6)、才気と教養のある「かどかどし」「よしづく」「もの深し」「重し」で、近接して類義的に用いられるのは、「らうたし」「らうたげなり」の保護本能をそそるかわいらしさであり、「なつかし」

の引き寄せる魅力、おっとりした「おほどく」「おほどかなり」、ゆったりと動く「おびる」、未熟な感じの「児めく」「若ぶ・若やかなり」である。形容語は誰がどんな時に感じるかで左右されるが、一般に女君の魅力をいう「なつかし」「らうたし」はともかく、「やはらかなり」は身体的な魅力で、対義的な「気高し」「はづかし」などは精神的な魅力といえよう。

これは人物で見てもよくわかる。源氏物語で「やはらかなり」が用いられる女君は、夕顔二例、落葉宮二例、宇治中君二例、藤壺・秋好中宮・女三宮・明石姫君・浮舟各一例の一五例で、男君は源氏と匂宮に一例ずつ、用いられないのは、女君では空蟬・葵上・六条御息所・紫上・末摘花・朧月夜尚侍・花散里・明石君・玉鬘・雲居雁・宇治大君、男君では頭中将・夕霧・柏木・薫であるから、男女ともに特定の人に偏っている。

夕顔に用いられた擬態語には「やはやは」と同じくしなやかさを表す「たをたを」「なよなよ」がある。「やはやは」は源氏物語だけに認められ、「たをたを」は源氏物語が初出である。山口仲美氏は、源氏物語は登場人物の人柄・容貌を象徴するような擬態語を用い、人物造型を行っていると説かれた[7]。たしかに、紫上の「あざあざ」や玉鬘の「けざけざ」は「やはやは」「やはらかなり」の女君たちとは違っている。しかし、夕顔は「たをたを」「なよなよ」「やはやは」の三種とも、女三宮は「なよなよ」「やはやは」、浮舟は「たをたを」「なよなよ」と二種が用いられており、「やはらかなり」と形容されない桐壺更衣・宇治大君には「なよなよ」が用いられている。「やはやは」はどのような擬態語なのか。

　御答へもえ聞こえたまはず、まみなどもいとたゆげにて、いとどなよなよと我かの気色にて臥したれば、いかさまにと思しめしまどはる。（桐壺二二）

これは桐壺更衣が宮中を退出するときの帝の目に映る様子だが、「なよなよと我かの気色」と意識がないような弱々しい状態をいうのが特徴で、夕顔が某院で絶え入る時も「引き動かしたまへど、なよなよとして、我にもあらぬさまなれば」（夕顔一六六）、宇治大君の臨終の折も「なよなよと」（総角三二六）で、浮舟が見つけられたときも「なよなよとしてものも言はず、息もしはべらず」（手習二八六）と萎えて力がないさまをいう。「なよなよ」は「萎ゆ」の派生語で植物などが萎れる状態、女三宮が源氏のことばに「なよなよとなびきたまひて」（若菜上七四）、宇治大君が「かたはなるまでなよなよとたわみたるさま」（東屋七三）のように触れようとすると手応えがなく、しなってそのまま離れ遠ざかる感じ、をいう。衣や装束の着付けを「なよびかなり」「なよよかなり」というのも圧されるままに身に添うことをいうのだろう。

細やかにたをたをとして、ものうち言ひたるけはひあな心苦しと、ただいとらうたく見ゆ。（夕顔一五七）

いま一所は、薄紅梅に、御髪いろにて、柳の糸のやうにたをたをと見ゆ。（竹河七五）

源氏の目に映る夕顔は「細やか」で、蔵人少将に垣間見された玉鬘大君の姿は「柳の糸」のように「たをたをと」している。浮舟も「児めきおほどかにたをたをと見ゆれど」（浮舟一八五）と、「見ゆ」と語られており、「たをたをと」はほっそりした人のしなやかな視覚的なイメージで、同じく視覚的な擬態語の「あざあざと」「けざけざと」の対義ではないか。それに対して「やはやはと」は触感で、「なよなよと」のように触れても手応えなく圧されるままではなく、加えられた力を受け止め、受け容れ、包み込む状態をいう。

つまり、藤壺は相手を受け容れ、包み込む魅力を持って男の情動を誘うのだが、藤壺のすばらしさはそれだけではない。

なつかしうらうたげに、さりとてうちとけず、心深うはづかしげなる御もてなしなどの、なほ人に似させたまはぬを、（若紫二三一）

若紫巻のもののまぎれで源氏の目に映る藤壺は、「なつかしうらうたげ」な、人を惹きつけるかわいらしさと同時に、「うちとけず、心深うはづかしげ」な、人に内奥まで踏み込ませず畏敬させる品高さの、相反する要素を具有している。朝顔巻で源氏が語る藤壺像も「やはらかにおびれたるものから、深うよしづきたるところの、並びなくものしたまひし」と、「やはらかにおびれ」て男を惹きつける身体性と、「深うよしづく」精神性を二つながら有している。そのため「並びな」いのである。

こうした両義性は宇治大君にも付されていて、

かれは限りなくあてに気高きものから、なつかしうなよよかに、かたはなるまで、なよなよとたわみたるさまのしたまへりしにこそ、（東屋七三）

「あてに気高き」気品高さと「なつかしくなよよかに、かたはなるまで、なよなよとたわみたる」と人を惹きつけ、しなやかすぎるほどしなやかであったと中君が回想している。ところが、大君に似ているといわれる異母妹の浮舟には、「ゆゑゆゑしきけはひ」がなく、

児めきおほどかにたをたをと見ゆれど、気高う世のありさまをも知る方少なくて生ほしたてたる人にしあれば、すこしおずかるべきことを思ひよるなりけむかし。（浮舟一八五）

子どもっぽくおっとりしているだけで、「気高」さに欠けているため、都の上層貴族らしくなく、入水家出を考えついたという。同じく身体性と精神性を具有していても、大君は「なよなよ」で、手応えのなさ、信じられないほどの弱さが魅力とされるが、藤壺は男に情動を起こさせる「やはらか」な身体を有しているという点で異なる。藤壺は両義性を持つ女君なのだが、身体性からすると、藤壺は相手を自分の内に受け入れ、包み込む要素、いわば男をそそる柔軟な身体を有している。藤壺は男を誘う身体性を持った女君として造型されているのである。

六　「身のみぞいと心うき」

藤壺宮の身体性は「心うし」でも描かれている。「心うし」は「うし」とはちがって和歌には用いられず、もっぱら散文部分に用いられる。「うし」が自分では如何ともしがたい情況に陥ったときに、これも運命と事態を総合的に認識して受け容れる知的な感情であるのに対して、「心うし」は信愛感を持っている相手に裏切られたと感じたときに瞬間的に相手に向かってひどい、いやだと反撥する感情で、源氏物語では「うし」はわが身の置かれた状況や事態を把握し認識したうえでの無力感を表し、「心うし」は、先行物語で相手に軽く反撥して切り返すだけであった口頭表現を手練手管などの一種狎れた表現として男女の会話に用い、地の文の心中思惟では進退極まった深刻な事態に用いて、心底からの衝撃と嫌悪を表していく(8)。

藤壺宮には源氏とのもののまぎれに関して「心うし」が八例、「うし」が二例認められて、藤壺の想いは「心うし」によって語られていく。

いかがたばかりけむ、いとわりなくて見たてまつるほどさへ、うつつとはおぼえぬぞわびしきや。宮もあさましかりしを思し出づるだに、世とともの御もの思ひなるを、さてだにやみなむ、と深う思したるに、いと心うくて(9)、いみじき御気色なるものから、なつかしうらうたげに、さりとてうちとけず、心深うはづかしげなる御もてなしなどの、なほ人に似させたまはぬを、（若紫二三一）

これは源氏との密会が語り出されるところで、この「心うし」は、源氏の突然の出現に対する藤壺の瞬間的な反応、事態と源氏に対するとっさの嫌悪感の表出である。過去の過ちを思い、「さてだにやみなむ」と決意を新たにしていた今の今、侵入した源氏の姿を眼前にして藤壺の源氏への怒りがほとばしったのである。「心うし」はその衝撃がいかばかりであったかをまざまざと感じさせ、文脈のなかでこの部分だけが藤壺の生な感情をあらわしていて、生身の藤壺があざやかに匂い立ってくる。

そして、密会の結果の懐胎に気づいていく次第にも「心うし」三例が用いられている。

宮も、なほいと①心うき身なりけり、と思し嘆くに、なやましさもまさりたまひて、とく参りたまふべき御使しきれど、思しもたたず。まことに御心地例のやうにもおはしまさぬはいかなるにかと、人知れず思すこともありければ、②心うく、いかならむとのみ思し乱る。暑きほどは、いとど起きも上がりたまはず。三月になりたまへば、いとしるきほどにて、人々見たてまつりとがむるに、③あさましき御宿世のほど心うし。（若紫二三二）

①の「心うき身なりけり」は源氏がむせびつつ帰ったあとの、虚脱感のなかでわき上がってきた発見である。藤壺は密会によって自身を「心うき身」だったのだと知ったのだが、ではこの「身」は運命なのかそれとも身体なのか。まず、①で密会後の懊悩が語られ、それが身体に及んで悩ましさとなり、つぎに、その悩ましさが悪阻ではないかと思い当たった時のやりきれなさが②の「心うく」で、最後に三ヶ月経ってついに懐胎が人に知られるようになってしまい、③で「あさましき御宿世のほど心うし」と我が宿世に怒りを覚えるまでにエスカレートしていく。①②③と段階的に藤壺の心中が語られていくのだから、①は最初の段階で、「身」は自身の身体と考えた方がいい。藤壺は①で源氏と再び逢瀬を持ってしまったわが身、源氏を受け入れてしまった自身に怒っている。我が「身体」を知悉しているがゆえに、自身に課した心掟てをやぶって源氏に許してしまったわが身、理性に従わせることが出来なかった我が身体を、もっといえば、我が心の弱さに怒りを向けているのである。②の「心うし」も懐胎という結果を招いたわが身への反撥で、それが人目に明らかとなり世に知られるようになった時点で、③のように「宿世」に怒りを向けたので

ある。藤壺はわが運命を「うき宿世」と捉えて容認しているのではない。「心うし」と嫌悪し動揺しているのである。出産の時にも、あまりの苦痛と懊悩に、長命を厭う「心うし」を用いて「命長くも、と思ほすは心うけれど」（紅葉賀三二五）と、死を願うほどであったが、弘徽殿女御が命を落とせばよいと広言していると聞いて気力を振り絞り、男皇子を産み落とした。しかし、その皇子の容貌はさらなる自責を募らせるものであった。

さるは、いとあさましう、めづらかなるまで写し取りたまへるさま、違ふべくもあらず。宮の、御心の鬼にいと苦しく、人の見たてまつるも、あやしかりつるほどのあやまりを、まさに人の思ひ咎めじや、さらぬはかなきことをだに、疵を求むる世に、いかなる名のつひに漏り出づべきにか、と思しつづくるに、身のみぞいと心うき。（紅葉賀三二六）

源氏の顔を写し取ったかと思われるほどの皇子の容貌に、人々が秘密を嗅ぎつけはしないか、わが名が囁かれるような不名誉なことになりはしないか、と悩み続け、そんな事態を引き起こした我と我が身を「身のみぞいと心うき」と責め、嫌悪している。ここでは語り手が藤壺と一体化しているが、この「身」は、密会直後の「心うき身」と同じく自分の身体のことである。藤壺は源氏に応じてしまった我が身体を嫌悪している。それはすなわち、わが内なる想いへの怒りであった。それを証しているのが花宴巻の記述である。花宴で帝の求めに応じてほんの片端をゆるやかに舞った源氏の春鶯囀に藤壺は感動を禁じえず、「春宮の女御のあながちに憎みたまふらむもあやしう、わがかう思ふも心うし」（花宴三五五）と、朱雀院の紅葉賀の折の、源氏のこの世のものとも思えぬ神々しいばかりの青海波を、弘徽殿女御が「ゆゆし」と忌んだのを思い出して、それも形を変えた愛ではないかと疑い、翻って「かう思ふも心うし」と怒っている。「かう思ふも」というのだから、これは自分の感情に対する嫌悪である。ここで藤壺は我が心の底の底をのぞき込んで、そこで得たものに嫌悪したのである。それは源氏への愛にほかならなかった。

賢木巻で腹を痛めた我が子に対して「いとかうしもおぼえたまへるこそ心うけれと玉の瑕と思」っているのも、皇子を嫌ってではない。直前に起こった源氏の侵入接近もあって、自身の過ちを思い起こさせたからである。

このように、折々に点描される藤壺には、一瞬であっても生な感情がきちんと描かれており、それを追っていけば藤壺が自らの裡に源氏の熱情に応えるものがあると自覚していたとわかる。一度ならず二度までも逢瀬を許してしまった我身、それは我が心の赴くところだったのだ、と知った藤壺は、そうした我身のさがを厭い、克服しようと努めてきた。それが自身に向ける「心うし」、なかでも我が想いや自らの意志を裏切る身体に向けた「心うし」なのであった。

藤壺は自らの内に潜む想いに気づいて「心うし」と我と我が身を責めている。「身」が先行作品のような運命の意(10)であれば、恋情も密通も当人に何ら責任はない。被害者として理不尽な運命に反撥すればよいだけである。しかしながら、「身」を身体とし、我が心とした場合は、他者に向ける嫌悪や非難を我が身に向けるのだから、自らに責がある、因があると自覚しての、自身に対する嫌悪であり反撥である。一個の人間として自らの内面に対峙する藤壺、理性に背く肉体によって我が想いを意識し自覚した藤壺がここにいる。これは「身心うし」の新しい用法である。藤壺の「心うし」はきっかけとなる源氏の侵入にだけ他者に怒りを向けており、その後の七例はすべて我とわが身に向けている。自身に向かう「心うし」は源氏物語で用法が拡張されたのだが、なかでも密会懐胎に集中して藤壺に多用された、自身に向かう「心うし」は、自らの内奥と向き合う藤壺のなまな感情を表している。藤壺の想いは「心うし」によって造型されているといっても過言ではない。「心うし」は「やはらかなり」と同様に藤壺の身体性を語っているのである。

七　新しき女君の創造

藤壺は話型的には伊勢物語六五段の高子の系譜につながるのだが、「心うし」から考えると、自身の内奥をしかと自覚し、それと戦うべく格闘し続けた新しい女君として創造されている。源氏が慕う年上の見上げる女君には藤壺の他に六条御息所がいるが、御息所は生き霊と化すことによって新味を出したとはいえ、男の心変わりに傷つき嘆く、恋物語の典型的な女君として造型されている。それに対して源氏物語は理性を裏切る自らの身体と戦い、精神の力で生きようとする女君を創造した。新しい女君の創造、それが藤壺である。自らを「心うし」と思う藤壺がいかに特殊であるか、それゆえに源氏物語を領導していくかがよくわかる。源氏作者は我身に向かう「心うし」を多用して藤壺の苦闘を描いていったのである。

朝顔巻の藤壺出現に戻ろう。

藤壺宮が「漏ら」したと怨んだのは、紫上との女性評で、自身を「やはらかにおびれたる」と語ったことにあった。「やはらかなり」は源氏物語だけに多用される形容詞で、男が女のなまな魅力に惑乱する想いや男が女の心を取り込もうとして魅力的にふるまう、異性の情動を誘う語として用いられている。「やはらかなり・おびる」は身近に接しなければ知りようのないなまなましすぎる表現だから、藤壺は、自身が男の情動を誘う身体性を持っていると証した、近やかに触れ合ったことを「漏ら」してしまったと恨んだのである。「紫のゆゑ」もあやうい。源氏は饒舌になっている。それを怨霊と化した藤壺は紫上へのサービスと見て怨んだのではないか。

「漏らさじとのたまひしかど、うき名の隠れなかりければ、はづかしう。苦しき目を見るにつけてもつらくな

む。」（朝顔四九五）

亡霊となって出現した藤壺は生前とは違っている。生前の藤壺は身体を押さえ込もうとする精神が与えられ、自らの身体と格闘する女君として造型されているが、この朝顔巻では身体性感情性が強く出ている。精神に縛られない本音を露わにし、源氏に怒りという形で愛を告げる藤壺がここにいる。この唯一の「つらし」で藤壺の源氏への想いが完結する。これまで藤壺が源氏に対して「つらし」と訴えることはなかった。死して始めて源氏に「つらし」と恨みを述べる藤壺の姿は、恋する女以外の何者でもない。

生前の藤壺は一貫して源氏への想いを抱きつつ生きたと思われる。前半はその想いに流され源氏を受け入れてしまうおのが身体と苦闘し(11)、母后となった後は、源氏と共闘して我が子の治世を側面から支えてきた。それもまた女としての幸せであったろう。藤壺は愛を押し殺して変貌したのではない。愛を表現する手段を得たのである。その藤壺が没後、怨霊となって現れるのもまた、ほかならぬ自身のゆかりの紫上に嫉妬してであった。藤壺出現のきっかけは「やはらかにおびれたる」という評であったろうが、この巻この時に出現したのは、源氏が紫上に、

髪ざし、面様の、恋ひきこゆる人の面影にふとおぼえてめでたければ、いささか分くる御心もとりかさねつべし。（朝顔四九四）

一瞬、藤壺かと思わせた紫上の容姿に、朝顔前斎院に向かっていた心も取り戻していや増すだろうと草子地で予測されたこと、紫上が据え直されたことに因がある。ゆかりの紫上への引き継ぎ(12)に当たって、死した今、理性の枷が外れ、藤壺の女としての想いが、より純粋に、素直に発露してしまったのであろう。そして、再び現れないのは、出現によって紫上から引き離し、自身の影響力を確認したからではないか。

清水好子氏は出現した藤壺に女としての情念を見て取られ、「執念の激しさ、みたされなかった恋情のはげしさが

迫る」「薄雲巻の藤壺賛歌はかりそめのもの、うわつらのものであった。作者は此の世の栄華も名誉も何ほどのことはない、好きな男と添い遂げられぬことこそ千載の遺恨だというようである」と述べられた[13]。巻末近くで出現する藤壺は生前の理性のたがが外れ、源氏への愛を感情的に訴える、身体性の強い姿を露わにしている。藤壺は自身が源氏に最も慕われ、心を捧げられていたと知悉していたであろう。それだけでは足りないのであろうか。清水氏は藤壺は社会的な位置を望んでいたと説かれたのだが、源氏の室となることは皇妃であった藤壺には許されないことであった[14]。愛だけではなく、北の方としての社会的な地位を渇望するのはゆかりである紫上の問題となってくるのである。

注

（1）藤井貞和氏「密通というタブーの方法」（『物語の方法』桜楓社、一九九二年一月）、「もののけの世界と人間の世界」（『源氏物語論』岩波書店、二〇〇〇年三月）

（2）鈴木裕子氏「源氏物語の歌ことば―朝顔巻の光源氏と紫上―」（『交渉することば』勉誠出版、一九九九年五月）

（3）小嶋菜温子氏「藤壺・朝顔の『雪』」（『源氏物語批評』有精堂、一九九五年七月）。他に源氏の自意識が招いたとする説は源氏物語で夢に出現する桐壺院・常陸宮・柏木・宇治八宮の霊はすべて主体的な意図を持っているので源氏の自意識に求めるのは無理があろう。

（4）玉上琢也氏『源氏物語評釈』（角川書店、一九六五年九月）

（5）山口仲美氏「源氏物語の恋愛情緒表現」（『源氏物語講座第六巻』勉誠社、一九九二年八月）

（6）二例以上の数値を示しておく。対義的に用いられているのは「気高し」四例「恥づかしげなり」三例、類義的に用いられているのは「らうたげなり」三例・「らうたし」二例、「おほどく」二例「おびる」二例、「なつかし」二例、「なよぶ」二例。

（7）「源氏物語の象徴詞の用法」（『平安文学の文体の研究』明治書院、一九八四年二月）

（8）拙論『源氏物語文体攷』（和泉書院、一九九九年一〇月）

（9）「心うし」は諸本で異同が認められる。この若紫巻の密会では大島本が「うし」、懐胎に関しては、河内本で①は「うき身なりけり」③は「あさましかりける御身のすくせのほといか、おほし、らさらん」、皇子の容貌では「御身のみぞいと苦しきや」となっている。

（10）拙論「源氏物語の文体の性格」（『源氏物語文体攷』和泉書院、一九九九年一〇月）

（11）森一郎氏「藤壺宮の実像」（『源氏物語作中人物論』笠間書院、一九七九年二月）

（12）鈴木日出男氏「藤壺から紫上へ—朝顔巻論」（『源氏物語試論集』勉誠社、一九九七年九月）

（13）清水好子『増補源氏の女君』（塙新書、一九六七年六月）

（14）後藤祥子氏「藤壺宮の造型」（『源氏物語作中人物論集』勉誠社、一九九三年一月）

3　紫上の孤愁　―「個」の発見―

一　紫上発病

紫上はなぜ、病に倒れるのであろうか。

物語全体からすれば、紫上の発病は、柏木の女三宮への侵入を引き起こすという点で、六条院世界の崩壊、ひいては光源氏世界の凋落を語るという、構想の一環となっている。しかしながら、一環といい条、若菜上巻に始まる紫上の苦悩と御法巻の死が光源氏論や構想論を超えて一つの主題となっていることもまた周知のことである。なかで、大朝雄二氏が、死霊を出現させて紫上の病を源氏の運命の顕現に転じたのは構想の挫折だと述べられ、「源氏と隔絶した次元での男と女という主題を作者は明らかにつかんでいると言っても過言ではない」と説かれた(1)のは注目される。若菜巻以降の第二部における紫上の問題はけっして小さなものではなく、光源氏論や構想論、また女人哀話を離れてそれ自体として存している。葵上の跡を継いで物語の指標となり、光源氏の良き配偶として点描されてきた紫上が、若菜上巻の女三宮降嫁で真にヒロインとなり内面が辿られるようになる。そんななかでの発病は、降嫁によって受けた打撃を、さりげなくもてなす表面と苦悩する内面との乖離が徐々に拡大していき、それがついに厄年を迎えた身体を打ち負かしたのだと解されている。それはそうなのだが、それだけでは紫上の心身を打ち砕いた打撃、それほどの苦しみが何に由来し、どのように紫上を蝕んでいったのか、という本質的なところがどうにも見えてこない。何より、発病がなぜ女楽の後なのか、その設定は、引き金を引いたのは何だったのか、にはいまだ納得のゆく回答が得られていない。前章の藤壺宮でみたように、表現に即してそのきっかけを探ることから、紫上の物語について考えてみたい。

二 「ありがたし」

第二部の紫上は第一部とは大きく変容している。第二部に入って紫上を描く筆が変化し、「ありがたし」「はづかし」が急に多用されるようになっており、心情が縷々と描写されるようになっている。それは紫上を見る人々、特に源氏の目に映る姿が変わっているのである。

「ありがたし」からみていこう。

「ありがたし」は「あること難し」で、存在することが難しいことをいい、そこから「暇もありがたくて」「ありがたきもの　舅にほめらるる婿」のように困難であるとか希有であること、さらにめったにないほど優れている意で用い、うつほ物語と源氏物語で突出しているが、うつほ物語が事物に即していうのに対して、源氏物語では欲しても存在しがたいものが現に存在すると発見認識した時の賛嘆をいう。源氏物語では派生語も含めて第一部に五三例、第二部に三九例、第三部に三六例の計一二八例認められる。このうち紫上には物語を通して一三例用いられていて、光源氏の二六例に次いで多い。ところが、光源氏は第一部二一例、第二部五例と第二部で四分の一に減少しているのに、紫上は第一部は一例だけで藤壺の三例、花散里の二例よりも少ない、ところが、第二部では一二例に上っており、三分の一を占めている。紫上は第二部で「ありがたし」を多用されているのである。

紫上にはどのような形で「ありがたし」が用いられているのだろうか。

(1)御匣殿に仕うまつれるも、こなたにせさせたまへるも、みな取う出でさせたまへり。かかる筋、はた、いとすぐれて、世になき色あひ、にほひを染め付けたまへば、ありがたしと思ひきこえたまふ。（玉鬘一三四）

第一部はこの一例だけで、この衣配りでは光源氏が、紫上が調製した衣裳の出来映えを見てそのセンスと技術力を高く評価している。「かかる筋、はた、」といっているから、染色縫製だけではなく、他の技芸もすぐれているわけで、家政を与る主婦としての能力に源氏が改めて感心しているのである。

ところが、第二部になって紫上に対する「ありがたし」が急増する。そのほとんどが女三宮と何らかの形で関わっている。

(2)また並ぶ人なくならひたまひて、はなやかに生ひ先遠く侮りにくきけはひにて移ろひたまへるに、なまはしたなく思さるれど、つれなくのみもてなして、御渡りのほども、もろ心にはかなきこともし出でたまひて、いとらうたげなる御ありさまを、いとどありがたしと思ひきこえたまふ。（若菜上六二）

(3)さし並び目離れず見たてまつりたまへる年ごろよりも、対の上の御ありさまぞなほありがたく、我ながらもおほしたてけりと思す。一夜のほど、朝の間も恋しくおぼつかなく、いとどしき御心ざしのまさるを、などかくおぼゆらんとゆゆしきまでなむ。（若菜上七四）

(2)(3)は女三宮の降嫁直後で、(2)は若く後見の強い女三宮と併存することに「なまはしたなく」思っている紫上が、その思いを「つれなくのみもてなし」、お迎えする準備を源氏の意を汲んでほんの端々にまで万端遺漏なく取り仕切っていく。そんな紫上を見て、源氏が「らうたげ」と見、「ありがたし」と改めて感嘆している。北の方として采配をふるってきた意地もあっての協力であったろうが、源氏はその能力に感心しているだけではあるまい。不満があっても自分のために万端を取り仕切ってくれたことをかわいく思い、その心用いに感嘆しているのである。源氏は苦悩までは汲み取らず、「らうたげ」とあくまでも保護者的に上から表面を見ているだけである。

(3)は三日間の婚儀が滞りなく終わり、源氏が期待はずれの女三宮に落胆して、紫上の価値を改めて「ありがたし」と認識するところで、「我ながらもおほしたてけり」と満足しているから、身体の美ではなく精神のことである。「一夜のほど、朝の間もおぼつかなく」離れていられないと「へだて」表現の変形で、いよいよ恋着を深めていく自身を「などかくおぼゆらんとゆゆしきまで思ふ」というところに虫の知らせの伏線が張られている。

(4)院、渡りたまひて、宮、女御の君などの御さまどもを、うつくしうもおはするかなとさまざま見たてまつりたまへる御目うつしには、年ごろ目馴れたまへる人の、おぼろけならむがいとかく驚かるべきにもあらぬを、なほたぐひなくこそはと見たまふ。ありがたきことなりかし。（若菜上八九）

(5)ことに触れて、心苦しき御気色の、下にはおのづから漏りつつ見ゆるを事なく消ちたまへるも、ありがたくあはれに思さる。（若菜上九〇）

(4)(5)は懐胎した明石女御が里下がりしてくる機会に紫上が女三宮に挨拶する時のことで、(4)で源氏は若い明石女御や女三宮に接した後、紫上を見て、改めてその類い希な美しさに目を見張っており、草子地で「ありがたきことなりかし」と強調している。(5)は宮の許に出向かねばならない立場の紫上が、嘆きを筆にした手習など、何かにつけてつい漏れてしまうつらい思いを「事なく消」つ態度に「ありがたし」と感嘆している。(4)は紫上の外面に現れた身体の美しさ、(5)は内面の美しさで、内面と外面の両様の美が「ありがたし」と賞賛されているのである。(4)(5)もまた(2)(3)と同じく紫上の両様の美が語られている。

(6)「対の上の御心、おろかに思ひきこえさせたまふな。いとありがたくものしたまふ深き御気色を見はべれば、身

にはこよなくまさりて長き御世にもあらなむ、とぞ思ひはべる。」明け暮れの言ぐさに聞こえはべる。めざまし

(7)「のたまはせねど、いとありがたき御気色を見たてまつるままに、きものになど思しゆるさざらむに、かうまで御覧じ知るべきにもあらぬを、かたはらいたきまで数まへのたまはすれば、かへりてはまばゆくさへなむ。」（若菜上一三一）

（若菜上一二三）

(6)(7)は明石女御が皇子を出産し、自身の出生を知るところで、(6)は明石君がここまで育て上げてくれた紫上の慈愛は「ありがたき」ものだから忘れぬようにと訓戒し、(7)は入道の文を読んで事情を知った源氏に、明石君が紫上の自分に対する身に余る厚遇を「ありがたき御気色」と深謝している。

(8)大和琴にもかかる手ありけりと聞き驚かる。深き御労のほど、あらはに聞こえておもしろきに、大殿御心落ちゐて、いとありがたく思ひきこえたまふ。（若菜下一九〇）

(9)かやうの筋も、今は、また、おとなおとなしく、宮たちの御あつかひなどとりもちてしたまふさまも、至らぬことなく、すべて何ごとにつけても、もどかしくたどたどしきことまじらず、ありがたき人の御ありさまなれば、いとかく具しぬる人は世に久しからぬ例もあなるをと、ゆゆしきまで思ひきこえたまふ。（若菜下二〇五）

(10)さばかり、めざましと心おきたまへりし人を、今は、かくゆるして見えかはしなどしたまふも、女御の御ための真心なるあまりぞかしと思すに、いとありがたければ、「君こそは、さすがに隈なきにはあらぬものから、人により事に従ひ、いとよく二筋に心づかひはしたまひけれ。さらに、ここら見れど、御ありさまに似たる人はなかりけり。」いと気色こそものしたまへ」とほほ笑みて聞こえたまふ。（若菜下二一一）

(8)(9)(10)は女楽の折で、(8)は紫上の和琴の技倆に夕霧も源氏も驚嘆しているが、特に源氏は「深き御労のほど、あらはに聞こえて」と、技倆だけではなく、新境地を拓くまでになった紫上のたゆまぬ修練精進を賞賛している。その意

味で、第一部(1)の衣配りの折とは違っていよう。(9)は女楽の後、源氏が半生を述懐する時で、音楽という才芸に加えて孫をも立派に訓育しうる「至らぬことなく、すべて何ごとにつけても、もどかしくたどたどしきことまじら」ぬ、完成した女性としての姿を「ありがたし」と見、そのあまりに何ごとも「具しぬる」ことを「ゆゆし」と畏れている。発病前夜で二度目の「ゆゆし」である。そして、述懐を始めた源氏は過往の女性の回想に移って、(10)で「めざまし」とみていた明石君をも包摂するようになった成長を「ありがたし」と讃えている。源氏は、内心はともかく、「人により事に従ひ、いとよく二筋に心づかひはしたまひけれ」とあなたのような人はいないと口に出して褒めている。そして女三宮の許へ行ってしまう。女三宮への態度、明石君への接し方をできるものではないと褒めているのである。

こうした積み重ねの上に、発病とその死が語られる。

(11)仏神にもこの御心ばせのありがたく罪軽きさまを申しあきらめさせたまふ。（若菜下二一六）

(12)「なほ南の殿の御心用ゐこそ、さまざまにありがたう、さてはこの御方の御心などこそは、めでたきものには見たてまつりはてはべりぬれ」など、ほめきこえたまへば、（夕霧四七〇）

(13)世の中に幸ひありめでたき人も、あいなうおほかたの世にそねまれ、よきにつけても心の限りおごりて人のため苦しき人もあるを、あやしきまですずろなる人にもうけられ、はかなくし出でたまふことも、何ごとにつけても世にほめられ、心にくく折節につけつつらうらうじく、ありがたかりし人の御心ばへなりかし。（御法五一六）

紫上が発病すると、(11)のように「御心ばせのありがたく罪軽きさま」を申し立てて加護を祈り、雲居雁の嫉妬に手こずる夕霧は(12)のように紫上の「心用ゐ」を「ありがたう」と賛仰し、亡き後は(13)のように人々の哀悼が語られる。

さらに、紫上を間接的に称揚するのが二例ある。

(14)「またとりたてて、わが後見に思ひ、まめまめしく選び思はむには、ありがたきわざになむ。ただまことに心の

癖なくよきことは、この対をのみなむ、これをぞおいらかなる人と言ふべかりける、となむ思ひはべる。」（若菜上一三〇）

⒂かやうのことを、大将の君も、げにこそありがたき世なりけれ、紫の御用意、気色の、ここらの年経ぬれど、ともかくも漏り出で、見え聞こえたるところなく、しづやかなるを本として、さすがに心うつくしう、人をも消たず身をもやむごとなく、心にくくもてなしそへたまへることと、見し面影も忘れがたくのみなむ思ひ出でられける。（若菜上一三四）

⒁は源氏の言で、妻としたい理想の女性はめったにいないものだ、ただ、紫上は「心の癖」がなく人柄がよい「おいらかな」人だと説き聞かせており、⒂では女三宮に興味がなくもない夕霧が「げにこそありがたき世なりけれ」と高貴であっても難のない女性という方はめったにいないものだと認識し、続いて「紫の御用意、気色の」と紫上に思いを馳せ、「ここらの年」といっているのは垣間見の折以来、注視してきたことを示唆しているが、その間、様子が漏れ出ることもなく、噂にもならず、他者も自身も大切にして「心にくく」振る舞っておられると変わらぬ慕情を表出し、紫上こそ「ありがたき」方なのだと考えている。

これらの、源氏が紫上を賞賛する九例、明石君・夕霧・世人、各一例ずつの「ありがたし」は紫上本来の性質を賞賛しているのではない。本来の性質もその形成に与っていようが、「心ばへ」「心ばせ」「心用ゐ」とあるように、物事に対処してふるまい、見せかける能力、つまり実行力を称揚しているのである。紫上は事あるごとに主婦として、母として人間として、理想性を注意深く添えられていっていると考えられよう。

三　「はづかし」

「はづかし」も第二部になって紫上に多く用いられている。紫上が「はづかし」「はづかしげなり」と評されるのは一〇例で、これも光源氏の五〇例に次いで多い。しかも「ありがたし」と同じく、源氏の場合は第一部四二例なのに第二部はわずか八例に減少する。ところが紫上は三例から七例に倍増している。

(1)よろづにこしらへきこえたまへど、まことにいとつらしと思ひたまひて、つゆの御いらへもしたまはず。「よしよし。さらに見えたてまつらじ。いとはづかし」など怨じたまひて　（葵七二）

(2)都の人も、ただなるよりは、言ひしに違ふと思さむも心はづかしう思さるれば、気色だちたまふことなし。　（明石二三七）

(3)二条の君の、風の伝てにも漏り聞きたまはむことは、戯れにても心の隔てありけると思ひうとまれたてまつらんは、心苦しうはづかしう思さるるも、あながちなる御心ざしのほどなりかし。　（明石二五九）

(1)は紫上との新枕で、信じていた源氏の行為に顔を挙げない紫上に源氏が「いとはづかし」といいかける男の手練手管、(2)(3)は明石君と契ったことの自責の念で、第一部は三例とも源氏の行為に発しており、藤壺を讃仰する六例、葵上への四例、明石君への五例のように資質を賞賛してのものではない。

ところが、第二部では紫上との心理的な関係に認められる。

(4)すこしほほ笑みて、「みづからの御心ながらだに、え定めたまふまじかなるを、ましてことわりも何も。いづこにとまるべきにか」と、言ふかひなげにとりなしたまへば、はづかしうさへおぼえたまひて、頬杖つきたまひて

寄り臥したまへれば、

(5)御衣ひきやりなどしたまふに、すこし濡れたる御単衣の袖をひき隠して、うらもなくなつかしきものから、うちとけてはたあらぬ御用意など、いとはづかしげにをかし。限りなき人と聞こゆれど、難かめる世を、と思しくらべらる。（若菜上六四）

(4)(5)は三日の夜とその翌暁で、(4)は女三宮への失望と降嫁を承引した後悔を口にする一方で朱雀院を顧慮する源氏の甘えを「言ふかひなげにとりなす」紫上の態度に恥ずかしいとまで思い、(5)では源氏が女三宮の許から戻った自分を紫上がやさしく迎えながら共寝は避けようとする自侍にうたれた「はづかし」である。(4)は自責、(5)は賛嘆である。

(6)御手などのいとめでたきを、院御覧じて何ごともいとはづかしげなめるあたりに、いはけなくて見えたまふらむこと、といと心苦しう思したり。（若菜上六九）

(6)は朱雀院が紫上の返歌と筆跡に「何ごともはづかしげなめるあたりに」未熟な娘をと心配している。

(7)「はづかしうこそはあらめ。何ごとをか聞こえん」と、おいらかにのたまふ。（中略）あまりに何心もなき

(8)御ありさまを、見あらはされんもはづかしくあぢきなけれど、さのたまはんを、心隔てむもあいなし、と思すなりけり。（若菜上七六）

(9)あるべき限り気高うはづかしげにととのひたるにそひて、はなやかに今めかしくにほひ、なまめきたるさまざまのかをりも取り集め、めでたきさかりに見えたまふ。去年より今年はまさり、昨日より今日はめづらしく、常に目馴れぬさまのしたまへるを、いかでかくしもありけんと思す。（若菜上八八）

(7)(8)(9)は女三宮に紫上が対面を申し出たときで、源氏が女三宮に伝える(7)(8)では、女三宮は紫上に会うのを「はづかし」と緊張しており、源氏は女三宮の幼稚さを紫上に残りなく見顕されるのを「はづかしく」思っている。その後、

紫上の許に来たときの(9)では、あらためて紫上の美質に驚いている。「はなやかに」以下が身体の美をいうのに対して「気高う恥づかしげにととのひたる」は精神的な美で、双方を兼ね備えた美しさと源氏の目に映っているのである。

(10)「のたまふやうに、ものはかなき身には過ぎにたるよそのおぼえはあらめど、心にたへぬもの嘆かしさのみうち添ふや、さはみづからの祈りなりける」とて、残り多げなるけはひはづかしげなり。（若菜下二〇七）

最後の(10)は女楽の翌日で、源氏が女三宮の件があっても私の愛は変わらないのだからあなたの一生は幸せであったはずだと説得しても、私には苦しみこそが生きる支えでございましたとだけ応えて多くは語らない紫上の態度を「はづかしげなり」と感じている。

こうしてみると「はづかしげ」は、「ありがたし」のように第二部全般にみえるのではなく、女三宮降嫁の三日目の夜、朱雀院の挨拶、女三宮との対面、女楽に限定されている。

「はづかし」は主体の劣等意識を核とする語だが、源氏物語以前の平安和文では「恥」同様、社会的な恥辱の範疇で用いられていた。しかし、源氏物語では人と対する際、相手を見て自分と比較する、他者への緊張感を表す語で、自分の欠点や落度を自覚して恥じたり、相手の優秀性を認める用法、そして、その中間の、相手が優れているだけに自分の落度や劣等が刺激され、引け目を感じたり、逆に自身の行為を調整する用法が認められる[3]。

紫上に向けられた「はづかし」一〇例のうち文句なしの賞賛は(9)の一例だけで、そのほかの九例は引け目に発しており、特に(4)(5)(8)(10)の源氏から紫上への「はづかし」四例は女三宮の件で紫上を傷つけ裏切ったという自覚に立っての賛嘆で、咎ある身に対する紫上の恥じ入るしかない態度や行為の立派さに用いられているのである。

逆に紫上から源氏へは第一部で「はづかしかりし人」（若紫二四二）と憧れ、盗み出されてからは「御懐に入りゐて、いささかうとくはづかしとも思ひたらず」（若紫二六一）と無邪気に親しみ、長じて「うち側みてはぢらひたまへる」

（葵六八）過程が認められるが、第二部には源氏に対する「はづかし」はまったく認められない。いいかえれば、若菜巻以降では、源氏が紫上を「はづかし」と賛嘆することばかりなのである。

もっといえば紫上への「はづかし」は女三宮の実態を知った後に用いられている。この意味は大きい。三日の夜・対面・女楽に集中的に用いられた「はづかし」は、「ありがたし」のように自身は傷つかずに相手を称揚するのではなく、称揚しながらひけめを強く意識している。源氏は以前のような保護者ではなくなり、紫上に圧倒されている。紫上にはいつのまにか威が備わって、美しくかわいいだけではない、一個の女性となっている。これを源氏と紫上との位置の逆転ということはできない。「ありがたし」にしろ「はづかし」にしろ、朱雀院や夕霧、明石君、女三宮なども同様に感じているのだから、紫上が変貌したのである。

第二部に入っての「ありがたし」「はづかし」の頻用は紫上の精神的な成長を意味している。若菜上下巻以降の紫上にはそれまでの明るさや華やかさはなく、憂愁に沈み、ひとり苦しみに耐え、自問自答を重ね、ついには病を得て露のように消えていく。そうした孤愁を漂わせる姿を、作者は悲しみの姿ではなく、「ありがたし」「はづかし」の精神的な理想美として描出している。そのことに注目しておきたい。

四　心の「へだて」

これまでは「ありがたし」「はづかし」から他者の目に映る紫上をみてきたが、内面はどうなのか。第二部になって紫上の内面が頻繁に語られるようになる。指標としての女君を脱して物語のヒロインとなった紫上の内面をよく語っているのが「へだて」である。

第二部での紫上の登場はずいぶん遅い。若菜上巻は朱雀院による女三宮の婿捜しから始まるが、院の見舞いに参上した源氏が承引するまでで三分の一ほどが費消される。そして、その夜、源氏が帰邸した時、ようやく紫上に筆が及び、源氏を信じ切った想いが語られる。

⑴六条院は、なま心苦しう、さまざま思し乱る。紫上も、かかる御定めなど、かねてもほの聞きたまひけれど、さしもあらじ。前斎院をもねむごろに聞こえたまふやうなりしかど、わざとしも思し遂げずなりにしを、など思して、さることやある、とも問ひきこえたまはず、何心もなくておはするに、いとほしく、「このことをいかに思さん、わが心はつゆも変るまじく、さることあらむにつけては、なかなかいとど深さこそまさらめ、見定めたまはざらむほど、いかに思ひ疑ひたまはん」など、やすからず思さる。今の年ごろとなりては、ましてかたみに隔てきこえたまふことなく、あはれなる御仲なれば、しばし心に隔て残したることあらむもいぶせきを、その夜はうちやすみて明かしたまひつ。（若菜上五〇）

紫上とて源氏を婿にという朱雀院の意向は耳にしていた。しかし、「さしもあらじ」と源氏を信じて「何心もなく」いた。紫上は源氏を信じている。それを語り手は「かたみに隔てきこたまふこともな」い仲となっているからと紹介し、だからこそ源氏はしばらくでも「心に隔て残し」た状態に堪えられないという。ここには年月を経た夫婦の「へだて」のない理想的な関係が語られている。しかし、それは源氏が「なま心苦し」くて降嫁の件を紫上に打ち明けることができないという波乱含みの幕開けとして語られているのである。

そして、源氏に打ち明けられた後、紫上の内面が語られ始める。

⑵心のうちにも、かく空より出で来にたるやうなることにて、のがれたまひがたきを、憎げにも聞こえなさじ、わが心に憚りたまひ、諫むることに従ひたまふべき、おのがどちの心より起これる懸想にもあらず、堰かるべき方

なきものから、をこがましく思ひむすぼほるるさま世人に漏りきこえじ、式部卿宮の大北の方、常にうけはしげなることどもをのたまひ出でつつ、あぢきなき大将の御事にてさへ、あやしく恨みそねみたまふなるを、かやうに聞きて、いかにいちじるく思ひ合はせたまはむ、など、おいらかなる人の御心といへど、いかでかはかばかりの隈はなからむ。今はさりともとのみわが身を思ひあがり、うらなくて過ぐしける世の、人笑へならむことを下には思ひ続けたまへど、いとおいらかにのみもてなしたまへり。（若菜上五三）

紫上は降嫁を「堰かるべき方なきもの」と冷静に受け止め、「空より出で来にたるやうなることにて、のがれたまひがたき」「おのがどちの心より起これる懸想にもあらず」と判断して源氏を非難してはいず、不信は生じていない。ただ、自身の立場への把握は鋭く、「今はさりともとのみわが身を思ひあがり、うらなくて過ぐしける世の、人笑へならむこと」とわが身の迂闊さにほぞを噛みながら、世間に対しては「をこがましく思ひむすぼほるるさま世人に漏りきこえじ」と決意し、源氏に対しても「憎げにも聞こえなさじ」と自ら定め、「おいらかにのみ」見せかけている。朝顔斎院の事件を経た紫上の、事態を見抜く目に曇りはなく、行き着く先を予感しているのだが、ここで定めた処世の方針を紫上は終生守り抜く。この「憎げにも聞こえなさじ」の内実については諸説あるが[3]、源氏への愛情が脈打っていると思う。

であるからこそ三日の夜の揺れが語られる。

(3)とみにもえ渡りたまはぬを、「いとかたはらいたきわざかな」とそそのかしきこえたまへば、なよよかにをかしきほどにえならず匂ひて渡りたまふを、見出したまふもいとただにはあらずかし。

年ごろ、さもやあらむと思ひし事どもも、今は、とのみもて離れたまひつつ、さらばかくにこそはと、うちとけゆく末に、ありありて、かく世の聞き耳もなのめならぬことの出で来ぬるよ、思ひ定むべき世のありさまにも

あらざりければ、今より後もうしろめたくぞ思しなりぬる。（若菜上六五）

紫上は決意したとおり、女三宮を迎える準備を源氏と「もろ心にはかなきこと」まで行い、婚儀の三日間は源氏の衣裳などの世話をし、女房たちの陰口不満口を封じ、平生どおり夜更けまで四方山話にふけっている。ただ、これらの叙述はすべて逆説的に語られている。「今宵ばかりはことわりと許したまひてんな」との源氏の訴えを「言ふかひなげにとりなし」ながら、書き付ける手習は「目に近く移れば変はる世の中を行く末とほく頼みけるかな」であり、出かけるよう「そそのかし」ながら「見出し」、「思ひ定むべき世のありさまにもあらざりければ今より後もうしろめたく」思い始めている。かすめるように書かれたこの一文は重い。これは光源氏への怨みではない。それは降嫁を告げられた時と同じだが、ただ外聞を憚っていた告知時とはちがって、ここでは源氏の愛の行方を問題にし、不安に思っている。

そして、「あまり久しき宵居も例ならず、人や咎めむ」と臥しても、「なほただならぬ心地」がし、「ふとも寝入られたまは」ず、女房に知られまいと「うちも身じろぎたまは」ず、夜明けまでまんじりともせず過ごす。決意と哀しみの間で揺れに揺れ、苦しむ紫上の姿は「夜深き鶏の声の聞こえたるもものあはれなり。」とあますところなく美しく描かれていく。この最後の文はこの場面の最初、「三日がほどは夜離れなく渡りたまふを、年ごろさもならひたまはぬ心地に、忍ぶれどなほものあはれなり」とみごとに呼応し、この場のトーンをなしている。

紫上は論理的に自分で自分の悲嘆や憤りを鎮めようとした。が、その論理を理性は受け入れても、感情では受け入れられない。春とはいえ、二月中旬の冷ややかな風によって紫上の心は浸食され、底の底に押し込めていた想いが表面に顕れてしまう。紫上は眠りを奪われ、源氏の夢に現れてしまうのである。源氏への愛と、源氏の愛の行方に不安を感じた結果が、**三**で述べた源氏を「はづかしげなり」と賛嘆させた、共寝を拒む態度なのであった。

ところが、一ヶ月ほど後の紫上はまたちがっている。

(4)いといたく心化粧したまふを、例はさしも見えたまはぬあたりを、あやし、と見たまひて、思ひ合せたまふこともあれど、姫宮の御事の後は、何事も、いと過ぎぬる方のやうにはあらず、すこし隔つる心添ひて、見知らぬやうにておはす。（若菜上七九）

(5)いみじく忍び入りたまへる御寝くたれのさまを待ち受けて、女君、さばかりならむと心得たまへれど、おぼめかしくもてなしておはす。（中略）うち笑ひて、「今めかしくもなり返る御ありさまかな、昔を今に改め加へたまふほど、中空なる身のため苦しく」とて、さすがに涙ぐみたまへるまみのいとらうたげに見ゆるに、「かう心やすからぬ御気色こそ苦しけれ。ただおいらかにひきつみなどして教へたまへ。隔てあるべくもならはしきこえぬを、思はずにこそなりにける御心なれ」とて、よろづに御心取りたまふほどに、何ごともえ残したまはずなりぬめり。（若菜下八五）

(4)(5)は、朧月夜尚侍との仲を再燃させた源氏に対する紫上の態度で、(4)は朧月夜の許に出かける前、(5)は帰宅したときである。(4)で末摘花の見舞いに行くと告げる源氏に、口実と見抜きながら紫上は何もいわない。(5)の帰邸後でも、あきらかにそれとわかる源氏の寝くたれのさまを見ても知らぬふりをしている。それは女三宮降嫁のせいで、何ごとも紫上の中で昔のようではなくなってしまい、「すこし隔つる心」が加わったからだという。「へだつ」は主体と客体との間に回路が通じて繋がっている時に、回路を遮る夾雑物があることをいう。(4) 紫上と源氏の間に回路が通じ、行き通っていたのにそこに遮るものが生じてしまったといっているのである。ここに源氏から少し距離を置いてしまった紫上がいる。この意味は大きい。

源氏の方もその「へだて」に気づいている。(5)で嫉妬を口にしない紫上に、「などかくしも見放ちたまへらむ」と

「心苦しく」思い、「ありしよりも深き」来世までの愛の誓いをし、尚侍とは物越しの対面だったとごまかすが、紫上に女三宮降嫁だけでもつらいのに、昔の方までお加えになるなんてと涙ぐまれて、「隔てあるべくもならはしきこえぬを」と、「へだて」の解消を訴え、機嫌を取っているうちに、尚侍との密会もすべて告白してしまう。源氏にとっては告白することが「へだて」を解消し、溝を埋めることであった。その溝は埋まったのであろうか。

六年後、紫上が初めて出家を願う若菜下巻に「へだて」が認められる。

(6)姫宮の御事は、帝、御心とどめて思ひきこえたまふ。おほかたの世にも、あまねくもてかしづかれたまふを、対の上の御勢ひにはえまさりたまはず。年月経るままに、御仲いとうるはしく睦びきこえかはしたまひて、いささか飽かぬことなく、隔ても見えたまはぬものから、「今は、かうおほぞうの住まひならで、のどやかに行ひをもとなむ思ふ。この世はかばかりと、見果てつる心地する齢にもなりにけり。さりぬべきさまに思し許してよ」とまめやかに聞こゆる折々あるを、（若菜下一六六）

光源氏の愛はより多く紫上のうえにある。二人の「御仲」は「うるはしく」、「いささか飽かぬことなく、隔ても見えたまはぬ」という。それでは紫上の心の「へだて」は解消したのだろうか。しかし、文章は「ものから」と承けて、「この世はかばかりと、見果てて」たので「のどやかに行ひをも」と出家を願い出ている。半年後、住吉参詣で明石一族の栄誉を目にし、女三宮が二品になって勢威が加わったときにも「わが身はただ一所の御もてなしに人には劣らねど、あまり年積もりなば、その御心ばへもつひにおとろへなむ、さらぬ世を見果てぬ先に心と背きにしがな」（一七七）と出家を考えている。続いて「渡りたまふことやうやう等しくなりゆく」（一七七）と語られているから、これは源氏の愛の行方を見越しての願いであった。

この「隔ても見えたまはぬ」は紫上の側に立った述べ方でも、源氏の側に立った述べ方でもない。ここは語り手の説明で、「うるはし」を用いているから、夫婦の仲を外面から見て取った理想性で語っているにすぎない。外から見れば、二人の仲はきちんと整って「うるはしく」、「へだて」も認められないといい、しかし、その内実はそれぞれにしかわからないといっているのである。紫上の源氏に対する「心のへだて」は朧月夜尚侍の件で明らかにされた。それ以降はもはや具体的な記述は認められない。

では、光源氏の方はどうか。朧月夜尚侍の件では、(5)のように「隔てあるべくもならはしきこえぬに」と、その解消にやっきとなっている。それより前、源氏には既に紫上との「へだて」を懼れる心があった。

あはれなる御仲なれば、しばし心に隔て残したることあらむもいぶせきを　（若菜上五一）

女三宮降嫁を承引して帰邸した夜、(1)で紫上に打ち明けられずいるのを、「心に隔て残したる」ようで胸に何かが詰まったようで苦しいと語られていた。事態を打ち明けられないのも「へだて」を持っているようで落ち着かないし、打ち明けて自分に「へだて」を持たれても困るという。源氏にとってこう考えるのが甘えであり、楽観であったにしても、懼れているのは紫上の「へだて」であった。この源氏の心理はずっと変わらない。

(7)紅の薄様に、あざやかにおし包まれたるを、胸つぶれて、御手のいと若きを、しばし見せたてまつらであらばや。隔つとはなければど、あはあはしきやうならんは、人のほどかたじけなしと思すに、ひき隠したまはんも心おきたまふべければ、かたそば広げたまへるを、後目に見おこせて添ひ臥したまへり。　（若菜上七二）

婚儀四日目、宮の返歌が対に届けられたときには「隔つとはなけれど」とそれとなく宮の未熟な筆蹟を見せているし、紫上が女三宮に対面を申し出たときにも「心隔てむもあいなし」（八八）と仲介の労を採っている。女楽の後の、女君たちの人物評では、葵上とは「常に仲よからず隔てある心地してやみにし」と語り、六条御息所とは「あまりつくろひしほどに、やがて隔たりし仲ぞかし」（若菜下二〇九）と「へだて」に言及しており、「へだて」で測るのが、源氏の男女の仲に対する考え方だったからだろう。

(8)「それはしも、あるまじきことになん。さてかけ離れたまひなむ世に残りては、何のかひかあらむ。ただかく何となくて過ぐる年月なれど、明け暮れの隔てなきうれしさのみこそ、ますことなくおぼゆれ。なほ思ふさまことなる心のほどを見はてたまへ」とのみ聞こえたまふを、例のことと心やましくて、涙ぐみたまへる気色を、いとあはれと見たてまつりたまひて、よろづに聞こえ紛らはしたまふ。（若菜下二〇八）

女楽の後、紫上が三度目の出家を願ったときも、「それはしもあるまじきこと」と却下し、「明け暮れの隔てなきうれしさ」が私の生き甲斐で望みなのだという。この後、紫上が倒れ、半年近く経って蓮の花が咲く頃、ようやく回復のきざしが見え小康を得たとき、

消えとまるほどやは経べきたまさかに蓮のつゆのかかるばかりを
契りおかむこの世ならでも蓮葉に玉ゐる露のこころ隔つな
（若菜下二四五）

紫上は私の命はもういくばくもないとそれとなく源氏に覚悟を促している。源氏も紫上の死を否定してはいない。けれども、相変わらず来世までの愛を誓い、「心のへだて」を持たないでほしいと願っている。こうした源氏の紫上への懇請は終始一貫している。最初に降嫁の承引を告げたとき、「いみじきことありとも、御ため、あるより変はることはさらにあるまじき」と誓い、「心な置きたまひそよ」と要請してからまったく変わっていない。光源氏は紫上にあなたを一番愛している、私の愛は変わらない、といい続けている。源氏は第二部の当初からまったく変わっていないのである。はたして源氏は紫上を見ていたのか。紫上の「心のへだて」には気づいても、それが何によるかはわかっていない。考えようとはしていない。「へだて」をもってくれるなと懇請するだけなのである。

それに対して、紫上の「へだて」は、若菜上巻の降嫁後さして間を置かずに、突然に、それも既に「へだて」があ

り、日を経ていると、結果として呈示される。経過の説明も理由の説明もない。その「へだて」が解消されたとは本文のどこにも認められない。若菜下巻においてもその「へだて」は続いている。はっきりそれとわからなくなっているだけで厳として存在しているのである。紫上の内面が語られるのは、きまって源氏との対話の後で、その心中思惟をたどっていくと紫上の心の軌跡が明らかになっていく。紫上の「心のへだて」は女三宮降嫁の三日の夜からしだいに深まってきたものであり、六年後の若菜下巻では「へだて」が明確に見えぬほど破綻のない態度を取りうるようになっていると知られる。若菜上下巻ではこうした紫上の変容と源氏の不変が描かれているのである。

五　「親の窓の内」

若菜上下巻では光源氏が変わらないのに対して、紫上が変容し、源氏に「心のへだて」を持っていく過程が描き出されていると述べた。

では、紫上の「へだて」は何に由来したのか、それほどまでの苦しみは何であったのか。それは女楽が六条院世界の繁栄とみやびを体現して終わった後、翌日の源氏との対話でようやく証かされる。明石女御と久しぶりに対面する紫上の帰りを待って共寝し、翌日、源氏は紫上の和琴の演奏を面目を施してくれたと讃え、家政にも技芸にも孫の養育にも欠けることのない紫上を「ありがたき人の御ありさま」と感嘆し、三七歳という厄年に気づいて祈祷を勧める。そして、自身の憂愁と栄華の半生をしみじみと述懐し、ともに歩んできた紫上の半生に触れていく。

「君の御身には、かの一ふしの別れより、あなたこなた、もの思ひとて心乱りたまふばかりのことあらじとなん思ふ。后といひ、ましてそれより次々は、やむごとなき人といへど、みな必ず安からぬもの思ひ添ふわざなり。

高きまじらひにつけても、心乱れ、人に争ふ思ひの絶えぬも安げなきを、親の窓の内ながら過ぐしたまへるやうなる心安きことはなし。その方は、人にすぐれたりける宿世とは思し知るや。思ひの外に、この宮のかく渡りものしたまへるこそは、なま苦しかるべけれど、それにつけては、いとど加ふる心ざしのほどを、御みづからの上なれば、思し知らずやあらむ。ものの心も深く知りたまふめれば、さりともとなむ思ふ」と聞こえたまへば、「のたまふやうに、ものはかなき身には過ぎにたるよそのおぼえはあらめど、心に堪へぬもの嘆かしさのみうち添ふや、さは自らの祈りなりける」とて、残り多げなるけはひはづかしげなり。（若菜下二〇六）

源氏は、私は嘆きばかりの人生を送ってき、その代償で現在の地位を得たが、私に比べてあなたは幸せなはずだ、と「なむ」を駆使して説得にかかる。もの思いをさせたのは須磨明石にさすらった流謫の時だけですよね。女性の最高の栄誉の后や女御たちでさえ帝寵を争い周囲に気づかって悩みごとがつきまとうのに、あなたは「親の窓の内ながら過ぐし」たような気楽さでいらっしゃる、そんな「人にすぐれたりける宿世」とわかっていらっしゃいますか。思いがけぬ降嫁で少しはおつらいでしょうが、でもそれで、私の愛がいっそう増したことはおわかりでしょう、おわかりですよね、と私はあなたを一番愛しているではないか、充分に待遇しているではないか、幸せな人生であったはずだ、苦労などかけていないのだからと語っている。これはまさに説得である。この日の会話で源氏は一一回も「なむ」を用いて、紫上を自身の論理に巻き込もう、同意させよう(5)とやっきになっている。

ところが、紫上が「なむ」を用いているのは明石女御に関する一回だけで、源氏には少しも同意せず、自身から積極的に話しかけてもいない。しかも、源氏の説く「人にすぐれたりける宿世」には「ものはかなき身には過ぎにたるよそのおぼえ」とひとまず同意しながら、「心安きことはなし」については「心に堪へぬもの嘆かしさのみうち添ふ」と逆の意にいい換え、わたしの内面は全く違う、あなたと同様内なる憂愁こそがわたしの活きる支えだったのです、あなたの憂愁は栄華となったのであなたは肯定し、結果として享受しておられます。でも、わたしの場合は「よそのおぼえ」でしかありませんと反論しているのである。

紫上は源氏が幸いの因としてあげた「親の窓の内ながら過ぐし」たことこそが、自身のつまずきであったと気づいたのである。「親の窓の内」とは紫上にとってどんな時であったのか。

源氏が北山で発見した「走り来」たる若紫は活力に溢れ、「何心もなく」無垢で無邪気、[6]それゆえに源氏の癒しともなった少女であった。源氏に盗み出された後は、祖母のことは恋しがって泣いたけれども、同居していなかった父宮は特に思い出して恋うこともなく、

今はただこの後の親をいみじう睦びまつはしきこえたまふ。ものよりおはすれば、まづ出でむかひて、あはれにうち語らひ、御懐に入りゐて、いささかうとくはづかしとも思ひたらず。さる方に、いみじくらうたきわざなりけり。（中略）むすめなど、はた、かばかりになれば、心やすくうちふるまひ、隔てなきさまに臥し起きなどは、えしもすまじきを、これは、いとさま変りたるかしづきぐさなり、と思いためり。（若紫二六二）

と、源氏がお帰りになると出迎え、懐に素直に抱かれるという有様で、今はこの新しい親になついてつき纏っていると語られる。この関係がいかに特異かを語るのが続く「隔てなきさまに臥し起き」である。「隔て」は「臥し起き」に懸かっているので、具体的には几帳や屏風の謂いであろう。「懐に入る」は玉鬘も夕霧に垣間見されて「親子と聞こえながら、かく懐離れず、もの近かべきほどかは」（野分二七九）といぶかしがられているように、抱きかかえるしぐさで、幼児ではあり得ただろうが、十ばかりでは「ほど過ぎ」ていよう。父と娘は共に眠ったりはせず、対座しても几帳や屏風を置く習わしのなかで、実の父であっても行わない起居をともにする行為、屏風や几帳で対座しない礼儀を弁えない関係が語られており、源氏もそれを「さま変りたるかしづきぐさなり」と自覚している。まるでおとぎ

話のような、ありえない関係がここにある。その関係は源氏と紫上二人だけの無償の世界で、紫上にとっては源氏に守られた閉じた世界であり、安心で安全なシンデレラストーリーであった。可愛く嫉妬する紫上、明石君を「めざまし」と一段下に見て警戒する紫上、朝顔斎院の件で、据え直されたとはいえ、女三宮の降嫁があっても、紫上はまだ「親の窓の内」で守られていると源氏に思われていたのだ。

しかし、源氏が誇るような「親の窓の内」であれば、幸せであるはずなのに、今の紫上は幸せではない。してみると、「親の窓の内」こそがくせものであったのだ。

「親の窓の内」には、紫上を衝くもう一つの意味もあった。後見のない据え婚であること、髭黒の北の方や後の雲居雁のように、帰るべき実家がないことである。源氏は無意識にこの語を発したのかもしれない。しかし、それは二重の意味で紫上を衝くものであった。社会的には紫上は正妻格として待遇されてきたとはいえ、据え婚で後見のない劣り妻である。一方、個人の内面からすれば、よくいえば、親に保護され、依拠することでまどろみのうちに自己を造り上げるシェルターのような時間、悪くいえば自らの判断を放棄し、自身で判断し行動してその結果を引き受けない、他者に依拠するだけの時間である。紫上は源氏の「親の窓の内」にとっさにこの両様の意を看取したのではないか。

女三宮降嫁を体験して紫上の源氏を見る目は変わっている。それは「思ひ定むべき世のありさまにもあらざりければ、今より後もうしろめたく思しなりぬる」と考えた三日の夜であったろう。この認識は以後の紫上の心理描写にリフレインのように底流しているが、源氏が女三宮の許に去ってしまったこの夜、独り残された紫上の意識にのぼってくる。

対には、例のおはしまさぬ夜は、宵居したまひて、人々に物語など読ませて聞きたまふ。かく、世のたとひに言ひ集めたる昔語どもにも、あだなる男、色好み、二心ある人にかかづらひたる女、かやうなることを言ひ集めたるにも、つひによる方ありてこそあめれ、あやしく浮きても過ぐしつるありさまかな、げに、のたまひつるやうに、人よりことなる宿世もありける身ながら、人の忍びがたく飽かぬことにするもの思ひ離れぬ身にてややみなむとすらん、あぢきなくもあるかな、など思ひ続けて、夜更けて大殿籠りぬる暁方より、御胸をなやみたまふ。

（若菜下二一二）

紫上は女房が読み上げる物語を聞きながら、昔物語の女と我が身を引き比べる。物語では浮気な男や色好みの男、二股かける不実な男にかかずらわった女でも、最終的には「よる方」、つまり一人の信頼できる男とめぐりあって愛され幸せになっている。しかし、現実の私は「あやしく浮き」て過ごしている。してみると、昔話など現実に有効ではないのだ。人が幸いと評する、まるで昔物語のような私のこれまで。据え婚であっても源氏がいう「親の窓の内」のように守られてきた私、その私に今あるのは「あやしく浮きて」、辿り着く「依る方」もない不安な生であり、「もの思ひ離れぬ身」の「あぢきな」い日々である。紫上は地に足が付かず力を加えられて流されてゆく「浮く」イメージで、社会の中で位置の定まらぬ孤立や焦燥を生の不安と重ね合わせて[7]、昔物語のような男に依る幻想を持てなくなってしまったといっているのである。そして、この夜、紫上は発病する。引き金を引いたのは源氏の「親の窓の内」ということばであった。

このことばで紫上は、女三宮降嫁の懊悩を自制して抑え込もうとしたこれまでの自分、源氏に依存して精神的に自立していなかった自身に気づいた。少女の頃から源氏に育られ、教えられ、導かれてそのまま妻となった「親の窓の内」の紫上は、源氏の理想どおりに育て上げられ、「おほし立てたり」と自慢される作品であった。源氏と同種の、いや、源氏がそうであってほしいと望む、源氏そのままではなく、そこには女らしい小異も期待されているのだが、物の見方、考え方をし、それがいとも自然であった。自分の世界はすなわち源氏の世界であると考えてきた紫上は、理性と感情の相克を経験して、源氏と共にあり、共に築き上げたと信じていたものが幻想以外の何者でもないと知って、源氏と自分はお互いにまったく別の存在であると気づいたのである。「個」の発見である。

「個」とは他のモノと区別されるユニークなもので、他のモノと置き換えの利かないモノ、人間の場合は「個人」という。(8) そうした「個」はそれ自体を認識しようとしてできるものではない。「他」の存在に気づいて初めて認識するものである。突然やってくるもの、痛みや苦と共に生じるもの、いやおうなしに認識させられるもの、それが「個」である。紫上はそれをこの物語のなかで十分に体験させられた。光源氏の行為や考えに「他」を感じたとき、紫上は「個」を自覚したのである。「ありがたし」「はづかし」は「個」の自覚に至る紫上の精神的成長を自ずと語っているのである。

「個」の発見は、それを受け容れたことを意味するのではない。三日の夜から始まる三ヶ月ほどを経た女三宮との対面までで語られたのはそこに至る経緯、源氏に対する信頼の揺れである。紫上の揺れは女としての叫びであり、悲鳴である。この間に語られる源氏と紫上との齟齬は、紫上は自分だけを愛してほしいと願い、源氏は多くの女性の中で一番に愛しているから幸せなはずだと考える、男と女の考え方の相違や、これまで北の方然として過ごしてきたところに後見のある高位の妻が現れたことで体面を失うことへの無理解と考えられてきた。

しかし、それだけであろうか。紫上の心の「へだて」は愛情に関するものではない。源氏が紫上を愛しているのはもちろん、紫上も源氏を愛している。紫上は源氏とは別の世界や考えを持ったことに気づき、それまでの愚かさを悔やみ、嘆きつつ、そうした自身を源氏に伝えようとして伝えられなかった。たとえ伝え得たとしても源氏には受け容れがたいことを事あるごとに思い知らされたのである。紫上は源氏との間に互いに尊重しあう信頼関係を、この場合は信頼の回復を望んだ。しかし、降嫁の承引を打ち明けた時の源氏は変わらぬ愛を誓うことばの端から、嫉妬しないよう、世間の風評にまどわされず仲よく暮らすよう「いとよく教えきこえ」、三日の夜は「今宵ばかりはことわりと許し」てほしいというそばから「さりとて、かの院に聞こしめさむことよ」といい、甘えて頬杖をついて「寄り臥し、なかなか出かけようとしない。翌日も「心安くを思ひなしたまへ」（七三）といい、朧月夜との再燃にも「ありしよりけに深き契りをのみ」（八五）するだけだったので、信に基づかない愛の行方が不安なものとなっていた。源氏への愛が強ければ強いほど、そのつらさ苦しさは凄惨なものとなる。紫上は、女楽の後の対話で、源氏に対して、あなたとの心の繫がり、信頼が求め得ないとわかったとき、その苦しみに耐えることを生きることの原動力に変えたのです、と伝えたのである。

こうした紫上は孤独である。紫上の内面の葛藤や闘い、苦悩は外には表れず、忖度されない。明石君が「同じ筋にはおはすれど、いま一際は心苦しく」と女三宮に同情し、世人が「対の上の御けはひには、なほ圧されたまひてなむ」と噂するように、紫上は身の程に過ぎた幸いを羨望されこそすれ、同情などされていない。桐壺更衣が人々に「あいなく目をそばめられ」たように、秩序を乱すものと考えられているのである。若菜上下巻の紫上は桐壺更衣の再現でもある。「個」の発見は盛りを過ぎ、孤立した紫上には重すぎるものであった。肉体は既に老いかけ、新たな生を切り開き、歩み出せる年齢ではなかった上に、源氏を愛していたので、身勝手なそれでいて真剣な甘えと訴えを振り切ることができず、「へだて」を望まぬ源氏に「へだて」を持ってしまい、そのままの状態で外部には隠し続け、苦悩の因に気づいた三七歳という年齢に至って、女三宮の成熟と引き替えるように発病した。紫上の苦悩、その「へだて」が何によるかを、「親の窓の内」ということばから証かされた、その直後の発病であった。

紫上はこの源氏のことばに、女三宮降嫁に始まる自身の苦しみは源氏を信頼し、源氏に依ってしまった自分の愚かさによると気づいたのである。源氏が信頼に値しない人間であった、というのではない。源氏を無条件に信じ、源氏に依りかかってしまった自身の愚かさを「親の窓の内」と認識し、「個」と「個」の関係など源氏には望むべくもないと悟ったがゆえの発病であった。ひとたび気づけば、気づかなかった以前には戻れない。その認識と重みに紫上は打ち負かされた。それは「個」が「孤」でしかなかった時代の悲劇である。以後の紫上は、女三宮に同情を寄せ、回復の見込み薄いわが身を心配し嘆く源氏を「心苦しく」見守り、包み込む存在として描かれていく。

六　女君による「個」の発見の成立

若菜上下巻では女三宮降嫁を体験して「個」を自覚した紫上の姿が描かれていくが、その経緯が語られるのは紫上が初めてである。伊勢に下向した六条御息所も落飾した藤壺も源氏との関わりのうちで紫上のように「個」を発見してもおかしくはない。なぜ、紫上なのか、そしてなぜ朝顔巻でないのかは問うておく必要があろう。

女三宮降嫁における紫上の苦悩と発病は女性における「個」の発見で、愛の多少の問題ではないから、前妻と後妻の問題に還元してしまうことはできない。しかし、物語ではそれを前妻と後妻の話型を用いて語っていることも事実である。前妻と後妻の話型は紫上と明石君・朝顔斎院・女三宮、髭黒北の方と玉鬘、雲居雁と落葉宮、宇治中君と夕霧六君などに用いられているが、そのうち前妻が後妻の許に赴く夫を送り出す場面からは、古事記に大国主命と須世利比売の歌謡が認められるように古くから存し、伊勢物語以降、源氏物語にも若菜巻のほかに、薄雲巻・朝顔巻・真木柱巻・夕霧巻・宿木巻に認められる。

薄雲巻は紫上が明石君のもとに赴く源氏に嫉妬するものだが、須世利比売のように和歌を贈答する大らかなもので切迫感はない。若菜上巻に似ているのは朝顔巻と真木柱巻だが、これらは夫の心が前妻から離れている点で若菜上巻とは異なる。真木柱巻は北の方が髭黒に火取りの灰を浴びせかける、意表を突いた行為が滑稽で一種爽快だが、もののけの仕業に帰している。朝顔巻は紫上が源氏の前につい涙をこぼしてしまう深刻さは若菜巻と同種だが、紫上の「ものはかなき」身の上は大朝雄二氏が説かれたように登場の最初から付された条件(9)で、朝顔斎院の件ではその条件によって立場がより悪くなるという体験に至っていない。秋山虔氏が説かれるように紫上は揺さぶられた(10)にすぎない。朝顔巻の紫上は我が身の程を確認してはいるものの、源氏と自分が別個の存在であるとまでは考えていず、ただただ哀しみにうちひしがれ、源氏の愛の如何、行方を憂え、外聞を思って手を拱いているだけで、若菜巻とは設定条件がまるで異なる。第一部の朝顔巻で紫上を揺さぶりながら、次の段階を構想していたと考えられなくもない。けれども朝顔巻の後の野分巻で紫上は寝殿に居住し、梅枝巻で対屋にいることを思えば、少し無理がある。作者紫式部が第二部を構想したのは野分巻以降、梅枝巻執筆の頃と考えられる(11)が、紫上における「個」の発見の構想もそのあたりだったのではないか。

いい換えれば、女君における「個」の発見というテーマは、巻々を書き継いできて初めて見えてきたテーマだったのだろう。

女ばかり身をもてなすさまも所狭う、あはれなるべきものはなし。もののあはれ、折をかしきことをも見知らぬさまにひき入り沈みなどすれば、何につけてか、世に経るはえばえしさも、常なき世のつれづれをも慰むべきぞは、おほかたものの心を知らず、言ふかひなき者にならひたらむも、生ほしたてけむ親も、いと口惜しかるべきものにはあらずや、心にのみ籠めて、無言太子とか、小法師ばらの悲しきことにする昔のたとひのやうに、あしき事よき事を思ひ知りながら埋もれなむも言ふかひなし、我が心ながらも、よきほどにはいかで保つべきぞ、と

思しめぐらすも、今はただ女一の宮の御ためなり。（夕霧四五六）

これは落葉宮と夕霧の件を耳にした源氏が、私亡き後のあなたが心配だと暗に話したときの紫上の反応である。ここでも紫上と源氏はすれ違っていて、源氏が夫に死別した女の行く末、夕霧の懸想などを危惧しているのに対して、紫上は女の生きにくさを思っている。そのため、作者の想念が突出してしまったところと考えられているが、はたしてそうだろうか。源氏が愛情にのみ拘り、紫上に執着しているのに対して、紫上はそんなレベルは通り越している。二人の齟齬がここでも語られているのである。

清水好子氏はこの述懐を表現を奪われた者の悲しみ、怒りであると解され、書くことによって培われ、救われる、物の見方、生き方がたしかにある、こうした考えは紫式部が物語を書いてきて達した考えであろうと説かれた(12)。炯眼である。平安貴族の女性にとって和歌の詠出は感情をそのままに表出するのではなく、感情をだましだまし矯めながら景物などに託して一つのまとまったかたちに練り上げ造り上げる作業にほかならない。そうした作業のなかで自己を見つめ、対象を注視し、ものごとを測る行為や能力がおのずと醸成される。それが物事をじっくりと紡いでいく散文に向かったときには、いっそう確かな、いっそう強いものとなっていく。蜻蛉日記をみても、道綱母が落ち着いて自己を見つめ、受け容れる心境に達するのはずいぶん遅い。個人差もあろうが、紫式部の場合は宮仕えも大きく作用したのであろう。彰子に出仕しているうちに見えてきたことの一つに「個」があったのではないか。

増田繁夫氏は、文章生の勧学会運動や御霊や物の怪現象の記録から、十世紀後半の貴族社会の特徴の一つは、人々が自己の存在を、宮廷や官司など公の場における自己と、私的な個人としての生活の場におけるあり方との二つを、明確に意識して区別するようになってきたことであり、さらにその私的な場での自己のあり方を、自己のより本質的なあり方として考えるようになってきたことである。つまり、この時期に入って氏族や家から個が分離してきて、「個人」が成立し始めた、ということができる。と、この時期に人々が内面性を深化させ、「個人」が成立し始めたと説いておられる。[13] それは女性にとってもいえることであったろう。人と人の関係に留意して物語を紡いでいった紫式部ははやくに自己の中の「個」に気づいたであろうし、気づけば物語の中に取り込んだであろう。

紫上の述懐に戻ろう。ここで紫上は女の生きにくさにもの申しているのだが、「生ほしたてけむ親」と親に言及している。これは草子地が「ただ女一の宮の御ためなり」と説明しているように子どもの養育に関わって見出された想いで、「親の窓の内」と関わっていよう。源氏が信じている「親の窓の内」では、女も、そして男もおのが生を歩いてはいけない、だからこそ、祖母として、女一の宮はそうは育てたくない、と決意しているのである。

女性における「個」の発見を描くにあたって、源氏に盗み出され、その膝下で育てられ、妻となった紫上が最も適していたのは確かだろう。ただ、紫上の苦悩ゆえの「個」の発見は六条院世界の崩壊という面も担っていた。そこで紫式部はこの問題を実の父と娘に設定し直し、そんな女君と、母子が逆転したような男を、宇治大君と薫で描いていったと思われる。紫上における「個」の発見は、個＝孤でしかなかった時代の、愛情の、遅きに失した年齢の、悲劇であったといえよう。

注

（1）「六条御息所の死霊」（『源氏物語正編の研究』桜楓社、一九七五年一〇月）

（2）拙論「平安仮名文の『はづかし』と『やさし』『つつまし』」、「源氏物語の人間関係―『はづかし』に見る種々相」（『平安

文学の言語表現』和泉書院、二〇一一年三月）

（3）玉上琢也氏は『源氏物語評釈』（角川書店、一九六六年一一月）で、怜悧な計算と説かれ、深沢三千男氏は「若菜巻上下」（『源氏物語講座4』有精堂、一九七一年）で宿命的なものと諒解し従おうとしたと説かれ、斎藤暁子氏は「紫上の挨拶」（『源氏物語の研究』教育出版センター、一九七九年一二月）で源氏に対して内面を拒絶し、挨拶の精神で対しようとしたと説かれている。

（4）本書第Ⅲ部

（5）阪倉篤義氏「歌物語の文章」（『文章と表現』角川書店、一九七五年六月）

（6）原岡文子氏「紫上の登場―少女の身体を担って―」（「日本文学」一九九四年六月）

（7）拙論「ことばに現れた環境―源氏物語の『浮く』『浮かぶ』―」（『源氏物語の環境研究と資料』武蔵野書院、二〇一一年一一月）

（8）『増訂改訂哲学・論理学用語辞典』（一九五九年）

（9）「女三宮の降嫁」（『源氏物語正編の研究』桜楓社、一九七五年一〇月）

（10）「紫上の変貌」（『源氏物語の世界』東京大学出版会、一九六四年一二月）

（11）玉上琢也氏『源氏物語評釈』（角川書店、一九六五年一二月）

（12）『増補源氏の女君』（三一書房一九五九年二月、塙新書一九六七年六月）

（13）『源氏物語と貴族社会』（吉川弘文館、二〇〇二年八月）

4　宇治大君　―対話する女君の創造―

一　「あはめ」る女君

宇治大君は、結果的には薫と結ばれずにその短い生涯を終え、中君、浮舟へとゆかりの物語を形成していくことになる。こうした女君をどう考えるかについてはさまざまな論があって、長谷川政春氏によって整理されているが[(1)]、問題は、大君の薫への想いがどれほどの、そしてどのようなものであったかであろう。それを解く鍵は総角巻の薫接近の場であると思う。ここではその八宮一周忌前の一夜を中心に、順次表現をたどりながら、大君の独自性を、物語に底流する女君の系譜という面も考慮しつつ、再検討してみたい。

さて、総角巻で語られる大君と薫の一夜は、しびれをきらした男君による侵入接近といった、物語にありがちの設定、語り口であるようだが、実はそこにはこれまでの恋の場にない、きわだった性格が付されている。それは押し入られた女君が男君に向かって口を開き、抗議していることである。

屛風をやをら押し開けて入りたまひぬ。いとむくつけくて、なからばかり入りたまへるにひきとどめられて、いみじくねたく心うければ、「隔てなきとはかかるをや言ふらむ。めづらかなるわざかな」とあはめたまへるさまのいよいよをかしければ、「隔てぬ心をさらに思しわかねば、聞こえ知らせむとぞかし。めづらかなりとも、いかなる方に思し寄るにかはあらむ。仏の御前にて誓言も立てはべらむ、うたて、な怖ぢたまひそ。御心破らじ、と思ひそめてはべれば。人はかくしも推しはかり思ふまじかめれど、世に違へる痴者にて過ぐしはべるぞや」とて、心にくきほどなる灯影に、御髪のこぼれかかりたるを掻きやりつつ見たまへば、人の御けはひ、思ふやうにかをりをかしげなり。（総角二三四）

八宮の一周忌近くに宇治を訪れた薫は帰ろうとしない。「わづらはしく」思いながら対面した大君に「おほかたの世の中の事ども」を「あはれにもをかしくもさまざま聞きどころ多く語ら」いつづけるのだが、それは「かたはら臥」すという、馴れ甘えた姿態を取ってであった。夜も更け、女房たちも寝静まったのに気づいた大君は、「心地のかき乱り、悩ましくはべるを、ためらひて、暁方にもまた聞こえん」と断って、寝所に引き取ろうとする。その「気色」に薫は「うち棄てて入らせたまひなば、いと心細からむ」と隔ての屏風を押し開けて侵入した。「けはひ」ではなく「けしき」だから、背後からの灯りで大君の姿態が透き影のように映ったのであろう。逃げる女君が半身入ったところで引き留められるのはこうした場合の決まりきったシチュエーションで、藤壺も落葉宮も逃げるところを髪や衣を捉えられ留められている。ここまではこれ以前の場面設定と変わりはない。

しかし、つぎに大君が薫に抗議する。これはこれまでにない、独自な展開である。大君の言葉に続いて「あはめたまへるさまのいよいよをかしければ」と薫の心が動いていくさまを語り、男が女の髪を掻きやる恋の動作に続いて「人の御けはひ、思ふやうにかをりをかしげなり」に文が収束していくから、ここは薫の日と耳から語られているわけで、薫に「をかし」と映ったのは大君の姿態だけではなく、その言葉をも含めてのものであったろう。ここには薫の耳に響き、その心に染み入る大君の肉声が描かれているのである。

これまで、こうした男君の侵入接近の場で、女君の肉声が響く時はなかった。藤壺も朧月夜尚侍も明石君も女三宮も男が帰っていく際の後朝の歌以外に声を発していない。正編だけではない。宇治十帖の同じ総角巻でも薫や匂宮に侵入される中君は言葉を発していない。大君がいかに特異な描かれ方をされているかがわかろう。

しかも、ここで大君は「あはめ」たという。「あはむ」は「淡む」で、対象の行為を肯ぜず、たしなめる行為をいうが、先行和文では蜻蛉日記に一例、うつほ物語に一例認められるにすぎない。けれども、源氏物語では一一例と多くなり、その用法も拡大している。

蜻蛉日記では西山に参籠し続ける道綱母に、兼家の意を受けた使者が「のぼりてあはめたてまつれ。」（中巻）と指示され、うつほ物語では実忠にあて宮が「ことしもうちあはめて」（国譲中）と軽んじて声をかけないと告げて、諦めるよう促しているように、対象の失敗や不注意を難じ、咎める場合に認められる。源氏物語でもそうした例は六例認められる。

(1)君たち、あさましと思ひて、「そらごと」とて笑ひたまふ。「いづこのさる女かあるべき。おいらかに鬼とこそ向かひゐたらめ。むくつけきこと」と爪弾きをして、言はむ方なしと式部をあはめ憎みて、「すこしよろしからむことを申せ」と責めのたまへど、（帚木八八）

(2)ありさまのたまひて、「幼かりけり」とあはめたまひて、かの人の心を爪弾きをしつつ恨みたまふ。（空蟬一二八）

(3)いとどほけられて、昼は一日寝をのみ寝暮らし、夜はすくよかに起きゐて、「数珠の行く方も知らずなりにけり」とて、手をおしすりて仰ぎゐたり。弟子どもにあはめられて、（明石二七一）

(4)またかう騒がるべきこととも思さざりけるを、御後見どももいみじうあはめきこゆれば、え言も通はしたまはず。（少女四九）

(5)いましめきこえたまふを思し出づるに、大将の、さることありしと語りきこえたらん時、いかにあはめたまはむと、人の見たてまつりけむことをば思さで、まづ憚りきこえたまふ心の中ぞ幼かりける。（若菜上一四九）

(6)「今さらに若々しの御まじらひや。（中略）はかなき一ふしに、かうはもてなしたまふべくや」と、いみじうあはめ恨み申したまへば、（夕霧四八三）

(1)は雨夜の品定めで、博士の娘との滑稽な体験を語った式部丞を、頭中将たちが「そらごと」と笑ったり、「いはむ方なし」と大げさに非難し、(2)では光源氏が手引きに失敗した小君を頼みにならない、やはり子どもだったなと咎め、(3)では源氏の帰京に悲嘆して勤行もおろそかになった明石入道を弟子たちが呆れて難じ、(4)では夕霧との恋が発覚した雲居の雁に後見の女房たちが無分別だと叱責し、(5)では女三宮が柏木からの恋歌で垣間見られたと知って、常日頃、源氏から夕霧に見られないよう注意されているのに、昨日の端近での蹴鞠見物が夕霧から源氏に伝わったらどんなにか咎められるかと気にし、(6)では落葉宮の件で実家に帰った雲居雁を夕霧が「今さらに若々しの御まじらひや」とたしなめている。

これらの「あはめ」る者と「あはめ」られる者の関係は、気のおけない同僚間、小姓や乳母と主人、師と弟子、妻と夫といった、上下関係はあっても心理的に近しい間柄だから、「あはむ」には相手に好意を持ちながらのやわらかなたしなめといった感が強い。

ところが、源氏物語には相手の失敗や不注意を難ずる場合の他に、女君が男君に迫られ接近される恋の場面に五例も認められるのである。

(7)かくおし立ちたまへるを深く情なくうしと思ひ入りたるさまも、げにいとほしく心はづかしきけはひなれば、「その際々をまだ知らぬ初事ぞや。（中略）あながちなるすき心はさらにならはぬ、さるべきにや、げにかくあはめられたてまつるもことわりなる心まどひを、みづからもあやしきまでなん」など、まめだちてよろづにのたまへど、（帚木一〇二）

(8)「荻原や軒端の露にそぼちつつ八重たつ霧を分けぞゆくべき
濡れ衣はなほえ干させたまはじ。かうわりなうやらはせたまふ御心づからこそは」と聞こえたまふ。げにこの御名のたけからず漏りぬべきを、心の問はむにだに、口ぎよう答へんと思せば、いみじうもて離れたまふ。
「分けゆかむ草葉の露をかごとにてなほ濡れ衣をかけんとや思ふ
めづらかなることかな」とあはめたまへるさま、いとをかしうはづかしげなり。（夕霧四一一）

(9)答へすべき心地もせず、思はずに憎く思ひなりぬるを、せめて思ひしづめて、「思ひの外なりける御心のほどかな。人の思ふらんことよ。あさまし」とあはめて、泣きぬべき気色なる、すこしはことわりなれば、（宿木四二七）

(10)よろづに言ひわびて、「いと心うく。所につけてこそもののあはれもまされ。あまりかかるは」などあはめつつ、
山里の秋の夜ふかきあはれをももの思ふ人は思ひこそ知れ（手習三三七）

(7)の「あはむ」は実際に空蟬が源氏を「あはめ」たのではない。源氏が空蟬を口説くなかで、そういっているにすぎない。源氏は、眠っているところに押し入られ、抱き上げられて源氏の寝所に運ばれ「流るるまで汗にな」っている空蟬に、「例のいづこより取う出たまふ言の葉にかあらむ」と語り手にからかわれる手なれた口説き文句で、心をとろかそうとする。その源氏に空蟬は「思しくたしける御心ばへのほどもいかが浅くは思うたまへざらむ」と相手の意を一応は迎えつつも、「いとかやうなる際は際とこそはべなれ」と見逃してくださるようにひたすら懇願する。それを源氏は、わたしをおたしなめになる、そのお気持ちはよくわかるのです。でも、わたし自身ですら、もはや自分の

心をとめることはできないのですよ、と口説きの一環にしてしまう。「数ならぬ」空蟬が自分を「あはめ」ることなどできないのを承知のうえで、空蟬の懇願を逆手に取って、あなたがわたしを「あはめ」るといって自らの非を認め、今回の行為を恋情ゆえと正当化してしまう。「あはむ」を使うことで空蟬を尊重し、あたかも以前から親密な関係であるかのように装い、相手の心をわが心としてしまう源氏の巧智さが際立つ。この「あはむ」は明らかに女を籠絡する手管なのである。

(8)は夕霧に押し入られた落葉宮が「あはめ」ている。ここは夕霧が、落葉宮に「明かさでだに出でたまへ」と急き立てられて、色めいた行為に出るのは宮に対しても「いとほしく」、自分で自分を見下げるであろうと朝霧に紛れて立ち出づる疑似後朝で、こんな時間にわたしを追い立てれば露と涙に濡れるわたしばかりか、あなたまでも「濡れ衣」を着て浮き名をたてられますよ、とおどす。それにたいして宮は朝露に濡れるからといってそんな口実でわたしにまで「濡れ衣」をかけようとなさるなんてと「あはめ」る。宮は夕霧との間に一線を画し、わたしはあなたの心を受け入れるつもりはないのだとはっきり我が意志を表明しているのである。

(9)の宿木巻では薫に押し入られた中君が、返事をする気にもなれず「思はずに憎く思ひなりぬる」のをしいて思い鎮めて「あはめ」ている。中君はやをら御簾の下から袖を捉えられて「さりや、あな心憂」と裏切られたと反撥し、「ものも言はで、いとどひき入」るのにつれて「いと馴れ顔に、半らは内に入りて添ひ臥」され、あまつさえ「うとうとしく思すべきにもあらぬを、心うの御気色や」と以前の一夜を思い出させて恨まれたのである。その日、中君は初めて薫を廂の間に入れ、「いと遠くもはべるかな。まめやかに聞こえさせ承らまほしき世の御物語もはべるものを」という薫の言葉に、「げに」と思って御簾まで「すこし身じろぎ寄」り、宇治への同行を願ったばかりであった。それほどの信頼を薫は裏切ったのである。薫に後見されている中君としてはあまり強く出ることはできない。かといって信愛を裏切られて黙っていることもできない。自らの心を抑え鎮めてたしなめるのが精一杯なのである。

⑽の手習巻では、女君ではなく、男君が「あはめ」ている。妹尼たちが参詣にでかけ、浮舟が独り残っているのを知った中将は、浮舟にしきりに「け近くて聞こえん」と訴え迫り、反応がないので「心う」しと呆れ、時に応じたものあわれも知らないふるまいではないかと非難している。これは⑴の源氏と同じく、男性が女性を籠絡しようとする場合で、靡かぬ女性に「心うし」と反撥して同情をひく口実であり懐柔策だから、本気で咎めているわけではない。ただ同じ懐柔策であっても、あなたがわたしを「あはめ」るのももっともなのだが、と相手を立てて軟化させる光源氏と、女性の態度を咎めてしまう中将とでは、まるでちがう。こうしたところにも「えせ風流」「あはれの世界の相対化」と説かれる状況[2]がよく顕れていよう。

つまり、同じ恋の場面でも、男君が「あはめ」る時は本気で咎めているわけではなく、むしろ、女を懐柔する手練手管なのだが、女君が「あはめ」る場合は押し入られ迫られた時で、男君の理不尽な行為に対する真剣な抗議なのである。物語では押し入られても声を発しない女君は多いのだから、「あはめ」る女君が落葉宮、宇治大君、そして中君となると、ある共通点が浮かんでくる。それは侵入以前に男君に一種の信愛感を持っていたことである。落葉宮は亡夫の友人として弔問に通ってくる夕霧に感謝していたし、宇治の姉妹は亡父の法の友で、その遺言を代行する者として薫を信頼していた。落葉宮は大君の前蹤[3]であり、中君は大君亡き後、その妹として薫の恋慕を受けることになる。といっても、大君と落葉宮・中君とは侵入時の対処法ではっきりと描き分けられている。大君は侵入され、衣を捉えられて躊躇なく「あはめ」ている。薫はそれを「をかし」とみて間髪を入れずいい返す。その薫の呼吸、互いの「隔てなき」云々の語調は、まるで恋人どうしの痴話喧嘩のような趣きである。しかもそのあと、大君が話しかけて薫が答える応酬が三回続き、薫が添い臥し、そして薫が話しかけて大君が答え、さらに大君が話しかけて薫が答える応答が二回と、対話形式が都合六回あって、後朝の贈答となる。大君の場合は男君が一方的に想いを訴えたり、懇望したりしているのではなく、女君が悲しみ嘆き、許しを願っているだけでもない。男君と女君との間に対話が成立しているのである。

一方、落葉宮は侵入された時「水のやうにわななきおはし」し、夕霧の数々の訴えにも言葉もなく、男女の仲を知らぬでもあるまいにと何度もほのめかされて、明け方近くなってようやっと泣きながら消え入るように、いうともなく和歌を詠じただけで、夕霧とのあいだに対話は成立していない。そんな宮が「あはめ」たのは後朝の歌になってで、最後の最後に気力を振り絞って、自分に責めはないと抗議したのである。中君の場合は答えたくもないのに、後見でもある薫に気遣ってしいて心を鎮めて「あはめ」ている。それも「泣きぬべき気色」で薫に「いとほし」と思わせるような状態でであった。何よりこれは最初の侵入ではない。人妻となってからなのである。森　郎氏は落葉宮と夕霧、大君と薫の間には心理的な連帯感が形成されていたと説かれている(4)。それはそのとおりなのだが、侵入の前にわずかばかりでも会話が交わされ、連帯感が醸成されていても、落葉宮は抗議もせずわななき逃げるだけ、中君は「あな心憂」と親密感が消えてしまい、うとましさがたちのぼってきている。とっさに「あはめ」、対話を続ける大君とではまるで異なるのである。

対話らしきものがあったというならむしろ空蟬の方であろう。空蟬は連れ去られた後で源氏の善意に訴えようと言葉多く懇望している。空蟬と大君の類似については身代わりの女性を置いて逃げ出すという点が重視されているだけで最初の逢瀬については注目されていないが、侵入時ではなく、対等の対話でもないにしろ、言葉を尽くして訴えるという点で、大君造型において先行する空蟬の影響はかなり大きいだろう。

このように、宇治大君は侵入以前に男君に信愛感を持っていたという点で「あはめ」る女君の一員なのだが、侵入の後も嫌悪感に圧倒されず、ともかくも対話するという点で、独自な女君として造型されているのである。

二　「へだて」の喩

薫に侵入されて、大君が「あはめ」発した言葉は「隔てなきとはかかるをや言ふらむ。めづらかなるわざかな」であった。それに対して薫も「隔てぬ心をさらに思しわかねば、聞こえ知らせむとぞかし」といい返している。二人は「隔てなし」をめぐっていい争っているわけだが、ここだけを見ると、以前に薫が「隔てなき」まじらいを求めたように思われる。しかしながら、薫が大君に向かってこう望んだ、とはどこにも語られていない。これは作者の錯誤なのだろうか。

実は、二人の間で最初にこの言葉を発したのは大君の方なのであった。

「まことにうしろめたくはあるまじげなるを、などかくあながちにしももて離れたまふらむ。世のありさまなど思しわくまじくは見たてまつらぬを、うたて遠々しくのみもてなさせたまへば、かばかりうらなく頼みきこゆる心に違ひて恨めしくなむ。ともかくも思しわくらむさまなどをさはやかに承りにしがな」と、いとまめだちて聞こえたまへば、「違へきこえじの心にてこそは、かうまであやしき世の例となるありさまにて、隔てなくもてなしはべれ。それを思しわかざりけるこそは、浅きこともまじりたる心地すれ」（総角二二五）

匂宮を取りもつ形で薫が恋情を訴えているのだが、ここで、薫の抗議する「遠々し」と大君の答える「隔てなく」は、ともに「もてなす」を形容して対応しており、この対話の要めとなっている。薫は、匂宮の中君に対する恋は通り一遍の浮わついたものではなく、いかに真剣なものであるかを説き、どうして「遠々しく」他人行儀にばかりなさってまじめに取り合って下さらないのか、それでは「うらなく頼みきこえ」ている私の心を無視なさるようなものではないか、御心の内を証していただきたいといい立てる。それに対して大君は「世の例」を出して、あなたの真心がよくわかっているからこそ、感謝して、世間で妙な噂が立つほどに、御簾と几帳だけの隔てで女房も介さずに「隔てなく」応対しているではありませんか、と答えている。薫が心を問題にして、もっと信頼して下さいと恨んだのに対して、大君は、あなたを若い男性としてではなく、後見として破格に待遇しているのですと、社会的な慣習にすり替えて応じている。大君のいう「へだて」は待遇の方法であるから精神よりも事物に傾いた表現である。二人は同じことをいっているようで、その実大きく食い違っている。

そして今度は、引き下がった薫が続く弁との会話で「へだて」を用いて自身の希望を述べている。

「世の常になよびかなる筋にもあらずや。ただかやうに物隔てて、言残いたるさまならず、さしむかひて、とにかくに定めなき世の物語を隔てなく聞こえて、つつみたまふ御心の隈残らずもてなしたまはむなん。」

（総角二三〇）

ここは薫が弁に大君よりは中君をと勧められて、わたしには大君しか考えられないのだと主張するところで、「物隔てて」は物理的な隔て、「隔てなく」は心の隔てを表す。薫は、几帳や屏風などの物理的な隔てがあっては心の内も十分に打ち明けられません。物を「隔てて」ではなく、じかにお目にかかって無常の世の話を心の「隔てなく」申し上げ、姫君もお考えを残りなく打ち明けいただければと希望している。ここでの薫の意識は最前大君に求めた心の交流から、物を隔てての対面のありように移っている。ために、これまで何とも思わなかった仕切りの屏風を意識し始め、「かくほどもなき物の隔てばかりを障りどころにて、おぼつかなく思ひつつ過ぐす心おそさ」を「あまりにをこがましくもあるかな」と、ささやかな仕切りに甘んじる自分を馬鹿だと思い始め、ついに、屏風を押し開けての侵入となるのである。それで、大君はあなたは心の交流をとおっしゃいましたが、あれは心の「へだて」ではなく、物理的障壁のことだったのですかと「あはめ」、薫は鸚鵡返しに、私の心をおわかりにならないのでわかっていただこうと、物理的な隔てを取り払ったのです。その証拠に「御心やぶらじ」、なにもしませんよと切り返す。薫のなかで事物の撤去がすなわち心の隔ての撤去となってしまっているのである。

つまり、薫に「へだて」を意識させたのは、先にこの語を用いた大君の言葉なのであった。大君のいう待遇の「へだて」が屏風や几帳を内在させていたために、薫の内なる欲望が大君の言葉によって触発され、物を隔てての対面に焦点を結んでしまったのである。そういえば、作者は出会いの始めからこの語を伏線として注意深くちりばめている。

聖だちたる御ためには、かかるしもこそ心とまらぬもよほしならめ、女君たち何心地して過ぐしたまふらむ。世の常の女しくなよびたる方は遠くや、と推しはからるる御ありさまなり。

仏の御隔てに、障子ばかりを隔ててぞおはすべかめる。好き心あらむ人は、気色ばみ寄りて、人の御心ばへをも見まほしう、さすがにいかがとゆかしうもある御けはひなり。（橋姫　一三二）

五年前に宇治に来初めた頃、既に薫は姫君たちのことを「へだて」と共に意識していた。荒々しい水の音や浪の響き、すさまじい風に八宮のおためにはふさわしい住まいだろうが、姫君たちにはどうであろうか、おつらいのではないだろうか、それともこんな景になじんでしまっておられるのかと、姫君への関心が語られているが、そこで「女しくなよびたる方」を問題にしているところに無意識に恋の対象として捉えていることが知られよう。そして意識は姫君の所在に向かう。「仏の御隔てに、障子ばかりを隔ててぞおはすべかめる。」、仏間と襖一つを隔てたところにおられると見当を付ける。好き心のある男ならと自制したとはいえ、襖障子を姫君との障害物として意識しているのである。三年後の垣間見のときも宿直人から、姫君たちの居室は「竹の透垣しこめて、みな隔てことな」っていると知らされており、薫にとって姫君は常に物理的な隔てのあなたにいる存在として紹介されている。何気なく点描されているが、この近さ、隔てのささやかさ、にもかかわらず別空間という遠さが繰り返し語られるのは重要である。薫が座を占めるのは八宮がおはす仏間なので道心の方に身を置いているといっても、救いを持たない薫にとっては姫君のおられる方こそが彼岸であった。しかもその彼岸は障子というわずかな隔てによって隔絶されている。此岸に立つ薫にとって姫君たちは関心をもたずにいられぬ存在なのであった。薫の内なる光景を大君は突いたというべきであろうか。

　そしてこの夜、大君は「仏のおはする中の戸を開けて、御燈明の灯けざやかにかかげさせて、簾に屏風を添へて」対面した。いうまでもなく仏間の御燈明は薫への牽制で、橋姫巻の「仏の御隔て」と重なっていよう。ここで薫と彼岸との間はまさに御簾・屏風だけの「へだて」となった。此岸にいる薫は彼岸に手の届くほどに近寄っているのである。薫はその障害物を取り除き、彼岸に侵入し、髪を掻きやりながら顔を見る。ところが大君の泣く姿に、「おのづから心ゆるびしたまふ折もありなむ」とさまよく「こしらへ」、垣間見のきっかけとなった楽の音から初めて、これまでの恋情を語るのだが、それは、

　御かたはらなる短き几帳を、仏の御方にさし隔てて、かりそめに添ひ臥したまへり。（総角二三六）

という状態でであった。屏風を立てたのは恋の告白の後、男女が寄り添っていることに対する、仏への気がねであろうが、考えてみれば、これまで二人を物理的に隔てていた几帳が、仏への隔てに使われるのは多分に象徴的である。男女を隔てる几帳があり、それが取り払われ、つぎに、二人と仏を隔てるために几帳が用いられる。二人にとってはまことに大きな変化である。薫の側からいえばこれまでの此岸から遂に彼岸に達したことになる。しかし、物理的な隔てを取り払い、ともに添い臥しても、心の隔ては取り払われなかった。

「何とはなくて、ただかやうに月をも花をも同じ心にもて遊び、はかなき世のありさまを聞こえあはせてなむ過

ぐさまほしき」と、いとなつかしきさまして語らひきこえたまへばやうやう恐ろしさも慰みて、「かういとはしたなからで物隔ててなど聞こえば、まことに心の隔てはさらにあるまじくなむ」と答えたまふ。（総角二二七）

大君は薫のいう「かやうに」に反発し、「同じ心に」「聞こえあはせ」に同意している。「女」と呼ばれる疑似後朝となっても、大君は物を隔てての対面であってこそ心の交流を可能にすると主張していて、今なお物理的な隔てと心の隔て、つまり身と心にこだわっている。というより、大君の思考の中枢にはこの二律背反が深く刻み付けられているのである。それは、中君に身に染み付いた薫りをいぶかられて、「総角を戯れにとりなししも、心もて『尋ばかり』の隔てにても対面しつるとや、この君も思すらむ」と恥ずかしく思うところにもよくあらわれている。以後、大君と薫の物語はこの「へだて」、つまり、物理的な隔てと心理的な隔て、身と心の問題をめぐって展開していく。

その「へだて」という語―それは観念であり、生き方でもあるのだが―を宇治の物語に導入したのは、先に述べたように大君の方であった。「へだて」は、「物越し」が御簾や屏風などの障蔽具で視覚が遮られてもけはいやことばが通うことに主意があるのに対して、障害物が存在するイメージや状態を自ずから含有している。第III部で後述するように「へだつ」の対義語は「かよふ」で、八代集の「へだつ」を用いた歌は本来なら互いに行き通って往来すべきなのに、それが時空間で遮られ隔てられているのを不当とし、悲しみ嘆くことから発している。(5) いい換えれば「へだて」の語を用いた時点で、それは解消した方がいいというニュアンスを含有しているのである。つまり、当初、薫は精神的な交わりを求めていたのだが、大君の発した「へだて」の語に触発されて、物理的な隔てに思い至り、その隔てを解消すべきだという意識が働いて、弁にもそう語り、自らも屏風の隔てを取り除いて侵入したのであろう。「へだて」の語を意識した以上、その解消へと向かっていくのは自然である。

侵入された大君が「隔てなきとはかかるをやいふらむ」と、薫が口にしていない「へだて」を用いて「あはめ」たのは、作者の錯誤でも薫の愚痴を聞いた弁が報告したのでもなく、大君自身がこの語を強く意識していたからではなかったか。薫に「遠々しくもてなす」と抗議された時点で、大君に心の「へだて」のない交情が意識され、それをあるまじきことと思って物理的な屏風や几帳を介しての接客にすりかえたとは考えられないか。「へだてなし」は大君自身の内なる願望がつい、口を突いて出たのではないか。「へだて」は単なる接客法や心の交情にとどまるのではなく、二人の恋の様相、恋に対する身の処し方、つまりは生き方の喩的表現といってよいだろう。なんとなれば、以後二人は「へだて」の解消とその解釈をめぐって堂々めぐりを繰り返し、真の意味での解消へと向かわないまま終局を迎えるからである。大君は自身の発した「へだて」の語に自縛されてしまったというべきであろう。そしてそれは本人のみならず薫をも巻き込んでしまったのである。

三　対話による展開

大君は男君の侵入事件の後でも対話する、特異な女君として造型されていると述べたが、大君と薫との間には一二回の対面対話と、ほかに手紙での和歌の贈答一回が認められる。ここでいう対話とは話し手と聞き手が一対一で随時交替する言語表現、つまり薫と大君が互いに受け答えしているものとする。従来二人の対座は人君が姉として、一家の主として余儀なく役割をはたしてきたのだという社会的な視座から捉えられてきて、その内容や展開には注意を払われなかったように思う。[6]しかし、この多くの対話対座こそが二人の愛の温床となり、想いを育んでいったと思われる。しかも、それらの対話は「へだて」に関わってなされ、身と心の問題に深く結びついているのである。

総角巻以前の三回の対話のうち、第一回目は橋姫巻の垣間見後の挨拶で、姫君との対面をと望む薫に、ものなれた応対のできる女房もいなくて、しかたなく大君自らが「ひき入りながらほのかに」答えてい、椎本巻で八宮が薫に姫君たちの後見を託した後、交流させようとするが、弁などを介して「さるべき御答へなど聞こえたまふ」と、普通の世間話に姉妹が応じたと説明するだけで詳細は語られない。

二回目は八宮の忌明けの冬、訪れた薫に「人づてに聞こえはべるは、言の葉も続きはべらず」と対面を求められて、あるまじきことと思いながら、女房たちに勧められ、宇治まで訪れたその厚志を思ってすこし端近くにいざり出、「つつましけれど、ほのかに一言など」直接答えている。

三回目は年が改まった一月で、大君は「対面」することを「つつましく」思うが、それでは「思ひ隈な」いと思われるであろうと判断して「うちとくとはなけれど」「すこし言の葉多く続けて」応対した。薫はその「めやすく心はづかしげ」な様子に、このままの交際では「え過ぐしはつまじ」と予感して、匂宮の恋にかこつけて自らの想いを語る。それを中君のことと受け取った大君が「おいらかに」答えるので、薫はつい羽目をはずして「しるべしがてらまづや渡らむ」といってしまう。さすがに大君は「ものしう」なって返事もしない。このように事に触れて「気色ばみ寄」っても「知らず顔にもてな」されるので、薫もきまじめに八宮の思い出などを語るにとどめているというのである。すこしずつではあるが、大君との親和感が醸成されつつある過程がわかる。ここまでは「へだて」の語が認められない。

四回目、五回目が先に述べた八宮の一周忌間近の日中から宵、明け方までで、**二**で述べたように、この日、互いに「へだて」が意識されたのである。薫の豹変といってもよい、この最初の侵入に懲りて、大君はつぎの八月下旬の訪問にも対面しない。それももっともと思う薫は弁から「身を分けたる、心の中はみな譲りて」という大君の言葉を聞いて、また変貌する。

「さらば、物越しなどにも、今はあるまじきことに思しなるにこそはあなれ。今宵ばかり大殿籠るらむあたりに忍びてたばかれ」（総角二五一）

この薫の言葉には「へだて」ではなく、「物越し」が使われている。これより前、薫が対面してお話するだけでいいと訴えたのは、いつとも知れず夫婦になろうと計画していたからで、それは「御心ゆるしたまはずは、いつもいつもかくて過ぐさむ」と公言していたように、大君がいつかは我物となると安心していたからであった。ところがこの日、大君が何事も信頼して「あやしきまでうちとけ」たのに、「思ひしに違ふさまなる御心ばへ」があって迷惑ですとおっしゃっていると聞いて、それまでの言葉を撤回し、寝所へ手引きせよと命じた。今となっては「物越し」の対面ももってのほかと思っておられるのだろうと推測して慌てたのである。このあたり、薫の思い上がり、鼻持ちならなさがめだつ。「物越し」はそうした薫の変貌を示す表現なのである。その結果、薫の侵入に気づいた大君が中君を残して逃げ、姉妹二人ながら顔を見られるという事態に立ち至ってしまう。

六回目は八月二八日の彼岸の果ての日である。その日、薫は匂宮を手引きして中君と契らせる。

さすがにことわりをいとよくのたまふが心はづかしくらうたくおぼえて、「あが君、御心に従ふことのたぐひなければこそ、かくまでかたくなしくなりはべれ。いひ知らず憎くうとましきものに思しなすめれば、聞こえむ方なし。いとど世に跡とむべくなむおぼえぬ」とて、「さらば、隔てながらも聞こえさせむ。ひたぶるになうち棄てたまひそ」とてゆるしたてまつりたまへれば、這ひ入りて、さすがに入りも果てたまはぬを、いとあはれと思ひて、「かばかりの御けはひを慰めにて明かしはべらむ。ゆめゆめ」と聞こえて、うちもまどろまず、いとどしき水の音に目も覚めて、夜半の嵐に、山鳥の心地して明かしかねたまふ。（総角二六六）

計略を胸に秘めた薫が、あなたの意を受けて中君を妻としますが、その前にご挨拶をと申し出ると、大君は「さればよ。思ひ移りにけり」と安堵して「廂の障子をいとよく鎖して、対面」する。そこで薫と開けてください、開けませんの応酬があって、「何かは。例ならぬ対面にもあらず」、早く中君のもとへやろうと思い直した大君が「かばかり」身を進めた、そこを「障子の中より御袖をとらへて、ひき寄せ」る。それでも大君が「何に聞き入れつらむ」と悔やみながらも、なだめすかして中君の方へ出て行かせようとするので、真相を打ち明ける。驚き嘆く大君に薫は「障子をもひき破りつべき気色」で迫るが、大君の「なほ、いとかく、おどろおどろしく心うく、な取り集めまどはしたまひそ」の言葉に袖を放す。と、大君も「さすがに入りも果てたまはぬ」というのである。薫の言葉に大君はほだされ、薫もまた、大君の嘆く姿に平気ではいられない。直接の対面をという要求を撤回し、「さらば、隔てながらも聞こえさせむ。ひたぶるになうち棄てたまひそ」と哀訴することになる。再度の疑似後朝もかくして明け行き、薫は「こよなく隔たりてはべるめれば、いとわりなうこそ」と大君の隔てを恨んで帰っていく。中君三日夜で薫心尽くしの料に添えられた歌にも、「隔てなき心ばかりは通ふともなれし袖とはかけじとぞ思ふ」と返歌する。大君の、心だけの交際にとどめようとする決意はかたい。このあたり、落葉宮の夕霧への返歌と同種の発想である。

身と心、物理的な「へだて」と心理的な「へだて」をめぐる大君と薫の攻防はここに至ってパターン化したようで、薫が対面を訴え、大君がほだされて譲歩し、そこへ薫が迫って大君が嘆く。その嘆きに薫は平静でいられず、反省し自分をおさえるという繰り返しで、互いの心の揺れが語られている。

ところが、七回目の九月十日、匂宮を同道したときは、大君の反応が変わっている。

人憎くけ遠くはもて離れぬものから、障子の固めもいと強し。しひて破らむをば、つらくいみじからむ、と思したれば、思さるるやうこそはあらめ、軽々しく異ざまになびきたまふこと、はた、世にあらじと、心のどかなる人は、さいへど、いとよく思ひしづめたまふ。「ただいとおぼつかなく、物隔てたるなむ、胸あかぬ心地するを。

ありしやうにて聞こえむ」と責めたまへど、「常よりもわが面影に恥づるころなれば、うとましと見たまひてむも、さすがに苦しきは、いかなるにか」と、ほのかにうち笑ひたまへるけはひなど、あやしうなつかしくおぼゆ。「かかる御心にたゆめられたてまつりて、つひにいかになるべき身にか」と嘆きがちにて、例の、遠山鳥にて明けぬ。

（総角二八八）

匂宮と同行した配慮に大君も感謝して「例よりは心うつくしく語」るが、物理的な「へだて」は今回はしっかりしている。薫の訴えも今度ばかりは効果がない。そしてここに、「わが面影に恥づるころなれば」と自分の容姿に言及し、やつれた顔を見せて嫌われたくはございませんと語る大君がいる。女性が自分の容姿をもって男性に語る、それが美であろうと醜であろうと、これはもう媚態以外のなにものでもない。大君は物理的な「へだて」を固めたことに安堵して、無意識のうちに心おきなく心中を披瀝しているようである。大君の変貌といってよいだろう。

次の対話、八回目、九回目は匂宮が紅葉狩りで前渡りしたショックで病に臥した大君を薫が見舞うときである。

宮の、御心もゆかでおはし過ぎにしありさまなど語り聞こえたまひて、「のどかに思せ。心焦られして、な恨みきこえたまひそ」など教へきこえたまへば、「ここには、ともかくも聞こえたまはざめり。亡き人の御諫めはかかることにこそ、と見はべるばかりなむ、いとほしかりける」とて、泣きたまふ気色なり。いと心苦しく、我さへはづかしき心地して、

（総角三〇六）

大君は病気を口実に対面しないが、薫の訴えに女房たちが常の居間の御簾の前に入れる。と、見苦しいと迷惑がった大君も「けにくくはあらで、御髪もたげ、御答へ」などする。ここでの大君は前回とはまた違って素直で、自分の心配を不安を後悔を、そのまま薫に打ち明けている。九回目はその翌朝で、対面を申し入れた薫に、今度は大君の方から「さらば、こなたに」と枕頭に招き入れる。薫の目に映るその姿は「ありしよりはなつかしき気色」なのだが、大

君の言葉は「苦しくてえ聞こえず。すこしためらはむほどに」と片言隻語で対話にならない。ここから和歌の贈答がなくなり、以降、薫が大君を心底から心配する「心苦し」が多くなってくる。

そして一〇回目、神無月の末に薫が訪れたときには、「御枕上近く」で申し上げても「御声もなきやうにて、え答へたまは」ない。大君は薫の従者が何気なく話した、匂宮の婚姻の噂を聞いて重体となっていたのである。女房たちも二人を夫婦とみなしてもはや「もてなし隔て」ない。一一回目はその夜、几帳を引き上げてすべり入り、手をとらえ、直面ではないが顔を見るときである。

「などか御声をだに聞かせたまはぬ」とて、御手をとらへておどろかしきこえたまへば、「心地にはおぼえながら、もの言ふがいと苦しくてなん。日ごろ訪れたまはざりつれば、おぼつかなくて過ぎはべりぬべきにや、と口惜しくこそはべりつれ」と息の下にのたまふ。「かく、待たれたてまつるほどまで、参り来ざりけること」とて、さくりもよよと泣きたまふ。御髪など、すこし熱くぞおはしける。（総角三一八）

薫は手をとらえ、額に手をあてているようだが、大君はもはや逃げよう、隠れようとはしない。むしろお会いしたかった、いらっしゃるのを待っていたというのである。もちろん大君にしても薫の行為は「苦しくはづかし」いことだが、死を予期している身にとっては「かかるべき契りこそはありけめ」と納得し、「むなしくなりなむ後の思ひ出にも、心ごはく、思ひ隈なからじ」と気遣って押し放たないという。ここでは大君の返答とともにその心理が語られている。薫も不安を隠せない。

そして、最後の一二回目は豊明の夜の臨終である。「光もなくて暮れはて」た夜、「近う寄りて」「いかが思さるる。心地に思ひ残すことなく念じきこゆるかひなく、御声をだに聞かずなりにたれば、いとこそわびしけれ。後らかしたまはば、いみじうつらからむ」と泣く泣く訴える薫に、大君は顔は隠しながら「よろしきひまあらば、聞こえまほしき事もはべれど、ただ消え入るやうにのみなりゆくは、口惜しきわざにこそ」と答える。

「つひにうち棄てたまひてば、世にしばしもとまるべきにもあらず。命もし限りありてとまるべうとも、深き山にさすらへなむとす。ただ、いと心苦しうてとまりたまはむ御事をなん思ひきこゆる」と答へさせたてまつらむとて、かの御事をかけたまへば、顔隠したまへる御袖をすこしひきなほして、「かくはかなかりけるものを、思ひ隈なきやうに思されたりつるもかひなければ、このとまりたまはむ人を、同じことと思ひきこえたまへ、とほのめかしきこえしに、違へたまはざらましかば、うしろやすからましと、これのみなむ恨めしきふしにてとまりぬべうおぼえはべる」とのたまへば、（総角三二七）

臨終直前にも薫に答える大君。それは妹を頼むものであったが、しかしそれだけが目的ではあるまい。「思ひ隈なきやうに思されたりつるもかひなければ」が最も訴えたいこと、薫にいっておきたいことであったろう。この言葉はここで初めて語られるのではない。椎本巻での三回目の対話、そしてこの直前の心中思惟と、都合三度用いられ、薫をすげなく拒まない理由として説明されている。大君にとって大切なのは、自分が薫にどんな人間と思われるかであった。薫にいい印象をもってもらいたい、おぼえておいてもらいたいのである。この時点になってそれが言葉になるのがなんとも哀れを誘う。そして、嘆く薫をよそに大君は「見るままにものの枯れゆくやうにて消えはて」た。

大君と薫の一二回に及ぶ対話は、総角巻以前の橋姫・椎本巻の三回目までは貴族同士の社交的な挨拶にすぎない。けれども、椎本巻の三回目で薫がそれとなく意中をほのめかして以降、それまで形成されていた信愛感を一方に持ちながら、「へだて」を話題として彼らなりの恋を語り合う対話になっていく。薫と大君の二人は、対面対話のつど、「へだて」をめぐって攻防し、揺れに揺れる。そして、七回目に物理的な「へだて」が確立されてからは、つまり、大君の意志が固まってからは、大君の心が融け、媚態まで感じられるほどであったが、それも長くは続かず、八回目では病に倒れ、すっかり「へだて」なくなったときは臨終を迎えるのである。
「へだて」の解消という点からいえば、二人の対話は同じことの繰り返しで、不毛という感が強い。しかしながら、相手の反応にほだされたり硬化したりして、「へだて」をめぐって互い違いに揺れる二人を描いていく、対話による愛のかたちの形象化は、まるで勅撰集の恋部の配列や和泉式部日記に描かれた愛の経緯をみるようである。結ばれこそしなかったが、対話は二人の愛の経緯を語る方法として用いられているということができよう。

四　恋のつまづき

宇治大君と薫の恋は対話を用いて表現されていると述べたが、結ばれずに終わるのはなぜであろうか。大君のいわゆる結婚拒否は思想ではなく状況の産物であろうが、その因を中君と匂宮の結婚、あるいはそれに基づく紅葉狩の前渡りや夕霧六君との婚儀とみる説は多い。しかし、対話からみればその転回点は薫の最初の侵入にあると思われる。二人の一二回にのぼる対話のなかで、この五回目だけが大君から薫に話しかけ、それに薫が答えるという形式で、それも侵入をはさんで五度もくり返されているのである。薫が語りかけ、それに大君が答えるという型のなかでこれは特異である。

かく心細くあさましき御住み処に、すいたらむ人は障りどころあるまじげなるを、我ならで尋ね来る人もあらましかば、さてややみなまし、いかに口惜しきわざならましと、来し方の心のやすらひさへあやふくおぼえたまへど、言ふかひなくうしと思ひて泣きたまふ御気色のいといとほしければ、かくはあらで、おのづから心ゆるびしたまふ折もありなむと思ひわたる。わりなきやうなるも心苦しくて、さまよくこしらへきこえたまふ。「かかる御心のほどを思ひ寄らで、あやしきまで聞こえ馴れにたるを、ゆゆしき袖の色など見あらはしたまふ心浅さに、みづからの言ふかひなさも思ひ知らるるに、さまざま慰む方なく」と恨みて、何心もなくやつれたまへる墨染の灯影を、いとはしたなくわびしと思ひまどひたまへり。「いとかくしも思さるるやうこそはとはづかしきに聞こえむ方なし。袖の色をひきかけさせたまふはしもことわりなれど、ここら御覧じ馴れぬる心ざしのしるしには、さばかりの忌おくべく、今はじめたる事めきてやは思さるべき。なかなかなる御わきまへ心になむ」とて、かの物の音聞きし有明の月影よりはじめて、折々の思ふ心の忍びがたくなりゆくさまを、いと多く聞こえたまふに、はづかしくもありけるかなとうとましく、かかる心ばへながらつれなくまめだちたまひけるかなと聞きたまふこと多かり。（総角二三五）

薫は「うし」と泣く大君を、「いとほし」「心苦し」と思って「おのづから心ゆるびしたまふ折もありなむ」となだめるにとどめた。無理強いしない薫はいかにもやさしい、理想的な男君のようである。しかし、その薫に大君は墨染の袖を見顕わされたと恨みかけ、「はしたなくわびし」と困惑し、はては薫を「うとまし」と思っている。大君を悲しませたのは薫の侵入やその後の添い臥しではないだろう。侵入後の薫の態度の身勝手さ、不粋さではないか。それをよく表しているのは「言ふかひなくうし、と思ひて泣きたまふ」の「うし」である。

侵入され引きとどめられた時の大君の感情は「いみじくねたく心うし」であった。ところが髪を「掻きや」られ、顔を見られた後のここでは、それが「うし」に変わっている。「心うし」が相手に何らかの意味で迷惑を蒙ったと感じた時の、瞬間的直接的な、その対象に向かって「ひどい」「いやだ」と反発する外向的な感情であるのに対して、「うし」は如何ともしがたい事態に陥った時に、あれこれと思考した末、わが宿世や運命をしみじみと認め、引き受ける、内向的知性的な感情である。(7) いうならば大君はここで自身の運命を認め、薫の妻となることを覚悟し受け入れたのである。こんなお気持とは思ってもみないで「あやしきまで聞こえ馴れ」ていた、とは押し入られた女君の常套的なものいいであるし、衣装に関する引け目は落窪物語にも語られているように、男君にすばらしい女性と思われたいと願う女心のあらわれである。(8)したがって、大君からの言葉はおおかたの解釈のように顔を見られ、髪を「なでられ」た屈辱をいっているとは考えられない。(9)何よりこれはずいぶん甘えたいいようで、拗ねた睦語のような趣きがある。髪を「掻きや」られ顔を見られたがゆえのいいかけであり語調であることにもっと留意すべきであろう。(10)

ところが、薫はそんな大君の語調には気づかず、生真面目に反論し、長々とこれまでのいきさつを述べていく。それがどんな言葉だったのかは語られていないが、大君がその長い告白をあるときは「うとましく」、あるときはこんな下心をお持ちなのに「つれなく」誠実そうにしてと不快に思ったというのだから、理路整然と述べていったのであろう。女性の心に訴えるのはいつの世も、どれだけ慕っているか、どれだけあなたを大切に思っているかという情熱の披瀝である。薫はわが情熱を訴えず、わが恋を分析的に述べたのではないか。大君からのいいかけは薫に受け止められなかった。薫は機会を逸したのである。だから大君の返事はなくなり、心中思惟に取って代わる。薫は大君の変化に気づかず添い臥し、無常の世の話をしながら、それに時々「さし答へ」る大君の姿を「いと見どころ多くめやすし」とみるだけであった。

一方、大君は父宮の遺言を思い出し、「げにながらへば心の外にかくあるまじきことも見るべきわざにこそは」と「もののみ悲しく」なって、川の瀬音に誘われて涙がとめどなく流れるような思いでいる。大君は心の中で涙を流している。この場には峰の風や籬の虫の音が響き、それが「心細げにのみ」聞きわたされると語られるが、風の音は大君の心の中を吹き荒び、虫の音は大君の悲嘆に音を添えているのである。

やがて、明かるくなっていき、群鳥の羽音、鐘の音が聞こえてくる。後朝の歌は薫が「山里のあはれ知らるる声々にとりあつめたる朝ぼらけかな」で、大君は「鳥の音もきこえぬ山と思ひしに世のうきことは尋ね来にけり」である。女君の後朝の歌に「うし」を用いるのはよくあることだが、それらは今からもの思う「うき身」となったと嘆くものが多い。しかし、この大君詠は「うし」がわたしを尋ね当ててここまでやってきたという。女君は関わりの薄い男性に「うし」とはいわない。薫が宇治に尋ねてきて「うし」を運んできたというところに、傷ついた大君の悲しみがよく出ていよう。

姫宮は、人の思ふらむことのつつましきに、とみにもうち臥されたまはで、頼もしき人なくて世を過ぐす身の心うきを、ある人どもも、よからぬこと何やかやと次々に従ひつつ言ひ出づめるに、（総角二四〇）

薫が帰った後、大君はしかとした後見なしで生きていく頼りなさを思い、薫のこと、女房たちの思惑、中君の将来をあれこれと考えて、「わが世はかくて過ぐしはててむ」と決意し、「音泣きがちに明か」したという。大君の絶望は「身の心うき」によく出ている。「身心うし」は後見のなさを嘆いているようだが、ここは大君が自分を納得させ、結婚をあきらめようとするところであるから、その論理はそのままでは信じられないし、この「身心うし」も薫侵入時の「心うし」と同じではない。侵入時の「心うし」は薫に対してで、信頼を裏切られた直接的な反発である。わだかまりがあっては相手に感情をぶつけることはできない。「心うし」と告げたり感じたりするその底には、そういってもよい相手への信愛感が存している。男に押し入られたり抱き竦められたりする女君に「心うし」がよくみられるのは、女君に相手への親しみがあり、信頼が篤かったからこそのショックで、その理不尽さに「心うし」と反発するからである。ところが、ここの「心うし」は我と我が身に向けられている。これは自分を責める感情である。藤壺にはもののまぎれに関して相手や我身に対する「心うし」八例が認められるが、それらは自らの内に源氏に応える想いがあると自覚し、そうした我身を厭わしく思って克服しようと努めてきてなし得なかった藤壺の内なる闘いをあらわしている。[11]この場の大君も薫に応えたい自らの想いを自覚し、そんな自分を責めているのである。つまり、大君は何事もなかったのは、自分が薫を魅きつけられなかったからではないかという疑いを、そんなことはないと否定しながらも棄て切れないでいるのである。髪を「掻きや」るという官能的な行為がなされ、自らも妻となることを覚悟し、こちらからいいかけまでしたのにそれが受け止められなかったのだから、大君がそう思ってしまうのも無理はない。薫への信愛を持っていただけに、その結果の無残さはあまりある。吉岡曠氏は何事もなかったので大君が硬化したと説いておられるが、[12]それはこのように侵入時の「心うし」から髪を「掻きや」られた後の「うし」、疑似後朝歌の「うし」、そして一夜明けてつくづくとものを思う「心うき身」への感情の変化で十分に描出されているのである。

大君が特異なのは、述べてきたように、侵入されてもともかくも「さし答へ」、対話を続けていることである。それは薫への愛を抜きにしてはありえないことであった。しかし侵入で物理的な「へだて」が解消された時、二人の間にはさらなる「へだて」が生じてしまった。この夜の薫は大君の真意を悟ることなく暁を迎えた。これはきっかけをはずしてしまった恋なのである。もうすこしいえば、相手のいいかけを受け止めそこね、きっかけをはずした男女が、それでも互いを求めあいながら関係を修復できずに、以後も対話という形でつながろうとする恋である。それにしても「身を分けたる、心の中はみな譲りて」と申し出た時、大君はどんな未来を考えていたのだろうか。薫との交渉は持つまいと考えたのではあるまい。おそらく対話は続けながらと、甘い夢を描いていたのではなかろうか。その先にあるのは夜の寝覚の世界であろう。

五　胸中を表明する女君の系譜

こうみてくると宇治大君は、夕霧巻の紫上の述懐を受けて造型されているのではないか。落葉宮の事件を耳にした紫上は「もののあはれ、折をかしきこと」を「心にのみ籠めて」「あしき事よき事を思ひ知りながら埋もれなむも、言ふかひなし」と、自己の感慨や思想を心に閉じ込めて表明しないのは生きていることにはならないと考えているが、大君は対話を続けることで己の意志を表明している。それはけっして容易なものではなく、苦しい選択を迫られるものであったけれど、すくなくとも大君はそうするような位置と機会を与えられて物語に登場している。大君は紫上に許されなかった、自己の胸中を表明する女君として造型されているのである。

そして、その相手の薫もまた大君にふさわしく、思想を語り合い、心を慰めあえる女君を求める男君として造型されている。

「世の中の思ふことの、あはれにも、をかしくも、愁はしくも、時につけたるありさまを、心にこめてのみ過ぐる身なれば、さすがにたづきなくおぼゆるに、(中略)そのほかの女は、すべていとうとく、つつましく恐ろしくおぼえて、心からよるべなく心細きなり。」(総角二三〇)

薫は弁に大君を求めるわけを、姉にも母にも自分の思いを親しく語って心を慰めることはできない、そうしたあれこれをお話できるのは大君だけなのですと語るのだが、そんな孤立する自分を「心にこめてのみ過ぐる身」と表現している。この表現は、紫上の述懐をそのまま重ね写したようである。ただ、薫は表明するには相手がいるとする。その相手こそ男君に応じて自らの思いを語る女君、共感する女君たる大君であった。二人は互いのために作られた、似合いの一対、精神構造を同じくする一対にほかならない。しかし、そんな二人が対話を重ねても進展は望めなかった。薫は柏木が情熱の赴くままに行動したのとは逆に、相手を尊重してきっかけを逃しているのである。二人のつまづきは互いの言葉を重視尊重しすぎたことにある。互いへの信愛を持ちながら対話することを第一義に置いたので、それに呪縛されてしまったのである。精神を重視する人間の陥りがちな結果であった。

この二人以前に、「へだて」が意図的に用いられているのは前章で述べたように紫上と源氏の場合である。若菜上下巻の女三宮降嫁で源氏は紫上に「へだて」をもってくれるなとくどいほど訴え、対する紫上の方は既に源氏との間に「へだて」を持ってしまった状態が呈示されて二人の齟齬を描出している。源氏物語にはさまざまな「へだて」[13]が語られているが、「心のへだて」と「物象のへだて」という分類をするならば、紫上の場合は「心のへだて」で、大君の場合は「物象のへだて」である。大君は妻となった紫上の以前の状態、未婚で後見のない女君として登場し、紫上とちがって歌を残さず、言葉を残して逝った。対話によって綴られた大君の恋にその結末はふさわしい。八宮の遺言は具体的な規制を持っているのではなく、方向性を示しただけと説かれているが[14]、大君はそれなりに主体的に生きたというべきではなかろうか。

ただ、大君の生は対話のむずかしさ、胸中を表明して主体的に生きる困難さを浮彫りにしている。心の中を語り合いたいという点では大君も薫も同じで、互いに異存はない。大君は薫と対話を重ねることでともかくも幸せであった。けれども、最後まで「へだて」にこだわり、薫との間に物理的な隔てがなくなってしまったとき、このまま死ねないなら出家しようとまで思う、不幸な結果に終ってしまった。それでは女君が自己の意志を表明して生きるにはどのような方法があったのか。紫上がそう考え、個として目覚めた時はすでに初老の域に達していて動きがとれなかったが、宇治の姉妹は若くして孤に立たされ[15]、それぞれ個として自立していこうとする。その一人目の大君は対話する女君として創造され、対話の質が問われた。そして、さらに作者はその妹中君に、人妻となってから、大君と似た立場を与えて、対話して道を切り開く女君とし、紫上の問題を姉妹それぞれで追究しようとしている[16]。

大君の死後、薫は匂宮の妻となった中君に「かうもの思はせたてまつるよりは、ただうち語らひて、尽きせぬ慰めにも見たてまつり通はましものを」と、心を動かし、

この御方には「昔の御形見に、今は何ごとも聞こえ、承はらむとなん思ひたまふる。うとうとしく思し隔つな」と聞こえたまへど、よろづのことうき身なりけりと、もののみつつましくて、まだ対面してものなど聞こえたまはず。この君は、けざやかなる方に、いますこし児めき、気高くおはするものから、なつかしくにほひある心ざまぞ劣りたまへりけると、事に触れておぼゆ。（総角三三二）

と、大君の形見として後見していくから「思し隔つな」、心の「へだて」を持ってくれるなと要請している。中君はいまだ物越しでの対面さえしていないが、薫の心底には既に大君とは異なる中君への期待が芽生え、熱を持ってうごめきつつある。結婚した女君が意志を表明しつつ主体的に生きることが可能なのかという物語が既に示されているといえよう。

注

（1）「大君　付八宮」（『国文学』一九九一年五月号）
（2）原岡文子氏「『あはれ』の世界の相対化と浮舟の物語」（『国語と国文学』一九七七年三月号）
（3）石田譲二氏「大君の死について」（『源氏物語論集』桜楓社、一九七一年一一月）
（4）「宇治大君と中君」『源氏物語作中人物論』（笠間書院、一九七九年一二月）

（5）第III部2「『へだて』歌の表現史」
（6）大朝雄二氏は「薫と大君の物語」（『源氏物語続編の研究』桜楓社、一九九一年一〇月）で宇治の物語は対話によって進行すると説かれているが、それは薫が対話を受け持ち、匂宮が行動を受け持つという棲み分けの論で、大君と薫の対話の意味は問題にしておられない。
（7）拙著『源氏物語文体攷』第二部第三章（和泉書院、一九九九年一〇月））
（8）拙論「落窪物語の語彙と表現」（『国語語彙史の研究二十六』和泉書院、二〇〇七年三月）、「落窪物語の主題と表現―服飾容姿からの視界―」（『王朝文学と服飾・容飾』竹林舎、二〇一〇年五月）
（9）玉上琢也氏『源氏物語評釈』（角川書店、一九六七年一一月）・日本古典文学全集頭注
（10）拙論「散文表現と歌ことば」（『平安文学の言語表現』和泉書院、二〇一一年三月）。髪を「掻きやる」は「なづ」とはちがって女に対する男の行為に用いられ、源氏物語では男が女をなだめすかして自分の領域に引き入れ解消しようとする恋の駆け引きに似た行為。
（11）拙論「源氏物語の方法―『うし』『こころうし』から」（「梅花短期大学紀要」一九九二年三月、「源氏物語正編の文体」（『源氏物語文体攷』和泉書院、一九九九年一〇月）
（12）「大君」（「別冊国文学源氏物語必携II」一九八七年二月）
（13）高橋和夫氏『源氏物語の創作過程』（右文書院、一九九二年一〇月）
（14）本書第III部4「源氏物語の文体生成」
（15）大朝雄二氏は注（7）で宇治の物語を女はらからの物語と説かれ、姉妹一体であったのが互いの差異があきらかになっていくことに意味を見出されている。
（16）中君は薫の妻にと姉にいわれた時点で「心うし」と反発し、その感情は一人置き去りにされ、薫に接近された時点でいっそう高まり、姉に不信を抱くようになっている。また、匂宮の夜離れにも姉が恥だと嘆くのに対して「正身」は、実際に宮の愛を知り説明を受けているのでそれほど危惧してはいない。姉妹の仲がきしみしだいに離れていって個人として歩み始める次第が語られているのである。

III　源氏物語の文体生成

1　玉鬘発見の文体 ―方法としての「へだて」―

一　新たな女君の導入

源氏物語の長編化が外部からの新たな女性の導入によってなされるのならば[1]、それがいかにスムーズに蓋然性を持ってなされるかに筆者の力量が懸かっていよう。

須磨から中央に復帰した源氏が政権を手中にし、紫上が据え直され、六条院が造営され、子息夕霧の恋が語られた後、物語はどう進展していくのか。源氏の栄華を追い続けるのか、次世代に移行するのか。玉鬘巻に至って、夕顔の遺児玉鬘が突如、物語に姿を現し、太政大臣に至った光源氏の権勢と中年となった内面の惑乱を語る、いわゆる玉鬘十帖が語り出される。その玉鬘の導入はいかにしてなされるのか。玉鬘が自ら名告りを上げるのではない。源氏が探し当てて邂逅するのでもない。玉鬘は夕顔の女房右近によって発見され、六条院の源氏の許に導かれていく。その次第をまことにわかりやすい形で的確に象っていくのが、繰り返され積み重ねられていく「へだて」「へだつ」「へだたる」などの「へだて」語彙による「へだて」表現である。

二　時空間の「へだたり」を超えて

　年月隔たりぬれど、飽かざりし夕顔をつゆ忘れたまはず、心々なる人のありさまどもを、見たまひかさぬるにつけても、あらましかばと、あはれに口惜しくのみ思し出づ。　（玉鬘八七）

玉鬘巻は、光源氏の、亡くなった夕顔への尽きせぬ哀惜と希求から語り出される。夕顔の死から一七年、その年月の「隔たり」をもってしても、さまざまな女君を知るにつけても、いや知ったがために、源氏の夕顔への想いは色褪せず、事あるごとにその不在が胸を締め付け、後悔にほぞをかみ、求めて止まぬ、忘れ得ぬ存在として今も活き続けているという。そして、

　右近は、何の人数ならねど、なほその形見と見たまひて、らうたきものに思したれば、古人の数に仕うまつり馴れたり。　（玉鬘八七）

と、右近に筆を移す。右近は夕顔の乳姉妹で、某院にも付き従い、その死を知る唯一の女房だったので、隠蔽のためにも二条院に引き取られ、源氏付きになったのだが、源氏には夕顔の形見として目をかけられ、須磨流謫を経た今では古なじみの女房の一人として信頼されていると現況を紹介される。とはいえ、右近は源氏流謫の折に紫上付きとなったので最初から紫上に仕えていたわけではない。後に「年月にそへて、はしたなきまじらひのつきなくなりゆく身を思ひ悩みて」（一〇六）夕顔の遺児を捜し長谷寺に参詣していると証かされているように、古参女房とはいえ、よそ者じみて六条院になじめない、どっちつかずの立場を思い悩んでいたという。それは、

　心の中には、故君ものしたまはましかば、明石の御方ばかりのおぼえには劣りたまはざらまし、（中略）この御

殿移りの数の中にはまじらひたまひなましと思ふに、飽かず悲しくなむ思ひける。（玉鬘八七）

と、あくまでも夕顔を主人と考えているからであり、源氏の身近に仕えて夕顔への執着をも知悉していたからであった。右近もまた、夕顔を「飽かず悲しく」慕い続けている存在として登場しているのである。

冒頭でそうした光源氏と右近、それぞれの、時の「隔たり」にも消えぬ夕顔への「飽かざりし」想いを提示したうえで、物語ははるかな過去に立ち戻り、夕顔失踪時の乳母たちの悲しみと動揺、遺児玉鬘の筑紫下向の次第を語り、任果てた少弐の遺言と死の後、

むすめども男子（をのこ）どもも、所につけたるよすがども出で来て、住みつきにたり。心の中にこそ急ぎ思へど、京のことはいや遠ざかるやうに隔たり行く。（玉鬘九三）

と、夫を失った乳母一族が婚姻などで土着化していくさまを、「京のことはいや遠ざかるやうに隔たり行く」と、空間の「へだたり」がすなわち心理の「へだたり」となっていったと、「へだて」表現で語っている。

そうした乳母一族の停滞を打ち破ったのは成長した玉鬘に降りかかる危難、大夫監の求婚であった。一族の別離とまるで逃亡のような筑紫脱出、上京後の不如意が語られて、流離する玉鬘は長谷寺へと運ばれてくる。遠い過去の闇のなかから、遙かな地太宰府から、時空間の「へだたり」を超えて、今は亡き夕顔の遺児が立ち現れてくるのである。(2)

三　右近による玉鬘の発見

その玉鬘を右近が発見するのは、長谷寺に参詣する途次、それと知らず同宿となるところから始まる。

まず、椿市の宿に到着したのは、豊後介に警護された玉鬘の一行であった。介、弓矢を持つ従者、下人、童女三四

人、壺装束の女性三人、樋洗、年寄りの下女二人ほどの小人数であった。ために、着いて早々、他の客を心づもりしていた宿の主人から、「人宿したてまつらむとする所に、なに人のものしたまふぞ。あやしき女どもの、心にまかせて」（一〇五）と、心外な言葉を聞かせられている。そこへ当の一行がやって来る。

これも徒歩よりなめり。よろしき女二人、下人どもぞ、男女、数多かむめる。馬四つ五つ牽かせて、いみじく忍びやつしたれど、きよげなる男どもなどあり。法師は、せめてここに宿さまほしくて、頭掻き歩く。いとほしけれど、また宿かへむもさまあしく、わづらはしければ、人々は奥に入り、外に隠しなどして、かたへは片つ方に寄りぬ。軟障などひき隔てておはします。この来る人も恥づかしげもなし。いたうかいひそめて、かたみに心づかひしたり。さるは、かの世とともに恋ひ泣く右近なりけり。（玉鬘一〇五）

次客の様子は玉鬘一行の目と耳を通して語られていく。これも徒歩であるから、よほどの願いの筋と見て取れるが、目立たぬようにこしらえていても供も多く、馬なども十分な旅支度なので自分たちとは違って富裕と見え、宿主の困惑も理解できる。それで、ともかくも相客となる意志を示して片隅に寄った。というのは「この来る人も恥づかしげもなし」と品定めして、こちらが宿を譲るほどの身分でもないと判断したからである。

一行は軟障を引きめぐらして隔てとし、姫君を隠す。後文に「見ゆべくも構へず」とあるから、姫君の周囲にはさらに几帳などをめぐらしたのであろう。このあたりから語り手の視線が混入してきて、軟障を隔てて「いたうかいひそめて、かたみに心づかひしたり」と、相客同士、互いに互いの心ざまを計りつつ、礼儀を尽くしてふるまうと説明していった後、語り手が姿を現し、「さるは〜なりけり」と、この相客こそ実は右近だったのだ、と読者に明かす。

そして、視点を変え、今度は右近の目と耳を通して語っていく。

例ならひにければ、かやすく構へたりけれど、徒歩より歩みたへがたくて、寄り臥したるに、この豊後介、隣の軟障のもとに寄り来て、参り物なるべし、折敷手づから取りて、「これは御前に参らせたまへ。御台などうちあはで、いとかたはらいたしや」と言ふを聞くに、わが列の人にはあらじと思ひて、物のはさまよりのぞけば、この男の顔見し心地す。誰とはえおぼえず。いと若かりしほどを見しに、ふとり黒みてやつれたれば、多くの年隔てたる目には、ふとしも見分かぬなりけり。「三条、ここに召す」と、呼び寄する女を見れば、また見し人なり。故御方に、下人なれど、久しく仕うまつり馴れて、かの隠れたまへりし御住み処までありし者なりけり、と見なして、いみじく夢のやうなり。主とおぼしき人は、いとゆかしけれど、見ゆべくも構へず。思ひわびて、「この女に問はむ。兵藤太といひし人もこれにこそはあらめ。姫君のおはするにや」と思ひ寄るに、いと心もとなくて、この中隔てなる三条を呼ばすれど、食物に心入れて、とみにも来ぬ、いと憎し、とおぼゆるもうちつけなるや。

（玉鬘一〇六）

到着した右近は物に寄りかかって休んでいる。相客との間には軟障や「屏風だつもの」があって、互いを見ることはできない。徒歩で疲れきった右近の、聞くともなく聞いている耳に隣の軟障に近づいていく人の気配がし、男の声が響く。その言葉づかいから自分よりも身分高い人がおられるらしいと察した右近は「物のはさまよりのぞく」。と、男の顔に何やら見覚えがある。しかし、それが誰かまではわからない。どうやら昔に見知った者らしいのだが、歳月を「隔て」ているせいではっきりしない。続いて呼び寄せられる下仕えの女にも見覚えがある。そんな右近の記憶を喚起したのは「三条」という召名であった。はっと、亡き夕顔に使えていた下女ではないかと気づく。すると、主人は今の今、行方を捜し求めている姫君ではないか。男は兵藤太だろう、と思い至る。けれども「見ゆべくも構へず」。几帳などに隔てられて真偽を確かめられない。心逸って「中隔て」にいる下仕えを呼ばせても、こちらの気持ちは相手に通じず、なかなかやって来ない。この「中隔て」は中仕切り、つまり、隣の軟障であろう。後に「この隔て」とあるから、右近側も軟障を張っていたとおぼしい。右近は自分の軟障に身を寄せ、向こうの軟障、その奥に目をこらしていたであろう。「中隔て」が右近を阻む遮蔽物として実に効果的に使われている。

からうじて、「おぼえずこそはべれ。筑紫国に二十年ばかり経にける下衆の身を知らせたまふべき京人よ。人違へにやはべらむ」とて寄り来たり。田舎びたる掻練に衣など着て、いといたう太りにけり。わが齢もいとどおぼえて恥づかしけれど、「なほさしのぞけ。我をば見知りたりや」とて、顔をさし出でたり。この女の、手を打ちて、「あがおもとにこそおはしましけれ。あなうれしともうれし。いづくより参りたまひたるぞ。上はおはしますや」と、いとおどろおどろしく泣く。若き者にて見馴れし世を思ひ出づるに、隔て来にける年月数へられて、いとあはれなり。「まづおとどはおはすや。若君はいかがなりたまひにし。あてきと聞こえしは」とて、君の御ことは言ひ出でず。「みなおはします。姫君も大人になりておはします。まづおとどに、かくなむと聞こえむ」とて入りぬ。

みなおどろきて、「夢の心地もするかな。いとつらく言はむ方なく思ひきこゆる人に、対面しぬべきことよ」とて、この隔てに寄り来たり。け遠く隔てつる屏風だつもの、なごりなく押し開けて、まづ言ひやるべき方なく泣きかはす。（玉鬘一〇七）

「からうじて」寄ってきた下仕えは、二十年ばかり暮らした筑紫から上京したばかりの私を「京人」が知っているなんてと、半信半疑である。右近が顔を「さし出」してはじめて互いを互いと認め、玉鬘の一行は皆「この隔て」のもとに寄り集まって来る。「この」と記すように、こちらは右近側の隔てで、軟障などであろう。玉鬘側も右近側も互いに軟障を引き回し、さらにその奥に几帳や屏風を立てて遮っていたのだが、めぐり遇った玉鬘一行と右近はその「隔て」の軟障のもとで一同に会し、「け遠く隔てつる屏風だつもの」を「なごりなく押し開け」て喜びの涙を流し合ったというのである。これは右近による玉鬘発見の物語である。

ここで解消されたのは単なる仕切りではない。真に解消されたのは昔と今の時間であり、京と鄙の空間である。物語は物理的に仕切られた空間を一つにし、分かれていたグループを一体化させることでそれを表現した。この趣向は興味深かったのか、近世の源氏絵でよく取り上げられている。[3]空間的に処理しやすく視覚に訴えるのだろう。ここでは「へだて」とされた軟障や屏風が心理的な距離を表し、それがなくなるという、実に鮮やかな手法が用いられているのである。

これは源氏物語が創出した方法である。当時、物詣で相客となるのは珍しいことではなかったらしい。平中物語七段では、志賀寺に参籠した平中が、宿が取れなかった女たちに声をかけて、自分の局を提供し、「ただいささかなるものを隔ててぞ、この男はをりける」とある。まるで玉鬘巻の先蹤のような段だが、平中物語では「さて、ものなどいふに」と、「へだて」ているという意識はまるでなく、すぐに翌朝のお目当ての女性との贈答に話が移ってしまう。日常習慣として几帳などで「隔ててゐたり」と状態を記すだけで、「へだて」る状態に何ら意味を込めていない。源氏物語がいかに意図的に「へだて」を用いているか、ごく日常的な、誰にでも起こりうることをいかに巧みに取り入れ、劇的に構成しているかがよくわかる。玉鬘の発見には「へだて」の軟障・屏風が効果的に用いられて、深層の邂逅の次第、融和を象っているのである。

四　源氏との対面

そして、玉鬘の、物語への組み込みは、源氏に娘として迎え入れられ、六条院に座を占めることによって完成する。

しかし、右近と源氏にはその前に配慮すべきことがあった。六条院の事実上の女主人、紫上の了承を得ることである。帰京した右近は六条院に参上して、源氏に報告しようとするが、

ふと聞こえ出でんも、まだ上に聞かせたてまつらで、とり分き申したらんを、後に聞きたまうてば、隔てきこえけりとや思さむなど思ひ乱れて、「今、聞こえさせはべらむ」とて、人々参ればこえさしつ。（玉鬘一一九）

と、紫上に話す前に源氏に話せば「隔てきこえけりとや思さむ」と気づかって源氏の注意を喚起するに留めている。その右近の目に映るのは見る甲斐ある夫婦の姿、特に「清らにねびまさ」った女盛りの紫上の姿で、

かの人をいとめでたし、劣らじと見たてまつりしかど、思ひなしにや、なほこよなきに、幸ひのなきとあるとは隔てあるべきわざかなと見合はせらる。（玉鬘一一九）

初瀬では紫上にも劣らないだろうと見た玉鬘の容貌も、数日ぶりに紫上を拝見すると、やはり玉鬘とは「隔てある」と改めてその美貌に感嘆し、紫上の優位を確認している。

源氏もまた、玉鬘の田舎育ちを懸念して、まず消息を送って玉鬘の人柄や教養を探り、「唐の紙のいとかうばしき」料紙に「ほのか」に記された筆蹟を「はかなだちて、よろぼはしけれど、あてはかにて口惜しからねば、御心落ちゐにけり」（一二四）と安堵したうえで、

上にも、今ぞ、かのありし昔の世の物語聞こえ出でたまひける。かく御心に籠めたまふことありけるを、怨みきこえたまふ。「わりなしや、世にある人の上とてや、問はず語りは聞こえ出でむ。かかるついでに隔てぬこそは、人にはことに思ひきこゆれ」とて、いとあはれげに思し出でたり。（玉鬘一二五）

と、紫上に夕顔との恋を告白し、引き取る許可を求めている。右近も源氏も紫上に「へだて」を持ったと思われないよう、「かかるついでに隔てぬ」のはあなたを特別に思っているからだと機嫌を取っている。これは心の「へだて」

で、右近も源氏も紫上に「へだて」を感じさせないよう、気分を害されないよう、慎重に行動していることに留意しておきたい。玉鬘が六条院に入るには紫上と競わされ、紫上の優位が確認され、紫上の感情が尊重されなければならなかったのである。そして紫上の容認によって、いい換えれば、六条院世界での玉鬘の位置づけが行われて初めて、迎え入れが始動する。右近は玉鬘のために恥ずかしからぬ童や女房を手配し、衣裳を整え、源氏は花散里に事情を話して後見を依頼する。

そして、十月、玉鬘は車を連ねて六条院に渡り、夏の町の西の対に入ったその夜、源氏との対面が行われる。

渡りたまふ方の戸を、右近かい放てば、「この戸口に入るべき人は、心ことにこそ」と笑ひたまひて、廂なる御座についゐたまひて、「灯こそいと懸想びたる心地すれ。親の顔はゆかしきものとこそ聞け、さも思さぬか」とて、几帳すこし押しやりたまふ。わりなくはづかしければ、側みておはする様体などいとめやすく見ゆれば、うれしくて、「いますこし光見せむや。あまり心にくし」とのたまへば、右近かかげてすこし寄す。「面なの人や」とすこし笑ひたまふ。げにとおぼゆる御まみのはづかしげさなり。いささかも他人と隔てあるさまにものたまひなさず、いみじく親めきて、「年ごろ御行方を知らで、心にかけぬ隈なく嘆きはべるを（略）」（玉鬘一二九）

廂に招じられ座に着いた源氏は、自らを「親」と表明し、離れて育った娘に親の顔を見せるという名目で、几帳をすこし押しやり、玉鬘の姿を実見している。その目に映る玉鬘は「めやすく」、満足の行く容姿であり、態度であった。ために、さらにつぶさに見ようと灯芯を掻き立てさせている。これは源氏による玉鬘の発見、品定めである。ここにおいて冒頭の年月の「へだて」が源氏においても解消したのである。

一見すると、この対面の場は右近による玉鬘発見の繰り返しで、椿市の折と同じ手法が使われているように見える。たしかに、右近は軟障の「へだて」を取り去ることで乳母たちと時空間の「へだて」と心の「へだて」を解消し、その先に玉鬘を認めた。源氏も几帳を「押しやって」玉鬘の姿を認めた。しかし、ここでは椿市の邂逅であれほど多用された軟障や屏風の「へだて」が認められない。ここでは遮蔽していた側が几帳を除去するのではない。見る側が几帳を押しやるのである。几帳を押しやるのは初音巻で源氏が花散里に行なったように、その権利があるものの行為である。源氏は父親として几帳をずらした。それをよく表しているのが「いささかも他人と隔てあるさまにものたまひなさず」の「へだて」を置かない、他人行儀に接しないという源氏の待遇である。すなわち、扱いのうえで実子と区別しない、心の「へだて」を置かないということである。ここにおいて、玉鬘は源氏の主宰する六条院世界に、つまりは物語世界にみごとに組み込まれたといえよう。

五　玉鬘発見の文体

このように見てくると、玉鬘の物語への導入は「へだて」を巧みに用いて行われている。

それがよくわかるのは椿市での邂逅である。ここを発見の物語といったが、それは読者が一時、全知視点に立って、邂逅の次第やいかにと期待するからである。玉鬘の発見は「なりけり」語法で相客が右近であると証された時点から始まる。読者はここで右近が玉鬘と邂逅するとわかっている。しかし、作中人物たちはそうとは知らない。高みから鑑賞する読者は結果を予測しながら、右近に寄り添って、姫君を発見する次第をつぶさに体験する。視覚と聴覚がそのドラマを形作っている。隔てられ閉ざされた空間のなかで自足していた右近の耳に外界が、相客の声と言葉として侵入してくる。目に入る仕切りの軟障、仕える男の顔、女房の呼び声、下女の顔、と外界との境界で折衝が行われ、空間の「へだて」が一挙に解消し、眼前の幕が一瞬のうちになくなる。視界が開け、最後に残った几帳のその先に姫君がおられる。読者は右近のドラマチックな発見をともに体験するのである。

したがって文章も、語り手の推測や補足説明をできるだけ排し、「心地す」「おぼえず」「また見し人なり」「夢のやうなり」「構へず」「寄り来たり」「さし出たり」「泣く」「あはれなり」「言ひ出でず」「入りぬ」「寄り来たり」「泣きかはす」と、断定的な言辞や事態の推移を綴っていく「たり」[4]を重ねて、事態を生起するままに積み上げていき、発見の効果を高めている。その中心にあるのが「ひき隔つ」「中隔て」「隔て」「隔てつる屏風だつもの」「多くの年隔てつる目」「隔て来にける年月」と、繰り返される「へだて」語彙である。ここは「へだて」を強調しつつ、その解消を語っていく文体なのである。

軟障や几帳の障蔽具を取り除くことで、互いの顔が見え心が通じ、歳月の「へだて」も解消するというのはきわめてわかりやすい。軟障や屏風の「へだて」は和歌や先行散文では見当たらない。源氏物語が方法として用いたと考えられよう。

しかし、源氏物語の「へだて」表現はこうした仕切りの創出だけではない。

流離する玉鬘が六条院に入るには源氏の飽かざる夕顔への憧憬、年月を隔ててもなお希求してやまず、埋み火のように燃え続ける胸の炎なしには実現しない。右近の祈願と発見だけでは不可能なのである。玉鬘は空間を隔てた筑紫にいたのに、源氏は右近ともども夕顔を希求し続けていたのである。これは「よるべなみ身をこそ遠くへだてつれ心は君が影となりにき」（古今六一九）と、和歌でよく使われる、身体は遠く隔たっていても心は寄り添って共にいるという、身と心の型が使われており、時空間の「へだたり」に土着化して使命を忘れかけていた乳母たちとは逆に設定されている。乳母たちを動かすには大夫監の危機が必要だったのである。

そして右近がまず物象の「へだて」を解消することで、時間と空間、そして「心のへだて」も解消される。次いで、紫上の了承を得る際には容姿の区別の「へだて」が示され、源氏や右近との心の「へだて」が問題にされ、これも解消されている。そしてやっと、源氏による玉鬘の確認が行われる。夏の町で対面の運びとなった玉鬘の容姿を実検した源氏は「へだてなく」娘として扱っている。待遇の「へだて」である。これで始めて源氏の時間の「へだて」が解消したことになる。それは同時に玉鬘の運命の転換となる。ここから六条院に迎え入れられた玉鬘の物語が始まっていく。

つまり、玉鬘発見の物語には、時間の「へだて」、空間の「へだて」、遮蔽具による事物の「へだて」、差異を表す区別の「へだて」、心の「へだて」、扱いの「へだて」といった、「へだて」表現の型がすべて使われており、キーワードとして用いられているのである。それは「へだて」という語彙が人と人との関係を表しうることばだからであった。源氏物語ではこうした「へだて」表現で人と人との関係を語っていく。次章からは、そうした「へだて」表現の萌芽と展開、源氏物語の方法についてみていきたい。

注

（1）藤井貞和氏「源氏物語の幻景」（『豪華「源氏絵」の世界源氏物語』、学習研究社一九八八年六月）
（2）日向一雅氏「玉鬘物語の流離の構造」（「中古文学」四三号、一九八九年五月）
（3）拙論「源氏絵と源氏物語―軟障・御簾・屏風・几帳―」（「梅花短期大学研究紀要」第四二号、一九九四年三月）
（4）根来司氏「『たり』と『り』の世界」（「月刊文法」一九六七年一二月）

2　「へだて」歌の表現史

一　「へだて」歌概観

前章では「へだて」「へだつ」「へだだる」などの「へだて」語彙がキーワードとなって物語を形作っていると述べた。「へだて」はありふれた語のようだが、時代やジャンルによって位相をなしている。「へだて」語彙は和歌や物語でどのように用いられ、どんな世界を拓いているのだろうか。ここでは和歌を取り上げて考えたい。

まず、万葉集と八代集の「へだて」表現を概観しておこう。表1に万葉集や八代集に認められる「へだて」語彙を示した。（　）内は歌集中の比率である。上代の文献には古事記にも記紀歌謡にも「へだて」語彙が認められない。万葉集にやっと認められるのだが、三七首に三九例だから歌数からすれば一％に満たず、八代集でも、古今集と詞花集で低く千載集で高いという多少のばらつきはあるが、おおよそ似たような頻度である。また、万葉集には名詞の「へ・へだし・へだて」、動詞に他動詞下二段活用の「へだつ」と共に自動詞四段活用の「へだつ」と「へなる」が認められるが、八代集ではもっぱら他動詞下二段活用の「へだつ」とその複合語が用いられている。平安散文では伊勢物語に「へだて」一例、源氏物語には「へだて」一〇例が認められるから、これが時代の相違なのか、韻文と散文で使用が異なっているのか、上代で韻文と散文に使用の別があったのか、などはわからない。

表1　歌集別「へだて」語彙

	へ・へだし	へなる	隔て	隔つ四段	隔つ下二段	隔て編む	隔て来	隔て初む	隔て果つ	隔てゆく	思ひ隔つ	立ち隔つ	隔たる	歌集中の%総計
万葉集	2	15	2	6	10	2								39 (0.8)
古今集					3									3 (0.3)
後撰集					5				1		1			7 (0.5)
拾遺集					5			1				2		8 (0.6)
後拾遺集					8									8 (0.7)
金葉集					4									4 (0.6)
詞花集												1		1 (0.3)
千載集					12		1		1			1		15 (1.2)
新古今集					7		1			1			1	10 (0.5)

「へだつ」とは対象との間に何か夾雑物があって、それが遮蔽することやその状態をいうのだが、遮る物が何かを調べたのが表2である。この表では、何かの比喩であっても和歌に詠まれた文脈上の語を採り、掛詞である場合は、前の句からの流れに該当する方を採っている。(1)

「へだて」る遮蔽物はイからホの五つに大別できる。イは時間で、「たれ年月をへだて初めけむ」（拾遺八九八・中務）の「年月」や「ただ一夜へだてしからに」（万葉六三八・湯原王）の「夜」があり、ロは空間で、「山川もへだたらなくに」(2)（万葉六〇二）「程をへだつと思へばや」（古今三七二・在原滋春）の「距離」、「天の川へだててまたや」（万葉二〇三八）の「山・川」の地形、「へだつる雲」（後撰一二一四）などの「雲・霞・霧」の気象で、「山・川・海」は地形によって対象と遮蔽される場合、「雲・霞・霧」は面となって空間を遮る場合である。これらは、都と陸奥、夜から夜までの間、といった二つの点の端と端を結んで、物理的な距離や時間を想定し、それを遮蔽物とみる場合で、時空間を物象として捉えている。するとニの「心へだつな」（古今三八〇・貫之）の「心」も、心と心の間に距離があると捉え

表2　「へだて」る遮蔽物

	イ時間		ロ空間			ハ事物				ニ心理		ホ無
	年月世	夜一日	距離	山海川	雲霞霧	家関垣	障子几帳	衣	節氷	心仲	待遇	遮蔽なし
万葉集		6	9	17	1	2	2			2		
古今集			2							1		
後撰集		2			2			(1)	1	2		
拾遺集	1	1	1		3	1				1		
後拾遺集			1		6					1		
金葉集	1				2	1						
詞花集					1							
千載集	1		2		8	1			1	1		1
新古今集	1	1	1		6						1	

ているわけで、類義語「心置く」[3]などを思うと空間に準じよう。

ハは具体的な事物で、「家をへだてて」（万葉六八五・大伴坂上郎女）「垣根や春をへだつらむ」（拾遺八〇・順）などの「家・垣・関」、「床のへだしに」（万葉三四四五）の「障子・几帳」の仕切りの類、「葦筒の一重も君を我やへだつる」（後撰六二五・兼輔）の「節」などで、「家・垣・関」が人工的な構築物であるのに対して「衣」「節」はほんのわずかな、取り除きやすい夾雑物である。「衣」の項で（　）を付しているのは後述するように副助詞「さへ」から遮蔽物が二種詠まれているからである。作中歌でも「幾重ねへだて果てつる唐衣」（蜻蛉日記一一九）「衣へだてて過ぎにしを」（うつほ物語一七〇）と認められる。そして、ホの「なし」は「氷も月もへだてざりけり」（千載一二三七・式子内親王家中将）のように両者を遮って区別するものがない、つまり違いがない場合である。イ〜ハは物象、ニは心象である。

こうしてみると、イ・ロ・ハ・ニすべてが万葉集から用いられており、物象ではロ「空間」の「距離」と「雲・霞・

霧」の気象、心象では二「心理」がほぼ通して用いられている。ただ、細かに見ると、万葉集では「山・海・川」が一七例と最も多いのに、平安和歌では使用されず、逆に空間の「雲・霞・霧」の気象は万葉では雲一例でしかない。また、時間では万葉集から拾遺集までは「夜・一日」の短いスパンだったが、以降は「年月・世々」の長いスパンになっている。万葉集では山川、海などの地理的な自然が遮るものであったが、八代集では霞や霧の気象に変わっている。また構築物でも万葉集では家であったのが、八代集では、葦や竹の節と節の間の「よ」や垣根などの、身近にあって、直接的な接触を妨げる事物や構築物が導入されている。これらは山川の地形的な事物や関所などの公的施設が人間の意志では如何ともしがたいのに対して、自らの意志で除き去ることが可能な事物である。こうした変化や身近で取り除くことがたやすい事物の導入は、おそらく和歌の表現を変えていったであろう。本章では類義語や対義語を通して「へだて」の語義を考え、こうした遮蔽物の変化や取り上げている事態から八代集の「へだて」表現の史的展開を探っていきたい。

二　「へだつ」と「かよふ」

つぎに、「へだて」の語義用法を他の語との関係から見ていこう。

(1)　女に睦まじくなりてほどなく遠き所にまかりければ、女の許より雲居遥かに行くこそあるかなきかの心地せらるれといひ侍ける返事に、つかはしける

あふことは雲居はるかにへだつとも心通はぬ程はあらじを　（後拾遺・別・四九三・祭主輔親）

この歌では「へだつ」と「かよふ」が対比して用いられている。大中臣輔親は長保三年伊勢神宮祭主に任じられて

いるから下向の折の作と思われるが、契って間もない女から、遠く離れる悲しみと不安を訴えられて、身体は遠く「へだて」て逢えないにしても、心が「通は」ぬことなどあるまいに、「心」は「通」うのだから心変わりなどしないよと慰めている。

では、「通ふ」はどのような語義を担っているのか。

(2)大君の遠の朝廷とあり通ふ島門を見れば神代し思ほゆ　（万葉・三・三〇四・人麻呂）
(3)雪降りて人も通はぬ道なれやあとはかもなく思ひ消ゆらむ　（古今・冬・三二九・躬恒）
(4)恋ひわびてうち寝るなかに行き通ふ夢の直路は現ならなむ　（古今・恋二・五五八・敏行）
(5)天つ風雲の通ひ路吹き閉ぢよをとめの姿しばしとどめむ　（古今・雑上・八七二・良岑宗貞）

(2)は題詞に海路で筑紫に下った時の歌とあり、船上から瀬戸の島々を縫って行き交う舟が多数見えたのだろう。「遠の朝廷」は地方の行政庁、「あり通ふ」の「あり」は動詞に冠するとその行為動作の継続を表すから、人麻呂は地方の国府と都の外港の難波との間に航路が拓かれ、官人がその航路を通って移動し精勤しているのだ、神代の昔もこうであったかと詠んで、大君の勢威を言祝いでいるのである。この「通ふ」はある地点とある地点が繋がって回路が生じ、その回路を人や物が移動する意である。

平安和歌でもそれは同じで、(3)は道路が雪で見えなくなった景を描出し、「人も通はぬ」と承けて、住まいに続く道、すなわち社会と自分とを繋ぐ道がなくなってしまったと詠んで、人との繋がりが絶えた孤独と寂寥を表出し、寛平御時后宮の歌合の(4)では、我が夢と恋慕う人の夢とをまっすぐ繋ぐという夢路、魂はそこを通って「行き通」えるのにと、現実では逢瀬がままならぬ恋を嘆き、(5)は天空高く吹く風に「雲の通ひ路」、つまり、雲の中にある天上と地上をつないでいる通路を吹き飛ばして天女の帰り道を閉ざせ、しばらくでもその麗姿を見ていたいからと命じて、五節の舞姫の素晴らしさを讃えている。

このように「通ふ」は波路・道路・雲路・夢路など、A地点とB地点が繋がって回路が生じることや、その回路を通ってAからBへと人や鳥、さらには手紙や風などの事物が動いたり、往復したりすることをいう。

したがって、(1)の「かよふ」は、輔親と女との間が繋がって回路が生じ、心はその回路を通って相手の許まで行ったり帰ったりできるといい、逆に、「へだつ」は繋がっているはずの二人の間に「雲居はるか」な距離が障害として存し、現実に逢うことを阻んでいるというのである。「かよふ」は繋げるもの、「へだつ」はその繋がりを阻むものとして詠まれているのである。

しかし、「へだつ」は元来はマイナスイメージを持つものではなかった。

「へなる」は「へになる」、四段の「へだつ」は「へに立つ」からきたと思われるが、その「へ」はどうだったのか。

(6)春の日の　霞める時に　（中略）海神の　神の宮の　内隔之（うちのへの）　妙へなる殿に（中略）水江の　浦島子が　家所見ゆ
（万葉・九・一七四〇）

(7)こほろぎの吾床隔尓（あがとこのへに）鳴きつつもとな起き居つつ君に恋ふるに寝ねかてなくに
（万葉・二三一〇・十・秋の相聞）

(8)水門の葦が中なる玉小菅刈り来我が背子等許乃敝太思尓（とこのへだしに）
（万葉・一四・三四四五）

(9)玉桙の　道に出で立ち　あしひきの　野行き山行き　（中略）恐きや　神のわたりの　しき波の　寄する浜辺に
高山を　部立丹置而（へだてにおきて）　浦ぶちを　枕にまきて　うらもなく　臥したる君は（略）とゐ波の　恐き海を　直渡りけむ
（万葉・一三・三三三九）

(6)(7)では「内隔之」「吾床隔尓」と「隔」が認められる。高橋虫麻呂歌集からの採録という(6)では、水江の浦島子と海神女が「内の隔の霊妙な御殿」で暮らしたと詠んでいるから、その御殿は海神の宮でも外部と区切った奥殿で、

「隔」は障壁の意であろう。(7)の旋頭歌の「吾床隔尓」は、新編日本古典文学大系では「私の床のそば」、新日本古典文学大系では「私の床のあたり」と訳していて、「隔」は辺りと解されている。しかし、用字は「辺」ではない。(6)と同じ「隔」だから、寝床を衝立か何かで他の空間と区切っており、床の仕切りの所でと解するべきではないか。というのは、(8)(9)でそうした風習が知られるからである。(8)の東歌の「へだち」は四段活用「へだつ」の名詞形「へだし」の方言で、夫に玉小菅を共寝の床の「へだち」として刈ってきて欲しいと頼んでおり、(9)の挽歌でも、調使主が備後の上島の浜に打ち寄せられた水死者の屍を、山を「へだて」として置き、甌穴を枕としていると寝床に臥した姿に見立てているから、当時は寝床に屏風のような物を立てて仕切っていたのだろう。したがって、「へ」は他と区別するために遮蔽する物、空間を仕切る物の意で、それ自体には(1)のような好悪のイメージはなかった。むしろ、床を仕切ることは、眠る者にとっては風や他者を防ぐ、歓迎すべきものであったろう。

つまり、「へ」は元来は他と区別する物、仕切りの意で、「へだつ」は遮蔽物が存して、空間を他と区切っている状態や遮蔽する行為自体をいう意であったと思われる。その自らと他者が繋がりをもって結びつけられ、主体と客体として意識された場合は、「へだつ」は単に二つの物を区切るのではなく、目的である対象との間を遮って分かつ事物や行為と捉えられるようになる。客体との関係によって「へだつ」ことが歓迎されたり、迷惑がられたりするのである。和歌では主体Aにとって客体Bは関心の高い物や人で緊密に結びついていることが多く、「へだつ」ことはABを分かつ厄介な行為状態として捉えられるようになり、その結果「へだつ」という行為や遮蔽物にマイナスのイメージが付与されるようになったのだろう。

「へだつ」と「通ふ」が対義として用いられた(1)の和歌では、輔親が女に身体は空間に阻まれてあなたに達し得ないが、心は達し得ると詠んでいるから、「通ふ」は繋がることに主意があるのに対して、逆に「へだつ」は自由な往来が阻まれる事態や状態に主意があるといえよう。和歌表現では単に物と物を仕切って区別する意であった「へだて」を悲しみの表現として用いているのである。

三　「へだつ」と「かくす」

では、類義語の「隠す」とはどうだろうか。

「かくす」も「へだつ」も、主体である詠み手Aと対象のBとが何らかの形で繋がっている時、その間にCが存する、「A—C—B」という位置関係、構造は変わらない。ただ、「かくす」は視覚が意義の中核を成している。

(1)味酒　三輪の山　あをによし　奈良の山の　山の際に　い隠るまで　道の隈　い積もるまでに　つばらにも　見つつ行かむを　しばしばも　見放けむ山を　心なく　雲の　隠さふべしや（万葉・一・一七・額田王）

(2)春霞何隠すらん桜花散る間をだにも見るべきものを（古今・春下・七九・貫之）

(3)咲き咲かずよそにても見む山桜嶺の白雲立ちな隠しそ（拾遺・春上・三八・詠み人しらず）

(4)春の夜の闇はあやなし梅の花色こそ見えね香やは隠るる（古今・春上・四一・躬恒）

(1)は天智六年の近江遷都に随行した額田王の長歌で、奈良の都の象徴である三輪山を奈良山の向こうに隠れるまで見続けたい、曲がり角のたびにまだ見えるかどうかと惜しみながら確かめ続けたと詠んでおり、そんなに繰りかえし見たい山を雲が隠してよいものか、と隠す雲をなじっている。(2)(3)は桜の観賞を望む歌だが、(2)では「何隠すらん」と春霞に抗議し、たとえ散っていくところでもその間ずっと桜を見ていたいのにと詠み、(3)は山桜が咲いているかいないかをよそながらでも見て確認したいのだと立ち隠す白雲を恨んでいる。(4)は躬恒なりのユーモアで、闇を擬人化し、梅の花を独り占めしようと姿が見えないように隠しても、はたして香が隠せるだろうか、馥郁とした香りでありかが知られてしまうだろうにと闇を揶揄して梅の香気を賛嘆している。これらに「見る」が用いられていることに注意したい。「かくす」は主体Aにとって客体Bが視認できない状態や視認できなくすることが大切な要素となっている。それは「見る」という動詞が明示されなくても明らかである。

(5)秋風は吹きな破りそ我が宿のあばら隠せる蜘蛛の巣がきを　（拾遺・雑秋・一一一一・好忠）

(6)ひさかたの天の河原の渡し守君渡りなば梶隠してよ　（古今・秋上・一七四）

(7)三輪山をしかも隠すか春霞人に知られぬ花や咲くらん　（古今・春下・九四・貫之）

(5)は蜘蛛の巣が邸の荒れようを見えなくしており、(6)は渡し守が梶を見えなくして牽牛が帰れなくするよう求めているのだから、視覚に係わっている。そのためか、「隠す」は(7)のようにBが未知のものの場合も多い。

つまり、「隠す」はBを見えなくすることで、それを移動という点からを見ると、

①Bの前にCを置いて（が生じて）Aから見えないようにする

②①の変形で、Aが移動したのでBがCの背後になって見えなくなる

③Bを移動させてAから見えないようにする

となって、Cの出現、Aの移動、Bの移動という三つの原因が考えられる。[5] しかし、「へだつ」には移動という要素は認められない。Aが移動したとしても時空間は伸縮するだけだし、移動によってCが取り除かれるわけでもない。

また、Cの遮蔽物では、「へだつ」にはイ時間・ロ空間・ハ事物・ニ心の四種類が認められた。ところが、「かくす」にはハの事物が認められるだけである。その事物も万葉集と八代集では隠すものから隔てるものに変わっていたりする。[6] 視覚に関わるのは物象だけだから「かくす」は対象を視認できなくすることに主意があるといえよう。

さらに、主体Aと客体Bの関係が「へだつ」と「かくす」では違っている。(1)~(7)で知られるように、「かくす」では主体と三輪山や桜、家屋、梶とは密に繋がってはいない。「かよふ」のような回路は生じていないのである。しかし、「へだつ」場合は主体Aと客体Bは緊密に繋がっている。

(8)逢はなくは日長きものを天の川へだててまたや我が恋ひをらむ（万葉・一〇・二〇三八）
(9)むつまじき妹背の山の中にさへへだつる雲の晴れずもあるかな（後撰・雑三・一二一四）
(10)春霞へだつる山の麓まで思ひも知らずゆく心かな（後拾遺・春上・七七・藤原孝善）
(11)鷲の山へだつる雲や深からん常にすむなる月を見ぬかな（後拾遺・雑六・一一九五・康資王母）

(8)は年に一度の逢瀬を果たした翌日、織女が天の川に隔てられて再び恋い続けるのかと嘆いており、(9)は兄が妹の心を隔てた応対に、むつまじく寄り添う妹山と背山の間にさえ仲を隔てる霧が立つんだねぇと、からかいぎみに詰っている。(10)は孝善が良暹を尋ねたところ、人々を連れて花見に出かけていたので、山を良暹、麓を良暹宅、霞を良暹の心に喩えて(7)、春霞が山を隔てているのも知らず麓まで行ってしまったよ、あなたが私を隔てているとも知らずお宅まで行ってしまったよ、誘ってくれないなんてと恨んでおり、(11)は釈迦が常在しておられる霊鷲山を見たい、衆生を救おうとなさるお姿をこちらから望み見、釈尊からも救いを授けていただきたい、なのに、雲が懸かって隔てているのはこちらが煩悩に染まっていているからかと嘆いている。「へだて」られているのは夫婦・兄妹・友人・釈尊と帰依する信者で、主体と客体は緊密な関係にある。

こうしてみると、「かくす」も「へだつ」も詠歌主体Aには対象Bへの強い関心と執着があり、そのためにCの遮蔽物が困ったものであるのは同じなのだが、「かくす」には視覚が大切な要素で、主体と対象との間は緊密に結びついていない。しかし、「へだつ」は視覚に限定されず、時空間にも心の「へだて」にも用いられて、対象と緊密に結びついているから、客体は既知で未知のものではない。

つまり、AとBが繋がっている状態が「かよふ」、その間に遮蔽物Cがある状態が「へだつ」で、「かくす」と異なっているのは、AとBの繋がりが緊密妥当である点、Cが視認できるものに限定されず、Bが既知である点である。そのため、「へだつ」と詠む歌は、本来通行しているはずの対象Bとの間にCがあって通い合うのを遮るという、困った事態や心情を詠んでいるのである。したがって、「へだつ」の遮蔽物、イの空間は、実は接しているはずのもので、ない方がよいのであり、ロの時間は現在に直結しているはずであって、「夜をへだつ」「日をへだつ」という逢瀬と逢瀬は連続しているべきであり、ハの物象は本来無いほうがよいのであり、ニの心はつながっていなければならないのである。それが妨げられる、というのが「へだつ」である。邪魔な遮蔽物がないほうがいいのに「へだつ」ものがある、そこから歌が始まる。

四　万葉集の「へだて」表現

「へだつ」と詠む歌は、本来通行しているはずの対象Bとの間にCがあって通い合うのを遮るという、困った事態や心情から発しているのだが、述べたように古事記や記紀歌謡には「へだて」表現は認められない。万葉集で認められるのは第二期以降である。といっても、第二期は人麻呂歌集から採録したという二首三例　第三期六例、第四期一六例だから万葉後期になって用いられている。詠み手は第三期は湯原王・大伴坂上郎女各二例、吉田宜・山上憶良各一例、第四期は大伴家持一二例、大伴池主一例、笠郎女一例、中臣宅守二例だから、家持周辺に限定されているようで、旅人に認められないのも興味深い。「へだて」が古事記の記述に必要なかったのか、表現として用いるほどではなかったのか、日常に使用されていたのかどうかはわからない。

表1で知られるように、他動詞は下二段活用「へだつ」一二例なのに、自動詞の「へなる」「へだたる」四段活用の「へだつ」の使用が合わせて倍近くの二三例にのぼっている。仮名書きは、名詞は「部立（へだて）」「敝太思（へだし）」、動詞は「へなる」は「敝奈利」一例、「敝奈里」七例、四段の「へだつ」は「辺多天留」「敝太而礼」各一例、下二段の「へだつ」は「敝太弖」三例で、自動詞と他動詞に確たる証左は認められない。漢字は「隔」（へだたる二・へなる五）「間」「阻」「障」「重編」などで、自動詞と他動詞の別は認められない。

また、万葉集の遮蔽物は空間がほとんどで、時間がそれに次ぐ。したがって「へだて」歌は、詠歌主体と対象とを隔てる時間や空間の遮蔽物が容易に取り除けないのを嘆く表現が基本となっている。

(1)はろはろに思ほゆるかも白雲の千重にへだてる筑紫の国は　（五・八六六・吉田宜）

(2)愛し（うるは）と我が思ふ妹を山川を中にへなりて安けくもなし　（一五・三七五五・中臣宅守）

(3)ひさかたの天つしるしと水無川へだてて置きし神代しうらめし　（一〇・二〇〇七）

(1)は筑紫の大伴旅人から梅花宴の歌と松浦川に遊ぶ序等を贈られた吉田宜の返歌で、「白雲が千重にへだてる」といって、筑紫は奈良からは空の彼方のまた彼方だと旅人への思いを表出し、(2)は宅守が、離れ離れに流された狭野弟上郎女とは「山川」を間にして遠く隔たっていると、逢えない焦燥を述べ、(3)では牽牛と織女が神の掟で天の川で隔てられたことを嘆いている。このように遮蔽物が山でどうしようもないと嘆くのが四例、雲が一例、山川が四例、天の川が四例、関所が一例の計一四例にのぼっている。

そしてこうしたa阻む空間が広すぎると嘆く表現は、b阻む距離はわずかなのにと恨む表現を生み出している。

(4)海山もへだたらなくに何しかも目言をだにもここだ乏しき　（四・六八九・大伴坂上郎女）

(5)心ゆも我は思はずき山川もへだたらなくにかく恋ひむとは　（六〇一・四・笠郎女）

(6)たぶてにも投げ越しつべき天の川へだてればかもあまたすべなき　（八・一五二二・憶良）

(7)月読の光に来ませあしひきの山きへなりて遠からなくに　（四・六七〇・湯原王）

(4)は大伴坂上郎女が逢いに来ない男に海山ほど広大な距離でもないのにと恨んでおり、逆に(5)の笠郎女は家持に山川ほど遠くも離れていないのに自分でもふしぎなほど恋しくてたまりませんと訴えている。万葉集に認められる「へだたる」は二例とも「〜もへだたらなくに」の類句を用いて、遠くはないのに逢うことがままならない、恋しくてたまらないと嘆く表現なのである。(6)では憶良が牽牛の身になって天の川は礫で届くほどの近さなのにと嘆いているが、これは(3)で禁忌として置かれた天の川を容易に渡れる距離と捉え返した、変形である。(7)も女が月も照り、「遠からなくに」と訪れやすい距離でもありますからと誘っている。こうしたａ型の変形のｂ型は山川・海山（六〇九）・山・一夜が各一例の計四例ある。

さらに、空間の「へだて」を嘆く表現は、ｃ型の身体と心の対比となる。

(8)雲隠る小島の神の恐けば目はへだてども心へだてや　（七・一三一〇・人麻呂歌集）

(8)は遮蔽物は時間と空間両様に考えられるが、「横雲の空ゆ引き越し遠みこそ目言離るらめ絶ゆと隔てや」（二六四七）から空間と解する。「目はへだてども心へだてや」と逢うことは遠ざかっているが心は隔たっていない、身体は隔たっているが心は共にいると愛を誓っている。こうした距離の多大さは認めながらもそこに身体と心を持ち出し、身体は遠く離れていても心は自由に往来すると詠む表現はつぎのような歌など四例が認められる。

山川を中にへなりて遠くとも心を近く思ほせ我妹　（五　三七六四・中臣宅守）

あしひきの山きへなりて遠けども心し行けば夢に見えけり　（七・三九八一・家持）

このc型は後の平安和歌で盛んに取り上げられる身と心の問題であるそしてこのc型の表現は、身体は離れていても天空は同時に存するというd型の空間の同時性、時間の同時性を生み出す。

(9)月見れば国は同じぞ山へなり愛し妹はへなりたるかも　（一一・二四二〇）

(10)あしひきの山はなくもが月見れば同じき里を心へだてつ　（一八・四〇七六・家持）

(9)は月は同じに見えるのだから同じ国にいるのだ。なのにいとしい妻との間には山が隔てていて遠く隔たっていると、同じ時に同じ空を見ているのに逢うことができないと嘆いている。この「月見れば同じ国なり」の時間と空間の同時性は友と離れて暮らす家持たちにも印象深かったらしい。(10)は、越前掾に転任した池主が「月見れば同じ国なり山こそば君があたりを敝太弖たりけれ」（四〇七三）「相思はずあるらむ君をあやしくも嘆きわたるか人の問ふまで」（四〇七五）と、同じく越の国にいるのに山で隔てられている。あなたに会いたい、慕わしいと詠んできたのに対する返歌で、家持はそれをさらにひねって、月も同時に見られるから同じ里といってよいのに、「心へだてつ」とこの山が君の心まで隔ててしまったよと、身体と心の型の変形で応じている。さらに家持は、「ほととぎす　いやしき鳴きぬひとりのみ　聞けばさぶしも　君と我と　隔てて恋ふる　砺波山　飛び越え行きて」（四一七七）と人間の私はだめだが時鳥は山を越えると詠んでいる。これは空間の「へだて」を認める一方で、心や鳥、あるいは天空は繫がっているとする発想の歌である。

つぎに、ロの時間の「へだて」を嘆く表現は、一夜一日が認められる。

(11)たなばたの今夜逢ひなば常のごと明日をへだてて年は長けむ　（一〇・二〇八〇）

(12)若草の新手枕をまきそめて夜をやへだてむ憎くあらなくに　（一一・二五四二）

こうした時間の「へだて」歌は五例すべて恋歌で、⑾は年に一度しか逢えない織女にとっては翌八日から一年を待ち暮らすのはさぞ長かろうと同情するもので、境となるのは七日の一日だけである。「昨日見て今日こそ隔て我妹子がここだく継ぎて見まく欲しきも」（二五五九）も一日でも離れていられない焦燥を訴えている。⑿は平安時代によく引かれる歌で、新枕を交わした感激を「夜をやへだてむ」と、以後一夜たりとも離れてはいられないと詠んでおり、湯原王も「ただ一夜へだてしからにあらたまの月か経ぬると心惑ひぬ」（六三八）とほんの短い時間でも離れているのはとても堪えられないと訴えている。これらは空間の「へだて」で、わずかな距離であるからこそ堪えられないと嘆くのと同じである。

万葉集の「へだて」歌は、恋歌二八首三〇例、挽歌四首、友情の歌四首、離別羇旅一首で、夫婦や恋人、肉親や友人など大切な人と離れている空間の「へだて」を嘆くのが基本で、時間の「へだて」がそれに準じている。そして、「へだて」る時間や空間がわずかであればあるだけ堪えられないとする表現、さらに、身体は「へだて」られていても、「心」は繋がっていると詠む、身と心の表現や、空間は「へだて」られていても天空や時間は共有することができるとする表現を生じている。

万葉集で自動詞が多く用いられているのもこうした空間の「へだて」を嘆くのが基本であることと関わっていよう。自動詞は事物が厳然と存在することを表すから、人間の手で容易に取り除いたり、変更したりしにくい時間や空間の遮蔽物が存することになる。万葉集の「へだてる」ものが山川海山といった自然の地形や地勢であるのはそのためであろう。

五　八代集の「へだて」表現――恋部・離別部

それでは八代集の「へだて」表現はどうであろうか。「かくす」と詠む歌が隠されている対象Bへの関心に収斂していくのに対して、「へだつ」と詠む歌はABの間に横たわる時空間の存在を強く意識するところから始まる。古今集の三例をみよう。「へだて」歌は離別に二首、恋に一首認められる。

別れては程をへだつと思へばやかつ見ながらにかねて恋しき（古今・離別・三七一・在原滋春）

白雲の八重に重なるをちにても思はん人に心へだつな（古今・離別・三八〇・貫之）

よるべなみ身をこそ遠くへだてつれ心は君が影となりにき（古今・恋三・六一九）

滋春は公務で下向する朋友に、都と赴任する地との距離を思い、会えなくなると思うと、別れの言葉を交わしている今からもう、恋しくてならないと、感情を率直に詠んでおり、貫之は陸奥に下向する人に、「白雲の八重に重なるをち」と詠んで、白雲が幾重にも重なるはるか遠くの陸奥を形象化し、そんな距離を隔てた遠方でも都にいてあなたのことを思っている私に心を隔てないでください、忘れず便りを寄越してください、と願っている。この二首は実際に遠く隔たる離別歌だが、六一九番は恋歌で、あなたの傍に身を寄せる所がないのでやむなく身体は遠くに隔てていますが、心はあなたの影となってしまい、ずっと寄り添っています、と変わらぬ愛を訴えている。この「遠く」は心理的な距離である。これらは離別と恋という違いはあっても、万葉以来の身と心を詠んだ歌で、その詠の底には「はるかなる程にもかよふ心かな」（拾遺九〇八・伊勢）という、心はいかなる時空間をも行き来するものだという考えが流れており、それだけに時空間の「へだて」が嘆きを増すのである。

したがって、距離は距離として、心のありようが問題となってくる。

へだてける人の心のうきはしをあやふきまでもふみ見つるかな
（後撰・雑一・一一二一・四条御息所女）

古妻が、夫が他の女からの文を隠したのを見つけて、その文の端に書き付けた歌だが、こちらと向こうとの間に川が流れていて、橋が架かっているという景に見立てて、自分と夫との間には隔てなどないものと思っていた。それなのに、実は間に川があって、その上に架かっている橋で夫の心は私につながり、こちらへ通ってさていたのだ、けれども、その橋は「浮き橋」で、我が身も心も託しきれない「憂き橋」であったのだ、そうとも知らず、わたしはその橋を堅牢と思って踏み渡って、文を交わし、夫の心を信じて心を交わしてきたのだ、そんなあなたの「憂き端」をこの文で見てしまったと、いっている。川を心の「へだて」、橋を心の「通い合う」路とし、それが実はぐらぐらした危なっかしい橋だったのだと形象化して、夫の「心へだて」を嘆き、悲しみを訴えているのである。

木にも生ひず羽も並べでなにしかも波路へだてて君を聞くらん
（拾遺・雑上・四八二・伊勢）

詞書は「中宮長恨歌の御屏風に」で、絵は、はるかな大海の蓬萊の島で道女玉真となった楊貴妃に方士が玄宗の言葉を伝える場面であろう。伊勢はその楊貴妃の身になって、比翼連理を誓ったのにそのようにも愛を貫けなかった今、玄宗の心だけが我が許に伝えられた、心が空間の隔てをものともせず伝わったことによって、かえって、身体が波路遠く離れていることを意識させ、悲しみを増幅させると嘆いている。これは身と心の型を逆にした表現である。

このように八代集の「へだて」の歌は、「へだて」にもかかわらず、いや「へだて」があるからこそ、それに打ち勝って通い合う「心」を詠むことから始まっている。

それはまず地方官になって都を離れることを余儀なくされる友に対する友情の歌や逢うことができない恋の歌に、空間の「へだて」を嘆く歌として用いられている。「へだて」歌は、まず、離別と恋の一つを杜として展開していったのである。

そして、嘆きをストレートに詠む歌から、「へだて」る物に焦点を当てる表現が生じている。

思ひやる心ばかりはさはらじを何へだつらむ峰の白雲　（後撰一三〇六・離別・橘直幹）

思ひ出でよ道ははるかになりぬとも心のうちは山もへだてじ」　（後拾遺・別・四八四・源道済）

直幹の上の句は「思ひやる心ばかりはさはらじ」と身と心の型で詠んでいるが、しかし、下の句では「何へだつらむ」と雲を擬人化し、「へだて」る雲に直接呼びかけ、なじっている。道済も「心のうちは」と「心」を問題にしながら「山も」というところに山が意識されている。

こうした「へだて」る遮蔽物への意識は、恋の歌により大きな位置を占めて現れてくる。後撰集からみえる恋の「へだて」として、「夜をへだつ」「日をへだつ」「年月をへだつ」のイ「時間」、そして「衣をへだつ」「節をへだつ」のわずか一重ばかりのハ「事物」が詠まれるようになる。

古今集の離別部で、距離を隔てることになっても心は隔ててくれるなと詠んだ貫之は、公務で地方に赴いたときに、その途中から、

月かへて君をば見んといひしかど日だにへだてず恋しきものを　（後撰・恋三・七四三・貫之）

と、来月には逢おうと約束したけれど、一月どころか、わずか一日隔たっただけでさえこんなにも恋しいのですと「時間」を取り上げて訴えている。これは万葉集の「月かへて君をば見むと思へかも日をもかへずして恋の繁けむ」（三一三三三）を原歌とすると考えられているが[8]、万葉歌には「へだつ」は見えない。貫之が「へだつ」を導入して、一日でさえとても離れてはいられないと、ほんの一日の隔てが堪えられぬ恋の焦燥をより鮮明に表出したと考えられる。

こうした時間の「へだて」は、恋歌の「別れては昨日今日こそへだてつれ千代しも経たる心地のみする」（新古今一二

三七・伊尹）、さらに「夜々」を「世々」として二世三世を射程としたスケールの大きな恋や、「あふことは身をかへてとも待つべきに世々を隔てむほどぞ悲しき」（千載八九七・俊成）となって、執心ゆえにいっそうわずかな夜離れが身に沁むという時間の「へだて」の表現である。

こうしたわずかな時間の「へだて」を嘆く恋情の表出は、わずかな事物の「へだて」を嘆く表現となる。

あふことのよゝをへだつる呉竹の節の数なき恋もするかな（後撰・恋二・六七三・清正）

清正は、「夜」と竹の「よ」、「臥し」と竹の「節」を掛け、「夜々をへだ」てて逢瀬も少なくなったつらさを、恋しい人との間に竹の節のようなわずかな俠雑物があるもどかしさに譬えて表現している。葦の節のなかにある薄様に譬えた「難波潟刈り積む葦のあしづつのひとへも君を我やへだつる」（後撰・六〇五・恋二・兼輔）という詠もある。

同様に、わずかであるためにかえって、その存在を感じずにはいられず、恋していればいるほど直接の触れあいを妨げる悩みの種は「衣」である。

衣だに中にありしはうとかりきあはぬ夜をさへへだてつるかな（拾遺・恋三・七九八）

一見するとこの歌の「へだて」る物は夜だけのようだが、「夜をさへ」と「さへ」といっているから衣も「へだて」る夾雑物なのである。上の句で「衣だに中にありしはうとかりき」とまず衣のイメージを出し、逢っていても衣一重のわずかな隔てでさえわたしには疎ましいのにといい、下の句で「あはぬ夜をさへへだてつるかな」と夜離れはなおいっそう、と、時間の「へだて」の焦燥に衣の「へだて」の違和感を重ね、恋歌に詠み込む遮蔽物を二つながら用いて、自身の嘆きをより切実なものとして形象化している。

こうした取り合わせやイメージの重層をさらに発展させ、身と心の関わり、時空間の「へだて」、そして僅かな俠雑物の「へだて」の三つを統合したのがつぎの定家の離別の歌である。

別れても心へだつな旅衣幾重重なる山路なりとも　（千載・離別・四九七・定家）

上の句で身は隔たっても心ははるかに通うのだから隔ててくれるなと詠み、下の句でそのはるかな距離をイメージ化しているのだが、それは「旅衣」が「幾重」にも「重なる」日数であり、衣一重でも堪えられない焦燥の涙の「重なり」であり、「山」が「幾重」にも「重なる」距離でもあるからである。この歌にはこれまでの「へだて」表現がみごとに凝縮されて結晶しているといえよう。

ただこの定家詠は歌としてのおもしろみはあっても、あまり心を打たず、妙に印象が薄い。地方官の惜別の悲しみも恋の切迫もないのは、百首歌で心が籠もっていないためであろうか。

こうした「へだて」ることや遮蔽物への関心は、また一方でその解消を期すことになり、「へだて」を積極的に除き去ろうとする趣向が出てくる。

しのぶるも誰ゆゑならぬものなれば今は何かは君にへだてん　（拾遺・恋一・六二四・平公誠）

別れ路をへだつる雲のためにこそ扇の風をやらまほしけれ　（拾遺・別・三一一・能宣）

平公誠の、女に初めて贈る恋歌では、あなたの立場を考えて遠慮していたのだが、もう、堪えられない、「今は何かは君にへだてん」、あなたに対する心の「へだて」を解き放ってわが想いのほどを打ち明けようといい、能宣の離別の歌では餞別に扇を贈って、その扇で街道にかかっている雲を吹き払いたいと詠む。すると、自然が人事の象徴となってくる。

思ひかね今朝は空をやながむらん雲の通ひ路霞へだてて　（金葉・雑上・五二九・藤原家綱）

つれもなき人の心やあふさかの関路へだつる霞なるらむ　（千載・恋一・六六九・賀茂重保）

家綱は叙爵して殿上を下りた藏人に、心は雲の通い路、殿上に馳せておられるでしょうが、その心を霞が隔てていておつらいことでしょうと慰問し、賀茂重保はその霞を恋する人のつれない心に喩えて、いずれもその解消を言外に願っている。

さらにつぎの贈答は、源仲正が下総の守の任期を終えて帰京したと俊頼に報告し、再会を求めたものだが、

東路の八重の霞を分け来ても君に会はねば猶へだてたる心地こそすれ　（千載・雑下・一一六四・源仲正）

掻き絶えしままのつぎはしふみ見ればへだてたる霞も晴れて向かへるがごと　（千載・雑下・一一六五・源俊頼）

仲正は霞を分けて身体が都に戻っても、あなたに会わなければ心は晴れず、今なお霞で隔てられているようだと詠み、俊頼はあなたからの便りもかき絶えていたが、そのあなたが帰京したとの文を今拝見して、わたしたちを隔てていた霞が晴れ、向かいあって顔を見ているようです、と応じて、再会を楽しみにしている。空間の「へだて」の霞とその解消をそれぞれの立場から巧みに用いた贈答である。

このように八代集の「へだて」歌は、離別や羇旅、恋歌に用いられて主体と客体との間に空間や時間の「へだて」を置き、そのはるかな距離を地形や気象で形象化して、身と心の相違で離れている嘆きを表現したり、恋歌では「時間」を隔てとしてわずかな間も離れていられないと訴え、節や衣などの身近な「事物」を導入してわずか一重の隔てに懊悩する、恋する心情の形象として用いている。こうした身近な事物を遮蔽物とすることは万葉集には認められなかったことである。八代集はそこからさらに拾遺集の頃に「へだて」の解消を願い、行おうとする歌へと表現の幅を拡げていっている。

六　八代集の「へだて」歌表現――四季部

古今集や後撰集では「へだて」歌はもっぱら離別や恋部に認められていたが、拾遺集から四季部にも認められるようになる。

我が宿の垣根や春をへだつらむ夏来にけりとみゆる卯の花　（拾遺・夏・八〇・源順）

順の歌は屏風歌で、垣根に卯の花が咲く夏の景が画かれているのだろう、白い卯の花が一面に咲いている我が家の垣根、垣根からこちらが夏で、この垣根が春を向こうに「へだて」てしまったのだなと機知を利かして、すがすがしい初夏の到来を詠出している。順がこう詠んだのは、あるいはこの屏風にはこの歌の前に春の景が画かれていたのかもしれない。それならばこの歌の機知がもっと活きてくる。この歌の眼目は、卯の花の垣根を季節の境界と見立てたところにあるのである。

こうした発想は和歌における季節の景物の定着と関係があるのだろう。卯の花が時鳥と対になって夏の到来を表すようになったのは古今集であるが、垣根と卯の花が結び付けられたのは拾遺集あたりであるらしい。というのは八代集で垣根に咲く花を調査すると、後拾遺集以降は、春は梅の花、夏は卯の花、と定まっているのだが、三代集では菊であったり、なでしこ、朝顔、なづな、柳であったりとさまざまで一定していない。そんななかで拾遺集では一一例のうち七例が卯の花で、垣根と結びつき始めているのである。ちなみに菊は後拾遺集から籬の景物となっていく。

いづかたににほひますらん藤の花春と夏との岸をへだてて　（千載・春下・一一八・康資王母）

この歌も季節の移行を詠んだ歌である。これは康資王母が土御門右大臣師房の歌合で藤の花を詠んだ折の歌だが、清流の両岸に藤がみごとな花房を垂れている景を示して、川を春と夏を「へだて」るものとし、どちらの岸の藤がより美しく華やいでいるのだろうか、甲乙付けがたいといっている。それは藤が春から夏にかけて咲く花で、春部に詠まれたり、夏部に詠まれたりするからで、いったい春と夏のどちらと考えたらよいものやらとその華やぎに惹かれる想いを詠んだ、きわめて機知的な歌である。

佐保河の霧のあなたに鳴く千鳥声はへだてぬものにぞありける　（後拾遺・冬・三八八・頼宗）

声せずはいかで知らまし春霞へだつる空にかへる雁がね　（金葉・春・二七・藤原成通）

葦垣のほかとは見れど藤の花匂ひは我をへだてざりけり　（金葉・春・八八・内大臣家越後）

この三首は霧や霞や葦垣の、仕切りとしての機能に注目した和歌で、前二首は聴覚を、あと一首は嗅覚を取りあげている。頼宗の歌は永承四年の内裏歌合に千鳥を詠んだもので、千鳥の姿は霧に「へだて」られて見えないが、声は聞こえてくるといい、成通は「霞中帰雁」という題を、声が聞こえなかったら雁が帰って行くのをどうして知ることができようか、姿は春霞に「へだ」てられているのだからと、霞の向こうから響く声を主に据えている。内大臣家越後の「隣家藤花」を詠んだ歌では、隣家の藤の花は葦垣で「へだて」られて見えないが、その香は漂ってきて、花開いたとわかると喜んでいる。これらは「へだて」られて姿は見えなくても、千鳥や帰雁の声、藤の匂いは伝わってくるといって、その哀切さ、素晴らしさを逆説的に詠んでいる。「へだて」を越えてくるという点では、身体は隔てていても心は通うと詠む型と同じであるが、人の思いではなく、自然の景情を詠んでいるところに新しさがある。また、発想の点では躬恒の「春の夜の闇はあやなし梅の花色こそ見えね香やは隠るる」（古今四一）と同じであるが、闇とはちがってこれらの仕切りは絵になる。つまり霧も霞も葦垣も千鳥や雁、藤の花と同様に景を構成する大切な要素なのである。隔てるものがせり出してきて、人事から自然へと向かっているのである。

白雲と峰の桜は見ゆれども月の光はへだてざりけり
（千載・春上・七二・待賢門院堀河）

月のすむ空には雲もなかりけりうつりしみずは氷へだてて
（千載・冬・四四一・道因法師）

待賢門院堀河の百首歌はまず峰の桜を白雲に見立て、花盛りの桜は雲と見えるのに雲ではないから月光を「へだて」ないと、桜の大木が背後から月の光に照らし出される夢幻的な景を、甘さをおさえて機知的に詠んでいる。道因法師の氷を詠んだ歌は、上の句で清明な、雲もなく冴えきった冬の夜空に皓皓と輝く月を呈示し、下の句で地上に移って、その月が池であろうか、氷面に映っている景に焦点を結び、水面は氷が張っているために、月の姿は映らず月光が反射して氷面がきらめいているという。これは空の月と水面の月が重ねられた古今的な水鏡の世界ではなく、間の氷が「へだて」て空の景を映さないと、上空と地上とで異なる景に興趣を感じているのである。これらは「へだて」ることで生じる景をおもしろがる機知の世界であり、発想で、「へだて」た世界の美を描出している。

うき世をば峰の霞やへだつらん猶山里は住みよかりけり
（千載・雑中・一〇五九・公任）

思ふことなくてや春を過ぐさましうき世へだつる霞なりせば
（千載・雑中・一〇六四・源仲正）

この二首はいずれも霞によってうき世から隔てられた別世界を詠出しており、「へだて」ることを積極的に肯定した歌である。公任の歌は春に粟田に出かけた折の歌で、山里は霞で俗世を「へだて」てくれるから住みよいのだと喜び、仲正も霞に向かって春をもの思いなく過ごしたいから俗世を「へだて」てほしいと願っている。この二首は八代集抄で「公任は山居の閑をよみ給へり。是は世のうき事をよめり」と説いているように、歌の心は異なっている。しかし、霞が「へだて」た別世界、桃源郷のような異空間を呈示して、あるいはそれを閑静な山里に置き換え、あるいはそれに憧れ留まりたいと夢想する表現といえよう。

これら四季部の「へだて」歌の特徴は、「へだて」ることを離別歌や恋歌のように遮り妨げる負の要素と考えるのではなく、「へだて」を肯定し、境と境との接する境界に着目して、新たな美を見出そうとすることで、そこに新しい発想があり、美意識が生まれているのである。

四季歌の「へだつ」のもう一つの特徴は、静的な絵ではなく、自然の景と動的な映像が結びついていることである。

へだて行く世々の面影かきくらし雪とふりぬる年の暮かな　（新古今・冬・六九三・俊成女）

俊成女が年の暮れに呼んだ歌だが、新日本古典文学大系では拾遺集の貫之の歌「年の内に積れる罪はかきくらし降る白雪とともに消えなむ」（二五八）を参考歌として挙げている。貫之詠は理知的で、「年の内に積れる罪」を積み重なって高くなるイメージで詠出しているが平板で印象が薄い。しかし俊成女が「へだて」を用いて、「へだて行く世々の面影」とすると、あの時この時の、過去の一コマ一コマの面影が、まるで現在のようにくっきりと浮かび上がってきて、それが順次遠ざかって消えていくという、連続する動的なイメージとなって迫ってくる。その遠ざかっていく面影が、後から後から空を暗くして降ってくる雪によって、一つ一つ、やがてどっと掻き消され、後は雪がどんどん積もっていくばかりで終わる、まるで映画のラストシーンを目にしているような歌である。ここにおいて、これまで形象化、特に視覚化しにくく、なされてこなかった時間の「へだて」が視覚化されたといえよう。

そうすると、古今歌人である伊勢のつぎの歌が新古今に採られているのもよくわかる。

み熊野の浦より遠に漕ぐ船の我をばよそにへだてつるかな　（新古今・恋一・一〇四八・伊勢）

これもまたひじょうに動的映像的な歌である。自分から離れていく人の心を、浦から沖へとしだいしだいに岸から隔たり、遠ざかっていく舟に形象化しており、舟の動きにつれて、動揺し、悲しみ、嘆き、後悔し、絶望し、狐愁に沈んでいく、残される者の心の動きがオーバーラップしていく。映像に託された「へだて」られた心の痛みが我がことのように再認できる、景と情が兼ね備わった歌である。ここには機知らしきものはない。映像に伴う喚起力がこの歌の命である。ために、絵画的、映像的な新古今集に採られたのだろう。

　四季部の「へだて」歌は恋部や離別部とはちがって、「へだて」によって生じる境界の面白さ、「へだて」の機能性や効能に着目して、景情を機知的に切り取って構成した歌なのである。

　それは自然の捉え方の変化が関係していよう。「へだて」歌では、主体と客体の関係が拾遺集頃から変わっている。表3は主体と客体との自然に関わる関係を見たものだが、「へだて」歌では基本的には人間同士の関係を詠んでいる。万葉集で少し異なるが、それは人と自然の「へだて」は三例とも名詞の寝床の仕切りで、自然と自然の二例は糸と糸の空間の糸目で逢瀬の夜に喩えたものだから、拾遺集以降の自然とは趣を異にする。八代集では、古今集と後撰集では人と人の関係だけを詠んでいたが、拾遺集からは

表3　主体Aと客体Bの関係

	人と人	人と自然	自然と自然
万葉集	34	3	2
古今集	3		
後撰集	7		
拾遺集	6	2	
後拾遺集	4	4	
金葉集	1	3	
詞花集		1	
千載集	5	7	3
新古今集	5	5	

　春霞立ちなへだてそ花盛り見てだに飽かぬ山の桜を　（拾遺・春・四二・元輔）

のように、詠み手から桜や月、山や藤などの自然が遮られると詠む、人と自然の歌が増えていっている。述べてきた季節と季節、空と地上、月と氷の歌もそうで、これらは自然の擬人化ではないか。三代集頃までは自然はもっぱら和歌の景を構成する喩として取り上げられてきたが、後拾遺集頃から自然を自然として見つめる歌が詠まれ始めており、「へだて」歌もこうした拾遺集から後拾遺集頃の変化を如実に表しているといえよう。

七 「へだて」歌の表現史

「へだつ」は元来は二つのものを仕切る意であったが、二つのものに緊密な結びつきがある場合、「へだて」は厄介で困った状態となる。主体と客体との間に回路が通じていて緊密に結びついているのが「かよふ」で、その回路に遮蔽物があって交流が遮られる事態が「へだつ」で、視覚や既知に限定されない点で類義語『かくす』とは異なっている。「へだて」歌は、客体との間に遮蔽物があって通いあうのを遮るという、困った事態を嘆く表現なのである。

したがって、「へだて」歌は遮蔽物に関連して展開していく。万葉集では自動詞が多用され、人間の手では如何ともしがたい広大な距離や山川海などが厳として存する「空間のへだて」を嘆く歌がほとんどで、そこから近い距離なのに逢えない嘆きや、一日一夜のわずかな時間でも離れていられないと「時間のへだて」を嘆く歌が詠まれている。また「空間のへだて」には身体は隔てていても心は隔ててくれるなと願ったり、見上げる天空や時は共有できると詠む歌が認められる。これらの底に流れているのは隔てを悲しみ嘆く心である。

平安時代になって距離の近さや共時性は詠まれなくなったが、隔てを悲しみ嘆くという基本は変わらない。八代集では「へだて」歌はまず離別部や羇旅部、そして恋部で用いられ、地方官赴任で心ならずも身体を遠く隔てざるをえない離別歌では、身と心を対照しても、「心のへだて」を前面に出し、「時空間のへだて」にうらかって通い合う心をさまざまな角度から詠んでいく。恋歌では、愛する人との逢瀬を願うのに「夜・一日」の他に「衣」や「節」の身近な夾雑物の「へだて」を詠み込むようになる。そして、「へだて」る物そのものに怒りを向けたり、解消を願う想いを詠むようになっていく。離別や恋の「へだて」歌は、基本的には「身体のへだて」を嘆くもので、そうした心情をさまざまなバリエーションで形象化することに意を注いでいる。

一方、そうした離別部や恋部に加えて、拾遺集あたりから、四季部に「へだて」歌が認められるようになる。それらは「へだて」ている事物や、「へだて」る行為現象に着目し、四季の運行や景そのものをどんな視点で捉えるか、「へだて」ることによってどんな空間が出現するかに注意が向けられ、これまで何気なく見過ごされてきた四季折々の景を機知的に捉え返した詠みが起こってくる。屏風歌や題詠ということもあろうが、それまでは主体と客体が人と人であったのが、拾遺集あたりから人と自然、自然と自然の歌も詠まれるようになっている。人事から自然への変化である。

八代集の「へだて」歌には、通いあうべきなのに、隔てられていることを悲しむ離別や恋歌の系列と、隔てることに積極的な意味を見い出し、異なる世界が接する境界に目を向け、「へだて」をおもしろがり、景情を機知的に詠もうとする四季歌の系列とがあって、後者は拾遺集の頃から起こり、絵画的、映像的な千載集や新古今集でしだいに多くなっていった。こうした人事に自然への関心が加わるのは和歌史の趨勢であったようだが、「へだつ」と詠む和歌にかぎってみれば、隔てる事物が、地形や天象以外に、竹のよや衣、そして垣根といった、身近な事物が導入されていく過程で、隔てることによってに生じる世界が再発見再認識されて起こったのではないかと思われる。

注

（1）掛詞になっているのは後撰集六二五番の「夜々」と「節々」で表には前者を入れた。

（2）「山川を中にへなりて遠く」（万葉三七五五・中臣宅守）のような「山川」「海山」は眼前の山や川ではなく、山や川全体が間にあるという意だから口の「距離」に含めた。「波路隔てて」（拾遺四八二・伊勢）の「波路」も同じである。

（3）拙論「『心置く』考―源氏物語の関係表現―」（『日本文藝研究』二〇一〇年三月）、「源氏物語の『へだつ』と『心置く』―心理的関係構築の基底―」（『国語語彙史の研究三十』和泉書院、二〇一一年三月）

（4）輔親集には詞書と同じく「雲居はるかに」を詠み込んだ女の贈歌、「ほどもなく雲居はるかに別るればあるにもあらぬ心地こそすれ」が認められる。

（5）森田良行氏は『基礎日本語』（角川書店、一九八〇年六月）で①③とされたが、私に②を加えた。

（6）拙論「八代集の歌ことば―『へだて』の表現史―」（「梅花短期大学研究紀要」第四一号、一九九三年三月）で「雲・霞・霧」は元来「へだつ」景物ではなく、詠み手などから拾遺集頃に「かくす」景物から「へだつ」景物に変化したと述べた。万葉集に雲が「へだつ」一例があるのは帰化人の吉田宜が漢詩の用法を用いたと思われる。

（7）川村晃生氏は『後拾遺和歌集』（和泉書院、一九九一年）で「ゆく」の主体を、八代集抄や藤本一恵氏とはちがって、良暹と説いておられるが、「へだつ」ものと「かよふ」心を詠む歌の表現からすれば、やはり孝善と考えたほうがいいと思う。

（8）片桐洋一氏『新日本古典文学大系後撰和歌集』（岩波書店、一九九〇年四月）

3　「物越し」考 ―住まいの文化と物語―

一　住まいの文化と「へだつ」「物越し」

物語では作中人物の関係がさまざまな方法で規定され語られていく。前章では人と人の関係を表す語のうち「へだて」語彙を用いた和歌について考察したが、四段活用の「へだつ」は「へに立つ」で、「へ」は元来他と区別する物、仕切りの意であった。それが「へだつ」の名詞形で「へだて」というようになり、万葉集にも「高山を部立に置きて浦ぶちを　枕にまきて」(三三三九)と行路死人を山を屏風にして浦口を枕にして眠る姿に詠んでいるから、寝床を他と仕切る何らかの家具があったのだろう。開放的な寝殿造りに暮らす平安貴族にとって空間を仕切って部屋を造り、人目を遮る遮蔽具は必需品であった。何本かの柱で囲まれた母屋や廂は上長押に障子を設け、壁代を掛けわたし、軟障を引きめぐらせて空間を分け、柱間には御簾を垂らして屋外の人目を遮るとともに、外気と光は取り入れるようにし、こうしてできた区切られた空間の内部はさらに屛風や几帳などの可動式の遮蔽具で視線を遮っている。

貴族たちはこうした住まいで暮らしているのだが、御簾や屏風などの遮蔽具については、1の「玉鬘発見の文体」で述べたように、物語の方法として利用されている。ところが、源氏物語では御簾や屏風几帳で遮って応接する場合に、あるときは「へだつ」と語り、あるときは「物越し」と語っている。同じ行為や状態を異なる語で表現しているのはいったいなぜなのか。「へだて」と「物越し」はどのように使い分けられているのであろうか。

表は御簾や几帳などの当時の生活に関わる遮蔽具に関して、「へだつ」と「物越し」がどのように認められるかを平安仮名文で調査したものである。文種別に示したが、手紙は会話の中に含めている。この表に挙げていない竹取物語・土佐日記・和泉式部日記には両語とも認められず、栄花物語や大鏡には「物越し」が認められない。また、「へだつ」の和歌の項に（　）を付しているのは、後述するように和歌では「御簾・几帳」とそのままいわず、「関」などに見立てて詠んでいるからである。

表　障蔽具に関わる「物腰し・へだて」

	物腰し			へだて		
	和歌	会話	地文	和歌	会話	地文
伊勢物語		2	1	(1)		
大和物語						2
平中物語						1
蜻蛉日記						2
落窪物語						3
うつほ物語		1	1			4
枕草子						12
源氏物語		11	5	(3)	16	44
紫式部日記						5
更級日記						1

　こうしてみると、「へだて」がほとんどの作品に認められるのに対して、「物越し」は伊勢物語三例、うつほ物語二例、源氏物語一六例と物語三作品に認められるにすぎず、そのなかで源氏物語に多用されている。また、「へだて」は基本的には地の文に用いられるようで、源氏物語にだけ会話にも四分の一ほど認められる。一方、「物越し」は地の文にも会話文にも用いられる傾向にあり、なかでも源氏物語では会話に地の文の二倍以上用いられている。ところが、同じ筆者の紫式部日記には一例も認められない。源氏物語では「物越し」に新たな意味を持たせているとおぼしい。源氏物語はどうして「物越し」を多用

しているのであろうか。「へだて」を視野に入れつつ、その表現価値を考えていきたい。

二　先行作品の「物越し」

源氏物語の「物越し」について考える前に、先行作品についてみておこう。

むかし、二条の后に仕うまつる男ありけり。女の仕うまつるを、常に見かはして、よばひわたりけり。「いかで物越しに対面して、おぼつかなく思ひつめたること、すこしはるかさむ」といひければ、女、いと忍びて、物越しにあひにけり。物語などして、男、

彦星に恋はまさりぬ天の川へだつる関を今はやめてよ

この歌にめでてあひにけり。（九五段一九六）

この伊勢物語九五段では「物越し」と「へだて」の双方が用いられている。これは男がみごとな歌によって女の許しを勝ちとる歌徳説話で、男が同じ主に使える女にいい寄り続け、「物越しに対面して」胸中の想いを少しでも晴らしたいと訴えたので、女も「物越しにあ」い、七夕の夜だったのだろうか、男の詠みかけるたくみな和歌に女が感動して契りを結んだというのである。注意したいのは、「物越しに対面して」の主体が男、「物越しにあひ」の主体が女で、男女それぞれが「物越し」に応接する主体となっていること、和歌では「へだつる関を今はやめてよ」と、「物越し」ではなく「へだて」を用いていることである。

男の歌が女の心を動かしたのは、「物越し」の遮蔽具、おそらく御簾か障子であろうが、それを関所に見立て、天の川に喩えたことであろう。和歌では障子や屏風几帳の遮蔽具は詠み込まれない。御簾の場合でも、

吹く風に我が身をなさば玉すだれひま求めつつ入るべきものを（伊勢物語六四段一六六）

玉垂れの内外かくるはいとどしくかげを見せじと思ふなりけり（大和物語六五段二九六）

といったように「玉すだれ」「玉垂れ」と美称にして用いる。この九五段では御簾や几帳を通行を阻む関所に見立てているのだから、「物越し」では意味を成さず、「へだて」が用いられているのである。

そして、「物越し」に応接する主体に、男女いずれもが立ちうるのは、男にとっては懇請となり、女にとっては主導権を持った許可となりうるからである。九〇段でも、脈のない女にも諦めず、なんとかなびかせたいと慕い続けていると、女が「あはれ」と思って、「さらば、あす、物越しにても」と譲歩している。女は御簾や几帳越しならと応接してやる気持になったのである。「物越し」は男女の恋の攻防の要衝階梯として語られているといえよう。

うつほ物語では、実忠があて宮の文使いに「物越しに」（国譲上六四）声をかけている。実忠はあて宮の弔問に感激して、返書に加えて伝言もしたいと思って召し寄せたのだが、父季明の服喪中で土殿に籠っていたため蔀越しとなったのである。そんな実忠に、兄の民部卿実正は、

「むかし、いかなる契りをなしたまへる人なれば、このためにかかる御心あらむ。音にのみ聞く人をば、かくしも思はぬものを。物越しにても、もの聞こえなんどやしたまひし」。「なほさるにこそ侍るめれ。かの殿に侍りし時、兵衛の君に、御声をだに聞かせよ、と責めしかば、中のおとどの東の簾と格子のはざまになむ入りたりし。格子の穴開けて見しかば、母屋の御簾を上げて、灯御前に灯して、この大将の得たまへる皇女と、碁なむ打ちたまひし。さては琴弾きなどなむ。それを見しままに塞がりにし胸なむ、まださながら」。（国譲上六五）

と、家庭を崩壊させ自らをいたづらになした、あなたのあて宮への想いには、何か確とした因があるのか、「物越しにても、もの聞こえなんどやしたまひし」と尋ねている。すると実忠は、お察しの通り、ここまで惑乱するわけはあ

ったのです、兵衛の君に声だけでも聞かせよと責めて手引きさせ、簾と格子の間に入りこんで、はからずも女一の宮と碁を打っているあて宮を垣間見してしまいました、その瞬間胸が塞がって、それが今に至るまで続いているのです、声だけでも聞きたいと願っていたところ、姿を見てしまったからここまで惑乱したのだ、あれは強烈な体験でしたと打ち明けている。それを聞いた実正は「などかは、さ見たまひけむには、押し開けて入りたまはずなりにし。かくばかり思はむ人をば、さてこそはせめ」（国譲上六六）と、どうしてそこで押し入らなかったのか、普通はそうするものだが、と不思議がっている。押し入らないところが実忠の実忠たるところなのだが、「物越し」は聴覚の世界で、インパクトでは視覚には劣ると知られよう。

先行作品では恋に関わる男女の進展を「物越し」で語っているとはいえ偶発的で、いまだ方法として確立されてはいず、風俗記述の範疇を出ていないといえよう。

三　源氏物語の「物越し」——末摘花と朧月夜尚侍

では、源氏物語ではどうか。多用されているとはいえ、一六例の「物越し」は満遍なく認められるのではない。末摘花に関して三例、朧月夜尚侍に関して三例、宇治大君と中君に関して各二例、葵上・六条御息所・紫上・女三宮・落葉宮・博士娘に関して各一例と偏用されている。しかも、主従関係一例を除く一五例すべてが男女間に用いられており、夫婦間が四例、恋人愛人間が一〇例、義母子間が一例となっている。

さて、末摘花に関する「物越し」三例は大輔命婦の姫君紹介・手引きの算段・取りなしとして語られている。

(1)「心ばへ容貌など、深き方はえ知りはべらず。かいひそめ、人うとうもてなしたまへば、さべき宵など、物越し

にてぞ語らひはべる。琴をぞなつかしき語らひ人と思へる」と聞こゆれば、
（末摘花二六七）

大輔命婦が常陸宮姫君のことを源氏に語ったのはもののついでで、源氏の気を惹く噂話としてであった。夕顔を忘れかね、相似た女君を希求する源氏は、薄幸の宮家の姫君にいたく心惹かれる。源氏の反応を見た命婦は姫君の紹介を続ける。それが(1)である。姫君の心ばえや容貌などはよく存じません、お仕えするときは「物越し」でお相手申しあげるだけですからと、「物越し」を強調している。命婦は姫君の姿を直接は知らず、声も間接的にしか知らない、とおぼめかしているのである。これは几帳などを立ててのお相手なので詳細はわからないと責任逃れをしながらの気の惹きようにほかならない。続いて琴を友としていらっしゃると話すのは、姿は見えずとも物越しでも音は聞こえるからで、命婦は含みを持たせ、源氏の関心をさらに誘っていく。その術中にはまった源氏は「我に聞かせよ」「忍びてものせむ」といって、十六夜に命婦の局を訪れ、寝殿の姫君の琴の音をほの聞く。ここでの源氏は物越しでの対面までは考えていない。それは命婦も同じであった。

ところが、源氏の後を付けた頭中将がライバルとして登場することによって源氏の心は動き、姫君の無反応もあって、秋ともなると、「その荒れたる簀子にたたずままほしきなり」「かの御許しなうともたばかれかし」（二七八）と手引きを強要するようになる。

(2)命婦は、さらば、さりぬべからむ折に、物越しに聞こえたまはむほど、御心につかずはさてもやみねかし、またさるべきにて、仮にもおはし通はむを咎めたまふべき人なしなど、あだめきたるはやり心はうち思ひて、父君にも、かかることなども言はざりけり。
（末摘花二七九）

源氏に責め立てられた命婦は、適切な折に「物越しに聞こえたまはむ」よう手引きして、契るかどうかはその時の源氏の判断に任せようと思い至る。そして八月二十日余り、知らせを受けた源氏が再び訪れる。今回は忍びとはいえ、

命婦を呼ばせる、正式の訪問である。

(3)『みづからことわりも聞こえ知らせむ』とのたまひわたるなり。いかが聞こえ返さむ。並々のたはやすき御ふるまひならねば心苦しきを、物越しにて聞こえたまはむこと聞こしめせ」と言へば、いとはづかしと思ひて、「人にもの聞こえむやうも知らぬを」とて奥ざまへゐざり入りたまふさま、いと初々しげなり。（中略）「答へきこえで、ただ聞けとあらば、格子など鎖してはありなむ」とのたまふ。「簀子などは便なうはべりなむ。押し立ちてあはあはしき御心などは、よも」などいとよく言ひなして、二間の際なる障子手づからいと強く鎖して、御褥うち置きひきつくろふ。（末摘花二八〇）

命婦は姫君の御前に参り、「いとかたはらいたきわざかな」と源氏の来訪を伝え、ご身分を考えれば「物越しにて聞こえたまはむこと聞こしめせ」と御簾や障子越しに話を聞くことを勧める。だが、姫君はいかにも深窓の姫君らしく後ずさりしてのがれようとする。そこで命婦が心細き境遇を説き聞かせると、強く拒めない姫君は聞くだけならと承知する。しかし、ここで姫君の譲歩と命婦の思惑はすれ違っている。姫君は「格子など鎖して」と、簀子に源氏を招じての対面ならと思い、命婦は「簀子などは便なうはべりなむ」と反対して「二間の際なる障子手づからいと強く鎖して」廂に招じてしまう。結果は源氏が押し入り、命婦はその場から逃げることとなる。

当時の風習では、「物越し」の応接は男女にとっては、恋の訪問の第二段階に当たる。互いに声を聞き、気配を察して、その後事態がどう動くかは成り行きに任せられるのだが、この末摘花の場合は、伊勢物語のような当事者の判断ではなく、男女双方の立場に立つ女房、大輔命婦の取り持ちの算段として語られているのが新しい。命婦は代弁者であると同時に、場を設定するコンダクターとして描かれているのである。

若菜上巻の朧月夜尚侍の場合は、源氏が「物越し」での対面を希求し続けている。

(4)かの人のせうとなる和泉前司を召し寄せて、若々しくいにしへに返りて語らひたまふ。「人づてならで、物越しに聞こえ知らすべきことなむある。さりぬべく聞こえなびかして、いみじく忍びて参らむ。（略）」（若菜上七八）

朱雀院の出家によってお暇を頂いた朧月夜尚侍は二条の宮に居を定める。源氏にとっては「あはれに飽かずのみ思してやみにし御あたりなれば、年ごろも忘れがたく、いかならむ折に対面あらむ、今ひとたびあひ見て、その世のことも聞こえまほしくのみ思しわたる」（七七）という、悔いの残る相手だったが、互いに世間の聞こえを憚る身で、須磨流謫の引き金となったことでもあり、「よろづにつつみ過ぐし」て自重していたのだが、朧月夜が「世の中を思ひしづま」ったであろう現況が気になり、「いよいよゆかしく」「あるまじきこととは思しながら」通り一遍のお見舞いにかこつけて、常に「あはれなるさまに」文をお送りし、時々はお返事も頂いていた。その文から窺われる「昔よりもこよなくうち具し、ととのひはてにたる御けはひに」「なほ忍びがたくて」、昔なじみの中納言の君に兄の和泉前司を通じて訴え、今一度の対面を求める。それが「物越しに聞こえ知らすべきことなむある」だが、朧月夜は「あるまじきよし」」と肯んじない。

しかし、源氏は一方的に訪れてしまう。きちんとお断りしたのかと機嫌を損ねる朧月夜に中納言の君は今となってはお引き取りいただくことなどできないと、無理やりに入れ申しあげる。

(5)御とぶらひなど聞こえたまひて、「ただここもとに。物越しにても。さらに昔のあるまじき心などは、残らずなりにけるを」とわりなく聞こえたまへば、いたく嘆く嘆くゐざり出でたまへり。さればよ、なほ気近さは、とかつ思さる。かたみにおぼろけならぬ御みじろきなれば、あはれも少なからず。東の対なりけり。辰巳の方の廂に据ゑたてまつりて、御障子の尻は固めたれば、「いと若やかなる心地もするかな。年月の積もりをも、まぎれな

く数へらるる心ならひに、かくおぼめかしきは、いみじうつらくこそ」と恨みきこえたまふ。（若菜上八〇）

座に着いた源氏は「ただここもとに。物越しにても。」と、朧月夜の出御を請う。源氏が招じ入れられたのは東の対の東南の廂で、昔のようなけしからぬ心はもはやないのだからと訴える。すると、朧月夜はため息をつきながらも母屋の障子までいざり出てくる。それを源氏は悦びながらも、「さればよ、なほ気近さは」と一方で軽侮している。ここまでくると源氏の思惑どおりに事が進むことは明白であろう。朧月夜と源氏が障子を挟んで母屋と廂で対座していると、昔、愛を交わし合う日々を持った相手の気配、身じろぎが伝わってくる。と、おのずと当時の想いが喚起され、心身の全てがそそられていく。源氏が襖の下部を掛け金で止める尻鎖しを恨むうちに時が移り、夜が更け、玉藻に遊ぶ鴛鴦の声々などが響く。その声は源氏だけではなく、朧月夜の胸にも迫ったであろう。源氏は「これをかくてやと」障子を引き動かし、和歌を詠みかけて訴える。朧月夜は歌こそよそよそしく返すものの、「げに今一たびの対面はありもすべかりけり」と思し弱り、拒みきれない。そしてあさぼらけにはともに後の逢瀬を約して別れていく。

この場の「物越し」は、昔の恋が再燃したというだけでは終わらない。続く紫上との場面にも波及していく。

(6)尚侍の君の御事も、また漏らすべきならねど、いにしへのことも知りたまへれば、まほにはあらねど、「物越しに、はつかなりつる対面なん、残りある心地する。いかで、人目咎めあるまじくもて隠して、今ひとたびも」と語らひきこえたまふ。（若菜上八五）

人目を忍んだ寝くたれのさまで帰邸した源氏の姿を目にしても、紫上はそれと察していながら何もいわない。その対応は源氏にとってとうてい耐えられるものではなく、来世までの愛を契り、尚侍とのことも話してしまう。といってもそれは「物越しに、はつかなりつる対面なん、残りある心地する」というに留まり、あくまでも「物越し」にすぎない、契りは交わさなかったといい抜けようとする。しかし、そんな嘘言が通じるはずもなく、紫上の涙に全てを告白してしまう。

朧月夜尚侍との関わりになぜ紫上が登場してくるのか。それはこの恋が伊勢物語のような、男と女だけで完結する恋の成り行きを描くのではなく、物語世界の中に組み込まれ位置づけられた挿話だからである。朧月夜との再燃は「かたみにおぼろけならぬ御みじろきなれば、あはれも少なからず」とあるように、女三宮と紫上との間に挟まって身動きの取れなくなった源氏の、いわば息をつき、しばし昔に返って羽ばたけるアジールであった。しかしながら、帰邸すると現実が待っている。紫上に陳弁する「物越し」はそうした源氏の苦境を浮かび上がらせてしまう。源氏物語の「物越し」は当事者間だけでなく、女房や他の女君など、他者との関係の編み目の中で語られているのである。

四　「物越しにても」「物越しばかりは」──恋の攻防

見てきたように、「物越し」は、まずは男君の訴え、望みとして語られる。

(7)よろづに言ひこしらへて、「まことは、さばかり世になき御ありさまを見たてまつり馴れたまへる御心に、数にもあらずあやしきなれ姿を、うちとけて御覧ぜられむとは、さらに思ひかけぬことなり。ただ、一言、物越しにて聞こえ知らすばかりは、何ばかりの御身のやつれにかはあらん。神仏にも思ふこと申すは、罪あるわざかは」といみじき誓言をしつつのたまへば、しばしこそ、いとあるまじきことに言ひ返しけれ、（若菜下二二一）

(8)「思ふ心はまた異ざまにうしろやすきものを。思はずなりける世かな」とうち嘆きて、『例のやうにておはしまさば、物越しなどにても、思ふことばかり聞こえて、御心破るべきにもあらず。あまたの年月をも過ぐしつべくなむ』など、尽きもせず聞こえたまへど、（夕霧四七七）

(7)では柏木が小侍従に、女三宮に「ただ、一言、物越しにて聞こえ知らすばかり」でいいからと手引きを強要している。私の想いをわかっていただきたいだけだから何ら問題はないはずだと誓言する柏木に、小侍従はしばしは「あるまじきこと」と返答するが、拒否しきれずに手引きしてしまう。(8)では夕霧が塗籠に逃げ込んで対面しようとしない落葉宮に困じている。このとき、夕霧は既に婚姻が成ったかのように主人顔で振る舞い、南の廂の間に座を占めている。この状態を打開すべく夕霧は小少将の君に、宮が常の御座所にいらっしゃるのなら「物越しなどにても、思ふことばかり聞こえ」るだけでわたしは満足なのだ、宮のお心が溶けるまでいつまでも待とう、無体なことはしたくないのだからと提案する。しかし、宮は「はるかにのみもてなし」て寄せ付けない。そこで夕霧は作戦を変え、宮の気持を容れて世間には夫婦のようにみせかけようと誠意をみせる。しかしその一方で、だがそれで私の心が離れることもありうるぞ、わたしが通わなくなったら捨てられたと噂が立つだろうなと脅迫する。それでついに、小少将の君は夕霧を北の戸口から宮のいる塗籠に入れる。

これら柏木や夕霧の場合でも、「物越しにても」と対面を希求するのは男の方で、訴えて強要する相手は伊勢物語のような恋い慕う女君ではない。女君に使える女房で、その同情を誘って想いを遂げている。

薫の場合も仲介するのは老女房の弁だが、これまでに見てきた源氏や柏木夕霧たちとはちがって、薫自身はあらかじめ不可能であろうと予測している。

(9)弁は、のたまひつるさまを客人に聞こゆ。いかなれば、いとかくしも世を思ひ離れたまふらむ、聖だちたまへりしあたりにて、常なきものに思ひ知りたまへるにやと思すに、いとどわが心通ひておぼゆれば、さかしだち憎くもおぼえず。「さらば、物越しなどにても、今はあるまじきことに思しなるにこそはあなれ。今宵ばかり、大殿籠るらむあたりにも、忍びてたばかれ」とのたまへば、心して人とくしづめなど、心知れるどちは思ひかまふ。

（総角二五一）

この場の薫はもはや「物越し」の対面を望んでいない。「物越しなどにても、今はあるまじきことに思しなるにこそはあなれ」、今となっては大君は「物越し」の対面など、とても応じてはくれまい、と考えて、単刀直入に「今宵ばかり、大殿籠るらむあたりにも、忍びてたばかれ」と寝所への手引きを要求している。言葉での丁重な説得ではもはや通じないと判断し、いちかばちかの押し入りに賭けたのである。というのも、源氏物語の男女のなかでも薫と宇治大君は特殊で、出会いの時から既に大君は薫に物越しで応対しているからである。

薫は大君に自分と同じ心を見て、「へだてなき」交流を望むのだが、大君にとっては、それは几帳を「へだて」とした心の交流で、薫にとってのそれは御簾や几帳を取り払ってこそ成り立つ交流であった。(1) これより前の秋八月、八宮の一周忌間近に訪れた薫はこの「へだて」をめぐっていい争って攻防し、最後には押し入り、髪を掻きやって大君の顔を見、朝を迎えている。その後の、喪が明けた二十日頃がこの場面で、仲介に立った弁が薫に告げる「のたまひつるさま」とは、大君の「よろづに残りなく頼みきこえて、あやしきまでうちとけにたるを、思ひしに違ふさまなる御心ばへのまじりて」などであろう。薫に求められるまでもなく女房たちは手引きしようと決めていた。けれども、大君は侵入を察知して逃れ、薫は取り残された中君と語り明かすことになる。

薫は失敗しても諦めず、今度は中君を匂宮に譲り、大君の退路を断って想いを遂げようと計画する。八月二八日、彼岸の果ての日に匂宮を同道した薫は大君の願いを入れたとみせかけ、その前に一言申しあげたいことがあるといって応接を願うと、大君も安堵して「かの入りたまふべき道にはあらぬ廂の障子をいとよく鎖して」（総角二六三）薫を招じ、求めに応じて廂まで出てくる。そこで大君は思いの外の事態を知らされ、障子の中から袖をとらえて引き寄せられ、そのままの状態で夜を明かす。

これを女君の側から見ればどうだろうか。大君は最初の対面が「物越し」であったからか、結局は薫の訴えを容れて対座することが多い。

⑽宮を所につけてはいとことにかしづき入れたてまつりて、この君は、主方に心やすくもてなしたまふものから、まだ客人居のかりそめなる方に出し放ちたまへれば、いとからしと思ひたまへり。恨みたまふもさすがにいとほしくて、物越しに対面したまふ。（総角二八七）

九月十日、夜離れが続く匂宮を連れて薫が来訪した時もそうで、匂宮は中君の夫なので母屋の簾中に招じ入れられる。しかし、薫は主人顔で心安くふるまうものの、大君の意識では客なので西廂の間に招じられるだけで、母屋は許されない。苦衷を訴える薫に大君は物越しの対面を承諾する。大君がそうしたのは、女房たちの取りなしもあっただろうが、何よりも薫を「いとほし」と思ったからである。「いとほし」は相手を思いやる気持である。[2]陣野秀則氏は「いとほし」を困惑する意と説かれる[3]が、困惑して対面するのでは、大君に薫への想いは毫もなく、事態を収拾するためだけに廂に出てくることになる。しかし、ここは薫の立場も思いやってのことではないか。その底には薫の心が自分から中君に「思ひ移」ったことに対するかすかな無念さ、そこに生じる恋情が語られているのではないか。「いとほし」にはそうした薫への想いが見て取れよう。

このように、「物越し」での対面を許容する女君には、相手へのなにがしかの想いが存している。朧月夜尚侍もそうであったが、宇治大君の場合はその心の揺れに焦点を当てて、薫への想いを語っているのである。

朧月夜尚侍や宇治大君は男君に「物越し」での対面を訴えられて許容する、いわば受身の女君であった。しかし、源氏物語では、自ら「物越し」での対面を願う女君がいる。それは六条御息所である。

⑾むげに今日明日と思すに、女方も心あわたたしけれど、立ちながらと、たびたび御消息ありければ、いでやとは

思しわづらひながら、いとあまり埋もれいたきを、物越しばかりの対面はと、人知れず待ちきこえたまへり。（賢木八四）

源氏との仲を思い切った六条御息所は、斎宮に卜定された娘とともに伊勢に下向しようと決める。御息所との関係に倦んでいた源氏も、そうなってみれば未練が生じ、何より自分を恨んだままで行かせたくはない。御息所も源氏からの消息に返信だけはするが、「対面したまはんことをば、今さらにあるまじきことと女君も思す」（八四）と、直接対面しようなどとは源氏も御息所も考えてはいない。といっても、そう語られるからには二人ながら、特に御息所の方には、対面が意識にのぼったと示唆しているのである。⑾ではそんな源氏の文に迷う御息所の想いが語られている。

出立が今日明日に迫って気ぜわしい時に、源氏から、「立ちながら」でもと来意が繰り返し告げられる。それは簀子にも上がらぬ、穢れを避けるときの訪問形態だが、そんな形ででもお会いしたいと願う源氏の訴えに、御息所は「いでや」と迷いながらも、いや、「いでや」と迷うところが既に、というべきだろうが、久方ぶりの源氏との応接を思って心が揺れてならない。逢うべきか否かと迷いつつ、物越しならば、と自分に納得させる。女房たちにはともかく、内心では「物越し」ならばよいだろうと、はや、来訪を心待ちにしているという。まことに珍しい、女君が「物越し」での対面を期待する、女君側の思慕を描出したのである。宇治大君もこの延長線上にあろう。

男君に「物越し」での対面を訴えられて結局は許容する女君、という恋の構図は、二で述べたように伊勢物語九五段に既に認められる。しかし、伊勢物語は訴える男の側が主で、経緯はともかく意外性は低い。しかし、源氏物語では、相手にほだされて「物越し」に対座する女の構図を膨らませ、他の物語に認められない女君の内面に焦点を当て、そこからさらに新しい、そうした受身とはまるで異なる、自ら対面を願う女君を創出している。

源氏物語では「物越しにても」と女を得ようとする男の希求と成功を描く先行物語の型を用いて、新たに女房を介しての画策、契りを交わした男女ならではの内心での期待、「物越し」で語り合うに馴れ、知悉した相手への安心感からの許容、さらに「物越しばかりは」と期待する女心を描いていく。「物越し」は男の希求と女の許容を語るのだが、源氏物語では先行の型とは違って、男だけではなく、女の想いをも十分に取り上げてそれぞれの内奥を語っているのである。

五　「心やましき物越し」——夫婦間

つぎに、夫婦間に認められる「物越し」を見てみよう。

⑿「さて、いと久しくまからざりしに、もののたよりに立ち寄りてはべれば、常のうちとけゐたる方にははべらで、心やましき物越しにてなむあひてはべる。ふすぶるにやと、をこがましくも、また、よきふしなりとも思ひたまふるに、」（帚木八七）

雨夜の品定めの最後、藤式部丞の体験談である。しばらく途絶えていた博士の娘の許に何かのついでに立ち寄ってみると、いつもの居間ではなく、「物越し」での応接となった。夫の式部丞にとっては「物越し」でなど、「ふすぶるにや」と解しうる待遇で、生意気にもとも、別れるにはちょうどよい潮時だとも思っていると、「いと臭きによりなむえ対面賜はらぬ。目のあたりならずとも、さるべからむ雑事は承らむ」と、臭気がひどいので対面しかねるけれど、用件は承りますと応じてきた。妻は大蒜を焚いて療養中だったという、「ふすぶる」を煙と嫉妬の両様に用いた笑い話だが、夫が物越しの応接を「心やましき」と考えていることに注意しておきたい。夫婦間が緊密であれば「物越し」などありえないからである。

(13)「内裏などにもあまり久しう参りはべらねば、いぶせさに、今日なむ初立ちしはべるを、すこし気近きほどにて聞こえさせばや。あまりおぼつかなき御心のへだてかな」と恨みきこえたまへれば、「げにただひとへに艶にのみあるべき御仲にもあらぬを、いたう衰へたまへりといひながら、物越しにてなどあべきかは」とて、臥したまへる所に御座近う参りたれば、入りてものなど聞こえたまふ。御答へ時々聞こえたまふも、なほいと弱げなり。（葵四二）

これは源氏と葵上の場合で、出産後、葵上の肥立ちも落ち着いたので、除目の評定が開かれるため、源氏も参内しようとして挨拶に出向いたところである。葵上は几帳などを立てて「物越し」で対面しようとしたのだろう。それを源氏は「あまりおぼつかなき御心のへだてかな」と抗議している。葵上にしてみればやつれを見られたくなかったのであろう。しかし、源氏にとってはそんなことなど問題ではない。葵上が死に臨んだ出産時に初めて情愛を覚えたからである。その真摯な訴えに女房たちも「物越しにてなどあべきかは」と寝所近く、几帳の内に座を用意する。すると、葵上も時々は返事するといった具合に、源氏が病みやつれた葵上を「心苦し」と見、葵上が出かける源氏を「常よりは目とどめて見出したま」う、情愛で結ばれた二人の姿が象られていく。なかなか居間に出てこない葵上の姿がたびたび語られるなかで、これは画期的なことである。夫婦の愛情回復のさまが「物越し」での対面を取りやめるという選択によって語られているのである。

宇治中君と匂宮の場合は、「物越し」は大君の死後に認められる。

(14)日ごろのつらさも紛れぬべきほどなれど、対面したまふべき心地もせず、思し嘆きたるさまのはづかしかりしを、やがて見直されたまはずなりにしも、今より後の御心あらたまらむはかひなかるべく思ひしみてものしたまへば、誰も誰もいみじうことわりを聞こえ知らせつつ、物越しにてぞ、日ごろの怠り尽きせずのたまふを、つくづくと聞きゐたまへる。これもいとあるかなきかにて、後れたまふまじきにやと聞こゆる御けはひの心苦しさを、うしろめたういみじと宮も思したり。（総角三三五）

匂宮が深更、雪を突いて弔問に到着する。本来ならしとどに濡れて訪れたその心に感激するところだが、中君は大君の死の因となった方だと思うと対面などとうてい肯んぜられない。女房たちの取りなしで廂まで出て、「物越し」で匂宮の言葉を聞く。といってもそれは「つくづくと聞きゐたまへる」にすぎない。その放心した様子は御簾越しに匂宮まで届き、「後れたまふまじきにや」と危ぶむほどで、宮は心底いたわしいと気づかっている。

⒂今日は御身を棄ててとまりたまひぬ。「物越しならで」といたくわびたまへど、「今すこしものおぼゆるほどまではべらば」とのみ聞こえたまひて、つれなきを、（中略）。

夜のけしき、いとどけはしき風の音に、人やりならず嘆き臥したまへるもさすがにて、例の、物へだてて聞こえたまふ。千々の社をひきかけて、行く先長きことを契りきこえたまふも、いかでかく口馴れたまひけむと心うけれど、よそにてつれなきほどのうとましさよりはあはれに、人の心もたをやぎぬべき御さまを、一方にもえうとみ果つまじかりけりと、ただつくづくと聞きて、（総角三三六）

中君を心配する匂宮は母后に咎められてもかまわないと翌日も泊まるのだが、「物越しならで」話したいと訴えても、中君は応じない。様子を聞いた薫が女房を呼び出して賢しらに取りなしなどするので、いよいよ返答などできなくなる。そんな二人のうえに夜は更けていき、吹きつのる風の音が耳に響く。源氏物語では対座する男女の間に時間が経ち、風が記述されると事態が新たに展開していくのだが(6)、ここもそのとおり、中君は、宮が「人やりならず嘆き臥したまへる」けはいを耳にして、「物へだてて」てお話をこちらからも申しあげなさる。その耳に届くのは、宮の、神かけて末永く変わらぬ愛を誓うことばなので、うとましく思う一方、うとみきることもできない。中君は自身の想いも見つめつつ、「ただつくづくと聞」くだけで、宮のおことばなど信じられないと詠み、宮の返歌にも取り合わず、母屋に入ってしまう。

中君と匂宮は夫婦だから直接逢うはずなのに、姉の死の因となった宮に逢うことなど中君には堪えられない。けれども、ここで語られているのはそれだけではない。匂宮の訴えを「物越し」で「つくづくと聞きゐ」る中君の姿である。恨みと愛の間で揺れ、なすすべもない中君のつらさが浮かび上がってくると同時に、几帳越しにその気配を看取して心を痛める匂宮に、やがて、中君から「へだて」たままで話しかけるようになるという夫への愛である。

源氏物語では、先行作に認められない、夫婦では異例の「物越し」の対面を創出し呈示して、「心やまし」い状況での関係の回復や可能性を語っているのである。

五　方法としての「物越し」

では、「物越し」とはいったいどういう表現なのであろうか。

(16)なかなかにもうち出でてけるかなと口惜しきにつけても、かのいますこし身にしみておぼえし御けはひを、かばかりの物越しにても、ほのかに御声をだに、いかならむついでにか聞かむと安からず思ひつつ、御前に参りたまへれば、出でたまひて、御返りなど聞こえたまふ。（藤袴三三四）

ここでは夕霧が心内で「かばかりの物越しにても、ほのかに御声をだに」と、かすかであっても直接、紫上のお声だけでも聞きたいと願っている。「かばかりの物越し」と思っているのは、先ほど、源氏の使いとして、おそらくは尚侍任命の件であろうが、玉鬘を訪れた際に廂の間に通され、「なほ御簾に几帳添へたる対面」で「人づてならで」（三二九）面会し、御簾几帳越しに直接話を交わしたため、つい「あはれとだけ思しおけよ」と訴えてしまった名残である。紫上への想いが垣間見したときそのままに、いまだ生き続けていることが知られよう。ただ、ここで夕霧は自身の恋情を知っていただきたいとは考えていない。「聞かむ」と紫上のお声を希求しているだけである。夕霧にとって紫上は我が想いや我が手で触れたり汚したりなどとうていできない、至上の存在なのである。

「物越しにても」という表現は、せめて几帳か何かの遮蔽具越しにでも自身の想いを伝えたいと願う、訴える側の恋情を表すと同時に、几帳越しに向こうの気配が届いてくることを期待する、聞く側の想いをも表す。つまり、「物越し」は「越す」というように、几帳や御簾を挟んで、情報が届くことに主意がある表現なのである。その意味で、紫上の声を希求する夕霧の心底には、紫上に御簾越しにでも自分の気配と同時に想いをも看取していただきたいとの願いが潜んでいたであろう。

一方、「へだて」はあくまでも遮蔽に主意がある。

(イ)冠者の君参りたまへり。「こなたに」とて、御几帳へだてて入れたてまつりたまへり。（少女三七）

(ロ)御絵など御覧ずるほどなり。御几帳ばかりへだてて、御物語聞こえたまふ。（総角三〇三）

(ハ)女御の御方に渡りたまへり。こまやかなる鈍色の御直衣姿にて、（中略）尽きせずなまめかしき御ありさまにて、御簾の中に入りたまひぬ。御几帳ばかりをへだてて、みづから聞こえたまふ。（薄雲四五八）

(ニ)「御物忌なりける日、古今を持て渡らせたまひて、御几帳を引きへだてさせたまひければ、女御、例ならずあやしと思しけるに、草子を広げさせたまひて、」（枕草子、清涼殿の丑寅の隅の五四）

(イ)は頭中将が大宮と二人で雲居雁に楽を伝授していた時、挨拶に来た夕霧を招じ入れるところで、几帳を立てて娘の雲居雁を見られないようにしている。一条御息所は病の柏木を頭中将夫妻が引き取ろうとすると、夫婦は共にいるべきだと主張し、婿を娘から放されないよう自ら陣頭指揮を執って「御かたはらに御几帳ばかりをへだてて」（若菜下二八二）看病している。婿に姿は見せられないから几帳で遮って身を隠しているのである。

(ロ)は匂宮が同腹の妹女一の宮を訪ねたところで、几帳を隔ててお話しするといい、(ハ)は源氏が二条院に里下がりなさった斎宮女御を挨拶に訪れたところで、御簾の内、廂の間に座を設けられ、女御は几帳だけを「へだて」として、自らことばをおかけになっている。源氏が廂の間に招じられたのは養父としての待遇で、女御がじかに話されるのもそのためである。(ロ)の女一の宮と匂宮の場合も、匂宮が廂の間を許されているのは、紫上が特にこの二人を親しくさせ、異腹では許されない几帳だけの隔てに馴れさせたので「あまたの御中に、へだてなく思ひかはし」ているのだという。「御几帳ばかり」の「ばかり」はそうした親しさを表しているのであるが、しかしそれは義理の親子、同腹の兄妹という関係に許される最小限の遮蔽であった。そして(ニ)では、村上天皇が宣耀殿女御芳子を訪れたところ、「御几帳を引き隔てさせ」なさったので、女御が「例ならずあやし」と思っている。帝は父兼忠の后がね教育がどの程度のものか試そうと思われて几帳で遮ったのである。このように、「へだつ」という限り、そこには親子間兄妹間夫婦間であっても遮るという意図を現す行為にほかならない。「へだつ」は隔意を旨とする表現なのである。

つまり、源氏物語で「物越し」を用いる場合は、「へだつ」の遮蔽ではなく、「越し」から明らかなように通じ合う、声などが届くという、通意を意図した表現なのである。「物越し」は男君にとっては超えるべき一線、女君にとっては護るべき境界であった。住まいの文化に関わるこうした表現は現代でこそわかりづらいが、当時の人々にとっては特に説明の必要もない、容易に胸に落ちる表現であったろう。また、伊勢物語のように男が「物越しにても」対面したいと訴えるのは、当時はごくありふれた口説きの手管であったろう。

源氏物語は、男君に「物越し」での対面を訴えられて結局は許容する女君、という住まいの文化にありがちな構図を利用して、女君の内面に焦点を当てたり、そうした受身とはまるで異なる、自ら対面を願う女君を創出している。

しかし、それだけならば、独自とはいえ、「へだつ」でも描出できたであろう。源氏物語が着目したのは、御簾や几帳を挟んで相手にこちらの声が届き、相手の気配も届いてくるという通意であった。源氏物語では「物越し」の通意を利用して、男からの訴えだけではなく、それを聞く女の反応、女の気配が男に届いていく興奮、さらには御簾や几帳を挟んで互いに察せられる気配や想いなどを描く方法とし、契りを交わす前の男女の思い、夫婦となった男女の機微、互いに一度は知悉した仲での期待と憧憬、さらにはそうした事態を画策算段する女房のありようまでも表現していった。「物越し」は「へだて」とは違って通意を旨とするために、あらゆる男女間に対応するわけではないか、亀裂が入ったり相手の心を求めようとする男と女の心理的な関係、その種々相を語っていくのである。

注

（1）本書第II部4「宇治大君―対話する女君の創造―」

（2）拙論「源氏物語における『いとほし』と『心苦し』」（『国語語彙史の研究一』和泉書院、一九八〇年五月、改稿『源氏物語の言語表現』所収。和泉書院二〇一一年三月）

（3）「源氏物語総角巻の『いとほし』―困惑しあう人々―」（『国文学研究』二〇一〇年一〇月）

（4）本書第II部1「葵上物語の構築―物語の長編化―」

（5）拙論「源氏物語における風―和歌からの飛翔―」（『平安文学の言語表現』和泉書院、二〇一一年三月）

4　源氏物語の文体生成

一　語彙と文体

文学作品の文体研究、それも平安和文の一つの達成と考えられている源氏物語の文体はどのように研究すればよいのだろうか。

文体という用語の概念規定は現在のところ一様ではないが、(1)ある特定の筆者によって記された文章があって、そこに認められる形態的な特質と考えるならば、文体論は、文章の書き手による個別的個性的な特質を問題にするという点で、文の連接構造といった、文章の一般的普遍的な性格を問題にする文章論とは一線を画している。(2)源氏物語は平安仮名文中の和文体であると同時に、個別の作品であるから、源氏物語の文体を考えるには、和文体としての類型的な特徴を探り、そこから作品としての独自性を探るという二段階の作業を要しよう。

では、文体と語彙の関係はどうか。キーワードとなるような特異な語の使用、特異でなくても、その使用数が他に比して大であったり、用法が特徴的であったりする場合、また、ある内容を記述する時、それに適した語彙のうち、どの語を使用しているかという語の選択などが、表現意図に関わる個性として文体の問題となるだろう。

源氏物語は平安和文のなかで異なり語も延べ語も群を抜いて多い。けれども、その語義範囲は、一見派生的にみえて、その実、他の、たとえばうつほ物語とはちがって、きわめて自律的に規制されて安定しており、しかも、和歌や先行作品とは異なる、新たな意味に組み替えられて物語世界を支え、照らし出している。いわば、ひめやかなことばの美意識によって源氏物語は支えられているのである。ある語の使用量が大で、用法が質的な差異を見せているのならば、それは単なる表現の域を超えた文体的な特徴と考えていいのではないか。

　ここではそうした語として、「へだて」「へだつ」「へだたる」の「へだて」語彙を取り上げる。「へだて」語彙は万葉集や八代集に認められ、一定の表現型を有しており、竹取物語以降の物語にも連綿と用いられているが、源氏物語に先行する物語での使用数は、初期物語では二例程度、中期の長編うつほ物語でも「へだて」二例、「へだつ」とその複合語二〇例の計二二例で多くはない。ところが、源氏物語では「へだて」八九例、「へだつ」一四五例、「へだたり」二例、「へだたる」三二例、「へだてがまし」「へだたりがちなり」各二例、「へだてがほなり」「へだて心」各一例と合わせて二七八例も用いられている。しかし、「へだて」自体はけっして特殊な語ではない。平安文化の基層をなしている日常的な生活語彙である。そんな「へだて」語彙を多用して源氏物語が何をめざしているかを、まず、平安和文語としての「へだて」の語義用法を明らめ、そこから先行物語の用法を辿りつつ、源氏物語独自の用法を探っていくことで考究してみたい。

二　文学表現としての「へだて」「へだつ」

「へだて」の「へ」は「海神の　神の宮の　内の隔の　妙なる殿に」（万葉一七四〇）、「高山を　部立てに置きて」（万葉三三三九）のように、空間を仕切る物の意で、単に物と物とを区切る事物やその行為をいう。したがって、散文

では、

(1)この子を見つけて後に竹取るに、節をへだてて、よごとに、黄金ある竹を見つくること重なりぬ。かくて、翁やうやう豊かになりゆく。（竹取物語一八）

(2)大きなる餌袋に、白米入れて、紙をへだてて、くだ物、乾物包みて（落窪物語巻一、五七）

(3)三尺の御几帳一よろひを差し違へて、こなたのへだてにはして、その後ろに畳一ひらを長さまに縁を端にして、長押の上に敷きて、（枕草子関白殿、二月二十一日に、四一二）

のように、竹の節を空洞と空洞の間を区切る節といい、白米とお菓子を紙を挟んで仕切り、几帳を交差させて見えないようにするといったように、日常の営みの中で物と物、空間と空間を区切る意で使われている。しかし和歌表現では、「へだて」歌の章で見たように、趣を異にしている。語彙の使用は時代一般の用法と文学表現としての用法が存する。それをどのようにさばいているのか、そこに作者の力量が現れていよう。そうした文学表現としての「へだて語彙」から、源氏物語の文体生成を考えていきたい。

まず、文学作品での「へだて」の語義用法をみておこう。

先に八代集でみたように、「へだつ」の対義語は「かよふ」と思われる。「かよふ」は、

恋ひわびてうち寝るなかに行き通ふ夢のただ路はうつつなるらむ（古今・恋二・五五八・敏行）

思ひやる心はつねに通へども逢坂の関越えずもあるかな（後撰・恋一・五一六・三統公忠）

世をいとふ心は山に通へども八重立つ雲を君や隔つる（源氏物語・橋姫・一三〇）

と、敏行が自分の夢と恋する人との夢が繋がった夢路を私の魂が行き来するといい、公忠があなたを恋する私の想いは、風が一定の方向に吹き渡るように、あなたのもとへと行くのだが、逢瀬を持つことはまだできないなぁといって

いる。「かよふ」は魂が恋する人の夢に行き来したり、想いが延伸していくこと、夫が妻のもとに「かよひ」、文が「かよふ」、こちらと対象との間に道ができて、人や物がその回路を向こうまで行ったり、往来したりすることをいう。

こうした往来の意の「かよふ」は、

つれなき人の御けはひに通ひて、思ひよそへらるれど　（源氏物語・総角二四一）

前大王の御手に通ひてはべれ　（源氏物語・明石二三二）

といった、薫の様子が匂宮に、明石君の演奏が延喜帝の琵琶の音に似ているという類似の「かよふ」と区別されてきたが、AとBとの間に回路ができるという点でその基底は同じで、容姿や技芸物事が「かよふ」というときは、相似をいうのではなく、共通するものがあるといっているのである。

それはともかく、源氏物語の和歌には「かよふ」とともに「へだつ」が用いられている。これは冷泉院が宇治八宮に、俗世を厭う思いは山におられるあなたの許へと「通」っていきますが、そんな私の気持は山にかかる幾重もの雲に「隔」てられてあなたに通じないようです、あなたが私をうとうとしく「隔」てられるので、今までお便りを「通」わせることができませんでしたと、山を八宮に譬え、あなたに通じる道の途中に雲があるのは、何か含みがありだからでしょうかといっているのである。後撰集の公忠詠も「へだつ」こそないが、恋しい人へと通じる道の途中に関所があって越えられない、逢瀬がかなわないと嘆いているわけで、関が通行を阻んでいるのである。

では、類義語の「かくす」はどうかというと、

三輪山をしかも隠すか春霞人に知られぬ花や咲くらん　（古今秋下・二六五・友則）

ひさかたの天の河原の渡し守君渡りなば梶隠してよ　（古今・秋上・一七四）

隠されているものは「人に知られぬ花」であり、彦星が漕ぎ帰るのに必要な「梶」であって、これらの植物や道具と

詠み手との間に回路が開かれているわけではない。一方、「へだつ」というときの対象は基本的には人間で、まれに動植物の場合は擬人化されている。「かよふ」「かくす」からみると、「へだつ」の語義は、本来対象との間にあって通じ合い、行き来できるはずの回路を何物かが遮ることであるといえよう。

とすれば「へだて」表現では、何が遮っているかが重要となってくる。表1は「へだて」「へだつ」「へだたり」「へだたる」などの「へだて」語彙が使用されている時の遮蔽物を、源氏物語に至る和文作品で調査したものである。参考のために万葉集と紫式部の時代の和歌が採られている後拾遺集も含めた。

遮蔽物を、イ「時間」ロ「空間」ハ「事物」の物象と、人間が主体となるニ「心理」の心象、そしてホ物と物を区別する「その他」に分類し、さらに下位分類した。

イ「時間」のうち「夜」は逢瀬と逢瀬の間の時間、ロ「空間」のうち、「山・谷・川」は対象との間に横たわる地形、「雲・霞・霧」は面となって対象を遮る気象現象である。

ハ「事物」のうち「関・垣」は屋外の構築物で、関は越えるのが困難な物、「垣」は「ただ垣を隔つるところに渡りたまひて」（蜻蛉日記一五九）のように隣といってよいほどの近さを表す。「障子・几帳」は屋内の障蔽具で、障子・壁代・軟障・御簾の空間全体を大きく仕切る建具様の物と、屏風・几帳などの屋内で個人的な空間を確保する可動式の遮蔽具で、大和物語の「壁をへだてて」（一五八段）の「壁」二例は建具に準ずるので「障子」の項に含めた。「紙・節」は(1)(2)の竹の節や食べ物を盛りつける際の仕切り、「衣」は「夏だにも衣隔てて過ぎにしを」（うつほ物語尚侍一七〇）といった愛し合う男女が身につけた薄衣である。「紙・節」「衣」は、「山・谷・川」「霞・霧・雲」が人力で移動させられない自然物なのに対して、取り除くことが可能な、わずかな隔てであるだけに堪えられない物として用いられている。心象の「心・仲」はつながっていなければならないはずの心と心との間に空隙や挟雑物がある事態、

表1　平安散文「へだて」の遮蔽物

	イ時間		ロ空間			ハ事物				ニ心理		ホ
	年月・世	夜・一日	距離・道程	山川海谷峰	雲・霞・霧	家・関・垣	障子・几帳	衣	紙・節	心・仲	待遇	区別・相違
万葉集		(6)	(9)	(17)	(1)	(2)	(2)			(2)		
古今集			(2)							(1)		
竹取物語									1			
伊勢物語						(1)						
大和物語							2			1		
後撰集		(2)			(2)			(1)	(1)	(2)		
平中物語							1					
蜻蛉日記						2	2	(1)		(1)		
落窪物語							3		2	4 (1)		1
うつほ物語	2 (3)				(1)	1	3	(1)		10 (1)		
拾遺集	(1)	(1)	(1)		(3)	(1)				(1)		
和泉式部日記												(1)
枕草子		1	2	1	1	1	12					
源氏物語	25 (2)	16 (3)	17 (5)	1 (2)	4 (12)	4 (3)	58	1 (2)		109 (4)	7	3
紫式部日記							5					
更級日記	2				1		1					
後拾遺集			(1)		(6)					(1)		

「待遇」は頭中将が雲居雁の爪音も聴かせまいと夕霧と「こよなく隔て」（少女三八）、源氏が紫上と夕霧を「隔て」て親しくさせず、紅梅大納言が実子と継子の扱いを分け隔てしないといった、主体が意図的に人と人との間を区別することで、この場合は主体の意思が遮るのである。

表では韻文と散文を別にし、括弧内に和歌の使用数を記した。うつほ物語の「年月・世」は、散文部分に二例、和歌に三例の合計五例用いられているわけである。

こうして源氏物語に至る流れをみると、韻文と散文に関して二つのことがわかる。一つは、和歌では「心象のへだて」もみえるが、なんといっても「物象のへだて」が多く詠まれていること、一方、散文では、初期物語では「へだて」自体が少なく、物象と心象にさしたる差異もないが、中期の落窪物語以降、「物象のへだて」と「心象のへだて」が同じほどになっている、つまり、散文部分の「心象のへだて」が多くなり、「物象のへだて」に拮抗するほどになっていることである。今一つは、和歌で使用された物象は散文中の和歌にもほぼ受け継がれているが、「障子・几帳」は散文にだけ用いられていること、そして、もっぱら和歌に用いられていた遮蔽物がしだいに散文に認められるようになっており、特に枕草子で顕著になり、源氏物語ではさらに多く用いられていることである。

三　和歌から物語へ――物象の「へだて」と心象の「へだて」

和歌に用いられていた遮蔽物がしだいに散文に用いられていくといったが、遮蔽物によって遅速がある。和歌表現と物語の表現を細かにみていこう。

(1) ただ一夜隔てしからにあらたまの月か経ぬると心惑ひぬ　（万葉・四・六三八・湯原王）

(2)若草の新手枕をまきそめて夜をや隔てむ憎くあらなくに（万葉・一一・二五四二）
(3)あふことの夜をし隔てぬ仲なればひるまも何かまばゆからまし（源氏・帚木八八）
(4)暗きほどにと、急ぎ帰りたまふ。道のほども、帰るさはいと遙けく思されて、心安くもえ行き通はざらむことのかねていと苦しきを、「夜をや隔てん」と思ひなやみたまふなめり。（源氏物語・総角二六八）
(5)よべも、昨日の夜も、そがあなたの夜も、すべてこのごろうちしきり見ゆる人の、今宵いみじからむ雨に障らで来たらむは、なほ一夜も隔てじと思ふなめりとあはれなりなむ。（枕草子、成信の中将は四二五）
(6)一夜ばかりの隔てだに、またあづらしうをかしさまさりておぼえたまふありさまに、いとど心を分くべくもあらずおぼえて心憂ければ、久しう籠りゐたまへり。（源氏物語・真木柱三六九）

(1)～(6)はイ「時間のへだて」のうちの「夜」である。(1)(2)の万葉歌は相聞で、(1)では、ただ一夜逢わなかっただけで、まるで一月も逢わなかったように惑乱するといい、(2)ではほんの一夜も逢わずにいられようかと、契りを交わしていやまさる情熱を表明し、(3)では博士娘が夫の式部丞に、「夜をし隔てぬ」愛し合っている夫婦なら昼間だって恥ずかしがらずに会うものですのに、と詠みかけている。「へだて」歌での「夜」は契っていよいよ募る愛情を表す和歌表現で、特に(2)の「夜をや隔てん」は、(4)で中君と契った匂宮が、宇治からの帰途、容易に通えない距離にこの歌を引いて思い悩んでいるように、源氏物語では契ったばかりの男の愛情表現に繰り返し引用されている。

散文は(5)と(6)だが、(5)の枕草子は毎晩毎晩訪れる男が今夜のようなひどい雨にも来ると、女も男が「一夜も隔てじ」と思っているようだと評価すると述べている。枕草子のここは、前提に「夜を隔て」まいと詠む和歌表現があって、それを日常会話に流用したような語調である。

ところが、(6)の源氏物語では一夜の隔てを厭うのではない。和歌表現とは逆に、「一夜ばかりの隔てだに」と、新婚成った髭黒大将には、わずか一夜逢わなかっただけで、玉鬘がますます美しくなったと感じられると、夜を隔てた結果の驚きと満足、それゆえに高まる愛を語っている。源氏物語では一夜も離れていられないと詠む和歌表現を逆手にとって、逢い得た喜びを語っているのである。

(7)思ひやる心ばかりはさはらじを何隔つらん峰の白雲　（後撰・離別・一三〇六・橘直幹）

(8)いづれとも雲隔つれば月も日もさやけく人に見ゆるものかは　（うつほ物語・国譲下三三八）

(9)ここのへに霧や隔つる雲の上の月をはるかに思ひやるかな　（源氏物語・賢木一一六）

(10)四月、祭りの頃いとをかし。上達部、殿上人も、袍の濃き薄きばかりのけぢめにて、白襲ども同じさまに涼しげにをかし。木々の木の葉、まだいとしげうはあらで、若やかに青みわたりたるに、霞も霧も隔てぬ空の気色の、なにとなくすずろにをかしきに、すこし曇りたる夕つかた、夜など、忍びたる時鳥の、遠くそら音かとおぼゆばかりたどたどしきを聞きつけたらむは、何心地かせむ。　（枕草子・正月一日は三〇）

(11)明けぐれのほど、あやにくに霧りわたりて、空のけはひ冷ややかなるに、月は霧に隔てられて、木の下も暗くなまめきたり。山里のあはれなるさま思ひ出でたまふにや、　（源氏物語・総角二六〇）

ロ「空間のへだて」のうち山や川の隔ては八代集では認められない。これらは「雲・霞・霧」の気象が遮る場合で、(7)では直幹が送別の宴で、下向するあなたに想いを馳せるのはさしさわりなどないだろうに、それを峰の白雲が「隔」つと雲に怒りを向け、(8)ではあて宮が帝に、雲が隔てると月も日も見えなくなるものですと、雲を我が子の立坊に反対する勢力に喩え、東宮に定めてくれた帝の英断に感謝しており、(9)の源氏物語でも藤壺が「霧や隔つる」と、悪意ある人々が幾重にも霧となって立ちこめ、雲の上の月である宮中の帝に心が通じないと嘆いている。霞も「ふるさとを峰の霞は隔つれど」（源氏物語須磨一八七）のように、大切な人や物に達し得ないと嘆く和歌表現となっている。

その霞や霧を散文に用いているのは⑽の枕草子で、初夏の空の抜けるような青さを、「霞も霧も隔てぬ」といって、和歌で詠まれる春秋の景を打ち消し、それ以上にすばらしい空だといい切っている。「へだて」歌の景物である霞や霧をまず提示し、その和歌的世界を霞や霧がないと否定することで清新な景を描出するのは、清少納言の面目躍如といったところである。

⑾の源氏物語にも和歌的表現が底流している。これは、匂宮と薫が三条の宮で共に眺めている夜明け間近の景で、ひんやりした空気、霧に遮られた月、月光があまり届かない木の下の暗闇と、空から地上へと辿られる景が二人の想いを宇治に誘っている。ここが調子の高い凝った美文調で綴られているのは、日常の自然ではないということだろう。枕草子以前の散文には霞や霧が隔てるという表現は認められない。それは源氏物語の韻文と散文の用例数をみれば明らかである。他の遮蔽物は散文の方に多用されているのに、この「雲・霞・霧」では和歌の用例が散文の三倍にのぼっているのである。霞や霧や霧が隔てるとはもっぱら和歌表現であったと知られよう。

「衣」が遮ることもまた、和歌表現と考えられる。

⑿衣だに中にありしはうとかりきあはぬ夜をさへ隔てつるかな　（拾遺・恋三・七九八）

⒀折り初めし（中略）浦の浜木綿　いく重ね　隔て果てつる　唐衣　涙の川にそほつとも（略）

⒁あひも見で月日隔つるわがなかに衣ばかりを何恨みけむ　（蜻蛉日記上・一一九）

⒂あやなくも隔てけるかな夜を重ねさすがに馴れし夜の衣を　（うつほ物語・あて宮一四八）

⒃君ぞ、いとあさましきにものおぼえで、うつぶし臥したるを、「石高きわたりは苦しきものを」とて、抱きたまへり。薄物の細長を、車の中に引き隔てたれば、はなやかにさし出でたる朝日影に、尼君はいとはしたなく　（源氏物語葵・七一）

おぼゆるにつけて、故姫君の御供にこそ、かやうにても見たてまつりつべかりしか、ありふれば思ひかけぬことをも見るかな、と悲しうおぼえて、

（源氏物語東屋・九四）

と衣のイメージを出して下の句で「あはぬ夜をさへ」といって、衣一重でも間にあるのはつらいのにまして夜を隔ててはと、夜離れのつらさを「夜」と「衣」のダブルイメージで表現している。後撰集でもこの古歌を利用して「隔て果ててし衣にやはあらぬ」（七三四）と詠んでおり、⒀の兼家が道綱母に返した長歌では、町の小路女の一件で齟齬が生じたことを「隔て果てつる唐衣」と、「衣のへだて」で表現し、二人の仲が幾重にも隔ってしまったと嘆いている。⒁のうつほ物語も御産で退出したあて宮に東宮が「月日隔つる」と逢えない嘆きを訴えているが、下の句で「衣ばかりを何うらみけむ」と共寝していた昔は「衣」を恨んだのにと、「時間のへだて」と「衣のへだて」の長短と今昔を対比させて表現している。⒂の源氏物語の歌ではさらにひねっていて、源氏が紫上に、これまで「夜を重ね」てきたのによくもまあ「夜の衣」を隔ててきたことよと、新枕の感激を伝えている。通常の男女なら「夜をへだてむ」と逢えないことを嘆くのに、共に夜を過ごしながら「衣のへだて」など気にならずに過ごしていたことだよと「世になき」親子の関係から男女の関係に変わって、いやまさる情熱を「時間のへだて」と「衣のへだて」で表出しているのである。

「衣のへだて」は万葉集や古今集には認められない。⑿の拾遺集では上の句でまず「衣だに中にありしはうとかりき」

ところが、⒃の散文では衣が単なる仕切りとして用いられている。これは薫が浮舟を我がものとし、宇治へ移す道中だが、弁の尼と侍従も従う貴賤同車なので細長を掛け垂らして前の席の薫と浮舟を後ろの席の女房二人と仕切っているのである。この「引き隔つ」は日常的な風俗にすぎない。

「衣のへだて」は平安和歌からの表現であったらしく、作中歌でも「時間のへだて」の「夜」と対比されて用いら

れているが、源氏物語ではそれをひねっており、さらに散文部分で和歌表現とは異なる日常性が顔を覗かせている。

「衣」と同じくハ「事物のへだて」で、屋外と仕切る「家・関・垣」の構築物は、「ただ垣を隔つる所に」（蜻蛉日記一五九）「我が家も築地ばかり隔てたれば」（蜻蛉日記三二六）と散文に見え、屋内を仕切る「障子・几帳」は万葉集で衝立様の物を「へだて」といっている他は、すべて散文に認められる。「紙・節」も同様で、葦の「節」も葦が景物となったことで「難波潟刈り摘む葦の葦筒のひとへも君を我や隔てる」（後撰一〇・兼輔）のように和歌的表現に組み込まれたのだろう。「物象のへだて」のハ「事物」では、「衣」と「節」が和歌的表現になったと思われる。

では、「心象のへだて」はどうか。

(17)白雲の八重に重なるをちにても思はん人に心隔つな　（古今・離別・三八〇・貫之）

(18)年月もきぬも中には多くとも心ばかりは隔てざらなむ　（うつほ物語あて宮一四八）

(19)隔てける人の心のうきはしをあやふきまでもふみ見つるかな　（後撰・雑一・一一二三・四条御息所女）

(17)で貫之は陸奥へ赴任する友に、身は遠く隔っていても、心は隔ててくれるな、といい、(18)で懐妊して里下がりしているあて宮は、逢えない嘆きを「月日隔つる」と訴える春宮に、それでも「心」だけは隔てないでいただきたいものですと返している。こうした身と心の意図的な分離を詠むのは「へだて」歌の表現型の一つである。(19)では相手が心を隔ててしまっている。これは夫が隠した、他の女からの文の端に書き付けた歌だが、別の女からの文や他の女への文を見つけるのは蜻蛉日記にも見え、ままあったことなのだろう。この歌は、古妻が、夫と自分とのあいだに川があって橋が懸かっているという景に見立て、川を「心のへだて」、橋を心の通い合う路とし、その橋が実は危なっかしい「浮き橋」で、心身を託しきれない「憂き橋」であったのだ、そんなあなたの「憂き端」を見てしまった、と夫の「心のへだて」を嘆き、悲しみを訴えている。

これらは「心のへだて」を問題にしながら、「白雲」や「年月」「衣」の景物で距離感を形象化して身体が離れている嘆きを伝えたり、岸と岸を繋ぐ「浮橋」を呈示し、その不安定な橋を「踏」んで人や文が通う景を創出して相手の「心のへだて」を形象化している。和歌には「物象のへだて」が多いと述べたが、和歌はものに託して心を歌うから、心象の「へだて」を詠む場合でも、何らかの物象が詠み込まれている。その「へだて」を形象化するのが遮る物であった。和歌に「物象のへだて」が多く見えるのはいわば当然のことだったのである。

⒇女、心うしと思ひたる気色や猶すこし見えけん、中将、「思すことやある。御気色にこそさりげなれ。まろは世の人のやうに、思ふぞや、死ぬや、恋しや、などもも聞こえず。ただいかで物思はせたてまつらじとなむ始めより思へば、かかる御気色の、このほど見ゆるはいと苦し。（中略）なほのたまへ」とのたまへば、女、「何事をかは思はん」。「いさ。されど御気色いと苦し。思ひこそ隔てたまひけれ」とのたまへば、女、

隔てける人の心をみ熊野の浦の浜木綿幾重なるらむ　（落窪物語巻二・一八七）

この落窪物語では会話と和歌に「へだつ」が認められる。男君は悩んでいる様子の女君に、私はいい加減なことばで愛情表現はしないが、あなた以外の女に心を移して悲しませまいと最初から考えているのだと話しかけて理由を尋ね、それでもはぐらかす女君にストレートに「思ひこそ隔てたまひけれ」。私から心を隔てていると繰り返している。それに対して女君はことばでは答えず、和歌で幾重にも葉が出る浜木綿を用いて幾十にも隔たっている男君の「心」を形象化し、あなたの「心のへだて」を見てしまったと悲しんでいる。

この和歌は男君の言葉に触発されての切り返しである。これに男君は「み熊野に生ふる浜木綿重ねなでひとへに君を我ぞ思へる」と「幾重」を「一重」に替え、「ひとへに」と一途な愛を誓っており、男君に背信の意思はなく、女君の杞憂に終わっている。和歌の形象化と散文の率直という相違が明らかで興味深いが、物語ではこうした「思ひ隔

つ」が多用されていく。

うつほ物語でも兼雅は契った廃屋の女君、実は俊蔭女に、「今はな思し隔てそ」（俊蔭五五）と親や素性を尋ね、仲忠は異母妹の梨壺に懐胎を隠していたことを「いとつらく思し隔たりけること」（蔵開中四八〇）と難じている。夫婦や兄妹であれば当然打ち明けてよいのに心を許してくれない、それを「思ひ（し）隔つ」、「心のへだて」があると抗議して関係の改善を求めているのである。源氏物語ではこうした「心象のへだて」が一〇九例と爆発的に増大していて、夫婦恋人や親子兄弟友人だけではなく、主従、妻妾にまで及んでいる。

(21)承香殿の東面に御局したり。西に宮の女御はおはしければ、馬道ばかりの隔てなるに、御心の中は遥かに隔たりけむかし。（真木柱三八一）

(22)同じ心なる人もなかりしままに、よろづ隔つることなく語らひ見慣れたりし右近なども折々は思ひ出でらる。（手習三〇三）

妻妾同士は紫上と明石君、紫上と女三宮、玉鬘大君と弘徽殿女御などに認められるが、(21)は玉鬘と式部卿の娘の王女御の場合である。玉鬘は尚侍としての初出仕で承香殿の東面に入ったが、馬道を隔てて東におられたのが王女御で、女御の姉君は髭黒の北の方だったから何とも皮肉な位置で、女御のお気持ちは疎々しいものだったろうと草子地で推測されている。王女御の「心のへだて」に、玉鬘の尚侍という地位、帝の寵愛を得る可能性に対する警戒が含まれているのはいうまでもない。

(22)は助けられて小野に暮らす浮舟が、女房の右近とは何ごとも「隔つることなく語ら」ってきたのにと懐かしんでいる。これは珍しい例である。通常、主人は女房との「心の隔て」など苦にしないし、語られもしない。主従間の「心のへだて」は、右近が玉鬘の発見を紫上を差し置いて源氏に報告したら「心隔て」があると不快に思われるだろうと気を使うように、女房や部下からの思いとして語られる。浮舟と右近の場合も、右近は浮舟の失踪に、「幼かりしほどより、つゆ心置おかれたてまつることなく、塵ばかり隔てなくてならひたるに、今は限りの道にしも我をおくらかし、気色をだに見せたまはざりけるがつらきこと」（蜻蛉二〇二）と自分に隠していた浮舟の「心のへだて」を恨み悲しんでいる。仕える者にとっては主人との一体感、信頼感は、お目通りを許された女房としての誇りであったのだろう。(22)は浮舟の特異性を表しているのである。

物語では和歌に比して「心象のへだて」が多用されていると述べたが、物語は和歌のように何かに託して思いを述べるのではなく、恋人夫婦、親子兄弟、友人同僚、妻妾や主従までの、多様な人間関係に生起する、その時々のさまざまな関係を直接に語っていくのだから、いわば当然のことであろう。

こうしてみてくると、和歌から物語への展開が浮かび上がってくる。「へだて」歌は、主体にとって大切な客体と「へだて」られたり、「へだた」っている嘆き、基本的には「身体のへだて」を嘆くことにある。それを形象化するのが遮る物なのだが、遮る物は散文に使用されるようになっていくものと、もっぱら和歌の景物として用いられるものとがある。前者はもともと日常生活に根ざしており、後者の「夜」「雲・霞・霧」「衣」は和歌的表現に特化して使用されたと思われる。和歌の景物がしだいに散文に取り込まれていくのは時代の流れだが、それらに遅速があるのは日常性現実性の程度差だったのではないか。前者の「年月」「距離」は仕切りとして視覚化しにくく、「関・垣」「紙・節」は実際に主体と客体を分ける仕切りで日常的が強い。後者の「夜」「雲・霞・霧」「衣」は「へだて」歌の景物として特化しており、作中歌でもそのまま取り入れたり、ひねったりして継承されている。散文にも枕草子あたりから取り入れられているが、和歌の表現型を慣用句のように用いており、和歌的表現の範疇を出ていない。それを源氏物語はさらに変換して日常の日々の描写を拓いていく。

物象を主とする和歌表現に対して、物語の「へだて」表現の特質は「心象のへだて」にある。物語では人と人との関係を心理描写として会話や地の文、草子地で語られていく場合もあれば、物象をもって表すこともある。それが和歌には用いられない、「障子・几帳」など、御簾・軟障・幕と屏風・几帳などの可動式の障蔽具を用いた八「事物のへだて」なのである。

四 障子・几帳による関係表現

「へだて」歌には御簾や障子几帳が詠み込まれない。万葉集の二例は寝床の仕切りだが、平安和歌では、関所に見立てたり、「玉垂れ」「玉すだれ」と美称で詠み込むのが若干認められる。障子や几帳は、何よりもまず、日常の生活を語る道具であった。

(1)北の方、「あこぎ」とて、呼びののしり給へば、隔ての障子をあけて入るは、閉すべき人ともおぼえず。格子のはざま隔てに参りたれば (落窪物語巻一・六八)

(2)「さらば、ここにやは宿りたまはぬ」といはせければ、「なにのよきこと」と、集まり来て、ただいささかなるものを隔ててぞ、この男はをりける。(平中物語七段四六五)

(3)藤壺の若宮たち、寅の刻にまかでたまへり。大将、思ひかけたまはぬに驚きて、東の廂四間を、にはかに、南に寄りて、二間を一宮の御方と思したるを、一つにて中を隔てて、藤壺のおはし所にしたまふ。(うつほ物語楼上下・五七五)

(4)小少将の君、明けはててはしたなくなりたるに参りたまへり。例の同じ所にゐたり。二人の局を一つに合はせて、

かたみに里なるほども住む。ひとたびに参りては、几帳ばかりを隔てにてあり。（紫式部日記二一八）

⑴の落窪物語の「隔ての障子」は北の方の部屋を区切る襖障子、「格子のはざま隔て」の「はざま」は母屋と廂、廂と簀子の間にある二つの格子のことだから、その格子と簀子縁の間にある下長押のことで、いずれも単なる仕切りの名称である。⑵では志賀寺に参詣した男が宿を取れなかった女たちを自分の局に誘い、「いささかなものを隔てて」、おそらくは立て几帳か間に垂らした衣かで、部屋を分けて泊まっている。源氏物語でも玉鬘一行と右近が椿市で同宿した時、間に軟障を引いているから、当時はよくあったことなのだろう。⑶はいぬ宮の琴技披露に思いがけずあて宮がお出でになったので、仲忠が急遽、妻の女一の宮に当てていた東廂の南側の二間を一間に変更し、中の一間を隔ててあて宮をお入れしたという。几帳や屛風などの隔ては、儀式や催しなどで参会者の席や女房の配置を記すときによく認められる。

⑷では紫式部と小少将の君が、それぞれに賜った局を一つにして、出仕が一緒の時は「几帳ばかりを隔て」にして暮らしているという。⑴〜⑶の例では住まいの道具として記述しているだけで、それが筋の進展に影響するわけでもないし、人間関係を語っているわけでもない。ところが、この紫式部日記の「几帳ばかり」の「ばかり」からは最小限の仕切りである几帳だけを置いて暮らす、二人の仲の良さ、信頼関係が伝わってくる。更級日記でも女房同士「局の隔てなる遣り戸を開け合はせて物語などし」（三三二）ているが、行為だけで「几帳ばかり」という表現はしていない。これが紫式部の文体の一端である。

平安貴族は母屋や廂に障子を嵌め御簾をかけ渡して広い空間をその時々に応じて分割し、さらに屛風や几帳を配して仕切ったり統合したりして暮らしている。必要に応じて隔てたり、解消したりできる可動式の障蔽具による室礼は住まいの文化といってよい。第Ⅲ部１で述べた玉鬘の発見が劇的であったのは、互いを仕切って設置された軟障が、

表2　主体と客体の関係　後項は遮蔽物が「障子几帳」の場合

	恋人夫婦		親子兄妹		友人同僚		部下主従		妻妾		その他	
竹取物語												
伊勢物語	1								1			
大和物語		2										
平中物語		1										
蜻蛉日記	2	1		1			1				1	
落窪物語	6										2	3
うつほ物語	10	1	2	2	3		1		1		2	
和泉式部日記	1											
枕草子	2	1		1		7		1			4	2
源氏物語	90	19	43	17	24	6	12	4	7	2	46	8
紫式部日記						5						
更級日記						1					3	

相手が昔の同僚、亡き夕顔の姫君一行とわかって、互いを隔てていた軟障や屏風が取り払われ、二つの空間が一つになることで、「空間のへだて」と「時間のへだて」の解消をビジュアルに表現したことにあった。それは当時の生活様式のみごとな活用にほかならない。先行物語では障子や几帳は純粋に建具としての機能で点描されているが、紫式部は住まいのあり方、日常性を取り入れて人と人との関係や出来事を描いていこうとしたのではないか。

表2は「へだて」語彙が用いられた主体と客体の関係を調べたものだが、点線の後に「障子・几帳」が遮蔽物の場合の数値を示した。たとえば、蜻蛉日記の「恋人夫婦」では、「障子・几帳」の遮蔽物が一例、それ以外が二例となる。また、「親子・兄妹」には養父養子や婚姻相手の両親も含めている。

障蔽具の使用は時と相手と場合によってさまざまで、一概にはいえないが、遮蔽を要しない恋人夫婦や親子兄弟間にも認められ、なかでも親子兄弟間では三分の一に上っている。

(5)「もの隔てぬ親におはすれど、いとけけしうさし放ちて

おぼいたれば、おはしますあたりに、たやすくも参り馴れはべらず。東の院にてのみなん、御前近くはべる。（少女六六九）

（略）」

六位に叙されて出仕ももの憂い夕霧が、年の暮れ、大宮に新年用の装束を見せられて、元日に参内などしたくない、源氏に疎遠にされていて、父の傍に寄れるのは東院に住む花散里の所でだけだと嘆くところである。夕霧の憂鬱は六位という低い官位なのだが、それを父の愛情が薄いせいだ、祖父の太政大臣がご存命なら、母の葵上がいらっしゃったらこんなことは思わなくてすんだのにと、父の意図もわかりながら感情の制御がつかず、無理矢理結びつけて拗ねているのである。夕霧が、父がかわいがってくれない不満を「もの隔てぬ親」なのにと訴えていることに注意したい。この「もの隔てぬ」は抽象的な謂いのように見えるが、「けけしうさし放」すと考え合わせると、具体的な行為をさしているとわかる。「もの隔てぬ」の「もの」は御簾・几帳の類の障蔽具で、これらで隔てない関係とは実の父親である。夕霧は源氏から充分に愛情をかけてもらっていない不満を、几帳で隔てず対面できる、遠慮がない父のはずなのにと、いったのである。「もの隔てぬ親」はあるいは当時の口頭の慣用句だったのかもしれない。源氏と若紫の特異な関係も「隔てなきさまに臥し起き」（若紫二六二）する、几帳を立てるどころか御帳台に共に眠る、実の娘でもありえない暮らしぶりとして説明されている。

(6)尽きせずなまめかしき御ありさまにて、御簾の中に入りたまひぬ。御几帳ばかりを隔てて、みづから聞こえたまふ。（薄雲四五九）

二条院に退出した斎宮女御に源氏が挨拶に伺うところで、源氏は御簾の内の廂の間に座を設けられ、几帳だけを隔てにして、直接母屋の女御に話しかけている。こうした親しい扱いは源氏が養父となって「むげの親ざまにもてなして」いるからなのだが、ここで「むげの」と語り手がからかい気味なのはこの「几帳のへだて」が後に意味を持ってくるからである。季節は秋で雨が静かに降り、前栽の草木が色とりどりに乱れて露に濡れている。その物寂しげな景に六条御息所のことを思い出し野宮のことなどを申しあげていると、几帳の向こうの女御の気配が伝わってくる。

すこし泣きたまふけはひいとらうたげにて、うち身じろぎたまふほどもあさましくやはらかになまめきておはすべかめる、見たてまつらぬこそ口惜しけれと、胸のうちつぶるるぞうたてあるや。（薄雲四五九）

その「らうたげ」で「やはらかになまめ」く気配に源氏は平静ではいられない。そこで御息所への後悔から過去の恋の反省に話を移し、現在の心境を語っていくなかで、

「かやうなる好きがましき方は、しづめがたうのみはべるを、おぼろげに思ひ忍びたる御後見とは思し知らせたまふらむや。あはれとだにのたまはせずは、いかにかひなくはべらむ」（薄雲四六〇）

と、女御への恋情をほのめかしてしまう。女御の反応にすぐに話をそらして、養女として明石姫君を気にかけ、一門繁栄に力を貸してほしいと願って終わる。

この場で語り手が「几帳のへだて」に言及しているのは故のないことではない。源氏はもともと斎宮女御に関心を持っていて澪標巻では垣間見しようとしている。源氏が養父として応接しながら、つい、胸底に秘めていた恋情を口にしてしまうのは、「几帳ばかりを隔てて」対面し、女御の気配を看取したからであった。このためことさらに「几帳の隔て」が語られていたのである。同じ養女でも玉鬘との場合は、逆に、玉鬘の方が「かくいと隔てなく見たてまつり馴れたまへど、なほ思ふに、隔たり多くあやしきが現の心地もしたまはねば、まほならずもてなしたまへるもいとをかし」（初音一四八）と、几帳程度の対面に馴れているのを、実の父でもないのにと思っている。これが後の展開に繋がってくるのである。

兄妹でも「几帳ばかりの隔て」に言及されることがある。同腹の匂宮と女一宮の場合がそれで、同腹でも成長する

と男女は隔てられて暮らすのだが、匂宮が簀子ではなく廂の間に入り「御几帳ばかり隔てて、御物語」（総角三〇三）申し上げている。それは、紫上が特にこの二人を親しく近づけ、几帳だけの隔てに馴れさせたので、「あまたの御中に、隔てなく思ひかはし」（総角三〇五）ているのだという。そして、置かれていた絵のなかに、伊勢物語の四九段であろうか、妹に琴を教えている兄が「人の結ばむ」と詠みかけているのを見て、

(7)すこし近く参り寄りたまひて、「いにしへの人も、さるべきほどは、隔てなくこそならはしてはべりけれ。いとうとうとしくのみもてなさせたまふこそ」（総角三〇四）

といいかけて几帳の下から絵をさし入れ「若草のねみむものとは思はねどむすぼほれたる心地こそすれ」と詠みかけて、「うたてあやし」と警戒されている。匂宮は几帳の下からこぼれた女一宮の髪のほんの片端を目にして、伊勢物語とあいまって惑乱したのである。

(8)左大将の北の方は、大殿の君たちよりも、右大将の君をば、なほ昔のままに、うとからず思ひきこえたまへり。心ばへのかどかどしくけ近くおはする君にて、対面したまふ時々も、こまやかに隔てたる気色なくもてなしたまへれば、大将も、淑景舎などのうとうとしく及びがたげなる御心ざまのあまりなるに、さま異なる御睦びにて、思ひかはしたまへり。（若菜下一五九）

これは夕霧と玉鬘である。養女の玉鬘は実の兄弟よりも夕霧の方に親しみを持っていて対面するときも夕霧を廂の間に入れ、他人行儀でなく扱うと紹介されている。夕霧もまた、実の妹の明石女御よりも玉鬘の方が気安いという。「うとからず」と「うとうとしく」で対比して待遇の相違を、もちろんこれは応接時の几帳だが、心理的な距離を語っているのである。祖母を同じくし、共に花散里に世話されていたということもあろうが、うまがあったのだろう、この仲の良さは竹河巻でも続いている。

また、女性同士では紫上が男踏歌で玉鬘に「御几帳ばかり隔てて」（初音一五八）対面しており、紫上が養女として扱ったことを示している。几帳しか遮るものはない、それほど心を許していると言外に表し、玉鬘が六条院世界に受け入れられたと語っているのである。

考えてみれば、実の娘との応接に几帳のことなど語られていない。「几帳ばかり」の「へだて」は、源氏と斎宮女御や玉鬘といった義理の親子の場合は恋情を語り、夕霧と玉鬘などの血の繋がらない姉弟の場合は親しさを語る際に用いられている。源氏物語で「几帳のへだて」が記されるのは、実の親子、実の兄弟でない場合なのである。なかで、(5)の源氏と夕霧の場合は、親らしくない源氏の扱いに夕霧が傷つき、同腹の兄妹の匂宮と女一宮の場合は、仲よく育てられてあやうい恋の情調を語るために「几帳のへだて」に言及しているのである。物語が何をめざしているかは明らかであろう。

したがって、夫婦の間で「几帳のへだて」が語られるのも、必要があってのことである。枕草子にも夫婦間で几帳を隔てたことが語られている。「清涼殿の丑寅の隅の」段では、村上帝が芳子の局においでになって「御几帳を引き隔て」あそばされたので芳子が「例ならずあやし」とお思いになったが、すぐに古今集をそらんじているかどうか試すためとわかったという。村上帝の行為はいわば試験に必要な措置で、夫婦の関係にかかわるものではない。しかし、源氏物語では夫婦の次第を語っていく。

(9)夏の御住まひを見たまへば、時ならぬけにや、いと静かに見えて、わざと好ましきこともなく、あてやかに住みなしたまへるけはひ見えわたる。年月にそへて、御心の隔てもなく、あはれなる御仲らひなり。今はあながちに近やかなる御ありさまももてなしきこえたまはざりけり。いと睦ましく、あり難からん妹背の契りばかり聞こえかはしたまふ。御几帳隔てたれど、すこし押しやりたまへば、またさておはす。（初音一四六）

⑽常陸の宮の御方は、人の程あれば心苦しく思して、人目の飾りばかりはいとよくもてなしきこえたまふ。（中略）御鼻の色ばかり、霞にも紛るまじくはなやかなるに、御心にもあらずうち嘆かれたまひて、ことさらに御几帳ひきつくろひ隔てたまふ。なかなか女はさしも思したらず、今はかくあはれに長き御心のほどを穏しきものに、うちとけ頼みきこえたまへる御さまあはれなり。（初音一五三）

源氏が、女君たちに新春の祝に贈った、衣裳の顔映りも見がてら訪ねるところで、⑼の花散里とも⑽の末摘花とも几帳を隔てて対面している。⑼の花散里とは、「年月にそへて御心の隔てもなく、あはれなる御仲らひ」の信頼し合う理想的な夫婦だと紹介されるが、今は共寝することもなく愛の誓いだけをいい交わすといい、源氏が衣裳を見ようと隔てた几帳を押しのけても、花散里は隠れようとはせず、素直にそのままでいる。逆に⑽では末摘花との間に「ことさらに御几帳ひきつくろひ隔て」て相変わらずの醜貌を見ないようにしている。花散里も末摘花も、今や源氏を信頼しきって隠れようともしない。几帳を退けるのも立てて隔てるのも源氏の心のありようなのである。

⑾今はまほにも見えたてまつりたまはず、いとうつくしうらうたげなる御額髪、頬つきのをかしさ、ただ児のやうに見えたまひて、いみじうらうたきを見たてまつりたまふにつけては、などかうはなりにしことぞと罪得ぬべく思さるれば、御几帳ばかり隔てて、またいとこよなうけ遠くうとうとしうはあらぬほどに、もてなしきこえてぞおはしける。（横笛三四八）

したがって、尼になった女三宮に源氏が「御几帳ばかり隔てて」応接していると語るのは、元夫婦で今は後見であると案に示しているのだが、そこに、手の届かぬ人となった女三宮への源氏のあやにくな想いが塗り込められている。

こうした男女間の障蔽具のへだては、夕霧が落葉宮に「御簾の外の隔てあるほどこそ、恨めしけれ」（柏木三三八）、友人と思っていただきたいのに御簾の外の簀子とは心外です、せめて廂の間にと訴えているように、恋を訴える男君の場合は御簾に変わるのである。

物語での几帳のへだては単に関係を語るだけではない。対する人の思いを伝えている。

⑿大臣も渡りたまひて、かくうちとけたまへれば、御几帳隔てておはしまして、御物語聞こえたまふを、「暑きに」と苦みたまへば人々笑ふ。「あなかま」とて脇息に寄りおはす。いと安らかなる御ふるまひなりや。（帚木九二）

源氏が通ってくると、すぐに左大臣が御機嫌伺いに現れる。源氏は暑さに「うちとけ」た姿なので几帳を隔てて対面したというから、左大臣の方は衣服を正しているのだろう。源氏が困るだろうと几帳を立てた左大臣の穏やかな人柄、源氏が可愛くこの婿を大切にしてその力に期待しようとする心がよく出ているし、一方で、若さに驕った源氏のなかば甘えた我が儘さも几帳をはさんであらわである。

⒀「世の事として、親をばなほさるものにおきたてまつりて、かかる御仲らひは、とある折もかかる折も、離れたまはぬこそ例のことなれ、かくひき別れて、たひらかにものしたまふまでも過ぐしたまはむが心づくしなるべきことを、しばしここにてかくて試みたまへ」と、御かたはらに御几帳ばかりを隔てて見たてまつりたまふ。（若菜下二八二）

一条御息所が柏木看病の指揮を「御几帳ばかりを隔てて」なさるというのだが、病室に詰めっきりで婿の看病をするとはよほどのことである。御息所がかくも懸命になっているのは、頭中将が息子の病を心配して邸に引き取ろうと動いたからである。御息所は親よりも「かかる御仲らひ」、夫婦は何事があろうと共にいるべきだ、離れることは心を痛ませるだけでしかないと主張し、率先して示したのである。御息所の身を捨てた看病は、娘を思う親心と、左大臣家へのかすかな意地、そしてプライドの現れだといえよう。

⒁大臣も、めづらしき御対面に昔の事思し出でられて、よそよそにてこそ、はかなき事につけて、いどましき御心も添ふべかめれ、さし向かひきこえたまひては、かたみにいとあはれなる事の数々思し出でつつ、例の隔てなく、昔今の事ども、年ごろの御物語に日暮れゆく。御土器などすすめ参りたまふ。（中略）「勘当はこなたざまにならむ」（中略）「昔より公私の事につけて、心の隔てなく、大小の事聞こえ承り、羽翼を並ぶるやうにて、朝廷の御後見をも仕うまつるとなむ思うたまへしを、末の世となりて（中略）」と聞こえたまへば、「いにしへはげに面馴れて、あやしくたいだいしきまで馴れさぶらひ、心に隔つることなく御覧ぜられしを、」（行幸三〇六）

これは久方ぶりに源氏と頭中将が対面した時のことである。青年期には「例の隔てきこえたまはぬ心にて」（末摘花二七五）と親密な友であった頭中将も、壮年になり、政権を争ってからは事ごとに対抗心を燃やしてきたが、「さし向かひ」顔と顔を合わせると、昔の信じあった日々を思い出し、心のしこりも溶け去って歓談する。そこで源氏も玉鬘のことを打ち明けたというのである。ここには「例の隔てなく」「心の隔てなく」「心に隔つることなく」と、「心のへだて」がないと繰り返しているが、それは昔は「面馴れて、あやしくたいだいしきまで馴れさぶらひ」、今も「さし向かひきこえたまひ」ているからである。顔と顔を見合わせ、身体を触れ合わせるほど近くにいた、几帳などの挟雑物がない状態で交際してきた、それほどの近しい仲であったといっているのである。だから、この日、対面すると「へだて」が解消され、再び交誼が復活したのである。源氏と蛍宮、柏木と夕霧、匂宮と薫の、対偶的な関係も根底は同じである。「物象のへだて」が「心象のへだて」を表しているのである。

「待遇のへだて」もそうで、冷泉院が薫に「おほかたこそ隔つることなく思したれ、姫宮の御方ざまの隔ては、こよなくけ遠くならはさせたまふ」（匂宮三〇）という「隔て」は、具体的にはおはし所に寄せつけない、御簾で隔てた簀子にも近寄らせない、ということだから、物象の「へだて」を根に据えている。恋を訴える男が「心の隔てなく」

語りたいというのも、いうまでもなく御簾や几帳を除去してほしいとの要請懇願なのである。

このように、源氏物語では几帳の「へだて」は述べる必要のある時にしか記されない。いい換えれば、御簾や几帳の「へだて」は人と人との関係を語るために記されているのである。

ただ、こうした人間関係とは異なる、障蔽具のへだてが源氏物語以前に認められる。それは枕草子である。

(15)物隔てて聞くに、女房とはおぼえぬ手の、忍びやかにをかしげに聞こえたるに、答へ若やかにして、うちそよめきて参るけはひ。物の後ろ、障子など隔てて聞くに、御膳参るほどにや、箸、匙など、取り混ぜて鳴りたる、をかし。ひさげの柄の倒れ伏すも、耳こそとまれ。（中略）人の臥したるに、物隔てて聞くに、夜中ばかりなど、うちおどろきて聞けば、起きたるななりと聞こえて、言ふことは聞こえず、男も忍びやかにうち笑ひたるこそ、何事ならむとゆかしけれ。（心にくきもの三二九）

「物隔てて聞くに」「障子などを隔てて聞くに」の「物」は軟障か几帳であろう。清少納言が着目しているのは参籠などで局を仕切って閉じ籠ったり、共寝して籠っているときに聞こえてくる音、つまり視覚を遮られたなかで、響いてくる音の世界である。これは「へだて」の興趣である。「霞も霧も隔てぬ空の気色」もそうであったが、清少納言は「へだて」のマイナス面ではなく、そのプラス面に目を向けていて、「身体のへだて」を嘆く常套的な発想から自由である。ここで思い出すのは拾遺集以降の「へだて」の四季歌である。

わが宿の垣根や春をへだつらむ夏来にけりとみゆる卯の花（拾遺・夏・八〇・順）

佐保川の霧のあなたに鳴く千鳥声はへだてぬものにぞありける（後拾遺・冬・三八八・頼宗）

順の歌の眼目は卯の花の垣根を季節の境界と見立てたところにある。白い卯の花が一斉に咲いた垣根に夏の到来をみたのだが、それを卯の花が咲いているからこちらは夏だ、してみると卯の花の向こうはまだ春なのだな、この垣根が春を隔ててしまったのだ、とおもしろがっている。頼宗の歌は霧の向こうに千鳥の声が聞こえる、姿は霧で隔てられているが、声は「隔て」ず届くのだなあといっている。視覚が遮られても香りが届くと詠む古今集以来の型を聴覚に変えたのだろう。拾遺集頃から「へだて」歌に「身体のへだて」を嘆く恋歌や離別歌に加えて、隔てることに積極的な意味を見出し、異なる世界が接する境界に目を向けたりして、「へだて」をおもしろがり、景情を機知的に詠もうとする四季歌が詠まれ始めている。枕草子も時代的にそうした美意識と軌を一にしているのかもしれない。

　ところが、源氏物語ではそれを人事に用いている。

⒃かくののしる馬車の音をも、物隔てて聞きたまふ御方々は、蓮の中の世界にまだ開けざらむ心地もかくや、と心やましげなり。まして、東の院に離れたまへる御方々は、　（初音一五二）

新築成った六条院初めての春に源氏の権勢を反映して繰り広げられる宴遊の数々、新年二日のこの日は臨時客で上達部親王たちも残りなく参席する華やかさであった。しかし、それは春の町だけの賑わいであって、他の町に住む女君たちは建物や築山などの「物」を「隔てて聞」くだけであったと、同じ六条院に暮らすだけに味わわざるを得ない哀しみを描出している。大堰の明石君も源氏一行の桂での遊宴を「物隔てて聞きて、名残さびしうながめ」（松風四二二）ている。なまじ聞こえるだけに疎外感を味わわざるを得ないのである。意外な活用では、夕霧が「物隔てて」いるとばかり思って安心していたところ、雲居雁に背後から手紙を奪い取られる事件を語る、日常ありがちな暮らしぶりから語っていく場合もある。

　このように、源氏物語では御簾や几帳の障蔽具が応接の場で言及されて、人と人の関係を語り、心を表していく。「心象のへだて」に必ず物象が介在しているというのではない。しかしながら、屋内での場面が多く、そこで恋を訴えたり、相手の動向を追っていく源氏物語では、すぐそばにいる相手との「心のへだて」を喩として語るには御簾や几帳の「物象のへだて」が適切であったろうし、当時の住まい方からすれば実際日常的に無意識裡に行われていたことであったろう。広い空間を必要に応じて分割したり、統合したりして暮らす住まいの方法はそのまま文化といってよい。住まいの文化を端的に表す几帳の隔ては相対する関係によって、「うとうとし」と他人行儀になったり、親密になったりする。当時の読者はこうした室礼に関する言及をなんなく読み取ったであろう。

源氏物語は住まいの文化を流用し、ことさらに「障子・几帳のへだて」に言及して、人と人の関係を語っており、障子や几帳が心理的な距離をあらわしているのは源氏物語だけである。その意味で、「障子・几帳」の物象のへだては、おのずと心象をも象徴しているといえよう。

五　恋の「へだて」の型——夕顔・紫上・宇治大君

源氏物語の「へだて」表現でさらに特徴的なのは、夫婦恋人間にみえる「心のへだて」である。「心のへだて」は作中人物個々の物語と切り放せないのだが、ここではそこに分け入らず、その原型となる、恋の「へだて」の型について述べていきたい。

王朝人にとって恋は、「あはぬ恋」と「あひての恋」に大別される。「あひての恋」として典型的な経過をたどるのは源氏の夕顔に対する恋である。これまで、夕顔との恋は互いに名告らず、顔を隠すことや、廃院での夕顔の怪死に重点を置いて考察されてきた。しかしながら夕顔との短い恋には「へだて」が要所要所に一〇例も認められる。これは無視できない。これらの「へだて」からみれば名告らないことも怪死も十分に説明できるのである。

夕顔との恋は「あはぬ恋」の時点、つまり、通い始めた折のことは「くだくだしければ、例のもらしつ」（一五一）

と語られない。惟光の手引きがあったと記すだけで、出会いの後、すぐに、

かかる筋はまめ人の乱るる折もあるを、いとめやすくしづめたまひて、人の咎めきこゆべきふるまひはしたまはざりつるを、あやしきまで、今朝のほど昼間の隔てもおぼつかなくなど、思ひわづらはれたまへば、かつはいともの狂ほしく、さまで心とどむべき事のさまにもあらずと、いみじく思ひさましたまふに、（中略）いづこにいとかうしもとまる心ぞと、かへすがへす思す。（夕顔一五二）

と、「今朝のほど昼間の隔てもおぼつかなく」惑溺する自分を、「あやし」「もの狂ほし」と捉える源氏の姿が語られ、「人目を思して、隔ておきたまふ夜な夜ななどは、いと忍びがたく苦しきまで覚」（一五四）えるほどになる。ここまでは和歌の「身体のへだて」である。

そこで、「なほ誰となくて二条院に迎へてん」（一五四）と決意する。その決意が明らかにされるや、他出を誘って明け方某院に赴き、「この世ならぬ契りまで頼め」（一五七）ると、女もようやく「うちとけ」てくる。すると、今度は「心のへだて」が問題になってくる。

顔はなほ隠したまへれど、女のいとつらしと思へれば、げにかばかりにて隔てあらむも事のさまに違ひたりと思して、

「夕露に紐とく花は玉ぼこのたよりに見えしえにこそありけれ

露の光やいかに」と、のたまへば、後目に見おこせて、

光ありと見し夕顔の上露はたそかれ時の空目なりけり

と、ほのかに言ふ。をかしと思しなす。げに、うちとけたまへるさま、世になく、所がらまいてゆゆしきまで見えたまふ。「尽きせず隔てたまへるつらさに、あらはさじと思ひつるものを。今だに名のりしたまへ。いとむく

つけし」とのたまへど、「海人の子なれば」とて、さすがにうちとけぬさま、いとあいだれたり。「よし、これもわれからなり」と、恨み、かつは語らひ暮らしたまふ。（夕顔一六二）

源氏は身をやつし、車も用いず、馬で通っている。女がどこのどなたですかとも詮索しないから、名告らず、顔も「ほの見せ」ていない。まるでスリリングなゲームのような逢瀬であったが、ここに至って、女も私を「つらし」と思っているらしいと察して、「かばかりにて隔てあらむも事のさまに違ひたり」と顔を露わした。自身の「へだて」を無くした源氏は、今度は女に向かって、「今だに名告りしたまへ」と「へだて」の解消を求め、私の「つらさ」もなくしてほしいと訴える。しかし、女は求めに応じない。

たとしへなく静かなる夕べの空をながめたまひて、奥の方は暗うものむつかしと、女は思ひたれば、端の簾を上げて添ひ臥したまへり。夕映えを見かはして、女もかかるありさまを思ひの外にあやしき心地はしながら、よろづの嘆き忘れてすこしうちとけゆく気色、いとらうたし。つと御かたはらに添ひ暮らして、物をいと恐ろしと思ひたるさま、若う心苦し。格子とく下ろしたまひて、大殿油参らせて、「なごりなくなりにたる御ありさまにて、なほ心の中の隔て残したまへるなむつらき」と、恨みたまふ。（夕顔一六三）

源氏は顔を見せ、名を知らせて「うちとけ」るが、女は名を隠し「うちとけ」ない。しかし二人だけの静かな時がながれ、夕映えの頃になると互いに互いを「見交はして」、女も「よろづの嘆き忘れてすこしうちとけゆく」。そこで再度源氏は「なごりなくなりにたる御ありさまにて、なほ心の中の隔て残したまへるなむつらき」と名告りを求める。しかし、その夜、源氏は夕顔を失う。後、右近に問うときも「さばかりに思ふを知らで隔てたまへりしかばなむつらし」「我はしか隔つる心もなかりき」（一八四）と女の「へだて」を悲しんでいる。名告らず素性を隠していることが、源氏にとっては、「心のへだて」なのであった。

ここで注目したいのは「心のへだて」を問題にしているのが源氏の方で、女ではないことである。夕顔も源氏も相手の隠し事を「つらし」と思っている。しかし、「へだて」と口に出すのは源氏だけである。源氏が顔を現したのは、「へだて」ていると誤解されては困るからで、逆に女に向かって「へだて」られているのが「つら」いと何度も訴えている。源氏は女の名を知ることを目的としているのではない。名を知るのはほんの一部で、知って満足して事終れりとなるわけではない。それが可能であるかどうかはともかく、源氏は、女のすべてを我物にしたいのである。心身ともに全き所有を望んでいるのである。女は死ぬのだが、それは、女が「すこしうちとけゆ」き、「へだて」がまさに解消される寸前のところに来ていたからにほかならない。

女の死は直接的には廃院の怪のせいであろうが、話型からは、源氏の顔を見たことによる三輪山型の死と説かれている。(4) しかし、源氏が「へだて」を解消しても、女はまだ生きている。しかも「へだてて」いるのは二人ともで、むしろ、最後まで「へだて」を残しているのは女の方である。とすれば、女は「へだて」いないよう定められていると考えたほうがいい。原岡文子氏の説かれるように女に遊女・巫女の面影を見るならば、(5) 女が「へだて」を解消し心の内を譲り渡す時、その先に待っているのは死にほかならない。巫女・遊女が「へだて」をなくすとは、仮面をはずし、本心を露わにして譲り渡すことを意味する。とすれば、母の夕顔が「へだて」たままで亡くなり、その娘の玉鬘が軟障・屏風の「へだて」から解消されて物語に立ち現れてくるのはみごとな呼応というべきであろう。

ともあれ、夕顔との恋は、我ながら不思議で物に憑かれたとしかいいようのない、逢瀬の後の惑溺から、相手をもっと知りたい、所有したいと考える欲求へ、つまり「身体のへだて」の苦痛から、「心のへだて」の解消を願うことへと進んでいる。

「へだて」から恋の型をみると、逢うことを願う「あはぬ恋」では御簾や屏風・几帳の「へだて」を悲しみ、解消を願う段階、つぎにようやく逢い得た、その感激を「夜をや隔てむ」と瞬時も離れていられないと焦れる「あひ見て」後に恋う段階へ、そして通い婚・据え婚・同居婚と形態はさまざまながらともに「住む」[6]段階で、相手の心の「へだて」を感じて解消を訴えたり、苦しんだりする「あひての恋」、つまり、「物象のへだて」・「身体のへだて」・「心象のへだて」、の型があるといえよう。

このうち、和歌で詠まれたのは三で述べたようにもっぱら「身体のへだて」であった。任地に赴く人との離別を悲しんだり、逢って後、夜まで待たねばならぬもどかしさや夜離れが続くのを嘆く恋歌や離別歌は、共に住まず、身体が離れているからである。散文の物語でも、うつほ物語の「へだて」表現は和歌や和歌的な発想が中心で、兼雅と昔の妻たち、里下がりのあて宮と春宮に用いられている「身体のへだて」であった。

ところが、源氏物語はちがう。源氏物語は共にいながら心を隔てている男女の関わりに着目した。それはこの夕顔とのような逢瀬の場でもそうだが、夫婦間でもよく用いられている。例えば、源氏は、出産後、病状の落ち着いた葵上に、「今日なむ初立ちしはべるを、すこしけ近きほどにて聞こえさせばや、あまりおぼつかなき御心の隔てかな」（葵四三）と、直接の対面を求めているが、これは今までにないことであった。これまで二人の仲は「御心の隔てもまさる」（若紫二二六）「御心の隔てどもなるべし」（紅葉賀三三三）と語り手から説明されてきた。しかし、ここは源氏が言葉に出して妻の「心のへだて」を怨んでいる。言葉で「へだて」を怨むのは男君が相手を懐柔してその心を我が物としようとするときで、心が乖離しているときではない。出産直前、物の怪に苦しむ葵上を「心苦し」と感じ、葵上も見つめ返したときから、互いに夫婦としての情愛を感じ始めたのだが、この源氏の言葉は二人の関係が改善されたことをよく物語っている。だから葵上は亡くなるのである。

このように源氏は、恋人であれ夫婦であれ、恋の場で女君たちに、「なほ心の中の隔て残したまへるなむつらき」

「つきせぬ御心の隔てこそわりなけれ」と、「つらし」「わりなし」と訴えて、その心を得ようとしている。こういう源氏はまことに魅惑的で、ほとんどの場合「へだて」は解消され女君に容れられている。鈴木日出男氏は作中歌から「いろごのみ」論を展開しておられるが、[7]こうした、隔てを持ってくださるな、私の想いを汲んで、隔てるのをやめていただきたい、とかきくどくのも、相手の心身をそのまま所有しようとする「いろごのみ」の発動といえよう。源氏物語で多用された「心象のへだて」は、まず、こうした男君の姿を描くのに用いられたのである。

恋人夫婦間の「心のへだて」は「あひての後」に隠し事をすることにあり、先行物語では夫に新しい妻ができると悩むこなみとうはなりの物語の話型が目に付く。

ところが、源氏物語では隠すのではなく、妻が夫に心を隔てている姿が描かれている。

(イ)いといたく心化粧したまふを、例はさしも見えたまはぬあたりを、あやし、と見たまひて、思ひあはせたまふこともあれど、姫宮の御事の後は、何事も、いと過ぎぬる方のやうにはあらず、すこし隔つる心添ひて、見知らぬやうにておはす。（若菜上七九）

(ロ)うち笑ひて、「今めかしくもなり返る御ありさまかな。昔を今に改め加へたまふほど、中空なる身のため苦しく」とて、さすがに涙ぐみたまへるまみのいとらうたげに見ゆるに、「かう心やすからぬ御気色こそ苦しけれ。ただおいらかにひきつみなどして教へたまへ。隔てあるべくもならはしきこえぬを、思はずにこそなりにける御心なれ」とて、よろづに御心とりたまふほどに、何ごとも残したまはずなりぬめり。（若菜上八五）

これは女三宮降嫁の一ヶ月後、源氏と朧月夜尚侍との恋が再燃したときの紫上の反応で、(イ)は源氏が朧月夜のもとへ出かける前、(ロ)は帰宅したときである。(イ)では紫上は末摘花を見舞うという口実をそれと見抜きながら、何もいわない。「すこし隔つる心添」った紫上がいる。ここで紫上の方から源氏にすこし心を隔てていると語ることの意味は大きい。(ロ)でも、源氏の寝くたれのさまを見ても紫上はあえて知らぬふりをしている。源氏もそれに気づいているからこそ、「隔てあるべくもならはしきこえぬに」とかき口説き、ついには尚侍との密会をことごとく告白してしまう。源氏にとっては「隔てて」くれるなと訴え、告白することが「へだて」を解消することであった、しかし、紫上の「心のへだて」が解消したとはどこにも語られていない。

昔、二人の仲はこうではなかった。明石君と契ったとき、源氏は、人伝てでは「心の隔てありける」（明石二五九）と恐れて自分から告白し、「かう聞こゆる問はず語りに、隔てなき心のほどは思しあはせよ。」（明石二五九）と了承を求めているし、朝顔斎院の件でも、紫上は最初「さりとも、さやうならむ事もあらば隔てては思したらじ」（朝顔四七八）と、たとえ事実であっても「隔て」ず、何らかの弁明があるはずと信じている。そして時を経た今は「かたみに隔て聞こえたまふことなく、あはれなる御仲」（若菜上五一）となっていたので、源氏も紫上に降嫁を承引したとはいい出しかね、「心に隔て」を残したようで苦しくてならないと語る。なるほど、源氏は「へだて」を生まないよう努めている。女三宮の返歌が届けられた時には、「隔つ」のを恐れてそれとなく未熟な筆跡を見せているし、女三宮に対面したいと申し出られた時にも「心隔てむもあいなし」（若菜上八八）と仲介の労を採っている。女楽後の述懐では夫婦の「隔て」を話題にして「隔て」のない仲でありたいと言外に望んでいる。つまり、若菜上下巻では、光源氏が「心のへだて」を持たないでくれといい続け、終始、「隔て」ないよう努めているのに、紫上が変容し、源氏に「心のへだて」を持っていく過程が描き出されているのである。

これは夕顔との「へだて」とは違っている。恋の「へだて」表現では、男君が女君に向かって、心を隔ててくださるなとその解消を訴えたり、年月の隔てに自責の念を抱いたりする会話や心中思惟が多い。けれども、女君の側に立ち、その「心のへだて」を語るのはわずか一〇例、それも後撰集や落窪物語の切り返しを除くと三例でしかない。その一例がここである。ここでは源氏の「いろごのみ」が威力を発揮していない。源氏物語は前妻と後妻の話型を基にしながら、男女の齟齬を見据え、女君の立場から愛の問題を追究していくようになる。そして、女君の意思が中心に据えられたとき、「物象のへだて」が新たな意味を持ってせり出してくる。

　屏風をやをら押し開けて入りたまひぬ。いとむくつけくて、なからばかり入りたまへるに引き留められて、いみじくねたく、心憂ければ、「隔てなきとはかかるをや言ふらむ。めづらかなるわざかな」とあはめたまへるさまのいよいよをかしければ、「隔てぬ心をさらに思し分かねば、聞こえ知らせむとぞかし。（略）」とて、

（総角二三四）

ここで宇治大君は、あなたがおっしゃった「隔てなき」とは、「心のへだて」ではなく、「屏風のへだて」で、この屏風を取り除くということだったのですかと抗議し、対する薫は「心の隔て」を設けないとは「屏風のへだて」もないということですといい返している。二人は「隔てなし」の解釈をめぐっていい争っているわけだが、それは四で見てきたように、「障子・几帳のへだて」は「心のへだて」を表す場合が多く、「物象のへだて」と「心象のへだて」の境界が曖昧で、相互に組み換えが可能だからである。以後、二人は「へだて」の解釈とその解消をめぐって堂々めぐりを繰り返していく。

　源氏物語の恋の「へだて」表現のうち、この型が最も遅い。このような屏風などの「物象のへだて」を中にして恋を訴え、逢瀬を願う型は、物語にさぞ多かろうと思われるが、実は、源氏物語以前でもあまり認められない。伊勢物語の関に見立てた和歌一例程度である。まして、几帳などを間にして男女が会話をもって何度も攻防する恋はなかった。この「障子・几帳」の「物象のへだて」に至って、これまでの「身体のへだて」「心象のへだて」が照り返され、物語における意味が鮮明になってくるのである。

源氏物語の「へだて」表現が物象にしろ心象にしろ、人と人との関係を表しているにしても、なぜ、「へだて」なのであろうか。

六　源氏物語の文体生成

「へだつ」の語義は元来ものとものとを分けることであった。そのものが主体と客体となり、主体と客体が繋がると、その間を分けることに何らかのニュアンスが伴ってくる。主体にとっては「へだて」とは客体に通じる回路が遮蔽物に妨げられている状態やその遮蔽物をいうことになり、人間関係にあっては、客体との間が阻まれてそこまで達し得ない、通じ合えない、通えないと嘆く表現となる。

文学表現ではまず和歌で、大切な相手と時空間で隔てられたり、隔たっている「身体のへだて」を嘆く「へだて」歌が詠まれた。八代集にはこうした「身体のへだて」を「夜」「雲・霞・霧」「衣」などの遮るものを景物として詠む離別や恋歌の系列が生じ、次いで拾遺集頃から「へだて」ることに興趣を感じる四季歌の系列が生じた。和歌ではこれら事物のへだてをもって表現する「物象のへだて」が主であったが、散文ではストレートに相手の「へだて」を哀しみ訴える「心象のへだて」が多く用いられるようになる。源氏物語に先行する散文では和歌の「へだて」表現はほぼそのままに踏襲しているが、「心象のへだて」については方法とするまでに至っていない。

源氏物語では、和歌や和歌的な表現に関してはその伝統に抵触しない範囲で受容し、枕草子が拓いた、時間や空間の散文化や聴覚の発見も独自に改変して人事として取り込んでいる。その源氏物語で新たに取り上げられ、方法として用いられたのは障子や御簾、屏風や几帳の遮蔽具で人と人の関係を表すことであった。障子や几帳は枕草子でも先行作同様仕切りとしてしか用いられていない。「障子・屏風」の「物象のへだて」は源氏物語で見出され新たな意味を付されたのである。

間に御簾や几帳を立てての応接をいう語は、「へだつ」のほかに前章で考察した「物越し」がある。源氏物語では対座する男女に、ある時は「物越し」を用い、ある時は「へだつ」を用いて物語を展開させているが、「物越し」はわずか一六例にすぎず、「へだて」は三〇〇例近い。「物越し」は「越し」だからあくまでも通意に主点があり、間に物があっても、それを超えて、意思や言葉が相手に達するというニュアンスを持っている。その点で、回路が通じているもの同士の間を遮ることをいう「へだて」は、隔意に主点があり、通じ合いたいのに妨げられる事態を嘆くので対照的なのである。源氏物語の「物越し」は方法として用いられているが、「越す」という以上御簾や几帳を挟んで相手にことばを届け、相手の気配を看取する、通意を核とした人と人の関係を語るので、取り上げる関係や情況が限定される。

「へだて」を多用する源氏物語は、通意よりも隔意をもって人と人とのさまざまな関係を描こうとするわけだが、それは「へだてあり」と「へだて」を認めるのではなく、「へだてなし」「心のへだてなく」といって、「へだて」を解消してほしいと訴え、自らの行為が相手に「へだて」を感じさせないように配慮するのだから、成熟した文化に存する一種の倫理規範といってよい。「なさけ」も「情けなからず」と表現されるのは似ているが、仮構の人間関係を結ぼうとする点が異なる。(10)「へだて」を怨むのはそこに真の関係を結ぼうとするからである。人と人との関係をあらわすには、「うし」「心うし」「いとほし」「心苦し」「恋し」「つらし」「はづかし」などの感情形容詞や、音楽の合奏などで象徴する方法もある。(11)源氏物語の「へだて」表現はそんな多層にわたる表現のなかの一つなのである。

ただここで留意したいのは、「へだて」が住まいの文化と不可分だということである。これまで障子や几帳の「へだて」表現については等閑視されてきた。しかし空間を仕切って暮らす当時の住まい方を考えると、それを可能にする御簾や几帳には遮蔽する機能と応接する機能とがある。どちらの機能が用いられるかは相手しだい、状況しだいである。「几帳」を隔てる行為や情況は夫婦なら遮られ拒否されていることになろうし、恋を訴えるなら「几帳ばかりの隔て」は優遇であると同時に、「衣のへだて」同様、もどかしいものであったろう。つまり「へだて」には両義性が存するのである。そうすると、障子や几帳の「物象のへだて」で何気なく間接的に状況をさし示すこともできれば、和歌や会話のかたちで意思を直接に表出することもできる。そして「物象」と「心象」の隔ては喩的な関係をなして相互に組み替えられもする。「へだて」自体、表現の幅が多層化しているのである。

源氏物語の「へだて」表現は、平安仮名文学の流れからみれば、「身体のへだて」を嘆く和歌的な世界から飛躍し、対座する男女に着目して、ある時は男君が女君の「心のへだて」を怨んでかき口説く「いろごのみ」のさまを提示し、ある時は共に暮らしながら心が閉ざされ通いあわない「心象のへだて」として生かし多用した。そして仕切りとしか認められていなかった御簾や几帳の、住まいの文化における二面性に気づいて、「物象のへだて」が「心象のへだて」ともなり、また逆にも読み替えられる相互性を巧みに用いて人と人の関係、特に恋の種々相を描いていった。

そうした源氏物語の内なる「へだて」表現の発見、展開、可能性の追求は、恋の型でいえば、「身体のへだて」「心象のへだて」そして、「物象のへだて」と、むしろ逆のような順で進んでいる。それは、源氏物語がしだいに人間の内奥、わけても愛の問題に踏み入るうちに、男君主導から女君の内面へ、恋の始発へと進んでいったからと思われる。源氏物語の「へだて」表現は、作中人物一人一人の物語と深く関わっているのであるが、本稿ではそこに分け入らず、その基底を探るために、ひとまず仮名文学史における、源氏物語の「へだて」表現の多用と変容を文体の問題として考えてみた。

注

（1）山口仲美氏『論集日本語研究8文章・文体』解説（有精堂、一九七九年四月）
（2）前田富祺氏「語彙からみた文体と文字からみた文体」（『国語語彙史の研究十一』和泉書院、一九九一年十二月）
（3）「関」は伊勢物語に一例、「玉たれ」拾遺集に一例、「玉簾」伊勢物語に三例。
（4）高崎正秀「源氏物語『夕顔』巻の成立―三輪山式神婚譚の系譜―」（『源氏物語論』一九七一年）
（5）「遊女・巫女・夕顔―夕顔の巻をめぐって―」（『源氏物語両義の糸』有精堂、一九九一年一月）
（6）山本利達氏は「『すむ』考」（「志賀大国文」一九八八年）で、「かよふ」に対して「すむ」は生活の諸事をともにすること
と説いておられる。
（7）『古代和歌史論』（東京大学出版会、一九九〇年一〇月）、「いろごのみと和歌」（『和歌と物語』風間書房、一九九三年九月）
（8）本書第II部第3「紫上の孤愁―源氏物語における『個』の発見」
（9）本書第II部第4「宇治大君―対話する女君の創造―」
（10）時枝誠記氏『古典解釈のための日本文法』（至文堂、一九五九年六月）、大野晋氏『日本語の世界』（朝日新聞社一九七八
年五月）、拙論「源氏物語の表現―『なさけ』の美学」（「大阪青山短大国文」一九八五年一月）
（11）拙論『源氏物語文体攷』（和泉書院、一九九九年一〇月）、『平安文学の言語表現』（和泉書院、二〇一一年三月）

あとがき

今年は春が来るのが早いのだろうか。私の研究室は三階にあるのだが、フランス窓の外の小さなヴェランダまで桜の大木が二本伸びてきていて、はや花を咲かせている。毎年、この花を密かに私の桜と呼んで楽しみにしてきたのだが、八分咲きの桜とともに校内では遅咲きの梅もまだ花を付けていて、そこここで香っている。赴任したときよりも定年が早まって、このおだやかで珍しい光景をこれからは外から眺めることとなるのだろう。

この時を迎えて、よく私のようなものを採用していただいたと感謝すると同時に、さしたる成果を上げ得なかったと後悔することしきりで、生来怠け者で易きに流れてしまうため、今にして積み残したものの多さに愕然としている。そんななかで、お世話になった梅花女子大学に、感謝と未来への希望を籠めてささやかなものを編んでみようと思ったのが本書である。

まだ文学部の日本文学科だったころ、校名の「梅花」にちなんで『梅の文化誌』（和泉書院、二〇〇一年二月）を企画編集し、公開講座やお茶会を開いたところ、またたくまに品切れになってしまったのは望外の喜びであった。以来、梅について、万葉集や平安文学、なかでも源氏物語でどのように取り入れられ描かれているかを考えてきた。それが第Ⅰ部である。もっとも来年一月で一三六年を迎える梅花学園は、創立者澤山保羅らが「浪花公会」と「梅本公会」の二つの教会の名を採って名づけられたようで、もともとは梅との関わりはなかった。けれども校内には卒業記念の植樹などでさまざまな梅の木が多く、梅の実を採集して希望者に販売などもしているように、梅樹を大切にしており、シンボルマークも梅にちなんでいる。第II部は折々に記したもので、源氏物語が新たに造型した女君像についてことばから考究したもの、第III部では人と人との関係を表す語彙のうち「へだて」に関する論考の一部をとりあげたが、この語からの考察はいまだ途上にある。

つぎに本書のもととなった既発表の論文の題名と発表年を記す。一部を用いたり、付け加えたり、二編を合わせたりして書き直しているものもある。

第I部

1万葉集から古今集へ―梅花の表現―（『古代中世和歌文学の研究』和泉書院、二〇〇三年二月）

2梅花の表現―八代集を中心に―（「梅花女子大学文学部紀要」第三七号、二〇〇三年一二月）

3源氏物語における梅―物語と和歌（『古代中世文学論集第一一集』新典社、二〇〇三年八月、前半）

4源氏物語の美意識―白梅か紅梅か―（『梅の文化誌』和泉書院、二〇〇一年二月）

源氏物語における梅―物語と和歌（『古代中世文学論集第一一集』新典社、二〇〇三年八月、後半）

第II部

1光源氏の時を刻む葵上（「むらさき」第四五輯、二〇〇八年一二月）

葵上物語の構築―源氏物語の方法―（「梅花日文論叢第一七号」二〇〇九年二月）

2神戸親和女子大学二〇〇八年度公開講座

3紫上の孤愁―源氏物語における「個」の発見―（「兵庫女子短期大学研究集録」第二三集、一九九〇年三月）

4宇治大君―対話する女君の創造―（『論集源氏物語とその前後4』新典社、一九九三年五月）

第Ⅲ部

1源氏物語の文体生成—仮名文学史のなかで—

（『源氏物語と源氏物語以前　古代文学論叢第一三輯』武蔵野書院、一九九四年一二月、第一章）

2八代集の歌ことば—「へだて」の表現史—

（「梅花短期大学研究紀要」第四一号、一九九三年三月）

3「物越し」考—源氏物語の関係表現

（「梅花女子大学文化表現学部紀要」第八号、二〇一二年三月）

4源氏物語の文体生成—仮名文学史のなかで—

（『源氏物語と源氏物語以前　古代文学論叢第一三輯』武蔵野書院、一九九四年一二月）

結果的に三部構成になったが、前著もそうだったことを思うと、シンフォニーよりもコンチェルトやオペラの方が好きな私は、論理型というより感性型なのだなぁと改めて実感している。

本書の出版は青簡舎の大貫祥子氏にお世話いただいた。実は、お話をいただいたのは六年前、源氏物語千年紀の前年であった。それなのにご厚情におこたえできず、校務にかまけてこんなにも引き延ばしてしまった。改めてお詫び申しあげるとともに、かくも長くお待ちいただいたことにお礼を申しあげる。

二〇一三年　三月吉日

中川　正美

語彙索引

事項・書名・人名索引

あ行

か行

中川　正美（なかがわ　まさみ）

一九四九年末、兵庫県に生まれる。
神戸大学大学院修了、大阪大学博士（文学）。
梅花女子大学名誉教授

著書
『源氏物語と音楽』（和泉選書、一九九三年一二月。
IZUMIBOOKS 二〇〇七年五月）
『源氏物語文体攷』（和泉書院、一九九九年一〇月）
『平安文学の言語表現』（和泉書院、二〇一一年三月）

源氏物語のことばと人物

二〇一三年六月一五日　初版第一刷発行

著　者　中川正美
発行者　大貫祥子
発行所　株式会社青簡舎
〒一〇一-〇〇五一
東京都千代田区神田神保町二-一四
電　話　〇三-五二一三-四八八一
振　替　〇〇一七〇-九-四六五四五二
装　幀　水橋真奈美（ヒロ工房）
印刷・製本　株式会社太平印刷社

ISBN978-4-903996-66-0　C3093